Franziska Steinhauer

RACHEAKT

Franziska Steinhauer

RACHEAKT

Thriller

KRIMI IM GMEINER-VERLAG

Bibliografische Information
der Deutschen Bibliothek
Die Deutsche Bibliothek verzeichnet diese
Publikation in der Deutschen Nationalbibliografie;
detaillierte bibliografische Daten sind im Internet
über http://dnb.ddb.de abrufbar.

Besuchen Sie uns im Internet:
www.gmeiner-verlag.de

Im Ehnried 5, 88605 Meßkirch
Telefon 0 75 75/20 95-0
info@gmeiner-verlag.de

1. Auflage 2006

Lektorat: Claudia Senghaas, Kirchardt
Umschlaggestaltung: U.O.R.G. Lutz Eberle, Stuttgart
unter Verwendung eines Fotos von photocase.de
Gesetzt aus der 10/13 Punkt GV Garamond
Druck: Fuldaer Verlagsanstalt, Fulda
Printed in Germany
ISBN 13: 978- 3-89977-674-4
ISBN 10: 3-89977-674-7

1

Sie lauschte vorsichtig in sich hinein.

Zu ihrer eigenen Überraschung fühlte sie sich inzwischen recht wohl in ihrem Leben. Das war eindeutig mehr, als sie vor einiger Zeit noch erwartet hätte. Nicht, dass nun alles perfekt gewesen wäre, aber wer wollte das schon. Perfektion war Stillstand. Entwicklungsfähigkeit war das Schlüsselwort und sie fand, sie habe sich sogar unerwartet gut entwickelt.

In ihrem Leben würde es wahrscheinlich nie einen Mann geben – und wenn schon. War das wirklich von Bedeutung? Wie viele Frauen lebten in Beziehungen und waren kreuzunglücklich, das bewies doch wohl ausreichend, dass der Mann nicht das glückselig Machende für die Frau war! Männer! Sie dachte es nicht ohne leise Verachtung. Männer ließen sich immer blenden, manipulieren und waren für Frauen im Grunde leicht zu durchschauen. Sie lachte trocken. Illusionen hatte sie schon vor mehr als zwei Jahrzehnten begraben.

Sie kam sehr gut allein zurecht, stellte sie entschlossen fest. Nur schwache Charaktere neigten zu kindischen Einsamkeiten.

Zufrieden vor sich hin summend bog sie auf die Burger Ringchaussee ein. Der Heimweg zu Fuß war fester Bestandteil ihres neuen Sportprogramms, um das Joggen im Winter zu ersetzen, und sie empfand es als besonders angenehm, dass außer ihr um diese Zeit nur noch wenig Menschen unterwegs waren. Sicher, für Touristen und kinderreiche Familien bot der Spreewald im Sommer viel Natur und die Möglichkeit die Fließe zu befahren, die Seele baumeln zu lassen, Radtouren zu unternehmen und vieles mehr – aber jetzt im Oktober gab es kaum noch Urlauber hier.

Ihre noch feuchten Haare waren unter einer sportlichen Mütze vor der Kälte geschützt, das nasse Saunatuch mit dem eingerollten Badeanzug war im Rucksack über ihrer linken Schulter verstaut. Sie schritt zügig aus, um nicht auszukühlen und warf einen kritischen Blick zum Himmel.

Schon dunkel, dachte sie beiläufig. Nach diesem total verkorksten Sommer kam nun also auch noch ein viel zu früher Herbst. Na ja. Dank der neuen Therme, die vor vierzehn Tagen feierlich eröffnet worden war, konnte sie nun jedenfalls witterungsunabhängig Sport treiben.

Sport, das Allheilmittel gegen Schmerzen aller Art. Ihr Allheilmittel. Realitätserprobt und alltagstauglich.

An der Ecke folgte sie dem Schwung der Straße. Nun war es nicht mehr weit. Zu Hause warteten eine gute Flasche Wein und der BBC – Film Deep Blue, um den Abend abzurunden.

In dem Moment, als sie sich der seltsam verstohlenen Schritte hinter sich bewusst wurde, erkannte sie, dass er wohl schon seit einer Weile hinter ihr her war. Unbehagen machte sich breit. Kein Zweifel: Das war sie nun, die viel beschworene Situation, vor der Mütter ihre Töchter immer gewarnt hatten – oder machte sie sich nur verrückt, weil ein harmloser Spaziergänger den gleichen Weg hatte wie sie?

Es war zu spät, viel zu spät um im Ernstfall etwa noch auf Hilfe hoffen zu können – die letzten Häuser lagen schon weit hinter ihnen und neben der Straße, die im Sommer stark befahren, jetzt aber völlig einsam dalag, wucherte dichtes Buschwerk bis kurz vor den Waldrand.

Ihr Atem ging schnell und ihr Puls raste. Unruhe kroch in ihr hoch, Adrenalin beschleunigte ihre Schritte. Bestürzt registrierte sie, wie auch die Verfolgerschritte schneller wurden, ihr forsches Tempo mühelos mithalten konnten, ja sogar näher zu kommen schienen.

Sie warf einen gehetzten Blick über die Schulter, konnte aber in der Dunkelheit niemanden erkennen. Unvermittelt rannte sie los. Der Rucksack, der rhythmisch gegen ihre linke Lende schlug, brachte sie bei jedem Schritt ein wenig aus dem Gleichgewicht. Und plötzlich waren die Schritte hinter ihr nicht mehr zu hören. Hatte sie ihn abgehängt? Verunsichert blieb sie stehen, hielt den Atem an, lauschte angespannt. Der in der Lausitz übliche Dauerwind raschelte mit dem trocknenden Laub der Bäume, als spiele er lüstern mit den Blättern, die sich ihm bald als willenloses Spielzeug würden überlassen müssen. Doch sonst herrschte um sie herum Stille.

Eiseskälte kroch in ihr hoch.

Sie spürte, wie ihre Knie zu zittern begannen.

Gehörte oder gelesene Verhaltensanweisungen jagten sich in ihrem Kopf: Mitmachen, damit der Täter nicht noch mehr in Rage geriet – auf jeden Fall heftig zur Wehr setzen, damit er nicht glaubte, sie sei eine

Schlampe oder Hure – versuchen das wahre Motiv hinter der Tat zu erkennen. War es Machtstreben, Rache, blinde Wut …

Wie sollte man das in so einer Situation alles abschätzen können! Lächerlich!

Und wo zum Teufel war der Typ abgeblieben – sie hatte sich die verfolgenden Schritte doch nicht eingebildet.

Nervös zog sie die Schultern hoch und sah sich noch einmal hektisch um. Niemand.

Dann wirbelte sie herum und spurtete los.

Die Pranken schossen urplötzlich aus dem Gebüsch vor ihr, packten sie wie Schraubstöcke und rissen sie vom Weg. Alle Überlegungen gingen in diesem Bruchteil einer Sekunde in einem Albtraum aus Panik, Entsetzen und Wut unter, vermengten sich zu einem überwältigenden Ohnmachtsgefühl.

Eine raue Hand verschloss ihr den Mund und einen Teil der Nase, sie konnte weder schreien noch atmen. Ihr Rucksack wurde ins Gebüsch geschleudert. Wild schlug sie mit den Armen um sich, versuchte genug Luft durch die Nase zu bekommen, trat, kratzte – und wurde doch hilflos auf dem Boden herumgerollt, bis sie auf dem Rücken liegen blieb.

Der Mann mochte kaum größer sein als sie, aber seine Hände waren wie riesige Schaufeln. Er versuchte sein Opfer auf den Boden zu pressen, sie bäumte sich hoch auf, schüttelte ihn in einem wortlosen Ringkampf wieder ab, wild entschlossen in neu aufkeimendem Widerstand, sich nicht völlig kampflos diesem fremden Willen zu überlassen. Doch dann nagelte er sie mit seinem Knie am Boden fest. Schwimmbadwasser stieg ihr in den Mund, sie begann gegen die Pranke zu würgen.

Er lockerte seinen Griff und während sie sich übergeben musste, flüsterte er ihr ins Ohr:

»Wenn du auch nur einen Mucks machst, erwürg ich dich eben vorher – oder ich stech dich mit meinem Messer ab. Ich treib's auch mit einer, die fast noch lebt. Da bin ich nicht zimperlich.«

Sein Atem stank nach Alkohol und faulenden Zähnen.

»Siehst du das Messer hier? Mit dem schneide ich dir notfalls den Kopf vom Hals! Also – mach lieber keinen Mucks!«

Vorsichtig bewegte sie den Kopf als Zeichen dafür, dass sie ihn verstanden hatte. Sie würde nicht schreien.

Der harte Griff lockerte sich etwas und er schwang sich triumphierend rittlings auf ihre Körpermitte. Zentimeter für Zentimeter schob er sich abwärts, bis er schwer auf der knöchernen Erhöhung zwischen ihren Beinen saß. Mit der linken Hand packte er ihre Bluse und zog sie lustvoll seufzend in Zeitlupentempo aus ihrer Jeans. Reflektorisch versuchte sie, sich unter ihm hervor zu winden.

»Jaaaaahhhh. Gib's mir Süße, lass mich reiten!«, stöhnte er vornüber gebeugt oberhalb ihres Nabels.

Sie zwang ihren Körper zur Bewegungslosigkeit.

Mit dem Messer schnitt er Knopf für Knopf ab, arbeitete sich an der Leiste entlang.

Ein gewaltiges inneres Zittern breitete sich über ihren gesamten Körper aus. Selbst die Zähne und das Nagelbett unter den Zehennägeln schienen mitzubeben.

Er keuchte. Sie roch seinen Schweiß. Ihre Augen saugten sich an seinem Gesicht, seinem Körper, seinen Haaren fest. Alles, ausnahmslos alles würde sie sich einprägen. Er würde nicht davonkommen! Diesmal würde sie es richtig machen.

Jedes Mal, wenn er ein Teilstück auf dem Weg nach oben überwunden hatte, breitete er den Stoff sorgfältig aus, beugte sich über das entblößte Stück Körper und küsste es gierig, glitt mit seiner rauen, spitzen Zunge darüber. Seine Haare waren borstig, sie bekam eine Gänsehaut, was ihn offensichtlich freute.

»Siehst du – jetzt macht es dir auch Spaß! Ich wusste doch, wir verstehen uns.«

Wer soll sich schon für eine wie dich interessieren, höhnte die Stimme ihrer Schwester in ihrem Kopf. Warum versuchst du nicht wenigstens ein bisschen wie eine Frau auszusehen?

Er hatte inzwischen seine Hose geöffnet und ließ seinen erigierten Penis über ihren Bauch streichen. Prostataflüssigkeit trat aus und zog lange, klebrige Fäden. Sie konnte sein Sperma schon riechen. Erneut begann sie heftig zu würgen.

Unvermittelt griff er nach dem Steg ihres BHs, hob ihn an und zerschnitt ihn geil aufstöhnend mit der scharfen Klinge.

Dann ging alles ganz schnell. Von einer Sekunde zur nächsten war er schon unartikuliert schreiend auf die Beine gesprungen und rannte den Weg entlang, als werde er von Furien gehetzt.

»Du Flachwichser!«, brüllte sie ihm in einer Mischung aus Erleichterung und Wut hinterher. »Du geiles Arschloch! Das wäre ja auch das erste Mal seit über zwanzig Jahren gewesen, dass mich einer anfasst!«

Schluchzend sammelte sie ihren Rucksack ein. Sie war noch mal davongekommen. Ihre Hände fanden einen harten Gegenstand. Sie starrte ihn sekundenlang an.

Ein Schweizer Taschenmesser.

2

2. November

»Onkel Tom! Onkel To-om! Nun komm schon her! Es ist kalt, es regnet. Komm, lass uns ins Warme gehen!«

Sie lauschte. Hatte da nicht was gemaunzt?

»Onkel Tom? Was soll denn das Versteckspiel? So was kann man im Sommer machen – aber doch nicht im November! Onkel Tom! Ich friere!«, rief sie nun schon ungnädiger.

In der Hand hielt sie eine Pappschachtel mit Trockenfutter, die sie kräftig schüttelte. Onkel Toms Lieblingsgeräusche hatten alle etwas mit Essen zu tun. Besonders liebte er das leise Schmatzen beim Öffnen der Kühlschranktür. Doch das Rascheln in der Packung lockte ihn sonst auch zuverlässig an. Wo steckte der Kater nur?

In ihre Besorgnis mischte sich zunehmend auch eine gehörige Portion Ärger. Sie arbeitete sich ein Stück durch das Unterholz in die Richtung, aus der sie das Maunzen gehört zu haben glaubte. Irgendwo musste Onkel Tom doch stecken! Im Grunde war er doch bei Regen auch nicht gerne draußen – und schon gar nicht über Nacht. Schließlich war er kastriert, da konnten auch verfrühte hormonelle Schübe keine Rolle spielen!

Der Schirm verhedderte sich in den tief hängenden Zweigen der Bäume und in ihr keimte der Verdacht, das geschmeidige rot-getigerte Raubtier könne unter einem der Büsche sitzen und sie womöglich belustigt bei ihrer erfolglosen Suche beobachten. Wie im Sommer, als er mit gemütlich untergeschlagenen Vorderfüßen interessiert zugesehen hatte, wie sie versuchte die kleine Maus zu fangen, die er in ihrem Wohnzimmer hatte laufen lassen. Schade, dass man nicht hören konnte, wenn Katzen lachen, denn er hatte sich bestimmt vor Lachen ausgeschüttet, als er sie bei ihren insuffizienten Versuchen beobachtete, diesen winzigen Nager einzufangen ohne ihn zu verletzen.

»Onkel Tom! Vergiss nicht, ich bin es, die deine Dosen aufmacht! Nun komm schon! Ich muss mich doch noch fürs Kino umziehen!«, verlegte sie sich aufs Betteln und schüttelte erneut die Trockenfutterpackung.

Mit der kleinen Taschenlampe, die sie mitgebracht hatte, leuchtete sie in alle Richtungen.

Da – hatte sich dort nicht etwas bewegt? Vielleicht war Onkel Tom ja verletzt, dachte sie besorgt und schämte sich über den zuvor empfundenen Ärger.

Füchse, Marderhunde – in dem Waldstück bei Madlow gab es eine ganze Menge wilder Tiere, und Kinder, die zu derben Späßen aufgelegt waren, wohnten schließlich nur zwei Häuser weiter.

Sie wandte sich um und versuchte mit zusammengekniffenen Augen etwas zu erkennen, als sie sich plötzlich mit dem linken Fuß unter einem Hindernis verhakte. Mit einem kleinen Aufschrei stürzte sie zu Boden, Schirm und Taschenlampe taumelten neben ihr auf die Erde. Ein stechender Schmerz im Knöchel ließ sie zusammenfahren, als sie sich ungeschickt aufrappelte. Sie griff nach der Lampe und leuchtete den Boden ab, um zu klären, was sie zu Fall gebracht hatte. Doch im Lichtkegel der kleinen Lampe konnte sie zunächst nicht erkennen, was dort vor ihr lag. Langsam glitt der Lichtstrahl über die gesamte Erhebung.

»Oh, Gott!«, ächzte sie dann und wandte sich schnell ab. »Um Himmels willen!«

Sie torkelte zu einem Baum in der Nähe, lehnte sich keuchend an seinen Stamm und fand mit zitternden Fingern ihr Handy in der Hosentasche.

»Du bist ein großes Mädchen, eine zupackende Frau, die auch die unglaublichsten Situationen souverän meistern kann. Hysterisch werden kannst du nachher immer noch«, sprach sie sich Mut zu, atmete tief durch und wählte die Nummer des Notrufs.

Onkel Tom musste warten.

3

Hauptkommissar Peter Nachtigall stand unter der Dusche. Kritisch inspizierte er seine Körpermitte, grunzte missbilligend. Zwischen Daumen und Zeigefinger zog er ein Fettröllchen zusammen und begutachtete es nachdenklich. Hatte er nicht gerade gelesen, dass man übergewichtig sei, wenn dieses Röllchen über zwei Zentimeter breit war? Der Hauptkommissar legte den Kopf schief und schätzte: Bei oberflächlicher Betrachtung konnten das gut so drei bis vier Zentimeter sein! Unsanft kniff er in seine muskulösen Oberschenkel und spannte den Bizeps an. Alles in allem gar nicht übel für einen Beamten im Polizeidienst, der keine vierzig mehr war. Er würde eben im Sommer wieder mit dem Rad zum Dienst fahren – da strampelte sich das ein oder andere Glas Wein sicher wieder ab.

Und außerdem gab es da ja auch noch die Theorie, dass erst dann wirklich von Übergewicht die Rede sein konnte, wenn man beim Heruntersehen am Körper nicht mehr feststellen konnte, ob man männlich oder weiblich war – und das war schließlich bei ihm noch kein Problem.

Seit das mit Birgit passiert war, hatte er sich etwas in die Breite entwickelt. Waschbär statt Waschbrett, zog Jule ihn manchmal auf. Aber er fand, die stattlichere Figur passte ganz gut zu seinem Typ. Er war immerhin einsachtundneunzig groß, da durfte es schon etwas mehr Mann sein. Seit damals trug er grundsätzlich schwarz. Vielleicht zunächst wirklich als Ausdruck tiefer Depression; heute eher, weil es immer gut angezogen wirkte und er blind in den Schrank greifen konnte: Alles passte zu allem.

Wieder im Einklang mit sich und der Welt griff er nach dem Shampoo, das seine Schwester ihm neulich von einem Shoppingbummel in Berlin mitgebracht hatte und begann sich die noch immer dichten, langen Haare einzuschäumen, die er während der Arbeit mit einem Gummi zu einem Zopf zusammenband. Sein Blick fiel beiläufig auf das Etikett, das seine Schwester daran gehängt hatte: »Cool mind, clear head« las er, schnupperte prüfend und lachte. »Pfefferminzshampoo!«

Erstaunt registrierte er etwas, was tatsächlich einem kühlen Luftzug am Kopf vergleichbar war. Seine kleine Schwester war eben immer für eine Überraschung gut!

Das Telefon schrillte.

»Das wird Sophie sein!«, rief seine Tochter Jule fröhlich aus dem Flur. »Ich geh schon!«

Peter Nachtigall musste sich eingestehen, dass er seine pubertäre Tochter in diesem – wie leider auch in manch anderen Punkten – nicht recht verstehen konnte. Da verbrachte sie ihren gesamten Schultag an Sophies Seite, traf sich mit ihr am Nachmittag zu einem Stadtbummel und bis zum Abendessen waren schon wieder so viele Neuigkeiten aufgelaufen, dass man sie in endlosen Telefonaten in aller Ausführlichkeit besprechen musste. Er seufzte. Da würde er wohl mal wieder ganz allein kochen müssen.

Vielleicht gefüllte Omelettes, überlegte er, mit Hackfleisch und Pilzen für ihn und für seine vegetarische Tochter mit einer Gemüsemischung. Hmm, ihm lief das Wasser im Mund zusammen, er würde die Füllung in die Omelettes einrollen und dann das Ganze mit Käse überbacken.

»Papa! Für dich! Dein Herr Wiener«, Jule öffnete die Badezimmertür einen Spalt breit. »Er klingt ziemlich aufgeregt. Sicher ein Einsatz!«, flötete sie.

»Nachtigall!«, meldete er sich Sekunden später zackig und seine Tochter bedeutete ihm im Vorbeigehen, sein feuchter Handtuchlook sei überaus sexy. Er zog eine Grimasse. Jule schenkte ihm ein maliziöses Lächeln und verschwand mit wiegenden Hüften.

»Ja, Wiener hier. Ich bin auf dem Weg zum Badesee Madlow. Eine Frau hat uns ag'rufe, sie hätt hier drauße am Madlower Badesee eine Frauenleich g`funde. Im Wald. Fein säuberlich aufgebahrt. Die Kollege drauße meine, es sähe sehr nach Sexualmord aus – der Täter hätt sei Opfer sogar grausig verstümmelt. Also ehrlich – ich hab' überhaupt noch nie eine verstümmelte Leich g'sehe.« Die knabenhafte Stimme des Kollegen klang unsicher. Wenn er aufgeregt war, vergaß er auch regelmäßig Hochdeutsch zu reden.

»Mensch, wir haben doch heute gar keinen Dienst! Wieso haben die nicht das Team informiert, das heute dran ist, also Hansen und Wolf?«

»Die sinn net erreichbar gewese. Vielleicht ein Funkloch. Un ich hab halt no im Büro am Computer g'sesse.«

»Pech also. Michael, Sie haben mich aus der Dusche geklingelt, ich hatte noch keine Zeit mich abzutrocknen und gegessen habe ich auch noch nichts – ergo ist meine Stimmung so richtig schlecht. So! Das wäre geklärt! Dann schießen Sie mal los!«, fauchte Peter Nachtigall und ließ sich mürrisch weitere Einzelheiten geben.

Eine Viertelstunde später stieg er zu seinem Kollegen Skorubski ins Auto. Die gelöste Feierabendstimmung hatte sich längst vollständig verflüchtigt.

»Eine verstümmelte Leiche am Badesee Madlow.«

Skorubski nickte ernst.

»Ich hab schon über Funk davon gehört. Auf dem Heimweg vom Einkaufen.«

»Hannes und Wolf waren nicht erreichbar«, klärte Hauptkommissar Nachtigall seinen Partner auf.

»Ja, ja ich weiß schon«, grummelte der und meinte dann: »Eine verstümmelte Frauenleiche! Ich kann mich nicht erinnern, dass wir hier schon mal so was hatten.«

»Aus dem Badesee haben wir ja schon öfter mal einen Toten rausgefischt«, Peter Nachtigall zog die Jacke fester und verschränkte die Arme vor der Brust.

»Klar. Einen Suizidanten oder einen Besoffenen, den seine genauso abgefüllten Kumpel in den See geworfen haben – aber doch keine verstümmelte Leiche.« Albrecht Skorubski, 1,78 groß, hager, mit grünen, weit auseinander stehenden Augen, Nickelbrille und wollener Schirmmütze, die seine weit fortgeschrittene Glatze verbergen sollte, dachte nicht zum ersten Mal, es sei eine falsche Entscheidung gewesen, sich in das Team von Peter Nachtigall zu bewerben. Jugendfreund hin oder her – bei den Kollegen von der Steuerfahndung wäre ihm so manches erspart geblieben. Er seufzte. Schweigend steuerte er durch den prasselnden Regen und schüttelte unwillig den Kopf.

»Hat Michael noch was Genaueres gesagt?«, fragte er dann.

»Es handelt sich wohl um ein sehr junges Mädchen. Dem Opfer wurden angeblich beide Brüste amputiert. In seinem sympathischen Badisch klingt das viel weniger scheußlich als bei mir.«

»Mensch, Peter. In Cottbus?«

»Warum überrascht dich das so? Weißt du noch zu Walpurgis? Da hat doch dieser junge Kerl ein Mädchen auf dem Spielplatz umgebracht. Drogendealer schießen sich bei uns gegenseitig tot – mitten in der Stadt oder in Erotikbars. Cottbus ist eine Großstadt. Lass uns erstmal einen Blick auf die Sache werfen. Dann sehen wir weiter«, meinte Peter Nachtigall zuversichtlich. Angespannt starrten sie durch die Schlieren, die die Wischerblätter auf der Windschutzscheibe hinterließen, ins Dunkel.

Schon von weitem sahen sie die flackernden Blaulichter auf dem Parkplatz beim Badesee. Polizeibänder sperrten große Bereiche des Waldes ab. Ein Team war damit beschäftigt Scheinwerfer aufzubauen und das gesamte Areal, in dem nach Spuren gesucht werden sollte, auszuleuchten.

Kaum hatten sie den Wagen abgestellt, als auch schon die dünne, alle Kollegen überragende Gestalt von Michael Wiener auf sie zustürzte.

»Gut, dass Sie da sinn«, begrüßte er die beiden Kollegen mit einem Stoßseufzer.

Der junge Mann, der in der Regel immer perfekt durchgestylt war, machte jetzt einen derangierten Eindruck und wirkte unnatürlich blass im Widerschein des Blaulichts. Seine sonst streng nach hinten geföhnten Haare hingen nass herunter und ließen sein schmales Gesicht noch spitzer wirken. Die Brille war beschlagen und die Regenjacke schief geknöpft.

»Haben Sie die Tote schon gesehen?«, fragte Peter Nachtigall und Michael Wiener nickte bedrückt, während er mit seltsam unrunden Bewegungen vor ihnen hereilte, um sie zum Fundort zu führen.

»Das ist mein zweites Mordopfer. Vielleicht nimmt mich das später nimmer so arg mit«, erklärte der junge Mann.

»Ich bin schon so lange dabei – und mich nimmt es immer noch mit. Sie sollten nicht darauf hoffen, sich an solche Anblicke zu gewöhnen. Außerdem wären Sie dann auch nicht der Richtige für mein Team«, antwortete Nachtigall und klopfte ihm aufmunternd auf die Schultern. »Emotionale Kälte friert das Denken ein.«

»Ist denn der Mediziner noch da?«, fragte Albrecht Skorubski kurzatmig und schüttelte den Regen von seinem Kragen um die Jacke fester um den Hals zu ziehen. Wiener nickte.

»Da drüben liegt sie«, presste er hervor, wies auf einen entfernter liegenden Platz tiefer im Wald und zeigte dann hastig auf eine kräftige rothaarige Frau im Jogginganzug, die abseits der Stelle auf dem Boden saß und fast verdeckt von einem Schirm mit einer Polizistin sprach.

»Und des isch die Frau, die die Tote gefunde hot. Eine Frau Mehlbrunner.«

»Aha. Wir sehen uns erst einmal die Tote näher an und sprechen mit dem Arzt. Vielleicht können Sie sich schon mit Frau Mehlbrunner unterhalten.« Peter Nachtigall stapfte zielstrebig auf die Stelle zu, die ihm der junge Mann gezeigt hatte und Michael Wiener wandte sich dankbar der Zeugin zu.

»Wie konnte sie hier die Leiche finden? Die Stelle liegt doch nicht direkt am Weg. Zufällig?«, rief Nachtigall Wiener im Gehen nach.

»Net so ganz zufällig. Sie hot nach ihrer Katz g'sucht. Die isch heut no net nach Haus komme. So isch sie ebe mit einer Taschenlampe bewaffnet losg`laufe um nach der Katz zu suche. Und als sie dann ...«

Wiener sprach nicht weiter.

Zwei Schritte später sahen sie die Leiche.

Peter Nachtigall schnappte nach Luft. Ein Bild, von dem er glaubte, es sei das schrecklichste seiner Laufbahn, brannte sich fest in seine Seele ein. Wie sollte man sich auch gegen so etwas wappnen?

Sie lag, vollständig entkleidet, auf einer Art Altar, aufgeschichtet aus Laub und Moos. Der Täter hatte sie fast liebevoll drapiert, es sah sogar so aus, als wäre der Versuch unternommen worden ihren missbrauchten Körper noch mit Moos zuzudecken, das nun allerdings zum größten Teil auf den Boden geglitten war. Die Augen waren geschlossen. Die Kleidung der Toten war nicht zu sehen, nur ihre Schuhe standen neben dem Laubbett, sorgfältig nebeneinander, als sei sie mal eben herausgeschlüpft, um sich schlafen zu legen. Ihre blonden Haare waren rücksichtslos abgeschnitten und dort, wo die Brüste hätten sein sollen, fanden sich nur zwei tiefe, von geronnenem Blut dunkel gefärbte Krater. Aus einer Wunde am Kopf war Blut über ihr Gesicht gelaufen und dort zu einer bräunlichen Schicht verkrustet. Über die zartgliedrigen Hände waren Plastiktüten gezogen um eventuelle Gewebeproben unter ihren Nägeln zu sichern.

Du lieber Gott, dachte Peter Nachtigall, der sonst eher nicht himmlische Einflüsse zu Hilfe rief, womit haben wir es denn hier zu tun?

Dr. Berg, Arzt vom Dienst, hockte neben dem toten Mädchen, und war gerade damit beschäftigt das Leichenthermometer abzulesen.

»Können Sie uns was sagen, Dr. Berg?« Sie kannten sich schon seit Jahren von den unterschiedlichsten Unglücksorten.

»Klar. Sie ist eindeutig tot«, fing Nachtigall einen bissigen Kommentar ab.

Er schwieg. An Tatorten wie diesem waren alle gereizt. Auch er wünschte sich manchmal, er hätte vieles von dem Schrecklichen, das er im Laufe seiner Dienstjahre gesehen hatte, nie zu Gesicht bekommen. Für Albträume hätten allemal schon viel harmlosere Bilder gereicht als solche, die ihn heimsuchten und schon seit Langem für unruhige Nächte mit wenig Schlaf sorgten. Er war Mensch geblieben – leidensfähig und verletzlich.

Aber bei ihm stellte sich auch rasch ein anderes Gefühl ein: Der Wunsch dieses Verbrechen aufzuklären und dem Opfer den wirklich letzten Dienst zu erweisen: den Täter zu fassen.

Jule hatte es auf den Punkt gebracht, als sie zu ihm sagte, sie sei froh, einen Vater zu haben, der ein gefühlsduseliger Jäger und kein eiskalter Bulle sei.

»Möglicherweise war ein schwerer Schlag gegen die Schläfe die Todesursache. Mit einem Hammer oder einem Baseballschläger. Keine äußeren Verletzungen außer den Verstümmelungen und einer blutigen Stelle an der linken Schläfe. Sie ist noch warm – ziemlich genau 34°C. Es ist zwar heute Abend sehr kalt und sie ist völlig nackt, aber vor ungefähr zweieinhalb Stunden hat sie wohl noch gelebt. Doch das kann der Rechtsmediziner genauer feststellen.« Dr. Berg war ganz offensichtlich nicht in der Stimmung sich über weitere Details auszulassen. Seine Garderobe, die unter seinem Kittel hervorsah, wenn er sich bewegte, sah eher nach einem feierlichen Anlass als nach Dienstbereitschaft aus.

»Hat man Sie von einer Party geholt?«

Dr. Berg warf Peter Nachtigall einen genervten Blick zu und brummelte gleich bleibend unfreundlich: »Abschlussfeier für meine Tochter. Sie hat ihr Medizinstudium beendet und ist nur wenig älter als dieses Mädchen. Ich bin als Vertretung für Dr. Schwanitz hier. Der ist bei einem Unfall auf der Autobahn.« Er packte seine Utensilien in eine große, klobige Arzttasche und streckte Peter Nachtigall den Totenschein hin, wandte sich grußlos ab und stapfte, unter seinem beträchtlichen Körpergewicht ächzend, Richtung Parkplatz los.

»Dr. Berg!«, rief Peter Nachtigall ihm nach. Der Arzt blieb stehen und wandte sich mit ungnädigem Gesichtsausdruck um.

»Was ist noch? Sie werden mit Ihren Fragen auf das Ergebnis der Obduktion warten müssen! Bestimmt kommt der Kollege gleich morgen früh – dann haben Sie vielleicht am Nachmittag schon die ersten Erkenntnisse auf Ihrem Schreibtisch.«

»War sie schon tot, als er ihr das angetan hat?«

»Ich hoffe, ja. Wenn er sie bei lebendigem Leibe …« Dr. Berg schüttelte sich. »Es müsste eigentlich viel mehr Blut zu sehen sein, falls sie noch am Leben gewesen wäre.« Damit drehte Dr. Berg sich nun endgültig um, räusperte sich vernehmlich und verschwand in Dunkelheit und Dauerregen.

»Sie ist vielleicht gerade mal so alt wie Jule.« Fassungslos starrte Peter Nachtigall auf das tote Mädchen. »Was mag sie wohl hier gewollt haben? Die Badesaison ist längst vorbei und für kuschelige Rendezvous ist es im November zu feucht und zu kalt.«

»Können wir sie mitnehmen?«, fragte jemand im Vorbeigehen.

»Wenn der Fotograf fertig ist«, antwortete Nachtigall, drehte sich zu Albrecht Skorubski um und trat zur Seite um zwei Männer mit einem Metallsarg durchzulassen.

»Vielleicht wohnte sie hier hinten irgendwo. Falls sie mit der Bahn kam, musste der Typ nichts weiter tun, als ihr von der Straßenbahnhaltestelle aus hier entlang zu folgen und sie an einer passenden Stelle zu überwältigen. Oder er hat im Auto auf dem Parkplatz gewartet.« Skorubskis atmete tief durch.

»Vielleicht ist sie auch selbst mit einem Auto zu einem Stelldichein gekommen oder mit dem Fahrrad und die Sache ist irgendwie aus dem Ruder gelaufen. Streit zum Beispiel. Die Kollegen sollen die Halter von den beiden Privatwagen auf dem Parkplatz überprüfen.« Peter Nachtigall gab entsprechende Anweisungen – auch die Straßenbahnhaltestelle sollte gecheckt werden und die Kollegen wollten nach einem Fahrrad Ausschau halten.

»Hier fährt doch regelmäßig eine Streife durch. Die Kollegen sollen doch mal nachsehen, wer heute Dienst hatte. Vielleicht kommt der Streife ja nun im Nachhinein irgendetwas verdächtig vor.«

»Wahrscheinlich ist alles ganz schnell gegangen. Sie

hatte wohl nicht einmal mehr Zeit zu schreien – sonst hätte doch sicher jemand was gehört. Sieh mal, wie nahe doch letztlich die Häuser sind.«

»Möglicherweise hat sie ja sogar geschrieen. Das werden wir erst dann wissen, wenn die Leute befragt wurden.« Peter Nachtigall hatte die Stimme gesenkt, räusperte sich und fügte hinzu:

»Manchmal hören die Menschen etwas und reagieren nicht. Halten es für einen Spaß unter Jugendlichen. Und hier am Badesee wird sicher oft aus Jux um Hilfe gerufen – allerdings wohl eher nicht im November.«

Ein Mann in Schutzkleidung trat zu ihnen: »Der Täter hat ihr beide Brüste amputiert und im BH ins Geäst über ihrem Kopf gehängt. Auch die Haare hat er ihr abgeschnitten und wie Lametta in dem Baum hier verteilt, unter den er sie gelegt hat.« Nachtigall nickte ihm zu. Übelkeit stieg in ihm auf.

»Und diese Puppe lag neben dem Opfer«, der Kollege hielt einen transparenten Plastikbeutel mit einer Barbiepuppe hoch.

»Gleich ins Labor«, wies Nachtigall an.

»Yupp«, antwortete der junge Mann und wandte sich ab.

»Augenblick!«, hielt Nachtigall ihn zurück. »Es bleiben mindestens zwei Mann hier und sichern das Umfeld. Das gilt bis übermorgen. Wenn der FC Energie spielt, trampeln hier Hunderte durch die Anlagen. Dann ließe sich für uns nichts mehr finden! Es wird also von uns abgeriegelt und bewacht!«

»Yupp«, antwortete der Vermummte wieder und verschwand.

»Guten Abend, die Herren«, Staatsanwalt Dr. Julius März trat zu der Gruppe.

Schweigend starrte er auf das makabre Arrangement des Täters, sah, wie die Tote vorsichtig in einen dunklen Sack und danach in den Metallsarg gelegt wurde. Nach einer langen Pause fuhr er sich mit der Hand über die Stirn, als hätte er plötzlich massive Kopfschmerzen, drehte sich wortlos um und bedeutete den beiden Ermittlern ihm zu folgen.

»So was kenne ich nur aus amerikanischen Thrillern. Mein großer Sohn hat mir da neulich so ein Ding aufgeschwatzt. Einfach nur grausig«, er schüttelte den Kopf. »Was die Jugend heute so liest. Der Gerichtsmediziner wird gleich morgen früh obduzieren, ich habe schon mit Potsdam gesprochen. Dr. Pankratz wird sehr früh hier sein. Du lieber Himmel!« Er seufzte tief. »Den Kerl müssen wir aber ganz fix finden. Die Leute werden hysterisch werden, wenn sie davon erfahren. Haben Sie schon Hinweise auf die Identität?«

Der große, stattliche Mittvierziger strich sich ratlos über die raspelkurz geschnittenen Haare, die seit einigen Monaten von Dunkelgrau bis Weiß changierten. Er schob seine randlose Brille auf der Nase zu Recht, nahm sie dann ab um sie umständlich zu putzen. In seinem markant geschnittenen Gesicht mit den harten Zügen zuckte es.

»Nein. Vielleicht wohnte sie hier hinten und war auf dem Heimweg. Kann natürlich auch sein, dass sie eine Freundin besuchen wollte oder mit ihrem Freund hier verabredet war. Ist alles denkbar. Wir wissen noch nicht einmal, ob sie hier gestorben ist, oder vom Täter hierher gebracht wurde.«

Der Staatsanwalt warf noch einen letzten Blick auf

die gespenstische Szene: Mitarbeiter des Erkennungsdienstes in weißen Schutzanzügen liefen mit langsamen Schritten durch das Waldstück, den Blick fest auf den mit Scheinwerfern ausgeleuchteten Boden gebannt und sammelten mit langen Stangen, an deren Ende Greifer waren, Fundstücke vom Waldboden auf, drehten Blätter um und hoben vorsichtig herumliegendes Geäst an, um darunter zu suchen. Dazwischen bewegte sich geschmeidig eine andere Gestalt, die mit blendend weißem Licht Tatortfotos machte und über dem Ganzen zuckte das unruhige Blaulicht der Streifenwagen.

»Herr Wiener?«, fragte der Staatsanwalt übergangslos.

»Kommt ganz gut klar. Ist natürlich für das zweite Mal ein wirklich schauriger Tatort, und ich werde sehen, wie er damit umgehen kann. Er ist tatsächlich eine Bereicherung fürs Team und zwar nicht nur seiner Computerfertigkeiten wegen. Im Moment spricht er mit der Zeugin.«

»Und der Dialekt?«

»Ist okay. Wir verstehen uns. Und er bemüht sich um etwas mehr Hochdeutsch, allerdings mit wechselndem Erfolg. Wenn er aufgeregt ist zum Beispiel, hat er sich nicht so im Griff. Aber die Zeugen verstehen ihn im Großen und Ganzen problemlos.«

»Badisch klingt ja auch eigentlich ganz nett. Und spätestens seit dem Wahlkampf wissen wir ja alle, dass unsere Schlauesten aus dem Süden kommen. Warum sollten wir das dann nicht für uns nutzen.«

»Damit hat der Stoiber aber nur seine Bayern gemeint. Von denen halten sich gute Badener fern, wie ich in von Herrn Wiener gelernt habe.«

»Und die Badener werben damit, dass sie alles können außer Hochdeutsch«, murmelte der Staatsanwalt abwesend.

Dr. März sah sich ein letztes Mal nervös um, rieb sich die Oberarme als wolle er sich aufwärmen, zog dann die Schultern hoch, nickte den Kriminalbeamten zu und kehrte langsam mit gesenktem Kopf zum Parkplatz zurück.

Eine Stunde nach ihrem Eintreffen am Badesee machten sich die drei auf den Weg ins Büro. Frau Mehlbrunner hatte ihrer ursprünglichen Beschreibung nichts Neues hinzufügen können. Das Opfer kannte sie nicht und auch bei ihrer Suche nach Onkel Tom hatte sie nichts gehört oder etwas Besonderes bemerkt. Michael Wiener hatte in einigen der umliegenden Häuser geklingelt und überall die Auskunft bekommen, es sei eine sehr ruhige Wohngegend und hätte jemand um Hilfe gerufen, wäre es mit Sicherheit nicht unbemerkt geblieben.

»An einige vo dene Häuser klebt au dieses Zeichen vo der Cottbuser Zuflucht. Also die wolle scho zum Teil öffentlich demonstriere, dass ihnen die andere net gleichgültig sin«, erklärte der junge Kollege. Die Streife hatte sich gemeldet, konnte aber auch nur über eine Kontrollfahrt ohne besondere Vorkommnisse berichten. Der Täter war unbemerkt gekommen und genau so wieder verschwunden.

»I hann grad vor ein paar Woche ei Buch über Serietäter g'lese.« Michael Wieners Augen leuchteten vor Begeisterung. »Da wurd au vo solche Mördern berichtet. Also solchen, die ihre Opfer verstümmeln. Das war ei unglaublich interessantes Buch – un die Mörder erwiese sich letztlich alle als psychisch krank«, meldete sich Michael Wiener aus dem Fond auf dem Weg ins Büro.

»Serientäter! Das fehlte uns gerade noch: dass da draußen ein Verrückter rumläuft und gleich noch mehr Morde begeht! Herr Wiener!«

»Aber die Idee ist nicht so ganz verkehrt«, verteidigte Peter Nachtigall den jungen Mitarbeiter und erntete einen vernichtenden Blick seines Partners. »Vielleicht sollten wir das mal checken. Michael, sie versichern sich über VICLAS, dass es nicht ganz ähnliche Fälle gegeben hat.«

Michael Wiener nickte eifrig.

»Aber wenn solch ein Verbrechen irgendwo anders auch schon begangen wurde, dann wüssten wir das doch längst«, gab Albrecht Skorubski zu bedenken. »Schließlich würde bei einem ähnlich bestialischen Mord auch das Fernsehen berichtet haben. Und auch im Computer war schon seit Monaten keine Fahndung nach einem perversen Täter. Nichts in der Art jedenfalls. Ich denke, wir werden eher einen verlassenen Freund finden oder einen abgewiesenen Möchtegernlover.«

»Ja, vielleicht wurde sie ja von einem Stalker belästigt.«

Das Funksprechgerät rauschte: »Wir haben hier in einem Mülleimer einen Rucksack gefunden – Papiere sind aber nicht drin.«

»Gut. Kommen Sie damit gleich ins Büro«, wies Peter Nachtigall den Mann an und meinte gepresst: »Wenn wir einen Hinweis auf ihre Identität finden, müssen wir gleich noch ihre Eltern informieren«, er zog die Schultern hoch, als müsse er sich vor einem Nackenschlag schützen. Das war sein ganz privates Horrorszenario: Es klingelte an der Tür, als er gerade ein schönes

Abendessen für sie beide komponierte und zwei völlig Fremde überbrachten ihm die Nachricht, Jule sei gerade bei einem Unfall ums Leben gekommen. Das wäre das Ende. Er zuckte zusammen und holte tief Luft um sie dann geräuschvoll in seine verschränkten Hände zu blasen als wolle er seine klammen Finger wärmen. Lange starrte er vor sich hin. Seine privaten Ängste gingen schließlich niemand was an.

Schweigen breitete sich aus.

»Wenn es wirklich der Rucksack des Opfers ist, hat der Täter nicht ernsthaft versucht, die Identität der jungen Frau so lange wie möglich geheim zu halten. Sonst hätte er den Rucksack doch eher im See versenkt. Schließlich war doch vorhersehbar, dass wir die Umgebung gründlich absuchen würden«, überlegte Albrecht Skorubski laut.

»Nicht nur das – er hat sein Opfer auch nicht versteckt, um die Tat zu vertuschen. Spätestens morgen früh wäre die Tote von einem Jogger oder einem Hundebesitzer entdeckt worden. Also auch kein Versuch Zeit für die Flucht zu schinden. Entweder war er so geschockt, dass er keinen klaren Gedanken mehr fassen konnte und ist so schnell wie möglich geflohen – oder es war ihm egal, dass wir sie schnell finden könnten«, sagte Nachtigall.

»Des Opfer war sicher kaum jünger als meine Freundin. Die isch letschte Woch dreiunwanzig geworre. Ihre Töchter sinn doch au so in dem Alter? Verdammt scheiße, so was«, meldete sich Wiener von der Rückbank jugendlich derb voller Empathie. »Belastet Sie denn so ein Fall nicht sehr?«

»Doch«, Peter Nachtigall wandte sich abrupt zum Fenster um.

Er schwieg, bis sie den Parkplatz vor dem Präsidium erreicht hatten.

Albrecht Skorubski warf seinem Freund einen prüfenden Blick zu. Seine eigene Tochter wohnte schon seit einigen Jahren nicht mehr zu Hause. Sie studierte in Hamburg, lebte ihr eigenes Leben. Aber, erinnerte er sich, solange sie daheim wohnen, fühlten sich die Eltern immer verantwortlich, achteten auf das Schlagen der Tür, wenn das Kind nach der Disco zurückkehrte, hörten die Motoren der Autos, in denen Freunde sie nach Hause brachten.

Wenn er nur daran dachte, wie lange Peter es damals für sich behalten hatte, als er mit Jule plötzlich ganz allein dastand. Keiner hier am Bonnaskenplatz hatte auch nur das Geringste geahnt.

Ein Streifenwagen bog auf den Parkplatz ein, das Fenster versank in der Tür und der blond gelockte Schopf eines Polizisten wurde sichtbar.

»Wir bringen euch den Rucksack! War im Mülleimer an der Straßenbahn.«

4

3. November

Ich konnte schon immer problemlos Kontakte zu anderen Menschen knüpfen. Das ist eine wirkliche Stärke von mir. Ich gehöre nicht zu diesen armen, abgeschobenen Mauerblümchen, die verhuscht am Rande des Geschehens stehen und verzweifelt darauf warten angesprochen zu werden, während ihre Zeit abläuft und sie langsam und traurig vor sich hin welken. Nein, ich unterhalte mich gern, Fremde interessieren mich, ich finde schnell einen Einstieg in ein munteres oder ernsthaftes Gespräch. Dabei bleibe ich durchaus distanziert, behalte jederzeit den Überblick, lasse mich nicht aushorchen oder gar in Intrigen verwickeln. Alles bleibt harmlos. Unverbindlich.

Besonders bei Frauen fällt es mir leicht. Obwohl ich mich viel lieber mit Männern unterhalte, vertrauen mir Frauen ungebeten selbst ihre intimsten Geheimnisse an. Das scheint bei mir schicksalhaft zu sein.

So erzählte mir einmal eine ältere Dame, mit der ich in der hereinbrechenden winterlichen Dämmerung in der Einöde auf den Bus wartete, dass sie immer, wenn sie hierher käme um das Grab ihres Mannes zu besuchen, ihr Geld in ihren BH stecke, aus Angst, es könne ihr aufgelauert werden. Der Dieb mochte ihr dann zwar die Tasche aus den rheumatischen Händen reißen – aber später wäre er dann sicher enttäuscht, weil er darin nichts Wertvolles würde finden können.

Wir standen dort ganz einsam und allein und es wäre mir ein Leichtes gewesen, diese klapprige Gestalt einfach niederzuschlagen und ihr das Geld abzunehmen – aber solch eine Niedertracht traute sie mir offenbar auf keinen Fall zu. Grotesk aber wahr: Sie fühlte sich sogar beschützt. Ausgerechnet!

Und natürlich missbrauchte ich ihr Vertrauen nicht – schließlich weiß ich aus eigener leidvoller Erfahrung, wie weh das tut.

Es regnet nun schon seit Tagen. Das trübe und nasskalte Novemberwetter verwandelt viele einst Sonnenhungrige in blässliche Stubenhocker. Ist mir ganz recht. Denn so wird es auf den Straßen beträchtlich ruhiger.

Die junge blonde Frau ist mir schon vor einigen Tagen aufgefallen. Sie ist genau der richtige Typ. Unbekümmert stellt sie ihre makellose Schönheit zur Schau. Wahrscheinlich bemerkt sie dieses Auflodern von Neid in den Augen der anderen Frauen nicht, denen der ganze Feierabend durch den Anblick dieses perfekten Körpers und des harmonischen Gesichtes verdorben ist, das völlig ohne grelle Farben der Kosmetikindustrie auskommt.

Auch die gierig geifernden Blicke der Männer, die sich erst in ihren Haaren verfangen, sich von dort weiter über das Gesicht voran tasten, in ihre Augen versenken, dann an ihren Lippen festsaugen, ohne sich dort lange aufzuhalten schnell zu ihrem Busen finden, den sie hemmungslos mit den Augen betatschen, um sie dann auf ihrem knackigen Po wohlgefällig ruhen zu lassen.

Widerlich und ekelhaft! Doch ihr scheinen sie nicht aufzufallen.

Und genau so passiert es dann! Sie verwirren den Geist der Männer, stürzen ganze Familien ins Verderben und am Ende, wenn nur noch Trümmer vom Leben der anderen übrig bleiben, mimen sie die Betroffenen, klagen darüber, wie leid ihnen das alles tut und wollen vorher gar nichts bemerkt haben! Ha! Gelogen! Alles gelogen. Sie legen es darauf an, die Männer in ihren Bann zu ziehen, diese willenlosen Opfer, von Biologie und Erziehung dazu verdammt der Schönheit zu folgen.

Ihr Blick gleitet teilnahmslos über die Männer hinweg und beleidigt die mit krampfhaft eingezogenem Bauch in Pose Gesprungenen durch perfekt gespielte Ignoranz.

An der Straße verabschiedet sie sich von einem ordinären Mädchen, das sie wohl begleitet hat. Kein Wunder, dass ich sie nicht bemerkt hatte, neben dieser berauschenden Eva geht jede andere unter. Es wird das Schicksal der anderen bleiben, nicht wahrgenommen zu werden. Ich kenne das Gefühl der Ohnmacht sehr gut, das eine Frau durchschnittlichen Aussehens ergreift, wenn so eine Attraktion am selben Ort auftaucht. Da möchte man am liebsten im Erdboden versinken und spürt die mitleidigen Blicke der Männer, die sich denken, das hässliche Entlein kann sich mühen wie es will, aber dieser Amazone wird es nie das Wasser reichen können!

Anmutig schüttelt meine Schöne ihr Haar, das in großen Locken bis auf ihre Schultern fällt. Es glänzt und funkelt im Licht der Straßenlaternen an der Straßenbahnhaltestelle vor der Stadthalle. Ihr macht der Regen anscheinend nichts aus. Offensichtlich sind ihre Gedanken weit fort von hier.

Vorsichtig rücke ich etwas näher an sie heran. Ein milder Duft nach Maiglöckchen umgibt sie und unterstreicht ihre Natürlichkeit. Eau d'été von Kenzo. Und sie summt leise vor sich hin. Vielleicht ist sie verliebt!

Der Gedanke erregt mich und ich habe plötzlich Mühe meinen Atem unauffällig flach zu halten. Ich werde sie besitzen, mir wird sie gehören und nie bekommt ein anderer etwas davon ab! Und schließlich würde auch niemand mehr etwas mit ihr zu tun habe0n wollen, wenn ich mit ihr fertig bin. Oh, was für ein himmlisches Gefühl – und keiner außer mir ahnt auch nur ein bisschen davon.

Die Straßenbahn der Linie 3 nach Madlow hält und die Menschen drängen sich eilig hinein, um der ungemütlichen Feuchtigkeit zu entfliehen. Ich sehe sie alle an, diese bleichen und genervten Gesichter, die sich in den Scheiben widerspiegeln. Manche lehnen ihre Köpfe schwer gegen das kühle Glas. Alle schweigen, als gäbe es ein ungeschriebenes Gesetz, dass die Unterhaltung in Straßenbahnen verbietet. Jeder ist so sehr mit sich selbst beschäftigt, dass auch von mir keinerlei Notiz genommen wird.

Es ist nicht notwendig, dicht neben ihr zu sitzen. Ich kenne ihren Weg. Wir werden wie zufällig an der gleichen Station aussteigen, am Madlower Badesee. Zwei Fremde, auf dem Weg in den verdienten Feierabend.

Doch nur einer von uns beiden wird ihn wirklich erleben.

Während der Fahrt kann ich sie von meinem Platz aus in der Scheibe beobachten. Sie liest. Offensichtlich einen Kriminalroman. Wie passend, wo sie doch gerade selbst eine der Hauptfiguren in einer Kriminalhandlung ist – allerdings weiß sie noch nichts davon, denn aus nachvollziehbaren Gründen werde ich sie erst direkt vor ihrem Auftritt einweihen.

Meine Hände beginnen zu zittern und ein gewaltiges Kribbeln steigt in mir auf. Gleich ist es soweit – gleich.

Nur noch wenige Minuten und ihr Schicksal wird sich erfüllen: Durch mich umgeformt zu werden, meinen Vorstellungen nach gestaltet, ein unübersehbares Zeichen.

Mein Puls rast und die schillernden Punkte vor meinen Augen tanzen ein wildes, unbeherrschtes Ballett. Deutlich höre ich meinen Atem, der in meinen Ohren wie eine herannahende Dampfwalze klingt. Ich kralle meine Finger fest um die Oberschenkel, um mich zu beruhigen. Am Ende wird doch noch jemand auf mich aufmerksam! Ein rascher Blick in die Runde zeigt mir jedoch, dass sich, wie üblich, niemand für mich interessiert, und ich entspanne mich etwas.

An der Haltestelle Ottilienstraße steigt eine junge Mutter mit Kinderwagen zu. Der Wonneproppen zieht sogleich die Aufmerksamkeit vieler Mitfahrer auf sich, denn er plappert munter vor sich hin, während er seine Mutter durch das Auf-den-Boden-werfen von Spielzeug fit hält. Umso besser. Wenn sie weiter als bis Südfriedhof mitfahren, kann die Ablenkung der anderen gar nicht perfekter sein.

Geduld ist nie eines meiner Laster gewesen – eine Tugend ist es entgegen landläufiger Meinung jedenfalls nicht – und ich fiebere dem Moment entgegen, die Haltestelle am Badesee zu erreichen.

Endlich. Schon kann ich die Fußgängerampel sehen. Mit einer lasziven Bewegung klappt sie ihr Buch zu und verstaut es in ihrem dunkelblauen Rucksack, den sie lässig über die linke Schulter baumeln lässt. Sie schlängelt sich aus dem Sitz. Auf dem Weg zum Ausgang passiert sie mich. Doch noch ahnt sie nichts von meiner wichtigen Rolle in ihrem Leben und so streift mich ihr Blick nur desinteressiert.

Sie sieht sich nicht um, schleudert nur ihren Rucksack in die richtige Position und macht sich dann zügig auf den Weg, der sie durch ein Waldstück führen wird. Wie kann eine so junge und so schöne Frau nur so selbstbewusst und leichtsinnig sein? Jedes junge Ding weiß doch heute um die Gefahren, die im Wald lauern konnten. Aber ich will mich nicht beklagen – mir wird es die Arbeit ungeheuer erleichtern.

Sie hört mit Sicherheit meine schmatzenden Schritte auf dem nassen Weg hinter sich, dreht sich aber nicht um. Offensichtlich hält sie mich für einen harmlosen Nachbarn auf dem Weg zu Couch, Bier, Fernseher und Chips.

Eigentlich ist es fast schade, dass sie nun aus ihrem Fehler nicht mehr würde lernen können!

Fasziniert beobachte ich ihren wiegenden Schritt. Sie kann sich wirklich unglaublich aufreizend bewegen! Elegant schwingt ihr Becken hin und her. Wie bei einem Model auf dem Catwalk. Unter ihrem hautengen Rock zeichnen sich die Konturen ihres Slips deutlich ab. Tolle Figur!

Nur die derben Schuhe, die sie so gerne trägt, passen

nicht zu ihrer elfenhaften Erscheinung – aber dieses Problem habe ich bedacht.

Ihre üppige blonde Mähne hüpft durch ihre dynamischen Bewegungen von einer Schulter zur anderen. Sehr sportlich und außerordentlich begehrenswert! Und für niemanden wird das je wieder von Bedeutung sein.

Kurze Zeit später erreichen wir die Stelle, die ich schon sorgfältig für uns vorbereitet hatte. Mein Atem geht jetzt stoßweise und ich taste in meiner Manteltasche nach meinem kalten Helfer, umklammere ihn krampfhaft, um nicht zu früh zu handeln. Noch einen kurzen Moment Geduld. Oh, wie sehr man diesen Engel doch vermissen wird!

Rasch hole ich auf und verkürze die Strecke zwischen uns. Als ich praktisch gleichauf mit ihr bin, dreht sie sich doch noch um und sieht mich aus ihren wunderschönen, blauen Augen fragend an.

Der Stein in meiner Hand kracht hart gegen ihre Schläfe und mit dem Splittern der Schädelknochen sind alle Fragen ihres jungen Lebens mit einem Schlag beantwortet.

Jeder Künstler, der vom eingefahrenen Weg abweicht, hat Schwierigkeiten vom Publikum verstanden zu werden. Joseph Beuys zum Beispiel.

Er war eben seiner Zeit schlicht voraus.

Ich hatte daher durchaus mit einem gewissen Unverständnis gerechnet. Das blieb bei großem Publikum nun einmal nicht aus. Und ich habe ein wirklich riesiges Publikum. Doch leider alles Ignoranten. Sie nennen mich »Mörder«, »Monster« oder »Bestie«, doch das ist nur Ausdruck ihres Nicht-Begreifens! Meine

Botschaft wurde offensichtlich nicht verstanden! Aber sie werden nicht umhin können sich mit meinem Werk auseinander zu setzen. Dafür werde ich eigenhändig sorgen! Sie können noch nicht deuten, was sie sehen. Es ist noch zu unscharf. Doch mit jeder Toten wird es deutlicher zu erkennen sein! Und dann werden sie mir dankbar sein – dankbar dafür, dass ich ihnen endlich die Augen geöffnet habe, sie aus ihrer Verblendung erlöste!

Ich bin jetzt immerhin schon beinahe berühmt. Das war und ist natürlich auch immer ein gutes Motiv für große Taten. Aber ich will mehr. Ich bin ein Wohltäter der Menschheit, die nun endlich wieder erkennen wird – dank meiner Mission. Es wird endlich wieder Gerechtigkeit herrschen.

Die Zeitungen berichten über mich, das Fernsehen auch. Das war der erste Schritt, um möglichst viele dieser Verirrten zu erreichen! Natürlich wird mein Name dabei nicht genannt, den werden sie nie erfahren! Aber ich bin sicher, es wird nicht lange dauern und sie werden mir einen neuen verleihen. Ein Pseudonym. Einen Künstlernamen. Einen Namen für die Geschichte, ja sogar für die Ewigkeit.

Leider schlafe ich trotz meines ersten Erfolgs weiterhin sehr schlecht. Die Träume sind wieder da, die Stimmen – vergessen geglaubte Versatzstücke aus der begraben geglaubten Vergangenheit.

Seit ungefähr vier Wochen geht das jetzt schon so.

Ich liege in meinem Bett in der Marienstraße am Busbahnhof. Auf dem Rücken. Den Atem halte ich möglichst flach, damit er nicht hört, dass ich wach bin. Deutlich höre ich das Knarren, das entsteht, wenn er das Ehe-

bett verlässt. Ich kann heute noch nicht begreifen, wie meine Mutter bei dem Lärm weiterschlafen konnte.

Dann seine schlurfenden Schritte auf dem Flur. Sein Pyjama raschelt, der Boden beschwert sich mit vernehmlichem Ächzen. Ich lausche auf jedes Detail.

Warum wacht Mama nicht auf!

5

»Guten Morgen!«, brummte Hauptkommissar Nachtigall übellaunig und ließ sich schwer in seinen Schreibtischstuhl plumpsen.

Die beiden Kollegen nickten stumm.

Sein Büro grenzte an das der Kollegen und war durch eine Glasscheibe abgetrennt. Er ließ die Tür grundsätzlich offen. Schließlich arbeiteten sie zusammen und je kürzer die Kommunikationswege, desto besser, fand er.

Aber es war eben wie so oft nach einem solchen Abend.

Sie hatten den kleinen Rucksack durchsucht, den die Kollegen aus dem Mülleimer an der Straßenbahnhaltestelle gefischt hatten. Eine Brieftasche fanden sie nicht darin, aber ansonsten alles, was ein junges Mädchen über den Tag zu benötigen glaubte: Mascara und Lippenpflegestift ebenso wie Geldbeutel und Hausschlüssel. Am Bund war kein Autoschlüssel.

Außerdem waren da ein Kriminalroman, ein Kugelschreiber, Schulbücher, ein Collegeblock, ein Handy und ein Notizbuch verstaut.

Gerade als sie schon davon überzeugt waren, dass der Inhalt der Tasche die Identität der Besitzerin nicht preisgeben würde, ertastete Nachtigall etwas Hartes. Er forschte vorsichtig im Innenfach nach und entdeckte dabei eine getarnte Innentasche, ein Geheimfach. So eines hatte sein Neffe Leander ihm am Wochenende auch gezeigt. Darin war ein Päckchen Kondome versteckt. Von den ursprünglich sechs Stück fehlten vier.

Mit den beiden letzten bunten Päckchen fiel auch eine Scheckkarte auf ihren Schreibtisch – mit Foto.

Und obwohl das Gesicht unter dem Blut und den verklebten Haaren nur schlecht zu erkennen gewesen war, konnte die junge Frau auf dem Bild durchaus große Ähnlichkeit mit ihr haben.

Anna Magdalena Kranz.

Der Name stand neben dem Bild. Auf der Rückseite eine ordentliche Unterschrift, beinahe noch kindlich.

Nur kurze Zeit später saßen Peter Nachtigall und Albrecht Skorubski einem blassen, verstörten Elternpaar gegenüber, das sich fest umschlungen weigerte zu glauben, ihrer Tochter könnte etwas Schreckliches zugestoßen sein.

Peter Nachtigall fühlte sich als Überbringer dieser furchtbaren Nachricht wie ein Fremdkörper in diesem überladenen Wohnzimmer. Die Möbel waren Klassiker aus den späten Sechzigern, schätzte er. Kuschelige Kissen türmten sich auf weichen Decken, im Regal standen gerahmte Fotos von Magdalena und einem jungen Mann, die die beiden fröhlich und ausgelassen zeigten. Wahrscheinlich war der junge Mann ihr älterer Bruder. Die Ähnlichkeit war unverkennbar.

Die ganze Atmosphäre und Gestaltung strotzte nur so von Familienidylle, Sicherheit und liebender Geborgenheit.

Ganz anders als bei Jule und mir, dachte Nachtigall, der sich manchmal schon etwas mehr Nähe gewünscht hätte, ein wenig schmerzlich. Das war wohl der Preis, den er zu bezahlen hatte, für seine Erziehung zu Mündigkeit und Selbstständigkeit.

Anna Magdalenas Vater, ein grauhaariger wohlbeleibter Endfünfziger, schüttelte immer wieder den Kopf und tätschelte seiner Frau, die deutlich jünger zu sein schien, tröstend die Hand. Frau Kranz volle Lippen zuckten und in ihren von aufsteigenden Tränen verschleierten Augen stand schiere Verzweiflung.

Die beiden versicherten sich und den Beamten hartnäckig, Anna käme sicher gleich, hätte sich nur verspätet, sei auf dem Heimweg von ihrem Freund oder ihrer besten Freundin.

Nachtigalls Handy klingelte. Mit einem entschuldigenden Nicken zog er es aus der Manteltasche, meldete sich und lauschte dann angespannt. Das Gespräch dauerte nur wenige Sekunden.

»Sie bringen es in den nächsten Nachrichten.«

Skorubski nickte.

Nach und nach mussten sich die Eltern von ihrer Sicherheit verabschieden. Ja, das sei Annas Rucksack, bestätigten sie widerwillig, ja, den Krimi habe sie zuletzt gelesen, Straßenbahn fahren war ja so langweilig. Der Vater wählte Annas Handynummer und das Mobiltelefon aus dem gefundenen Rucksack klingelte. Der Vater meinte, vielleicht wurde ihr der Rucksack doch auch nur gestohlen. Gerade heute Morgen habe er sie auf einen warnenden Artikel in der Regionalzeitung aufmerksam gemacht. Vor Handtaschendieben müsse man sich immer in Acht nehmen – besonders natürlich im November, wenn es schon deutlich vor 17 Uhr dunkel wurde – und gerade hier in der Gegend, wo es so einsam war. Ein Streifenwagen brachte die Eltern in die Pathologie. Die Identifizierung war eindeutig.

Nach solchen Gesprächen fühlte sich Hauptkommissar Nachtigall wie verkatert und entsprechend mies war seine Laune. Bei diesem Fall war ihm gar nicht wohl, auch wenn er versuchte die anderen das nicht spüren zu lassen. Auch wegen Jule, gestand er sich ein, als er den PC einschaltete und sein Passwort eintippte.

Er hatte an diesem Morgen mit ihr gemeinsam gefrühstückt. Ein viel zu seltenes Ereignis, wie er zugab. Seine Freude über ihre ungezügelte Lebendigkeit ließ ihn den Schmerz von Annas Eltern tief nachempfinden.

Jule erzählte lebhaft von ihren Plänen, während sie ihren Kaffee tranken, von den ungeheuerlichen Zuständen in der Schule, den Ungerechtigkeiten der Lehrer und von Missverständnissen zwischen den Schülern. Ihre dicken, dunklen Locken, die sie von ihrer Mutter geerbt hatte, tanzten unentwegt um ihr ausdrucksvolles Gesicht mit den großen dunklen Augen, die vor Freude sprühten, vor Entrüstung oder heiligem Zorn. Mit der stolzen Bewunderung eines Vaters registrierte er die anmutigen Bewegungen, mit denen sie die Bedeutung ihrer Worte unterstrich, ihre schmalen Hände mit den langen Fingern. Und plötzlich fühlte Peter Nachtigall sich so schmerzhaft an seine Frau erinnert, dass er sich abwenden musste.

Auch die Radionachrichten meldeten den Mord schon seit Mitternacht.

»Am gestrigen Abend wurde in Cottbus die verstümmelte Leiche eines jungen Mädchens in der Nähe des

Madlower Badesees gefunden. Die Polizei vermutet eine Sexualstraftat.«

Auch die Lokalzeitung berichtete von dem Mord, hielt sich aber erfreulich zurück mit der Schilderung blutiger Details. Fotos vom Fundort auf Seite eins. Wo die immer so schnell das Material herbekamen. Außer ihrem eigenen Fotografen war doch niemand mit Kamera zu sehen gewesen!

Nachtigall kannte den Traum der Redakteure von der ganz besonders hohen Auflage. Er seufzte. Der Pressestelle würde heute jede Menge Arbeit ins Haus stehen. Der öffentliche Druck würde sehr schnell zunehmen, wenn sie nicht rasch den Täter fänden. Es war ein ausgesprochen spektakulärer Mord und die Medien würden sich bald in ihren Berichten überschlagen.

»Mann, was muss das für'n kaputter Typ sein, der so was macht!«, empörte sich Jule. »Schlimm genug, dass er sie vergewaltigt und ermordet hat – musste er sie auch noch verstümmeln! Also ne, wirklich!«

Zum Abschied hatte er sich ein hysterisches: »Pass gut auf dich auf!«, nicht verkneifen können, für das er von Jule mit einem spöttischen Blick bedacht wurde.

»Omnipotenz! Die glauben, sie sind einfach jedem Problem gewachsen. Typisch in diesem Alter – aber verhängnisvoll«, zischte er vor sich hin, während der Computer surrend seine Programme hochfuhr. Gereizt nahm er die Akte mit den Tatortfotos vom Stapel und schlug sie auf.

Außer dem BH im Geäst und den Schuhen neben dem Moosbett hatte die Spurensicherung keinerlei Kleidungsstücke in der Nähe der Leiche gefunden. Interessant war die Barbiepuppe: Mit einem Stift – vermutlich einem handelsüblichen Permanentmarker – waren die Brüste umrandet und quer durch das Gesicht dicke schwarze Striche gezogen worden, ihre Haare hatte man mit einer Schere grob abgesäbelt. Fingerabdrücke konnten nicht sichergestellt werden – der Täter hatte den Körper der Puppe abgewischt. Die Halter der Fahrzeuge waren ermittelt, heimliche Besucher bei jugendlichen Bekanntschaften. Die Alibis waren überprüft, keiner von ihnen war verdächtig. Nachtigall hatte im Grunde nichts anderes erwartet.

Hatte der Täter die Kleidung mitgenommen? Nachtigall griff nach einem Kugelschreiber auf seinem Schreibtisch und begann abwesend mit dem Druckmechanismus zu spielen. Vielleicht wollte er sie als Andenken. Bei dieser Art von Morden war es nicht selten, dass der Täter sich einen Fetisch oder Anker mitnahm, obwohl er damit ein ziemlich hohes Risiko einging. Warum hatte er aber dann die Schuhe zurückgelassen? Nachdenklich strich er sich mit dem Zeigefinger über die Stirn, als könne er damit das Denken anregen. Vielleicht waren Spuren an der Kleidung, die Hinweise auf den Tatablauf geben könnten – oder auf den Täter. Spermaspuren zum Beispiel. Aber wo hatte der Mörder dann die Kleidung entsorgt?

»Die Kollegen müssen die Mülleimer in der Umgebung durchsuchen – und die Container am Park & Ride -Parkplatz an der Ringstrasse.«

Albrecht Skorubski kam gerade mit zwei Tassen Kaffee wieder herein: »In einer halben Stunde in der Pathologie.«

Nachtigall nickte.

»Wir müssen die Kleidung des Opfers finden. Möglicherweise gibt es biologische Spuren.«

»Vielleicht hat er Teile davon behalten«, murmelte Skorubski.

»Naja, wenn er mit einem Auto am Tatort war, war es ja sicher auch kein Problem die Kleidung mitzunehmen – selbst wenn sie voller Blut gewesen sein sollte.«

»Wenn es ein geplanter Mord war, hätte er auch einfach eine Tasche mitbringen können«, Skorubski stellte seine Tasse ab und schob sie mit einem angewiderten Gesicht zur Seite.

»Warum hat er denn die Puppe zurückgelassen? Als Zeichen?«

Der Kollege bemühte sich heute offensichtlich Hochdeutsch zu sprechen.

»Ja, ich denke schon. Seht euch mal diese Markierungen an – da hat sich doch jemand was gedacht, als er die aufgemalt hat.«

»Vielleicht sind das die Stellen, die er besonders attraktiv an einer Frau findet. Das wäre doch auch gar nicht so etwas Besonderes. Schöne Haare, dralle Brüste.«

»Und er hat auch bei der Puppe die Haare so lieblos abgeschnitten, wie er es auch bei seinem Opfer getan hat. Aber bei der Barbie ist auch noch das ganze Gesicht verunstaltet.«

»Möglicherweise wollte er sein Opfer ursprünglich noch mehr verstümmeln und die Puppe diente sozusagen als Vorlage. Er hatte alles bis ins Detail geplant und ist gestört worden. Vielleicht von dieser Frau Mehlbrunner, die ihre Katze gesucht hat.«

Peter Nachtigall strich sich übers Kinn.

»Heute keine Lust auf Koffein?«, fragte er dann und zeigte auf die noch fast volle Tasse.

»Der Magen eben. Du weißt schon«, murmelte Skorubski mit einer abfälligen Handbewegung. »Stressmagen.«

»Und die Aussicht auf einen Besuch bei Dr. Pankratz, oder?«

6

Die junge Frau lag auf einem glänzenden Edelstahltisch.

An den Wänden zogen sich Arbeitstische entlang, auf denen eine Ansammlung seltsam geformter Gefäße stand. Geräte, die für spezielle Analysen gebraucht wurden, reihten sich aneinander und das unangenehme Summen der Lüftungsanlage füllte den Raum. Daneben standen Waagen mit altmodischen, runden Anzeigeskalen. Große Behälter für allerhand chirurgisch anmutende Instrumente, von denen Nachtigall nicht wissen wollte, wozu sie im Einzelnen dienten, drängten sich neben ovalen Gefäßen, die darauf warteten, die entnommenen Organe aufzunehmen. Alles war aus Edelstahl und blitzte kalt im Vorwinterlicht.

Dr. Pankratz, der forensische Pathologe, beugte sich kopfschüttelnd über den entstellten Körper aus dem Waldstück beim Südfriedhof.

Der Gerichtsmediziner war sehr schlank und knapp einen Meter neunzig groß. Der grüne Kittel schlabberte bei jeder Bewegung konturlos um seinen schmalen Körper. Wenn er sich über einen toten Körper beugte, mit in spitzen Winkeln nach oben zeigenden Ellbogen, wirkte er fast wie eine erfolgreiche Jagdspinne, die ihre Beute sichern und mit raschen, präzisen Bewegungen einwickeln wollte.

Seit einem schweren Infekt vor vier Jahren hatte er

eine makellose Glatze. Seine grauen, funkelnden Augen sahen immer ein wenig spöttisch durch eine silberne Nickelbrille auf seine Gesprächspartner herunter. Peter Nachtigall schätzte ihn sehr, seine Überlegungen und intelligenten Kommentare hatten schon oft Ermittlungen entscheidend vorangebracht. Er wusste von ihm, dass er sich stets sorgfältig mit dem Tatort vertraut machte, bevor er sich abschließend zum möglichen Tathergang äußerte. Ein sehr präziser Analytiker, pedantisch und objektiv.

»Du liebe Zeit. Ich bin ja schon von Berufswegen nicht zimperlich. Aber so eine Sache«, sagte er statt einer Begrüßung.

»Wir haben das auch noch nie gesehen. Aus dem Fernsehen kennt man solche Morde – aber hier bei uns …

Aber immerhin wissen wir inzwischen, wer die Tote ist. Anna Magdalena Kranz. Sie wohnte ganz in der Nähe des Fundorts.«

Peter Nachtigall beschränkte sich auf ein Minimum an Bewegung, als habe er Angst versehentlich den Körper des Opfers zu berühren oder in Kontakt mit dem Sektionsbesteck zu kommen. Automatisch senkte sich im Obduktionssaal seine Stimme, die in seinen Ohren auch stets einen seltsamen Klang annahm. Hier hatte der Tod so etwas Endgültiges, nicht wieder gut zu Machendes. Am Arbeitsplatz von Dr. Pankratz wurde besonders deutlich, was der Täter angerichtet hatte. Albrecht Skorubski stand blass und stocksteif neben ihm, wobei er es nach Möglichkeit vermied das Opfer direkt anzusehen.

»Na, bei dem Namen wird es sich hier ja wohl um ein sehr angepasstes und liebes Mädchen gehandelt haben«, meinte der zweite Rechtsmediziner, der Dr. Pankratz assistiert hatte und Peter Nachtigall schoss sofort durch den Kopf, dass Jule wohl nicht unbedingt der Name für ein angepasstes und liebes Mädchen war. Kein Wunder also. Wer hatte den eigentlich ausgesucht – seine Frau, ganz sicher! Wäre ja auch typisch!

»Also – die äußere Inspektion der Leiche ergab eine Schädelverletzung auf der linken Stirnseite, Amputationen der Brüste und des zweiten Zehs des rechten Fußes.«

Dabei deutete Dr. Pankratz mit seinen langen, knochigen Fingern zu den schmalen Füßen des Mädchens.

»Das ist uns gestern gar nicht aufgefallen«, meinte Nachtigall verblüfft.

»Das glaube ich gern. Es war ja sehr schlecht zu erkennen, bei all dem Moos, das sich in allen Zehenzwischenräumen fand. Wir haben es auch erst beim Waschen des Körpers entdeckt. So – wir konnten feststellen, dass der Schlag auf die Schläfe den Tod unmittelbar herbeigeführt hat. Es war ein ausgesprochen harter Schlag.« Dr. Pankratz nahm ein Gefäß vom Arbeitstisch. Der Inhalt war grau und hatte eine unspezifische Struktur. Mit seinem langen Zeigefinger wies er auf einen der seitlichen Bereiche und erklärte: »Die Schädeldecke splitterte und einzelne Knochenfragmente drangen in den Temporallappen ein.« Er drehte sich um, stellte das offene Gefäß mit dem Präparat ab und griff nach einem Röhrchen, in dem ein Knochenspan zu sehen war.

»Hier. Den habe ich in ihrem Hirn gefunden. Das war der längste, die anderen Splitter waren etwas kleiner.« Peter Nachtigall drehte das Röhrchen im Neonlicht und sah sich das Knochenfragment an. Es war etwa drei Zentimeter lang und schmal mit einer angebrochenen Spitze. Kopfschüttelnd gab er dem Pathologen das Röhrchen zurück.

»Danach muss der Täter den Körper zu der Stelle geschleppt haben, an der die Tote gefunden wurde. Ich habe mir den Fundort angesehen und nach meiner Einschätzung wurde das Opfer an anderer Stelle ermordet, bestimmt auf diesem Trampelpfad. Ich kann mir nicht vorstellen, dass der Täter sie überreden konnte ihm in den Wald zu folgen und sie erst dort erschlagen hat. Übrigens wurden ihr alle weiteren Verletzungen nach dem Tod zugefügt«, erklärte Dr. Pankratz weiter.

»Dann hat der Täter sie auf dem Weg nach Hause überfallen«, Peter Nachtigall sah die Szene vor seinem inneren Auge ablaufen: Ein hübsches Mädchen wird von einer finsteren Gestalt verfolgt und überrumpelt. Mit einem schweren Gegenstand erschlagen und in den Wald gezerrt. Er bekam eine Gänsehaut.

»Der Tatort kann nicht weit vom Fundort der Leiche entfernt sein. Das Risiko entdeckt zu werden wäre doch wohl sehr hoch, wenn der Täter die Leiche hätte weit transportieren müssen«, meinte Skorubski.

»Nicht, wenn er die Leiche zum Beispiel im Auto zum Badesee gebracht hat. Dann musste er nur noch warten, bis alles ruhig war und konnte sie dann zu dem Moosbett tragen«, wandte Peter Nachtigall ein.

»Zu den Bewegungsspuren komme ich gleich. Wie dem auch sei – es wäre sicher gut, den Weg nach Tatspuren abzusuchen. Vielleicht wurde sie ja tatsächlich einfach auf dem Heimweg überfallen. Ganz klassisch – zur falschen Zeit am falschen Ort.«

»Die Spurensicherung hat weder auf dem Parkplatz

noch auf diesem ausgetretenen Fußweg Spuren gefunden, die auf jemanden deuten, der eine schwere Last getragen hätte. Allerdings war zur Tatzeit der Boden tiefgründig und im Bericht wurde extra vermerkt, dass die gefundenen Spuren nur schwer zu beurteilen sind.«

Dr. Pankratz zeigte auf die Wundränder der tiefen Krater und erklärte:

»Die Brustamputationen wurden mit einem scharfen, gezackten Messer durchgeführt. Die Klinge war relativ kurz, die Spitze abgerundet. Der Täter musste viel Kraft aufwenden um damit die Haut zu durchstoßen und bei jeder Brust mehrfach ansetzen. Die Wundränder sind ausgezackt – vielleicht ein Küchenmesser. Er hat die Brust jeweils an der Brustwarze angehoben, hochgezogen und das Gewebe trichterförmig ausgeschnitten – etwa wie eine dunkle Stelle an einer Kartoffel.« Er demonstrierte Handstellung und Schneidebewegung des Täters. »Den Knochen am Fuß hat er mit demselben Messer regelrecht abgesägt. Ich habe den Erkennungsdienst bereits angerufen – es wurde kein Zeh gefunden. Also hat er den vielleicht einfach mitgenommen.«

Peter Nachtigall konnte nicht verhindern, dass er zusammenzuckte.

»Du liebe Zeit. Gehen wir hier von Mutilation durch einen Trophäensammler aus?«

»Das weiß ich noch nicht. Vielleicht hat der Täter auch einfach eine Riesenwut auf dieses Mädchen gehabt. So gehört ihm jetzt wenigstens ein Teil von ihr. Nicht immer hat das Abtrennen von Körperteilen etwas mit Sexualität zu tun«, gab Dr. Pankratz zu bedenken. »Auf jeden Fall ist das eine gänzlich andere Art Täter als die, mit denen wir sonst zu tun haben. Falls es schlimme und weniger schlimme Morde gibt, würde ich denken, dies hier ist einer der schlimmsten.«

»Egal wie wütend er vielleicht auf das Opfer war – offensichtlich hat es ihm nicht gereicht sie einfach umzubringen. Er musste ihr über den Tod hinaus gehende Verletzungen zufügen.« Peter Nachtigall schlang die Arme tröstlich um seine Mitte.

»Jede Handlung ist eine Nachricht des Täters – und dieser hier hat auf das Verstecken verzichtet, hat ihre Identität nicht ernsthaft zu verschleiern versucht aber das Opfer grausam verstümmelt«, murmelte er, wie im Selbstgespräch. »Fragt sich nur, was genau er uns damit dann mitteilen wollte.«

»Wenn er eine Riesenwut auf dieses Mädchen hatte, widerspricht das der Theorie vom zufälligen Überfall auf dem Heimweg. Dann hat ihr jemand aufgelauert, der genau sie an genau diesem Ort treffen wollte«, brach Albrecht Skorubski das entstandene Schweigen.

»Ausschließen können wir im Moment weder das Eine noch das Andere. Der Befund spricht für einen kräftigen Täter – denn um sie mit einem Hieb zu töten bedarf es außerordentlicher Schlagkraft – oder der Täter hatte ein schweres Werkzeug. Einen großen Hammer zum Beispiel«, erklärte Dr. Pankratz weiter.

»Sind Sie sicher, dass sie nach dem Schlag auf die Schläfe sofort tot war?«, wollte Albrecht Skorubski wissen. »Vielleicht war sie nur bewusstlos.«

»Sie hat sich überhaupt nicht gewehrt. Es findet sich nicht der geringste Hinweis darauf, dass sie irgendeine Form von Widerstand geleistet hat. Auch unter ihren Nägeln haben wir kein Gewebe sicherstellen können. Sie wurde also völlig überrascht. Außerdem wurden durch den Schlag wichtige Hirnareale und die Schädeldecke zerstört. An den Wundrändern findet sich kein Fibrin – sie war definitiv tot, als er sie dort ablegte und sie verstümmelte.«

»Aber der Täter muss dann doch voller Blut gewesen sein?«

»Ja.«

»Spermaspuren? Zeichen einer Vergewaltigung?«, fragte Peter Nachtigall und sah den Gerichtsmediziner mit dem Blick eines Menschen an, der eine unangenehme Wahrheit schon kennt, bevor sie ausgesprochen wird.

»Wir können nicht mit Gewissheit sagen, ob sie vergewaltigt wurde. – Es gibt keine eindeutigen Spuren. Sperma konnten wir jedenfalls nicht finden. Aber da ist was anderes: Der Täter hat ihr einen kleinen Apfel in die Vagina geschoben.«

Peter Nachtigall holte tief Luft. »Sie haben intravaginal einen Apfel gefunden?«

»Ja, das ist nun wirklich das Ungewöhnlichste, was mir in den vielen Jahren meiner Tätigkeit untergekommen ist. Ich kenne mich bei Obst nicht so gut aus, ich kann also nichts über die Sorte sagen.« Dabei führte er die beiden Kriminalkommissare zu einem Edelstahlschrank an der anderen Seite des Saales, öffnete ihn und wies auf eine Plastiktüte mit einem kleinen, rotbackigen Apfel.

»Da. Er war tief in die Vagina geschoben und der Täter hat dabei einige Verletzungen verursacht. Wir können also eine Vergewaltigung nicht ausschließen – aber sicher wissen wir es nicht. Es ist einfach nicht mehr möglich festzustellen, ob all die vaginalen Verletzungen vom Apfel stammen, oder vorher entstandene Wunden durch das Einführen nicht mehr eindeutig zu erkennen sind.«

Er schloss die schwere Tür.

»Cox Orange, würde ich tippen«, sagte Albrecht Skorubski leise. Und Peter Nachtigall erinnerte sich daran, dass sein Partner seit vielen Jahren alte Obstsorten auf einem Grundstück im Spreewald sammelte und pflegte.

»Außerdem ist das Mädchen nach seinem Tod mehrfach bewegt worden. Sie wurde nicht nur zu der Stelle im Wald gebracht und dort auf diese eigenartige Unterlage gebettet, sondern wurde vorher schon einmal für einige Zeit abgesetzt. Wir fanden ausgeprägte Blutansammlungen an den Beinen und am Gesäß des Mädchens. Vielleicht wurde sie vorher noch irgendwo in sitzender Position angelehnt und erst später auf diesem Moosbett gelagert. So – ich mache noch die üblichen Analysen und schicke dann die Befunde rüber. Ein paar Faserspuren haben wir trotz des Regens und der Moosdecke sichern können – aber solange ihre Kleidung nicht gefunden wurde, bringt Ihnen das nicht so viel. Hat der Erkennungsdienst schon geklärt, wie der Täter sie in den Wald transportiert hat? Wenn er sie getragen hat, ist das ein weiterer Hinweis darauf, dass es ein kräftiger Mann gewesen sein muss. Wir haben jedenfalls weder die typischen Druckstellen an ihren Oberarmen noch Abschürfungen an ihren Fersen gefunden, wie sie entstehen, wenn jemand den Körper über den Boden zieht.«

»Sie trug Schuhe.«

»Pumps. Die werden beim Ziehen eines Körpers aber von den Füßen gestreift.«

Damit waren sie entlassen und Dr. Pankratz bedeutete einem unauffälligen Herrn im Kittel, der den beiden Beamten bisher gar nicht aufgefallen war, die Leiche könne in den Kühlraum gebracht werden. Dann nickte er den beiden Ermittlern kurz zu und verschwand mit seinem Kollegen durch eine Glastür, auf der Labor stand.

»Ich glaub's nicht«, Peter Nachtigall kickte eine Eichel über den Parkplatz, als sie zum Wagen zurückgingen. »Vielleicht haben wir es doch mit einem ausgewachsenen Psychopathen zu tun.«

»Und das ausgerechnet in Cottbus. Und dann noch da hinten im »Ärztegetto«, wo die DDR ihre fluchtgefährdeten Ärzte mit jedwedem Komfort verwöhnte. Mann, da wohnten früher viele VIPs. Einige sind sicher immer noch da. Das wird unangenehm.«

»Ach was. Die wollen doch auch, dass der Mörder gefasst wird.«

Gerade als Peter Nachtigalls Magen registrierte, es müsse bald Mittag sein, stürmte Michael Wiener aufgeregt ins Büro. »Hier ist der erste kurze Obduktionsbericht. Dr. Pankratz hat mineralische Spuren in der Wunde gefunden und meint, wir sollten den Tatort nach einem Stein absuchen, der Blutanhaftungen aufweist.« Wieder war nichts von seinem badischen Dialekt zu hören, wie Nachtigall mit leisem Bedauern registrierte. Vielleicht wollte der junge Mann nicht ständig auf seine Herkunft angesprochen werden. Insgeheim hoffte Nachtigall, der Dialekt werde sich nicht gänzlich verlieren.

»Wir sollen nach einem blutigen Stein suchen?« Albrecht Skorubski runzelte ungläubig die Stirn. »Kaffee?«, fragte er dann in die kleine Runde und schob sich an Michael Wiener vorbei zur Tür hinaus, als keiner antwortete.

»Ich rufe gleich mal die Spurensicherung an. Vielleicht haben die gestern schon was gefunden und mitgenommen.« Peter Nachtigall wählte schon die Nummer.

»Wie konnte der Kerl sie denn überhaupt kriegen? Immerhin war sie jung und bestimmt auch flink.« Michael Wiener schüttelte den Kopf.

»Vielleicht hatte sie keinen Grund ihm zu misstrauen. Oder er hat einfach in einem Hinterhalt gewartet, bis ein passendes Opfer vorbeikam«, warf Skorubski ein und starrte den Kaffeebecher an wie ein Ekel erregendes Insekt, als er ihn auf dem Schreibtisch abstellte.

»Warum holst du dir einen, wenn du ihn dann doch nicht trinken kannst?«

»Reiner Masochismus.«

»Ich glaube das ist ein wichtiger Punkt«, dachte Nachtigall laut. Warum ist sie einfach ruhig weitergegangen? Kannte sie den Mann und hatte deshalb keine Angst vor ihm? Oder wollte sie ihre Angst nicht zeigen, weil sie es albern fand sich vor einem Fremden zu fürchten, nur weil er den gleichen Weg entlang ging. Sie wollte ihm keine böse Absicht unterstellen, nur weil er ein Mann war – in dem Alter reagieren sie manchmal ziemlich sensibel auf Diskriminierung – Nachtigall, ja«, bellte er ins Telefon. »Ich wollte nachfragen, ob ihr gestern bei der Leiche am Badesee einen blutigen Stein gefunden habt? – Nicht. Dann wäre es gut heute noch mal speziell danach zu suchen. In der Patho haben sie mineralische Spuren in der Wunde gefunden. Nein«, Peter Nachtigall trommelte mit den Fingern der rechten Hand auf seinen Schreibtisch. »Wenn Dr. Pankratz der Meinung wäre, die Verschmutzung käme von einem Sturz auf den Boden, hätte er uns nicht extra darauf aufmerksam gemacht und uns zur Suche nach einem Stein aufgefordert! Aha. Ihr habt ohnehin noch ein Team draußen. Das passt doch.«

Er schwieg einige Zeit.

»Gut. Dr. Pankratz meint, der Mord könnte gut auf dem schmalen Trampelpfad verübt worden sein. Sucht mal da nach Blut. Vielleicht findet sich auch eine Stelle, an der einer im Hinterhalt gelauert haben könnte. Na, gut. Bis dann.«

Er fasste zusammen.

»Sie haben nur die Pumps neben der Toten, den BH und einen engen Rock in ein paar Metern Entfernung gefunden. Es sind Kleidungsstücke der jungen Frau. Die Eltern haben sie identifiziert. Bis auf die schwarzen Schuhe. Die Mutter hat ausgesagt, ihre Tochter habe Stiefeletten getragen. Das einzige Paar hochhackiger Schuhe ihrer Tochter stünde im Flur. Wobei seltsamerweise die Größe genau gestimmt hat. Die Pumps hätten ihr also gepasst, aber sie gehören ihr nicht.«

»Das bedeutet, der Täter hat die Schuhe mitgebracht. Michael, Sie klappern alle Schuhgeschäfte ab. Vielleicht kann sich jemand daran erinnern, so ein Paar an einen Herrn ohne Begleitung verkauft zu haben. Fangen Sie mit den Filialisten an. Da kann man besser anonym einkaufen als im Fachgeschäft. Denken Sie nicht nur an die Sprem, fragen Sie auch in den Einkaufszentren in Groß Gaglow, im TKC und in Sielow.«

Der junge Mann nickte.

»Soll ich die Schuhe mitnehmen?«

»Ja. Das Labor wird wohl damit fertig sein. Wenn nicht, dann nehmen Sie wenigstens einen in einer Tüte mit. Wenn die Presse erstmal Wind von all den grausigen Einzelheiten bekommt, geht der Affentanz hier aber los«, mahnte Peter Nachtigall. »Wir sollten diesen Mörder lieber ganz fix finden.«

Das Telefon auf Nachtigalls Schreibtisch klingelte. Der Hauptkommissar meldete sich und schaltete den Lautsprecher ein, damit seine Kollegen mithören konnten.

»Wissen Sie schon Genaueres aus der Pathologie?«

Peter Nachtigall fasste die ersten Befunde kurz zusammen.

»Dann hat er wohl ein Kondom benutzt«, meinte Dr. März. »Heutzutage wissen die, dass sie kein Sperma zurücklassen dürfen. Jeder weiß doch, wie gefährlich so etwas ist im Zeitalter der DNA – Analyse.«

»Vielleicht konnte er auch einfach nicht«, mutmaßte Albrecht Skorubski flüsternd. Als er den überraschten Blick des jungen Kollegen bemerkte erklärte er: »Das ist gar nicht so ungewöhnlich. Manch einer von den Typen ermordet eine Frau aus sexueller Gier – aber wenn sie dann da so liegt, kriegt er ihn nicht hoch. Sehen Sie – oft sind sie von ihrer Tat so überwältigt, dass es nicht geht oder sie erfassen, dass sie getötet haben und dadurch geht nichts mehr. Manche werden aber auch einfach nur gestört.«

Nachtigall grinste und drohte ihm mit dem Zeigefinger und seine Lippen formten lautlos das Wort Polizeischule. Ertappt zuckte Skorubski mit den Schultern.

»Intravaginal fand der Pathologe einen Apfel«, fuhr Nachtigall fort »und der Täter hat ihr eine Zehe abgeschnitten«

»Also ich weiß nicht, wie es Ihnen dabei geht – aber für mich klingt das alles sehr sonderbar, um nicht zu sagen krank!« Die Stimme des Staatsanwalts entgleiste plötzlich und wurde schrill und spitz. Er räusperte sich: »Hat er den Zeh mitgenommen?«, hakte er dann ungläubig nach.

»Kann ich noch nicht sagen. Vielleicht hat ihn auch jemand von der Spurensicherung gefunden. Die haben noch ein Team draußen und sie werden sich melden, wenn sie was für uns haben. Tatwaffe war wahrscheinlich ein Stein.«

»Gut«, der Staatsanwalt fing sich langsam wieder. »Lassen Sie alle anderen Fälle liegen. Die werde ich neu verteilen. Sie bearbeiten mit Skorubski und Wiener nur noch diesen Fall. Daneben arbeiten Ihnen die Kollegen der Schutzpolizei zu, wann immer Sie sie benötigen – und natürlich können wir auch die Kollegen des LKA um Unterstützung bitten.«

»Nein, das LKA brauchen wir nicht. Dann trampeln hier nur jede Menge Leute herum – und die meisten davon kennen Cottbus nur vom Hörensagen.«

»Hören Sie, wenn das nach hinten losgeht, kann es uns beide den Job kosten! Mir graust vor den Schlagzeilen der Boulevardpresse. Heute hat schon ein Blatt »Der Schlächter von Cottbus« getitelt. Das ist ja endlich mal wieder so ein echter Aufreißer«, er seufzte tief.

»Wir kriegen ihn schon. Je mehr Leute involviert sind, desto unhandlicher wird das Ganze.«

»Ich bin im Grunde auch kein Freund von diesen Großveranstaltungen. Da gehen Ermittlungsergebnisse verloren, die Kommunikationswege sind zu lang, es gibt Animositäten. Und natürlich wird die Presse von so was immer angelockt. Dann kriegen wir Cottbus in den nächsten Tagen gar nicht mehr aus den Schlagzeilen und Topmeldungen raus. Vielleicht haben Sie Recht. Aber machen Sie hinne, Herr Nachtigall! Bis der Oberstaatsanwalt aus seinem Urlaub zurück ist, will ich den Fall geklärt haben!«

»Okay. Wir schaffen das schon«, antwortete Nachtigall mit einer Zuversicht, die er so nicht empfand.

Kaum hatte er den Hörer aufgelegt, als das Telefon erneut schrillte. Die Spurensicherung sei mit der Überprüfung des Zimmers des Opfers fertig.

»Lass uns doch mal sehen, was wir über das Opfer erfahren können. Michael, Sie checken, was der Computer zur Vorgehensweise so anzubieten hat«, bestimmte Nachtigall und war schon auf dem Gang.

Auf dem Schreibtisch in Annas Zimmer lagen ein Adressbuch und ein Stapel Liebesbriefe. Auf ihrem Nachttisch standen mehrere Fotos, die einen ausgesprochen sportlichen jungen Mann zeigten, mit dunklen Haaren, sonnengebräunter Haut und erotisch-dekorativen Sandspuren auf der Haut.

Peter Nachtigall betrachtete es nachdenklich: Barbie liebt Kent – Kent liebt Barbie.

War das ein geeigneter Ansatz für ihre Ermittlungen? Wohl eher nicht. Er verwarf den Gedanken.

Hatte Jule eigentlich zurzeit auch einen Freund? Missmutig stellte er fest, dass er es nicht wusste. Wie gut, dass er das Thema Beziehung für sich damals abgehakt hatte, als Birgit so plötzlich verschwunden war. Er sah kritisch an sich herunter. Da gab es nichts zu deuteln – er wurde langsam aber sicher zu dick. Aber es gab auch niemanden, der sich daran stören durfte. In seinem Leben war kein Platz für irgendwelche Beziehungen. Und im Moment war das auch ganz in Ordnung so, stellte er ein wenig trotzig fest.

Die Liebesbriefe waren von einem Jens verfasst, der seiner Anna ewige Liebe schwor. Nachtigall war sich ziemlich sicher, dass dieser Jens der Mann auf den Fotos war.

Aus dem Adressbuch erfuhren sie seinen vollständigen Namen und seine Adresse.

»Büro & Style, Hubertusstraße. Das ist hinter der alten Feuerwehr. Gleich beim Büro um die Ecke«, Albrecht Skorubski kannte sich in Cottbus mindestens so gut aus wie ein Taxifahrer.

»Das war ja mal ein wirklich ordentliches junges Mädchen«, stellte Peter Nachtigall erstaunt fest. »Guck mal, sie hat sogar die Bücher im Regal alphabetisch geordnet. Mann, ich glaube meine Jule hat ein eher gestörtes Verhältnis zu jeglicher Form von Ordnung oder Ordnungssystem. Ganz die Mutter.«

»Ja«, schniefte Annas Tante, die die beiden Polizisten nicht aus den Augen ließ, und Nachtigall, der ihre Anwesenheit fast vergessen hatte, zuckte zusammen. »Die Anna war schon immer sehr ordentlich. Und so ein artiges Kind. Mit dem Mädchen hatten die Eltern nie irgendwelche Probleme. Ganz anders als der Bruder. Der war ja nur in ernsten Schwierigkeiten.«

Nachtigall nickte der verhärmten Frau kurz zu.

»Brecht, Böll, Camus, Fontane, Schiller, Weizsäcker … Ziemlich exklusiver Geschmack für ein junges Mädchen, findest du nicht?« Albrecht Skorubski ging Titel und Autoren durch.

»In ihrem Rucksack hatte sie einen Krimi. Offensichtlich hat sie also auch andere Bücher gelesen. Hmm.

Sieh mal, der Mann auf dem Foto ist sicher ein paar Jahre älter als sie – vielleicht hat sie nur versucht zu beeindrucken oder mitzuhalten«, überlegte Peter Nachtigall.

Sie steckten das Adressbuch ein und nahmen eines der Fotos mit. Die Schwester von Frau Kranz begleitete sie zur Tür.

»Ich hoffe, den Eltern von Anna geht es bald wieder besser«, sagte Peter Nachtigall, als sie sich an der Tür verabschiedeten.

»Und ich hoffe, Sie finden dieses Schwein! So schnell wie möglich!«, gab die Tante den beiden Ermittlern mit auf den Weg.

»Wo können wir Annas Bruder erreichen? Vielleicht hat sie ihm ja etwas Wichtiges anvertraut, das uns weiterhelfen könnte.«

»Er ist tot!«, schluchzte die Frau plötzlich auf. »Tot, tot, tot!«

»Der Sohn tot, die Tochter tot – das ist ja wirklich grausam«, seufzte Peter Nachtigall. »Michael soll sich nachher gleich mal an seinen Computer setzen und rausfinden, wann und wie der junge Mann gestorben ist. Mensch, das ist ja wirklich eine Katastrophe!«

Kurze Zeit später saßen sie im Café Lauterbach gegenüber dem Bahnhof.

»Ob der Täter den Zeh wohl als Trophäe aufbewahrt?«, überlegte Skorubski leise, während er auf seine heiße Milch wartete.

»Vielleicht braucht er so was. Du weißt schon – sexueller Hintergrund eben«, mutmaßte Peter Nachtigall und goss einen kräftigen Schluck Sahne in seinen Kaffee. Nachdenklich rührte er um und wünschte sich eine Zigarette dazu. Jule hatte ihn damals, als ihre Mutter so überraschend aus ihrem Leben verschwand, gebeten, dieses ungesunde Laster aufzugeben, schließlich habe er als allein erziehender Vater eine große Verantwortung. Und versprochen ist versprochen, dachte er, gerade zwischen Vater und Tochter – er würde sich daran halten.

Peter Nachtigall bemühte sich, seine Gedanken wieder dem Fall zuzuwenden.

»Kannst du dich noch an diesen Fußfetischisten erinnern? Diesen Typen, der im Sommer Jugendliche gebeten hatte mit bemalten Füßen auf der Sprem über Packpapier zu laufen? Die jungen Leute hielten das für eine große Gaudi – aber für den Kerl hatte das ganze Happening einen ernsthaften Hintergrund – er erregte sich sexuell durch den Anblick der Fußspuren und onanierte darauf. Was mag aus dem wohl geworden sein?«

Skorubski zuckte mit den Schultern.

»Ich weiß gar nicht, wie man so ein Stück Mensch aufheben kann. Das fängt doch nach kurzer Zeit an zu verwesen«, überlegte er nach einer Pause.

»In der Patho legen sie die Präparate in Formalin ein«, stellte Nachtigall fest.

»Kriegt man das einfach so zu kaufen?«

»Vielleicht in der Apotheke. Aber das Einlegen geht auch sehr gut mit Alkohol. Mit hochprozentigem Schnaps zum Beispiel. Wir haben als Kinder mal einen Hirschkäfer gefunden und in Kirschwasser eingelegt. Ich glaube der steht immer noch bei meiner Schwester im Keller«, erzählte Nachtigall und probierte vorsichtig mit gespitzten Lippen seinen Kaffee.

»Oder er hat ihn eingefroren«, setzte er dann hinzu.

Gedankenverloren beobachtete er, wie sein Freund Honig in die Milch tropfen ließ. Die Farbe erinnerte ihn unwillkürlich an Sonne und Urlaub. Ein Blick auf die Straße hinaus ernüchterte ihn allerdings sofort wieder: Grauer Himmel, leichter Nieselregen – und der Winter stand erst noch bevor!

Das Mobiltelefon in seiner Jacke vibrierte. Nachtigall zerrte es ungeschickt heraus und lächelte. Auf den fragenden Blick seines Kollegen antwortete er: »Eine SMS von Jule. Sie wird heute das Abendessen vorbereiten und meint, ich soll nicht so spät kommen, sonst schmeckt es nach Pappe.«

»Wie weiter?«, fragte Skorubski und warf einen Blick auf seine Armbanduhr. Heute würde er mal pünktlich Schluss machen müssen. Er war mit seiner Frau verabredet und sie würde sicher gar kein Verständnis für ihn und noch weniger für seinen Beruf haben, wenn er ausgerechnet am Hochzeitstag zu spät käme. Frauen waren in solchen Dingen manchmal unglaublich zickig, wusste er.

»Du kommst schon nicht zu spät«, beruhigte ihn Peter Nachtigall. »Wir werden uns jetzt ihren Freund Jens Wilde vornehmen. Das Adressbuch soll Michael durchgehen.«

»Sag mal – wie lange braucht man eigentlich um so ein Bett aus Moos und Reisig zu bauen? Hat er die Leiche währenddessen abgesetzt?«

»Keine Ahnung. Das müssen wir ausprobieren.«

»Angenommen er brauchte dazu ungefähr eine Stunde. Er legte das Opfer ab, drapierte die abgeschnittenen Brüste und die Haare im Baum, nahm ihre Kleider und ging. – Dann könnte er ja noch in der Nähe gewesen sein, als die Polizei kam. Womöglich ging er einfach an den Sperrbändern vorbei, ohne dass er von uns bemerkt wurde. Als habe das mit ihm nichts zu tun.«

Plötzlich schmeckte Peter Nachtigall der Kaffee nicht mehr.

7

Jens Wilde hatte geweint. Seine Augen waren gerötet, die Augenlider glasig geschwollen, die Nase lief, und war vom Putzen leicht entzündet. Mit belegter Stimme bat er die Herren von der Polizei, die ihm die aufgedonnerte Vorzimmerdame angekündigt hatte, in sein Büro.

Der Raum war ausgesprochen kühl und sachlich eingerichtet, der Schreibtisch hatte eine Platte aus geeistem Glas, an den Wänden hingen großformatige Bilder mit abstrakten Formen in kräftigen Farben. Der junge Mann im Designeranzug und mit gegelten Haaren war Juniorchef einer Firma für Bürodesign. Artig bot er Peter Nachtigall und Albrecht Skorubski an, auf einer weißen Ledercouch in der Ecke Platz zu nehmen.

»Ich habe Sie schon erwartet. Annas Vater hat mich gestern Nacht noch angerufen.« Er warf den beiden Ermittlern einen herausfordernden Blick zu. »Ich kann mir beim besten Willen niemanden vorstellen, der ihr das angetan haben könnte.« Er putzte sich die Nase und wischte sich mit einer verlegenen Geste über die Augen.

Trotz dieses überdimensionierten Büros und seines gestylten Outfits wirkte er auf Peter Nachtigall noch sehr unreif, fast kindlich. In der Weite des unpersönlichen Büros ein wenig verloren. Es schien, als wüsste er mit seinem Schmerz nicht umzugehen, seine Tränen waren ihm peinlich und seine Bewegungen waren ungelenk und eckig, als müsse er immer kurz innehalten, um den Ablauf zu überlegen. Dieser große Junge, der seine Freundin auf so schreckliche Weise verloren hatte, tat ihm leid.

»Seit wann kannten Sie Anna Magdalena denn schon?«

Jens Wilde schluckte, räusperte sich. »Wir sind – waren – schon seit zwei Jahren zusammen.«

»Erzählen Sie uns ein bisschen von Ihrer Freundin – wir versuchen uns ein Bild von ihr zu machen«, ermunterte Peter Nachtigall den jungen Mann.

»Wir haben uns auf der Wintereisbahn kennen gelernt, auf dem Galeria-Parkplatz – wie das eben so geht. Ich bin nicht besonders geschickt im Eislaufen und da habe ich sie aus Versehen umgefahren. Zur Entschuldigung habe ich sie später auf einen Glühwein eingeladen. Sie nahm die Entschuldigung gnädig an und so kam die Beziehung in Gang«, Jens Wilde zuckte mit den Schultern und für einen Moment umspielte ein versonnenes Lächeln seine Lippen, das ihn viel sympathischer aussehen ließ, als seine coole Selbstbewusstseinsmaske.

»Hat sie sich danach bei Ihnen gemeldet oder ging die Vertiefung der Beziehung von Ihnen aus? Der Altersunterschied ist doch recht groß?«

Dabei sah Peter Nachtigall den jungen Mann nachdenklich an. Im Yuppieanzug sah er nicht halb so erotisch aus wie auf den Urlaubsfotos in Annas Zimmer. Was hatte sie bei ihm gesucht: Die Sicherheit, in finanzieller Unabhängigkeit von ihren Eltern leben zu können, das Erwachsensein an der Seite eines erfolgreichen Jungunternehmers – oder war ihr doch der braun gebrannte Urlaubstyp lieber, der auch für Abenteuer und Leichtsinn stand?

»Sie rief mich an. Natürlich war ich mir auch darüber im Klaren, dass sie noch minderjährig und immerhin sieben Jahre jünger war als ich. Im Grunde konnte die Initiative da kaum von mir ausgehen, oder? Sie bot mir eine Trainerinnenstunde im Schlittschuhlaufen an und ich war einverstanden.«

»Sie waren einverstanden – das klingt aber nicht gerade nach der Liebe auf den ersten Blick, Romantik und Kerzenschein«, Peter Nachtigall sah den Freund des Opfers kritisch an.

»Na, ja. Sie war mir schon gleich sehr sympathisch. Aber von Liebe auf den ersten Blick habe ich ja auch nichts gesagt.« Nachdenklich runzelte er die Stirn. Seine Augen füllten sich mit Tränen. »Vielleicht sah die Sache von ihrer Seite aus anders aus«, räumte er dann leise ein. »Ich glaube, sie war vom ersten Moment an richtig in mich verknallt.«

»Und wie ging es danach weiter?«

»Wir trafen uns regelmäßig zur Disco und zum Kino und bald kam sie auch in meine Wohnung.«

»Sie haben miteinander geschlafen?« Peter Nachtigall war für klare Verhältnisse: direkte Fragen und Antworten. Alles andere kostete schließlich nur unnötig Zeit. Zeit, in der ein Mörder frei in der Stadt herumlief.

Jens Wilde wand sich ein wenig. »Zunächst nicht. Sie wollte keine Pille nehmen und mir war die Sache dadurch zu gefährlich. Außerdem wusste ich, dass es für sie das erste Mal sein würde und ich wollte ihr die Wahl des Zeitpunkts überlassen. Aber lang hat es nicht gedauert und … ja, wir haben miteinander geschlafen.«

»Sie verwendeten Kondome?«

»Nein! Natürlich nicht! Sie war bei ihrer Gynäkologin und die hatte ihr die Pille verschrieben. Sicher ist sicher.«

»War Anna ein fröhliches Mädchen? Hatte sie Freundinnen, mit denen sie sich regelmäßig traf?«, fragte Peter Nachtigall weiter.

Sichtlich erleichtert, nun nicht mehr zum Thema Sexualität Auskunft geben zu müssen, antwortete Jens Wilde:

»Klar hatte sie eine Freundin. Mit der ging sie manchmal zum Shoppen. Und sie war ganz sicher ein ausgesprochen fröhlicher Mensch. Eigentlich immer gut drauf – hatte den Kopf voller verrückter Ideen ...«, seine Stimme klang rau.

»Wurde sie auch vergewaltigt?«, fragte er dann stockend und Peter Nachtigall sah, wie sich sein Körper straffte, als wolle er sich gegen die befürchtete Antwort wappnen. Seine Schultern richteten den Oberkörper auf und er legte vorsichtshalber so etwas wie männliche Härte in seinen Blick.

»Das wissen wir nicht sicher. Aber bisher gibt es keine eindeutigen Indizien dafür. Der Körper Ihrer Freundin wurde schrecklich verstümmelt – nachdem sie tot war. Sie hat nichts mehr gespürt, der Täter überfiel sie und schlug sie hart mit einem Stein gegen die Schläfe. Unser Pathologe ist sicher, dass dieser Schlag tödlich war.«

»Werden Sie den Kerl kriegen – oder wird das wieder so ein Fall, der rasch im Archiv landet?«, fragte Jens Wilde und bemühte sich um einen provozierenden Ton.

»Wir kriegen ihn.«

Anna Magdalenas Freund schien davon nicht wirklich überzeugt, denn er zog kritisch die linke Augenbraue hoch.

War diese Geste nur Pose oder hatte er tatsächlich nicht verstanden, dass er zum Kreis der Verdächtigen gehörte?

»Hat der Erkennungsdienst bei dem Mädchen die Pille gefunden?«, überlegte Albrecht Skorubski auf dem Rückweg zum Parkplatz laut. »Und wenn sie die Pille genommen hat, wieso hat sie dann die Kondome benutzt?«

»Zur Verhütung hat sie das jedenfalls nicht gebraucht. Vielleicht als Prophylaxe vor AIDS, wenn sie mit einem anderen schlief?«

»Anna mit mehreren Liebhabern? Das passt nun aber überhaupt nicht in das Bild, das wir bisher von ihr haben. Darüber weiß doch bestimmt ihre beste Freundin am ehesten Bescheid«, stellte Skorubski trocken fest.

»Die Eltern können wir ohnehin nicht befragen, die sind auf unbestimmte Zeit nicht vernehmungsfähig. Das ärztliche Gutachten liegt auf meinem Schreibtisch. Ihre Mutter wurde in die Psychiatrie gebracht und stationär aufgenommen und der Vater schluckt so starke Beruhigungsmittel, dass er nicht ansprechbar ist. Michael hat uns gerade was über den Bruder aufs Handy geschickt. Er ist vor ein paar Jahren nach Guatemala geflogen um eine Gruppe von Umweltaktivisten zu unterstützen – seither gilt er als verschollen. Man geht davon aus, dass er ermordet wurde. Seine Leiche wurde allerdings nie gefunden. Es gibt also nur diese eine Tante, die wir getroffen haben, Onkels gibt es keine, die Großeltern sind schon vor Jahren verstorben«, murmelte Nachtigall betroffen vor sich hin. »Eine sehr reduzierte Familie – Anna war der einzige Lichtblick der beiden.«

»Wir müssen die beiden auch nicht wirklich befragen. Wer weiß schon weniger über ein Mädchen in diesem Alter als die Eltern!«, bilanzierte er dann aus eigener Erfahrung. »Halten wir uns an die Freundin.«

8

»Wie hieß diese Freundin noch gleich?« Peter Nachtigall starrte angespannt durch die Windschutzscheibe auf die Straße, während sein Partner in den Unterlagen nach Name und Adresse des Mädchens suchte. Er fuhr ungern im Zwielicht und gerade im November wurde es ja schon gegen halb vier dämmrig.

Albrecht Skorubski war inzwischen in den Papieren fündig geworden.

»Laura Hellberg. Vielleicht kann uns die junge Dame ja ein bisschen über die Beziehung von Anna zu ihrem Freund erzählen. Wenn sie Streit mit ihm hatte, hat sie das doch bestimmt mit ihrer besten Freundin besprochen – oder?«

»Klar«, bestätigte Peter Nachtigall. »Jule bespricht auch immer jedes Detail mit ihrer Freundin Sofie. Die Zentrale kann mich oft genug nur übers Handy erreichen.«

»Meine beiden Söhne haben das durchaus auch fertig gebracht. Da glaubt man immer bloß die Mädchen hängen ständig am Telefon – nein! Weit gefehlt! Die Jungs müssen mit ihren »Kumpels« auch die allgemeine Ungerechtigkeit der Welt und der Lehrer oder Ausbilder im Besonderen diskutieren. Und was für haarsträubende Ideen sie dann manchmal hatten!«, Albrecht Skorubski seufzte. »Einmal habe ich zufällig mit angehört, wie sie doch tatsächlich planten ihrem Lehrer einen Sarg zu schicken – nur so, als Drohung, weil sie sich von ihm ungerecht behandelt fühlten. Als Maik mit dem Plan ankam, da bin ich beinahe geplatzt vor Entrüstung. Harte Zeit für Eltern, die Pubertät.«

»Und dieser Liebeskummer immerzu. Wer geht mit wem, wer hat wem den Laufpass gegeben – und wenn ich dann frage, warum das so immens wichtig ist, dass man sich kurz nach Mitternacht noch deshalb gegenseitig aus dem Schlaf klingeln muss, schlägt mir das geballte Unverständnis der Jugend entgegen und ich werde mit genervtem Seufzen abgestraft.«

»Gott sei Dank liegt das ja nun hinter uns!«

»Ja – aber ist es nicht auch seltsam ruhig, wenn alle Kinder das Haus verlassen haben? Wenn mitten in der Nacht bei uns das Telefon plötzlich losklingelt, schrecke ich jedes Mal alarmiert hoch. Mein Herz rast, Adrenalin springt auf Einsatzhöhe – und dann ist es Sofie, die – ohne Rücksicht auf die anderen Mitbewohner der Behausung – nur schnell anrufen wollte, um zu erzählen, dass die coolen Schuhe, die sie letzte Woche gekauft hat, ganz fantastisch zu der neuen Hose passen, die sie zusammen mit Jule am Nachmittag erstanden hat! Und deshalb ruft sie gegen zwei Uhr morgens bei ihrer besten Freundin an! Meine Nacht ist dann natürlich vorbei. Aber wenn bei euch nun das Telefon klingelt, ist es auch für euch. Fast ein bisschen langweilig, oder?«

Der Kollege grunzte.

»Nee, ich glaube wir sind noch in der Phase des Genießens.«

»Da dachte ich, jetzt werden die Nächte wieder ruhig, als endlich alle Zähne da waren und Jule wieder durchschlief. Wie konnte ich ahnen, dass das mit Einsetzen der Pubertät wieder von vorne losgeht!«

»Ja, das steht in keinem der schlauen Handbücher über Familienplanung. Die lassen einen in dem Glauben, dass Kinder nur in den ersten Monaten ihres Lebens nachtaktiv seien. Ha!« Albrecht Skorubski machte eine wegwerfende Handbewegung um seine Verachtung für solche Ratgeber zu unterstreichen. »Aber wir waren wenigstens immer zu zweit – und du musst mit deiner Jule ganz allein klarkommen. Hast du eigentlich mal wieder was von Birgit gehört?«

»Nicht wirklich«, Peter Nachtigall sprach nur sehr ungern über seine Exfrau. Nach dreizehn Jahren Ehe hatte sie sich entschlossen, ihrem Leben eine ganz neue Richtung zu geben. Sie hatte auf einem Kongress für Geologen einen jungen Norweger kennen gelernt, der zunächst von ihren Forschungsergebnissen begeistert zu sein schien und sich immer wieder mit ihr über Vulkanismus und Tektonik unterhalten wollte. Doch schon bald wurden die Gespräche wohl privater und eines Tages überraschte Birgit ihren Mann damit, dass sie zu Forschungszwecken nach Norwegen reisen müsse. Es könne durchaus länger dauern.

Sie kehrte von dort allerdings nur noch einmal zurück – an dem Tag, an dem sie von Peter Nachtigall geschieden wurde. Jule blieb in Deutschland, um die Schule beenden zu können. Seither lebte er mit seiner Tochter allein. Birgit hielt locker Kontakt zu ihr und Jule besuchte sie auch von Zeit zu Zeit in Norwegen. Doch in den letzten Jahren schienen die beiden Frauen sich eher aus dem Weg zu gehen. Jule kam besser mit Sabine aus, Peter Nachtigalls kleiner Schwester, und verbrachte oft das Wochenende bei ihr und ihrer Familie.

»Da ist es«, unterbrach Albrecht Skorubski die Gedankengänge des Kollegen. Sie hielten vor einem der vielen Wohnblocks in der Hallenserstraße. Trist sahen die grauen Riesen im kalten Licht des beginnenden Winters aus. »Wenigstens können die Leute hinten raus auf den Brunschwigpark sehen«, murmelte Peter Nachtigall und versuchte den richtigen Hauseingang zu finden.

Sphärisches Rauschen aus der Gegensprechanlage gefolgt von einem lauten Summton und sie wurden eingelassen.

Fröstelnd zog Nachtigall seine Schultern hoch. Die Flurbeleuchtung ließ sich nicht einschalten, das Treppenhaus blieb im schattenreichen Halbdunkel. Kinderwagen standen abgestellt in Nischen, es roch beißend nach Urin, alles wirkte ziemlich schmuddelig. Irgendwo briet jemand Zwiebeln und aus der linken Parterrewohnung quoll ihnen Kohlgeruch entgegen. Langsam stiegen sie die Treppe hoch. Irgendwo weinte ein Kind. Hinter einer anderen Tür wurde heftig gestritten, eine Mädchenstimme überschlug sich schrill, ein Telefon klingelte.

Im vierten Stock wurde unvermittelt eine Tür aufgerissen. Rockige Weihnachtsmusik drang in den Flur und warmes Licht fiel auf den Treppenabsatz. In der geöffneten Tür stand eine sehr junge, schlanke Frau, mit einem modischen Kurzhaarschnitt. Sie trug enge Jeans, zeigte viel Bauch und einen gepiercten Bauchnabel. »Meine Mutter meinte, Sie wollten sicher zu mir – wegen Anna. Ich bin Laura Hellberg«, die Stimme war kindlich und die Bewegungen, mit denen sie die Ermittler zum Betreten der Wohnung einlud, linkisch. Sie ließ sich, ganz korrekt und sehr erwachsen, die Ausweise zeigen, strubbelte sich durch die blonden Haare und wies den Männern den Weg ins Wohnzimmer.

»Dann kannst du dir sicher auch denken, warum wir bei dir sind«, stellte Peter Nachtigall fest. Lauras Augen füllten sich unvermittelt mit Tränen. Die Nase in dem schmalen Gesicht verfärbte sich tiefrot und das Mädchen fummelte nervös ein Taschentuch aus ihrer Hosentasche.

»Ich war ihre beste Freundin.« Umständlich putzte sie sich die Nase und nickte dann den beiden Herren, die sie auf die Couch bugsiert hatte, tapfer zu.

»Wann hast du Anna gestern zuletzt gesehen?«

»Wir waren natürlich in der Schule zusammen und dann kam sie mit zu mir. Wir hatten so unglaublich viele Hausaufgaben zu machen, dass gar keine Zeit für anderes blieb. Anna«, sie schluckte, fing sich aber wieder. »Anna war bis ungefähr halb sechs hier. Sie wollte die Bahn um kurz nach sechs kriegen, damit sie schnell noch duschen konnte, bevor sie sich mit Jens treffen wollte. Wir haben an dem Referat für Geschichte gearbeitet. Die Vokabeln wollte sie nochmals unter der Dusche üben.«

»Meinst du, sie hat die Bahn auch noch bekommen?« Behutsam tastete Peter Nachtigall sich vorwärts.

»Klar. Ich hab sie noch bis zur Spree – Galerie begleitet. Auf dem Weg zur Haltestelle rief dann ihr Freund an und sagte die Verabredung für den Abend ab. Er hätte eine betriebliche Konferenz oder so was in der Art. Anna war ziemlich enttäuscht. Aber sie hat zu ihm gesagt, es sei nicht so schlimm, sie müsse ja auch noch die Gedichtinterpretation für Deutsch schreiben und er versprach, sie später am Abend noch mal anzurufen. Na, ja – dann stieg sie in die Bahn ein und ich wartete, bis sie losfuhr. Ich hab ihr noch nachgewunken und ihr für die Arbeit an der Interpretation viel Spaß gewünscht. Auf dem Rückweg bin ich noch schnell in den Drogeriemarkt gegangen, um mir Stylinggel zu besorgen. Gegen Viertel vor sieben war ich wieder hier. Da muss Anna längst schon am Badesee gewesen sein«, Laura schniefte.

»Sie wollte sich also nicht mehr mit ihrem Freund treffen. Kam das öfter vor, dass er Verabredungen abgesagt hat?«

»Ja, eigentlich sogar ganz schön oft. Aber er muss eben tun, was sein Vater von ihm verlangt. Der ist schließlich der große Boss in der Firma und Jens wird sich hüten, sich mit ihm anzulegen.«

»War Anna Magdalena dann auch schon mal so richtig verärgert?« Peter Nachtigall beugte sich vor und stützte die Ellbogen auf den Oberschenkeln ab. Jetzt kamen sie langsam zum Punkt!

»Klar war sie manchmal sauer. Aber sie hat das ihm gegenüber nie gezeigt. Sie wusste ja, dass er sich seinem Vater unterzuordnen hatte. Und vielleicht hätte der Alte ihn ja gezwungen die Beziehung zu beenden, wenn sie angefangen hätte Stress zu machen. Anna hat das ab und zu mal angedeutet.«

»Gab es noch einen anderen – neben Jens?«

»Nein, Anna war bis über beide Ohren verliebt! Nie hätte sie den Typen betrogen!«

»Wir haben aber in ihrer Handtasche ein Päckchen mit Kondomen gefunden. Jens hat ausgesagt, Anna habe die Pille genommen.«

Laura warf einen gehetzten Blick zur Tür.

»Hören Sie«, flüsterte sie dann. »Das sind meine. Meine Mutter erlaubt mir nicht mit meinem Freund zu schlafen und die Pille vertrage ich nicht. Da hat Anna das Päckchen für mich verwahrt.«

Nach einem weiteren ängstlichen Blick fügte sie hinzu: »Meine Mutter stöbert.«

Nachtigall nickte verständnisvoll und Laura entspannte sich zusehends.

»Hat Anna dir jemals erzählt, dass sie sich von jemandem bedroht fühlte?«

»Meinen Sie etwa von Jens?«, fragte Laura lauernd zurück.

»Vielleicht – oder von jemand anderem.«

»Jens war immer voller Verständnis für Anna und sie hat ihn wirklich geliebt. Sie haben sich niemals gestritten. Er hat auch nicht versucht, ihr Vorschriften zu machen.« Laura betonte jedes Wort überdeutlich. »Mein Freund ist da ganz anders. Der ist ständig eifersüchtig und versucht mir zu verbieten, ohne ihn auszugehen. Manchmal war ich teuflisch neidisch auf Anna. Jens ist eben einfach lieb zu ihr gewesen. Er hat nie hinter ihr herspioniert, er war nie wütend auf sie, hat sie nie angebrüllt. Es war schon eine wirklich tolle Beziehung, die die beiden da hatten. Abgesehen natürlich von den ständigen Einmischungen seines Vaters.«

»Gut, also nicht von Jens. Aber vielleicht war sie wegen anderer Dinge besorgt? Das würde sie doch mit ihrer besten Freundin besprochen haben.«

Es entstand eine lange Pause in der Laura ihr Taschentuch dehnte, verknotete und verdrehte. Sie sah die beiden Ermittler nicht an, trat an das Fenster zum Park und starrte in die graue Dämmerung hinaus.

»Laura?« Peter Nachtigall versuchte, den Kontakt nicht abreißen zu lassen. Bei Jule war das ganz ähnlich.

Unvermittelt schien sie sich aus dem Hier und Jetzt zu verabschieden und driftete ab. Manchmal beneidete er sie ein wenig um diese Fähigkeit.

Das Mädchen seufzte, drehte sich um und setzte sich wieder in den Sessel gegenüber der Couch.

»Ich weiß nicht, ob ich Ihnen das erzählen soll!«, stieß sie plötzlich gequält hervor.

»Weil du Anna versprochen hast nicht darüber zu sprechen?«, mutmaßte Albrecht Skorubski.

»Nicht nur das – es hört sich auch wie ein blödes Vorurteil an und ich will auch niemanden in Schwierigkeiten bringen – schon gar nicht jemanden, der sich selbst nicht dagegen wehren kann. Wenn ich Ihnen jetzt einen Namen nenne, dann ziehen Sie doch gleich los und verhaften den armen Kerl. Die üblichen Verdächtigen, eben«, sie begann wieder leise zu schluchzen.

»Wir wissen noch nicht viel über den Hintergrund der Tat. Und solange wir den Täter nicht mit Sicherheit kennen, müssen wir natürlich allen Hinweisen nachgehen. Stell dir mal vor, wir hören schon bei den ersten Hinweisen auf in alle Richtungen zu ermitteln und dann stellt sich später raus, dass der erste Verdächtige es doch nicht war – dann ist der wahre Täter vielleicht gar nicht mehr zu finden. Du brauchst dir also keine Sorgen zu machen, wir verhaften nicht einfach drauflos!« Doch Laura reagierte auf die pädagogischen Bemühungen eher ungnädig.

»Hören Sie bloß auf mit mir wie mit einem kleinen Kind zu reden. Sie brauchen mir die große, weite Welt wirklich nicht zu erklären! Ich bin schließlich keine Zehn mehr.«

»Du willst niemanden belasten, der mit der Angelegenheit vielleicht nichts zu tun hat. Das verstehe ich natürlich. Aber was ist, wenn derjenige doch damit zu tun hat und vielleicht auch andere junge Frauen bedroht? Nur wenn du mit uns darüber sprichst, können wir klären, ob es eine Verbindung gibt oder nicht. Wenn nicht, dann passiert ihm auch nichts.« Wieder schwieg Laura, zog die Nase hoch und starrte auf ihre Hände, die noch immer das Taschentuch kneteten. Diesmal ließen die Ermittler ihr mehr Zeit. Die Geräusche aus dem Haus waren plötzlich wieder deutlich wahrzunehmen, die laute Rockweihnachtsmusik aus dem Nebenzimmer ebenso, wie der Streit aus einer der unteren Wohnungen. Über ihnen schien eine Familie mit Hund zu wohnen. Deutlich war das Scharren der Krallen zu hören, wenn der Hund durch die Wohnung tobte. Zuerst das dumpfe Aufschlagen eines weichen Balls, der geworfen wurde und dem der Hund offenbar mit Begeisterung folgte. Als Laura unvermittelt zu sprechen begann, zuckten die beiden Männer auf der Couch zusammen.

»Also«, sie stockte und begann nach einem Räuspern erneut. »Also, Anna Magdalena hat Angst vor Hansi gehabt. Der Typ wohnt da hinten bei ihr am Badesee. Schon im letzten Sommer war er immer irgendwie in der Nähe, wenn wir am See gelegen oder dort gebadet haben. Aber er hielt Distanz, beobachtete uns aus der Ferne. Später ist er dann etwas zudringlicher geworden und Anna fühlte sich manchmal direkt belästigt. In letzter Zeit hat er sogar angefangen an der Haltestelle auf sie zu warten, und ihr auf dem Weg nach Hause hinterher zu trotten.«

»Hat der Hansi auch einen Nachnamen?«

»Haben wir das nicht alle?«, fragte sie spitz zurück. Warum waren Gespräche mit Mädchen in diesem

Alter nur so schwierig, dachte Nachtigall und unterdrückte einen gequälten Seufzer.

»Klar! Du heißt Hellberg, mein Kollege heißt Skorubski und ich Nachtigall. Und wie heißt Hansi?«, versuchte er wieder anzuknüpfen, doch nur mit mäßigem Erfolg.

»Weiß ich nicht, so ein Allerweltsname eben, Müller oder Schmidt oder so. Aber der Hansi ist geistig behindert – deshalb wollte ich ihn auch nicht nennen. Weil die Polizei immer gleich meint, wenn einer geistig behindert ist, dann hat er sicher Dreck am Stecken.«

Nur gut, dass die Jugend so völlig ohne Vorurteile aufwachsen konnte, dachte Peter Nachtigall zynisch. Nach außen immer schön tolerant – doch tief im Innern voller Ängste und Fehleinschätzungen. Er hätte mehr von dieser Generation erwartet, die nun unbeeinflusst von politisch-pädagogischen Einflüssen aufwachsen konnte.

Zurück im Büro wurden sie schon von Michael Wiener erwartet.

Wie meistens war er sehr aufgeregt und seine Augen strahlten.

»Mir könnet vielleicht no heit den Kerl dingfescht mache, der des Mädchen im Wald so verstümmelt hot!«

»Hat jemand überraschend gestanden? Gibt es ein Bekennerschreiben?«

»Na los, Michael, ziehen Sie Ihren Täter schon aus der Tasche!«, forderte Peter Nachtigall gutmütig.

»Dann komme Se doch mol hier rüber«, mit nervösen, hektischen Bewegungen dirigierte er die beiden Kollegen zu seinem PC. Er drückte mehrere Tasten und auf seinem Bildschirm erschien das Foto eines Herrn um die vierzig, mit rundem Kopf, kleinen, dunklen, eng beieinander liegenden Augen, die ihm ein listiges Aussehen gaben, beginnender Glatze und schmalen Lippen. Das Gesicht war pausbäckig, was auch die dunklen Schatten des Dreitagebarts nicht verbergen konnten.

»Das ist Günter Grabert. Er wurde vor zwölf Jahren wegen Vergewaltigung und Mordes an einer Sechzehnjährigen verurteilt. Der Gutachter hot ihm Unzurechnungsfähigkeit zur Tatzeit b'scheinigt un sah auch eine realistische Wiederholungsg'fahr. So verurteilte ihn des G'richt zur Unterbringung im Maßregelvollzug. Mindestens sechs Jahre sollt er dort bleibe, eine Therapie bekomme und dann sollten regelmäßige Gutachten über den Therapiefortschritt Auskunft gebe. Vor zwei Jahren wurd er entlasse. Das G'richt stützte sich bei seiner Entscheidung auf ein psychologisches Prognosegutachten, das Günter Grabert große Fortschritte b'schtätigte und eine Wiederholungsgefahr nimmer mehr als gegebe ansah.« Stolz präsentierte Michael Wiener das Ergebnis seiner Recherchen und vergaß dabei sein Hochdeutsch.

Mit einem Blick über die Schulter vergewisserte er sich der Aufmerksamkeit der beiden Hauptkommissare, dann informierte er, während er das Foto nach oben scrollte: »Und jetzt kommt's – er wohnt in Cottbus, arbeitet aber in Burg im Reha – Zentrum.«

»Gute Arbeit, Michael. Sehr gut. Was meinst du Albrecht, wir könnten ihn doch mal vorsichtig befragen? Fragen, wo er zur Tatzeit war. Aber natürlich muss das ganz unauffällig passieren, sonst hetzt die Presse gleich wieder gegen uns.«

»Und wenn wir ihn nicht überprüfen, wird die Presse auch wieder hetzen – so was kriegen die doch immer schnell spitz und dann fragen sie uns, warum so ein gefährlicher Typ da so unbehelligt wohnen darf. Egal ob er eine »Unbedenklichkeits-Bescheinigung« vorlegen kann oder nicht!«, nörgelte Albrecht Skorubski.

»Gut Michael. Wir überprüfen den Herrn.« Irgendetwas im Gesichtsausdruck des jungen Mannes ließ Hauptkommissar Nachtigall stutzen. Es war Triumph, stellte er überrascht fest, Triumph und vielleicht eine Spur Arroganz.

»Das ist noch nicht alles!« Der Kollege hatte seinen Dialekt wieder abgelegt und öffnete mit einem Mausklick ein neues Fenster auf dem Bildschirm. Seine Stimme vibrierte und seine Erregung übertrug sich nun auch auf die Kollegen. Sie starrten gebannt auf den Monitor.

»Hier in der Zusatzdatei ist sein Vorgehen genauestens beschrieben: Günter Grabert hat seinem Opfer damals in einer Art sexuellem Blutrausch beide Brüste amputiert, sie im BH in den Baum gehängt, unter dem sie gefunden wurde. Die abgeschnittenen Haare des Mädchens verteilte er um die Tote herum. Also ganz ähnlich! Und er schnitt dem Opfer damals den Zeh neben dem großen Zeh am linken Fuß ab.« Gespannt sah er die Kollegen an, denen es die Sprache verschlagen zu haben schien.

»Na, Mensch!« Albrecht Skorubski machte seiner Überraschung Luft.

Mit einer großspurigen Geste schlug Michael Wiener eine Akte neben dem Bildschirm auf. »Hier! Im Sectionsbericht steht auch, dass er ihr die zweite Zehe am linken Fuß abgetrennt hat. Kein Irrtum möglich. Das passt doch wirklich wie die Faust aufs Auge!«

»Prima Arbeit, Michael. Aber das ist natürlich keinesfalls schon ein Beweis. Vielleicht hat jemand die Tat von damals einfach kopiert. – Möglicherweise um sie genau diesem Günter Grabert in die Schuhe zu schieben. Wir sollten ihn ansehen und sein Alibi überprüfen. Zurückhaltend. Und dann brauchen wir natürlich die vollständige Akte aus dem Archiv.« Er wies auf den schmalen Hefter neben dem Monitor. »Das kann ja unmöglich alles sein. – Ach und Michael, prüfen Sie doch genau nach, welche Informationen damals nicht an die Presse weitergegeben wurden«, Hauptkommissar Nachtigall klang skeptisch.

»Gibt es eigentlich schon einen neuen Bericht von den Kollegen? Wir müssen klären, ob der Täter den Zeh mitgenommen hat.«

»Hätten wir des bloß gestern schon gemerkt, dann hätte der Erkennungsdienst von Anfang an danach suchen können!«

»Dr. Pankratz meint, es habe so viel Moos auf ihren Füßen gelegen, dass wir das gar nicht sehen konnten – außerdem war das Drumherum schrecklich genug um uns von einem abgeschnittenen Zeh abzulenken«, tröstete Peter Nachtigall mit rauer Stimme den jungen Kollegen.

»Wir werden uns jetzt Herrn Grabert näher ansehen und dann entscheiden wir, wie es weitergeht. Ich würde vorschlagen, wir holen ihn uns hierher. Albrecht, rufst du März an? Ich muss schnell mit Jule telefonieren – heute wird sie wohl etwas später kochen müssen.«

Albrecht Skorubski erklärte dem zuständigen Staatsanwalt die Situation, legte dann rasch auf und rief: »Wir nehmen ein größeres Aufgebot mit. Zwei zivile Fahrzeuge. Nur für den Fall, dass er schon ahnt, dass wir ihn im Visier haben. Und wir wollen ihn nicht entwischen lassen. Geben Sie uns die Adresse in den Wagen durch!«

Eilfertig stürmte Kollege Wiener an seinen Schreibtisch zurück.

9

Nervös zupfte er einen weiteren Hautfetzen vom Rand seiner Unterlippe und vergrößerte damit die Wunde beträchtlich. Nur undeutlich, wie aus großer Entfernung, nahm er wahr, wie sich ein warmes, blutiges Rinnsal über sein wulstiges Kinn schlängelte. So etwas störte ihn schon lange nicht mehr.

Seit Stunden starrte er nun schon aus seinem winzigen Küchenfenster auf den Parkplatz an der Gelsenkirchener Allee hinunter. Inzwischen war er sich gar nicht mehr sicher, ob er sich, wenn sie endlich kämen, überhaupt noch würde bewegen können. Vielleicht war er ja erstarrt – wie Lots Weib. Die Geschichte hatte ihm schon immer am besten gefallen: Sodom und Gomorrha. Seine Großmutter hatte ihm jeden Abend aus der Bibel vorgelesen – wie lange das schon her war! Inzwischen lebte sie schon nicht mehr. War vielleicht ein Glück. So hatte sie von der Sache damals nichts mehr mitbekommen.

Eine grün – schillernde Fliege summte um seinen Kopf, flog weiter zum Fenster und versuchte dort so hartnäckig wie vergeblich in die Freiheit zu entkommen. Ungerührt sah er ihr zu.

Die Küchenuhr tickte zu laut.

Wo blieben die nur?

Solange konnte das doch nun wirklich nicht dauern,

eine Akte zu finden! Im Zeitalter des Computers! Seit er es in den Nachrichten gehört hatte, wusste er, dass sie kommen würden. Nur eine Frage der Zeit.

Die kleine Reisetasche war gepackt, seine Wohnung aufgeräumt, der Müll runtergebracht.

Vor zwölf Jahren war er nicht so gut vorbereitet gewesen.

Damals hatte er sie unterschätzt.

Das lag lange zurück und er war nicht mehr derselbe.

Wieder zupfte er ein Hautstück von der Lippe. Mit dem Handrücken wischte er die Blutspuren vom Kinn und betrachtete das bräunliche Rautenmuster voller Interesse, als könne er darin seine Zukunft lesen.

Ruckartig riss er die blutverschmierte Hand hoch und zerquetschte die überrumpelte Fliege unter seinem mächtigen Daumen. Weiß quoll das Leben aus dem geplatzten Außenskelett. Den schmierigen Finger wischte er nachlässig an seiner 3XL-Hose ab und inspizierte danach flüchtig den Daumennagel.

Endlich.

Sie waren gekommen, um Günter Grabert zu holen.

10

»Sie haben von dem Mord am Madlower Badesee gehört?«, fragte Peter Nachtigall und zog sich einen Stuhl heran um sich gegenüber von Günter Grabert an den kleinen Tisch zu setzen.

Der dicke, kleine Mann mit dem blassen, teigigen Gesicht nickte. Ergeben. Dieses Wort tauche immer wieder in den Gedanken des Hauptkommissars auf. Ja, Günter Grabert nickte ergeben. Irgendwie erweckte alles an diesem Mann den Eindruck, sich ergeben zu haben. Seine Mundwinkel hingen tief nach unten, die Wangen waren schlaff, seine gesamte Körperhaltung wirkte, als hätte sie ihre Spannung verloren. Die verwaschene Jeans, die er trug, schlabberte um seine füllige Mitte und das Sweatshirt war mindestens zwei Nummern zu groß. Wegen seiner kurzen Arme hatte er die Ärmel zu dicken Stulpen aufkrempeln müssen und die Patschhändchen, die aus ihnen hervorsahen, rieben nervös über die drallen Oberschenkel. Der Mann hatte bestimmt 40 Kilo Übergewicht, schätzte Nachtigall. Abstoßend.

»Sie haben uns schon erwartet.« Das war keine Frage, sondern eine Feststellung. Schließlich hatte Günter Grabert schon eine gepackte Reisetasche parat gehabt, als sie ihn abholten. In den vielen Jahren bei der Polizei hatte er so ein Verhalten eher selten erlebt.

»Ich hab mir halt schon gedacht, dass ich euch gleich einfallen werde, wenn ihr in dem Fall ermittelt. Aber ich war's nicht!« Die Stimme Günter Graberts war seltsam monoton und leise, etwas heiser. Auf jeden Fall passte sie überhaupt nicht zu diesem schweren Mann, fand Albrecht Skorubski. Er warf Peter Nachtigall einen fragenden Blick zu.

»Ich hab ja die Bilder in den Nachrichten gesehen. Und es sah beinahe so aus wie damals bei Corinna. Also musstet ihr doch an mich denken, wo ich doch auch noch in Cottbus wohne, ganz in der Nähe vom Tatort. Aber ich war's nicht.«

Die beiden Ermittler sahen ihn an und schwiegen.

»Ich mach so was nicht mehr. Wirklich! Damals, das war Scheiße. Ich war nicht ganz klar im Kopf. Ich weiß jetzt besser über mich Bescheid – und ich mach solche Sachen nicht mehr. Das müsst ihr mir einfach glauben!«

»Wozu haben Sie denn damals dem Mädchen den Zeh abgetrennt?«

»Ich wollte sie kennzeichnen! Alle sollten wissen, dass sie mein Mädchen war. Es war so was wie ein Brandzeichen. Ein Teil von ihr, den nie mehr jemand anderer als ich zu Gesicht bekommen sollte.« Günter Grabert sprach jetzt so leise, dass die beiden Ermittler den Atem anhielten um ihn noch verstehen zu können. Mit gesenktem Kopf fügte er hinzu: »Ich war wie besessen. Ihr wisst doch auch, dass ich zur Tatzeit nicht wirklich zurechnungsfähig war. Schließlich war das eine der Begründungen für die Einweisung in den Maßregelvollzug.« Er machte eine kurze Pause, verknotete die Finger ineinander, löste die Verschränkung wieder, begann erneut.

»Hört mal«, er versuchte beide Polizistenaugenpaare mit seinem Blick einzufangen und Peter Nachtigall bemerkte, dass Günter Grabert kurz davor war, in Tränen auszubrechen. »Hört mal, das war damals. Damals war ich ein verdrehtes Schwein. Sie hatte mir den Laufpass gegeben, hat einfach mit 'nem anderen Kerl 'rumgemacht. Als ich mich mit ihr aussprechen wollte, hat sie sich über meine Potenz ausgelassen, hat behauptet ich bringe es nicht mehr, sei ein Schlappschwanz und ihr neuer Stecher um Klassen besser, Mann. Und als ich dann zu spät zur Arbeit kam, hat der Chef mich fristlos gefeuert. Auf dem Weg zurück zu ihr hab ich mit meiner Karre einen Unfall gebaut und bin abgehauen. War ja zum Glück nur Sachschaden. Na, ja. Und dann hab ich sie gesehen, wie sie aufgebrezelt bis zum Anschlag zu ihrem Neuen losgezogen ist. Da ist was durchgebrannt bei mir. Und damals hab ich ja auch zugegeben, dass es mich angemacht hat, sie so herzurichten. Aber das ist lange her. Heute ist das alles ganz anders. Ich habe eine Psychologin, die mich schon lange betreut und ich nehme Medikamente. Ich weiß auch, dass ich heute nicht mehr fähig wäre, einen anderen Menschen so grausam zu töten und zu verstümmeln. Das müsst Ihr mir einfach glauben! Während Ihr mich hier verhört, läuft da draußen ein Verrückter rum – und Ihr kümmert euch um alte Geschichten. Könnt Ihr denn sicher sein, dass nicht grade in diesem Moment ein neuer Mord passiert?«

»Nein, natürlich nicht – aber wir können sicher sein, dass Sie nicht daran beteiligt sind«, schnappte Peter Nachtigall.

»Wo haben Sie denn damals den Zeh versteckt?«, fragte er dann.

»Ich hab ihn gar nicht versteckt. Ich hab ihn mir auf dem Heimweg immer wieder angesehen, weil ich ihn aufheben wollte. Als Erinnerung eben. Aber als ich den dann ausgewickelt habe – ich musste ihn ja wegen dem Blut in ein Taschentuch wickeln – da hat der bloß blass und verschrumpelt ausgesehen. Ich hab fast kotzen müssen, so eklig sah der aus. Später hab ich ihn dann zu Corinnas Grab gebracht. Irgendwie schien mir, sie solle wieder ganz komplett sein – deshalb kam einfach wegwerfen nicht infrage.«

Er fuhr sich mit der Hand über die Augen.

»So, wie Sie das erzählen, klingt die Sache ziemlich harmlos! Aber Sie hatten den Zeh so hingelegt, dass man ihn finden musste, wenn man das Grab besuchte! Die Mutter der Toten erlitt einen dramatischen Nervenzusammenbruch, als sie das Glas mit dem eingelegten Zeh ihrer Tochter zwischen dem Grabschmuck fand!«, stellte Peter Nachtigall aggressiv klar.

»Mir reicht das jetzt hier!«, fauchte Günter Grabert die Ermittler an. »Diese Informationen sind in meiner Akte. Wozu fragt Ihr also! Ihr holt mich mit großem Aufgebot ab, nur um mich nach der alten Sache zu fragen? Wie soll ich das denn meinen Nachbarn erklären? Ich baue mir gerade mühsam ein neues Leben auf – und dann so eine Aktion! Für den Mord habe ich bezahlt – und ich bezahle noch heute! Wahrscheinlich werde ich mein Leben lang für die Tat bezahlen. Was wissen Sie denn schon von mir! Ich will jetzt mit einem Anwalt sprechen. Der wird meine Therapeutin anrufen und ich bin sicher, dass Frau Dr. Jung euch alles Weitere erklären kann.« Damit setzte er eine verschlossene Miene auf, verschränkte die kurzen Arme vor der schwabbeligen Brust und signalisierte eindeutig, dass er zu weiteren Auskünften nicht bereit war.

»Sie können uns auch einfach ein Alibi anbieten – für gestern Abend. Dann sind Sie sofort aus dem Schneider und können mit ihrem leichten Gepäck wieder die Heimreise antreten.« Peter Nachtigall beugte sich weit vor uns starrte dem anderen unverwandt ins Gesicht.

Schweißperlen standen auf Günter Graberts Oberlippe. Sein schütteres Haar klebte feucht am Kopf. In seinem Gesicht zuckte es unkontrolliert. Doch er schwieg beharrlich.

»Na, los!« Unbeherrscht schlug Peter Nachtigall mit der Faust auf den kleinen Tisch. Sein Kollege konnte gerade noch ein Umkippen seines Kaffeebechers verhindern.

»Einer wie ich ist meistens allein. Einer wie ich hat keine Freunde, die ihn anrufen und zum Bier einladen. Einer wie ich ist nicht gerade der Star unter der weiblichen Belegschaft – es gibt also auch keine Freundin, die zufällig gerade bei mir war.« Günter Grabert sprach resigniert und schleppend. »Ich habe also niemanden, der für mich bürgen könnte. – Und außerdem war gestern mein freier Nachmittag. So! Und jetzt hätte ich gerne einen Anwalt!«

»Was haben wir?«

Mit dieser Frage eröffnete Peter Nachtigall die abendliche Besprechungsrunde. An zwei Stellwänden pinnten Fotos vom Fundort der Leiche, einzelne Bildvergrößerungen zeigten die Verletzungen, die der Täter dem Opfer nach seinem Tod zugefügt hatte.

»Der Grabert, der ist unser Mann!«, stellte Skorubski fest.

»Lass uns doch der Reihe nach vorgehen. Wir haben

noch überhaupt keine Eile. Er sitzt doch schon in U-Haft«, mahnte Peter Nachtigall.

»Wir kennen den Namen des Opfers. Sie war mit einem jungen Mann befreundet, angeblich eine spannungsfreie Beziehung.«

»Un wir wissen, dass sie luschtig g'wese isch, aufg'schlosse.«

»Dennoch hatte sie keinen wirklich großen Freundeskreis«, stellte Nachtigall fest. »Nur wenige Nummern waren abgespeichert und die Anrufliste belegt, dass sie überwiegend mit Ihrem Freund, Laura Hellberg und ihren Eltern telefoniert hat. Das ist ziemlich ungewöhnlich für ein Mädchen in diesem Alter.«

»Sie war immer pünktlich zu Hause, hat die Eltern verständigt, wenn sie später kam, hielt peinliche Ordnung. Ihre Freundin gibt an, sie habe nur diesen einen Freund gehabt, keine weiteren Beziehungen nebenher. Michael, haben Sie in der Schule nachgefragt?«

»Ja. Sie war eine mittelgute Schülerin. Hausaufgaben hat sie meistens g'habt, aber bei manchen Klausuren hatte sie so was wie einen Black-out. Also sicher keine Einserabiturientin. Die Tutorin ist aber insgesamt zufrieden gewesen. Pünktlich, ordentlich, zuverlässig.«

»Sie war auf dem Heimweg, als sie überfallen wurde. Das ist jetzt klar.«

»Von Günter Grabert«, warf Skorubski ein.

»Tja, das ist schon möglich. Aber für mich fühlt es sich falsch an. Ich sehe ihn mir an und irgendwie kann ich es nicht glauben, dass er das Mädchen umgebracht hat. Warum sollte er sein neues Leben aufs Spiel setzen – wenn wir Hinweise finden, die beweisen, dass er das Mädchen gekannt hat, können wir noch mal drüber reden. Aber mir ist die Lösung so viel zu einfach. Ein entlassener Sexualstraftäter arbeitet in der Nähe von Cottbus und mordet wieder.«

»Aber er hat schon einmal Gliedmaßen abgetrennt. Und was ist mit den Übereinstimmungen zu der damaligen Tat? Das können wir doch nicht einfach so ignorieren! Und außerdem ist die einfache, nahe liegende Lösung eben auch oft die richtige Lösung«, widersprach Skorubski.

»Außerdem händ mir doch grad eine Reihe solcher Fäll g'habt. Der Nachbar war ein entlassener Sexualstraftäter, eine Woch draußen, und schon hat er die Tochter des anderen missbraucht un ermordet.« Der Kollege war hörbar aufgewühlt.

»Ja, eben. Das ist wahr«, pflichtete Skorubski bei.

»Graberts damalige Tat war eine Beziehungstat. Er ist nicht losgezogen um wahllos zu morden, sondern neben der Tatsache, dass seine Freundin mit ihm Schluss gemacht hatte, war er an jenem Tag noch einer Reihe anderer Belastungen ausgesetzt. Irgendwie scheint damals alles über ihm zusammengestürzt zu sein. Seine heutige Situation ist damit gar nicht zu vergleichen. Er lebt zurückgezogen und ist mit seiner Arbeit zufrieden. Er wirkt auf mich etwas labil, aber nicht aggressiv. Was, wenn er unschuldig ist? Ich kann mir nicht vorstellen, dass er eine völlig Fremde umbringt, ganz ohne Affekt.«

»Vielleicht het er se ja doch kennt un mir wisset des nur no net.«

»Dann müssen wir es eben herausfinden! Unser erster Verdächtiger leugnet standhaft. Ohne weitere Beweise können wir ihn nicht festhalten. Also müssen wir nach ihnen suchen.«

»Sogar der gleiche Zeh ist abgeschnitten worden. Ich

denke, wenn wir ihn wieder gehen lassen, machen wir einen großen Fehler.«

»Wenn wir nur noch in diese eine Richtung ermitteln, machen wir vielleicht einen größeren: Wir lassen einen gefährlichen Mörder in Cottbus unerkannt herumlaufen.«

»Na, gut. Wie geht's also weiter?«, seufzte Skorubski und warf einen ungeduldigen Blick auf seine Uhr. Nur noch eine halbe Stunde bis zu seiner Verabredung zum Hochzeitstag. Ihm lief die Zeit davon.

»Morgen früh besuchen wir die Psychologin, die ihm das Gutachten ausgestellt hat. Frau Dr. Helge Jung, in Burg. Ach, na sieh mal an. Die Praxis ist in der Straße zum Reha – Zentrum. Da hatte er ja keinen weiten Weg zu seiner Therapeutin. Michael, die Wohnung von Grabert muss sorgfältig durchsucht werden. Da nehmen Sie gleich ein Team vom Erkennungsdienst mit. Vielleicht finden die ja Haare des Opfers auf einem Sessel oder im Teppich und falls er ein Auto hat, muss das natürlich zur KTU. Und um diese Firma Büro & Style sollten wir uns auch noch mal kümmern. Für heute machen wir Schluss.«

Nachtigall war unzufrieden. Günter Grabert wäre der perfekte Täter, keine Frage – aber sein Gespür sagte ihm, diese Spur war nicht heiß, war nie heiß gewesen. Jens Wilde, überlegte er, konnte auch ein Motiv gehabt haben. Vielleicht wollte er die Beziehung schon lange beenden, aber Anna klammerte sich an ihn. Möglicherweise gab es ja längst eine Nachfolgerin. Und wenn er sich irrte? Grabert doch der Mörder war? Und die Barbiepuppe, der Apfel? Nein, dachte er kopfschüttelnd, das passte nicht zu Grabert. Es war nicht rund.

Müde schlurfte er zu seinem Wagen. Und wenn schon, entschied er trotzig, sie würden eben nach Beweisen suchen müssen, denn selbst wenn sie den Richtigen schon haben sollten: Ihm die Tat nachzuweisen war etwas ganz anderes.

11

»Nachtigall!«

Ein Blick auf den Radiowecker neben seinem Bett zeigte ihm, dass er nur eine Stunde geschlafen hatte. Shit, dachte er, jetzt werde ich mich morgen wieder wie ein Zombie fühlen!

»Alters- und Pflegeheim Alterslust. Herr Nachtigall?«

Das fehlte gerade noch – ein Mord in einem Altersheim. Als ob er nicht mit dem letzten Mord schon beschäftigt genug wäre! Innerlich stöhnte der Hauptkommissar gequält auf.

»Ja. Was ist passiert? Bitte machen Sie möglichst genaue Angaben!«, wies er den Anrufer unnötig schroff an, woraufhin ihm irritiertes Schweigen vonseiten seines Gesprächspartners entgegenschlug. Ungeduldig zerrte Peter Nachtigall an den Beinen seiner Pyjamahose um sie möglichst schnell auszuziehen, während er darauf wartete, dass der andere seine Sprache wieder fand.

»Äh – spreche ich mit Hauptkommissar Peter Nachtigall?«, fragte die jugendliche Stimme erneut. Da war wohl mal wieder einer von diesen Anfängern in der Leitung, die immer ganz sicher gehen wollten, den richtigen Gesprächspartner erreicht zu haben, dachte der Hauptkommissar genervt. Er konnte den Ärger schon in sich hoch kochen fühlen, erst begann es im Magen zu brodeln und dann spürte er auch schon diesen unangenehmen Druck hinter der Stirn.

»Jetzt hören Sie mir mal zu! Es gibt keine Losung oder Parole für solche Fälle! Ich bin Peter Nachtigall, es ist mitten in der Nacht, ich habe nur eine Stunde Schlaf bekommen, Sie haben mich angerufen, ich habe mich gemeldet. Das muss Ihnen als ID einfach reichen! So – und nun: Wann genau haben Sie die Leiche gefunden, wer war dabei, welche Situation haben Sie bei Ihrem Eintreffen vorgefunden?«, blaffte er den jungen Mann an.

»Hier spricht Pfleger Jan-Hendrik Hartmann von der Nachtschicht Herr Nachtigall«, erklärte die Stimme jedes Wort betonend. »Wir haben zum Glück keine Leiche – es geht um Ihre Tante Erna Salzkorn. Sie ist vorhin schreiend aufgewacht – vermutlich hatte sie einen Albtraum. Und jetzt will sie nicht eher wieder Ruhe geben, bis sie ihren Neffen von der Kripo gesprochen hat«, erklärte der junge Mann etwas eingeschüchtert durch Nachtigalls unfreundlichen Ton.

Schwer ließ sich der Hauptkommissar wieder auf die Bettkante plumpsen und gab seine ungeschickten Bemühungen auf sich einhändig der Pyjamahose zu entledigen.

Klar! Abendlust war der Name des Pflegeheims, in dem seine Tante seit ein paar Wochen untergebracht war! Wie hatte er das nur vergessen können, wo er sich doch noch so über diesen albernen Namen lustig gemacht hatte. Ein Pflegeheim für lüsterne Senioren, so hatte er zu seiner Schwester gesagt. Bist du sicher, dass wir Tante Erna da unterbringen sollten? Doch seine Schwester hatte ihm nur diesen Blick zugeworfen, den er schon aus den Zeiten kannte, als sie noch gemeinsam im Sandkasten gesessen hatten. Diesen »Halt die Klappe oder ich trete dir vors Schienbein« Blick. Widerstand war demnach völlig zwecklos und so »durfte« Tante Erna schon einen Tag später dort einziehen.

»Warum haben Sie nicht meine Schwester angerufen? Wir haben doch ausdrücklich ihre Nummer für diese Art Notfälle hinterlassen.«

»Sie will aber Sie sehen! Sie behauptet, dass jemand in ihrem Zimmer war und versuchen wollte sie umzubringen.« Die Verzweiflung war nun aus der Stimme des Pflegers herauszuhören und plötzlich war Peter Nachtigalls Ärger verraucht. Der arme Mann hatte schließlich keine Chance gegen Tante Erna. Niemand hatte das. Tante Erna bekam immer, was sie wollte. Wahrscheinlich war ihre gellende Stimme, mit der sie forderte, dass man ihren Neffen verständige, über alle Flure des Heims zu hören – und sie würde erst damit aufhören zu rufen, wenn Jan-Hendrik ihr glaubhaft versichern konnte, der Neffe sei auf dem Weg zu ihr. »Ich komme, so schnell ich kann.«

Die alte Dame saß hoch aufgerichtet in ihrem Bett und umklammerte mit ihren runzligen Händen die Gitter, die beidseitig am Bett angebracht waren. Ihre wachen Augen behielten die Tür fest im Blick und als es klopfte, antwortete sie mit erstaunlich kräftiger Stimme.

Peter Nachtigall hatte sich wirklich beeilt.

»Ach, Peterchen!«, begrüßte ihn Tante Erna erleichtert. »Wie gut, dass du gekommen bist.«

»Aber, das ist doch Ehrensache!« Mit zwei raschen Schritten hatte er ihr Bett erreicht, hauchte ihr einen Begrüßungskuss auf die trockene Wange und zog sich den Stuhl für Besucher neben das Bett.

Missbilligend zog Tante Erna eine Augenbraue hoch.

»Aber sag mal – wie siehst du denn aus? Konntest du dir nicht ein frisches Hemd anziehen und dich wenigstens rasieren? Zu meiner Zeit wäre ein Herr niemals so ungepflegt im Schlafzimmer einer Dame erschienen«, tadelte sie ihren Neffen und Peter Nachtigall spürte das belustigte Lächeln des Pflegers in seinem Rücken, als dieser die Tür schloss und mit eiligen, quietschenden Schritten zu einem anderen Zimmer hastete, aus dem nach ihm geklingelt wurde.

»Es ist mitten in der Nacht. Du hast mich wecken lassen – und hier bin ich! Da musst du eben über Schönheitsfehler hinwegsehen.«

Die alte Dame grinste schelmisch und zwinkerte ihrem Neffen verschwörerisch zu, als er sich neben das Bett setzte.

»Uns beide muss man wohl so nehmen, wie wir sind, Peterchen, was?«

Vorsichtig hob der Hauptkommissar die klauenartige Hand vom Gitter und legte sie zwischen seine beiden Handflächen, als wolle er sie wärmen. Dabei warf er einen besorgten Blick auf die zierliche Gestalt unter der Decke. Tante Erna war trotz ihres Alters, immerhin wurde sie im nächsten Jahr 84, stets selbstständig gewesen – bis dieser Sturz vor ein paar Wochen sie ins Krankenhaus gebracht hatte. Die alte Dame würde viel Pflege benötigen, meinten die Ärzte und rieten zu einer Unterbringung im Heim. Sollte sich ihr Zustand überraschend bessern, so konnte man sie immer noch wieder in ihre Wohnung zurückkehren lassen. Doch bei einer Besichtigung der Wohnung wurde allen klar, dass Tante Erna ihre privaten Belange schon länger nicht mehr wirklich regeln konnte. Alles starrte vor Schmutz, verdorbene Lebensmittel stanken im Kühlschrank, das Brot war verschimmelt und die verordneten Medikamente gegen Diabetes und Hochdruck lagen unausgepackt in einer Ecke des Vorratsschranks. »Na, stell dir nur vor, Peterchen«, begann die alte Dame nun aufgeregt. »Ich hatte geschlafen – nur ein wenig, du weißt ja, alte Leute brauchen nicht mehr so viel Schlaf. Und als ich die Augen aufmachte, um auf meine Uhr zu sehen, da stand jemand neben meinem Bett!«

»Vielleicht war es Jan-Hendrik, der nach dir sehen wollte.«

»Hör bloß auf mit diesen Spielchen für dusselige Alte! Ich mag ja körperlich einigermaßen alt und gebrechlich sein, aber das merke dir, Peterchen, ich bin nicht senil, ich habe keinen Alzheimer, ich leide auch nicht unter Altersdemenz oder irgendeiner anderen Verwirrtheit!«, schnappte Tante Erna nach ihrem Neffen, der ein betroffenes Gesicht machte. »Natürlich kommt Jan-Hendrik manchmal nachts herein, um nach mir zu sehen. Er schaut mindestens viermal pro Nacht hier herein, um zu überprüfen, ob die alte Frau in diesem Bett noch lebt, oder ob sie vielleicht abgehauen ist und nun mit wehendem Nachthemd in der eisigen Novembernacht herumirrt. Natürlich war die Gestalt an meinem Bett nicht Jan-Hendrik!«

»Gut. Aber wenn du nichts erkennen konntest – wie willst du dir da so vollkommen sicher sein?«

»Jan-Hendrik ist schmächtig, wie du gesehen hast. Er quietscht beim Laufen und er hat immer kalte Hände. Wer auch immer hier stand war auf keinen Fall zartgliedrig und als er rauslief, quietschten seine Schuhe kein bisschen. Und außerdem roch er gar nicht nach

Jan-Hendrik!«, fasste sie triumphierend ihre Argumente zusammen.

»Er roch nicht nach Jan-Hendrik – das ist natürlich ein entscheidender Umstand.« Manchmal half nur noch Sarkasmus, tröstete sich Peter Nachtigall.

»Denkst du jetzt gerade darüber nach, ob ich vielleicht doch komplett verblödet bin?!«

Schuldbewusst zuckte ihr Neffe zusammen,

»Ich kann dich denken hören! Aber entschuldige bitte, dass ich dich bei deinen Überlegungen hinsichtlich meiner geistigen Gesundheit unterbreche, um eine weitere Information zu geben: Der Eindringling roch nämlich ziemlich penetrant nach Davidoff – Jan-Hendrik benutzt einen Hauch Calvin Klein. Alles klar?«

Sie warf ihrem Neffen einen skeptischen Blick zu.

»Verstehst du – wenn Jan-Hendrik mich umbringen wollte, könnte er das jederzeit tun – völlig unauffällig. Warum sollte er nachts an mein Bett schleichen und sich auch noch vorher die Mühe machen sich mit einem anderen Herrenduft zu übergießen?«

»Du bist doch erst seit Kurzem hier – kann es nicht ein ungewöhnlicher Schatten gewesen sein – oder ein Traummann?«, formulierte der Hauptkommissar seine Frage vorsichtig.

»Niemals würde ein Traummann nach Davidoff riechen – das ist einfach eine völlig abwegige Annahme.«

Er drohte ihr lachend mit dem Zeigefinger. »Nun, jetzt wäre eine günstige Gelegenheit für ein umfassendes Geständnis! Welche Reichtümer hast du uns verschwiegen?«

»Ich gebe mich geschlagen. So viel polizeiliche Intelligenz lässt mich verzweifeln.« Tante Erna sah deprimiert auf das blasse Muster ihrer Bettdecke. Und Peter

Nachtigall dachte an all die vielen Nächte, die sie so vor seinem Bett gesessen hatte, seine Hand tröstend in der ihren, wenn die Albträume ihn schreiend hatten aufwachen lassen. Sie hatte Sabine und ihm damals ein neues Zuhause gegeben, den beiden Waisenkindern, die nach dem Unfall der Eltern völlig alleine standen. Sie hatte es allemal verdient, dass sie sich jetzt um sie kümmerten. Warm drückte er ihre Hand.

»Also keine Reichtümer, kein geheimes Motiv?«

»Nein. Auch keine verdeckte Spionagetätigkeit, keine Mitarbeit in einer islamischen Terrorgruppe, kein zufällig beobachteter Raub oder Mord – meine Güte, mein Leben wird wirklich von Tag zu Tag langweiliger, Peterchen.«

»Na hör mal – wir haben dich hier untergebracht, damit du jede Menge Kontakte zur Unterwelt knüpfen kannst, die mir dann bei der Aufklärung meiner Fälle hilfreich sein können«, scherzte der Neffe.

Peter Nachtigall bückte sich. »Unter dem Bett hast du jedenfalls keinen Liebhaber versteckt.«

»Na, das wäre auch selten dämlich. Den könnte man ja schon vom Gang aus sehen!«

»Peter«, Tante Erna senkte ihre Stimme. »Hier an meinem Bett war jemand. Weißt du, mein Lieber, trotz allem neige ich nun mal nicht zu Spinnereien. Und eigentlich hätte ich von dir erwartet, dass du das weißt. Schließlich kennen wir uns schon mehr als vierzig Jahre.«

»Du hast ja Recht, Tante Erna«, Nachtigall beschloss, die Tante nicht zu verärgern. Seine Diagnose stand bereits fest: Seine Tante fühlte sich vernachlässigt und benötigte unbedingt etwas geistige Anregung, damit sie sich nicht ganz im Reich der Fantasie verlor. Hier waren seine Schwester und Jule gefordert.

Nachdem er auch noch die Verriegelung des Fensters kontrolliert und Schrank sowie Schubladen untersucht hatte, verabschiedete er sich liebevoll.

Zufrieden lehnte sich Tante Erna in die Kissen zurück.

»Jan-Hendrik, darf ich Sie mal kurz stören?«

Der Pfleger, der über seiner Lektüre eingenickt war, zuckte ertappt zusammen und versuchte mit fahrigen Bewegungen den Krimi verschwinden zu lassen, in dem er gelesen hatte.

Puterrot nickte er Peter Nachtigall zu.

»Ist es Ihrer Meinung nach denkbar, dass ein Unbefugter sich Zutritt zum Zimmer meiner Tante verschaffen konnte?«

»Von draußen kommt niemand einfach so hier herein. Die Tür fällt ins Schloss, wenn jemand das Haus betritt oder verlässt und sie ist nur durch meine Freigabe wieder zu öffnen. Das heißt, ich muss einen Summer betätigen, der die Tür freigibt. Das ist wichtig, zur Sicherheit unserer verwirrten Patienten, die sonst das Gebäude unbemerkt verlassen könnten und vielleicht orientierungslos umherirren würden. Womöglich kämen sie unter ein Auto …«, erklärte Jan-Hendrik immer noch verlegen.

»Wenn demnach jemand im Zimmer meiner Tante gewesen wäre, müsste er entweder auch zu Patienten oder Personal gehören – oder er hätte sich hier verbergen müssen und müsste nun in seinem Versteck warten, bis er morgen unauffällig mit jemand anderem das Gebäude verlassen könnte.«

»Ja. Aber so einfach ist das auch wieder nicht. Ich sehe ja auf dem Überwachungsmonitor wer kommt und geht.«

Nachtigall beugte sich weiter in den Raum und fragte verblüfft: »Welchen Monitor meinen Sie?«

Jan-Hendrik nutzte die nächste halbe Stunde, Peter Nachtigall eingehend in das Sicherheitssystem einzuführen. Leutselig nahm der Kommissar am Tisch im Schwesternzimmer Platz und Jan-Hendrik goss für beide Kaffee in große Henkeltassen.

»Sie glauben also nicht an einen realen Eindringling?«

»Nein, eher nicht. Aber ich muss den Vorfall ohnehin morgen melden – und da werde ich mal bei ihren Zimmernachbarn nach Träumen fragen. Vielleicht ist einer von denen im Schlaf oder Halbschlaf über den Gang gelaufen, hat sich im Zimmer geirrt ...Ich werde vorsichtige Erkundigungen einziehen«, versprach der Pfleger und nickte dabei entschlossen.

Als Peter Nachtigall das Haus verließ, ging die Beleuchtung im Türbereich an. Er drehte sich um und entdeckte die kleine Kamera, die sein Bild nun zu Jan-Hendrik senden würde. Freundlich winkte er dem kalten, schimmernden Auge zu und fuhr nach Hause zurück.

12

4. November

»Na, war dein Hochzeitstag ein Erfolg?«, wollte Peter Nachtigall von seinem Partner wissen, als er das Auto vor dem Reha-Zentrum parkte.

»Ach, ja. Du weißt schon. Wir haben uns eine Reise nach Bahrain geschenkt. Die machen wir im nächsten Herbst, wenn es dort nicht mehr so heiß ist. Die Kinder haben sich an den Kosten beteiligt – so wird es wohl ein etwas luxuriöserer Aufenthalt, als wir dachten. Und dann so das Übliche. Essen mit allen, danach ins Kino. War eigentlich ganz entspannt.«

»Nun sieh dir das an! Es schneit!«, schimpfte Peter Nachtigall, der sich nur im Hochsommer so richtig wohl fühlte.

»So früh im November! Na, ja. Dann wird es wohl wieder nichts mit Schnee zu Weihnachten«, prophezeite Skorubski.

Als es unerwartet an der Haustür klingelte, zuckte Dr. Helge Jung heftig zusammen. Freitagvormittags war ihre Praxis geschlossen. Sie nutzte diese Zeit für ihre Gutachtertätigkeit bei Gericht und wurde nun aus ihren Überlegungen gerissen.

Ärgerlich warf sie einen Blick auf die Uhr, schloss die Akte und arbeitete sich hinter ihrem Schreibtisch vor.

Misstrauisch sah sie aus dem Küchenfenster zum Gartentor, um zu sehen, wer sie gestört hatte. Dort standen zwei Herren mittleren Alters, einer ganz in Schwarz, der andere in ein buntes Allerlei gekleidet. Wieder klingelte es. Wütend lief die große Frau in den Flur und wunderte sich im Geheimen darüber, dass Staubsaugervertreter oder Versicherungsagenten jetzt schon die Leute im Doppelpack belästigten. Der Summer neben der Haustür öffnete das Tor und Frau Dr. Jung trat den ungebetenen Besuchern auf dem Gartenweg entgegen.

»Ja, bitte?«, fragte sie in arktischen Ton, der perfekt zu den Herbsttemperaturen und dem leichten Schneegeriesel passte.

»Entschuldigen Sie bitte den frühen Besuch, Frau Dr. Jung«, begann Peter Nachtigall freundlich lächelnd das Gespräch. »Wir sind von der Kriminalpolizei. Mein Name ist Nachtigall und dies ist mein Kollege Skorubski«, stellte er dann vor und beide zückten ihre Ausweise.

»Von welcher Dienststelle kamen Sie gleich noch mal?«

Die Psychotherapeutin zerrte ungeschickt ein Handy aus der Tasche ihrer unvorteilhaft geschnittenen Pumphose und verhedderte sich dabei in den Bändeln ihres Jogginganzugoberteils. Gereizt entwirrte sie das Mobiltelefon aus der Verstrickung. Dann warf sie Peter Nachtigall einen geringschätzigen Blick zu und ließ sich von seiner Dienststelle bestätigen, die beiden Ermittler seien bekannt. Rasch bedankte sie sich artig und meinte schnippisch zu den beiden Beamten: »Schließlich kann man sich ja nie sicher sein, wen man da ins Haus lässt.«

Das Klirren von Eiswürfeln gäbe einen wärmeren, wohligeren Ton, dachte Nachtigall.

Die Beamten nickten verständnisvoll, Albrecht Skorubski konnte sich einen skeptischen Seitenblick nicht ganz verkneifen.

»Wie also kann ich der Polizei behilflich sein?«

»Wir kommen wegen einem Ihrer Patienten, den wir leider vorläufig festnehmen mussten: Günter Grabert.«

Für einen kurzen Moment schien der Boden unter ihr heftig zu schwanken, dann spürte sie, wie sie langsam wieder die Kontrolle gewann. Wie dumm von mir, schalt sie sich in Gedanken, das hätte ich mir ja auch gleich denken können. Wo bei einem so brisanten Fall die Polizei war, konnte die Presse nicht weit sein. Bei dem Gedanken an eine heranstürmende Meute neugieriger Fragesteller brach ihr der Schweiß aus, und sie sah besorgt die Straße hinunter.

»Ist was nicht in Ordnung?« Peter Nachtigall war ihre nervöse Reaktion nicht entgangen.

»Nein, alles in Ordnung. Keine Journalisten«, versicherte sie eilig und bat die beiden Hauptkommissare ins Haus.

»Kommen Sie bitte hier herüber«, bat sie dann und führte die beiden in ihr Arbeitszimmer. Neugierig sahen sie sich dort um.

An den Wänden zogen sich helle Holzregale entlang, die bis unter die Decke mit Büchern voll gepackt waren. Ein Segment war Sportauszeichnungen vorbehalten. Kanu, stellte Peter Nachtigall mit einem schnellen Blick fest. Ein lederner Stuhl, der zu einer bequemen, halb liegenden Haltung einlud stand im Raum, moderne, bunte Grafiken sorgten für anregende Farbpunkte im Raum.

Frau Dr. Jung bot ihnen ungnädig zwei Stühle vor ihrem Schreibtisch an.

»Ich weiß nicht genau, was Sie jetzt von mir erwarten. Ärzte und Therapeuten sind wie Beichtväter zur Geheimhaltung verpflichtet. Ich darf Ihnen also keinerlei Auskunft über meine Patienten geben.« Sie sah ihre Gegenüber provozierend an.

»Doch, Sie dürfen. Günter Grabert hat sogar ausdrücklich darum gebeten, dass wir uns von Ihnen über seine Therapie und seine Fortschritte informieren lassen.« Peter Nachtigall zeigte ihr eine von Grabert unterzeichnete Erklärung, die sie von ihrer Schweigepflicht entband.

Ihre Figur war unter der unvorteilhaften Kleidung nur vage zu erahnen. Bequemlichkeit schien das Hauptkriterium für ihre Wahl gewesen zu sein. Der Hauptkommissar beobachtete sie neugierig, während sie sich das Dokument sorgfältig durchlas. Jule wäre in diesem Outfit nicht einmal zum Briefkasten gegangen. Ohne gestylte Haare, besonders ausgewählte figurbetonte Kleidung und geschickt platzierte Farbflecken im Gesicht würde sie sich nie der unverhofften Begegnung mit Nachbarn oder gar dem Postboten ausgesetzt haben. Da war diese Psychotherapeutin offensichtlich völlig anders – er war ganz in seine eigenen Überlegungen versunken und betrachtete sie dabei intensiv, ohne zu bemerken, dass sie ihn längst schon wieder ansah und das Formular auf dem Tisch abgelegt hatte.

»Haben Sie Ihre Persönlichkeitsstudien abgeschlossen?«, erkundigte sie sich sarkastisch und Peter Nachtigall zuckte ertappt zusammen.

»Entschuldigung. Sie sehen, Ihr Patient ist damit einverstanden, dass Sie uns umfassend informieren«, verlegen steckte er das offizielle Papier wieder ein.

Frau Dr. Jung schob mit einer ungeduldigen Bewegung eine dickrandige Brille auf die Nase als wolle sie den Abstand zwischen sich und Peter Nachtigall vergrößern. Dann räusperte sie sich, rollte mit ihrem Stuhl zu einem Aktenschrank an der hinteren Wand und zog eine der unteren Schubladen auf. Zielsicher griff sie hinein und nahm einen dicken, orangefarbenen Ordner heraus.

»Was genau möchten Sie wissen?« Sie ließ keinen Zweifel daran, dass sie sich nur ausgesprochen ungern zu diesem Gespräch bereit fand.

»Herr Grabert wurde von uns in U-Haft genommen, weil am Madlower Badesee ein Mord begangen wurde. Vorgehensweise und viele Details entsprechen ziemlich genau der Tat, die er vor zehn Jahren begangen hat. Er erhofft sich durch unser Gespräch mit Ihnen Entlastung – er hat kein Alibi und da die Tat der seinen so sehr gleicht …«

»Ach, da haben Sie sich mal eben gedacht, da wird doch wohl der Herr Grabert wieder zugeschlagen haben? War es so?«

Giftig sah sie den Ermittler an.

»Nicht ganz. Unser Computerprogramm hat ihn gefunden«, mischte sich Albrecht Skorubski ein.

»Mann, was tun Sie dann eigentlich noch, wenn heutzutage die Computer die Mörder fangen. Haben Sie da nicht manchmal Angst um Ihre Rente? Und neben den Computern lassen Sie auch die Presse die Täter suchen – ist das das neue Vorgehen der Polizei?«

Peter Nachtigall kämpfte bei diesem beißenden Spott seinen Ärger nur mit Mühe nieder. Er hätte auch zu gerne gewusst, wie die Journalisten so schnell auf Günter Grabert gekommen waren. Vor dem Haus musste wohl einer auf der Lauer gelegen haben. Ärgerlich! Und auch noch zu einem Zeitpunkt, an dem sie noch nichts in der Hand hatten. Schließlich machte man sich ja nicht automatisch verdächtig, nur weil man kein Alibi für den Abend hatte an dem ein Kapitalverbrechen verübt worden war.

Nur noch eine Frage der Zeit, bis man solche Artikel wie: Ich vertraute dem grausamen Frauenmörder und schenkte ihm mein Herz oder Ähnliches würde lesen können. Er dachte es voll Bitterkeit.

»Können Sie uns nicht einfach in groben Zügen erklären, welche Fortschritte er gemacht hat und warum Sie ihm ein so positives Gutachten ausgestellt haben?«

»Ich lernte Herrn Grabert vor ungefähr drei Jahren kennen. Das zuständige Gericht forderte ein Gutachten über den Fortschritt in der Therapie des Täters an und ich sollte es erstellen. Zunächst machte ich mich mit dem Fall vertraut und dann besuchte ich ihn im Maßregelvollzug. Es gibt inzwischen standardisierte Testverfahren, die uns helfen Patienten sicherer als früher zu beurteilen. Ich führte solche Tests mit ihm durch. Hielt mehrere Gesprächsrunden ab und hörte mir an, wie er über sein Erleben und Empfinden sprach. Danach empfahl ich eine gelockerte Unterbringung und Anstrengungen zur Wiedereingliederung. Sechs Monate später wurde ein Prognosegutachten von mir angefordert und das Gericht entschied, Günter Grabert wieder auf freien Fuß zu setzen. Er hatte sich freiwillig verpflichtet eine Androcur – Therapie durchzuführen, die eine Triebdämpfung zum Ziel hatte. Das Medikament schlug gut bei ihm an. Nach seiner Entlassung suchte er weiterführende psychotherapeutische Unterstützung und seither kommt er regelmäßig in meine Praxis.«

»Sie haben so ohne weiteres einen Sexualstraftäter und Mörder als Patienten angenommen? Mit dem Sie dann ganz allein hier in Ihrer Praxis waren!« Albrecht Skorubski konnte weder seine Überraschung noch seine Missbilligung verbergen.

Dafür erntete er einen spöttischen Blick.

»Ihrer Meinung nach sollten also weibliche Therapeuten nur die eher harmlosen Alltagsneurosen von kleinen, zierlichen Frauen behandeln – oder vielleicht noch Angstzustände von besonders zarten und schwächlichen Männern?«, meinte sie dann provokant.

»Sie haben uns erklärt, die Therapie mit diesem Medikament …«

»Androcur«, half Frau Dr. Jung weiter.

»… mit Androcur also, hätte bei Günter Grabert gut angeschlagen. Woran haben Sie das denn gemerkt?«, beeilte sich Peter Nachtigall das Gespräch aus dem unruhigen Fahrwasser einer Diskussion über Emanzipation und Frauenfeindlichkeit zu lenken.

»Er bekommt regelmäßig dieses Medikament gespritzt. Von seinem Hausarzt. Natürlich kann man diese Art von Therapie nicht per Gerichtsbeschluss anordnen, sie ist freiwillig. Die medikamentöse Unterstützung der Psychotherapie hat bei Herrn Grabert zu einer tiefen Einsicht in das Schreckliche seiner Tat geführt. Er empfindet ehrliche Reue und leidet zeitweilig unter heftigen depressiven Schüben. Ich weiß auch, dass er versucht hat, sich bei den Eltern des getöteten Mädchens zu entschuldigen.«

»Aber wie können Sie sicher sein, dass er Ihnen nicht einfach etwas vorgemacht hat?«, hakte Albrecht Skorubski skeptisch nach.

»Das zu beurteilen ist mein Job!«, klärte sie ihn unfreundlich auf. »Und ich nehme meinen Beruf sehr ernst! Außerdem ist die Situation hier bei mir nicht dazu angetan Herrn Grabert zum Flunkern zu bringen – das Therapeutische an unseren Gesprächen ist, dass er mir ehrlich von Emotionen, Träumen, Erinnerungen oder Ängsten erzählt. Da bleibt kein Platz für erfundene oder verharmlosende Stories.«

»Sie glauben demnach nicht, dass Herr Grabert erneut gemordet hat, ein weiteres Mal nach seinem Schema ein junges Mädchen tötete?« Jetzt fragte Peter Nachtigall ohne Umschweife und Frau Dr. Jung würde auch genauso direkt antworten müssen.

»Ich bin fest von seiner Unschuld überzeugt.«

Albrecht Skorubski sog hörbar Luft durch seine Nase ein. Es klang fast wie das Schnauben eines Pferdes. Die Therapeutin sah ihn unverhohlen wütend an.

Sie ist ausgesprochen attraktiv, wenn ihre Augen so Zorn geladen blitzen, fand Peter Nachtigall, während sie sich nun sekundenlang stur anschwiegen.

Dann seufzte sie plötzlich und wechselte zu einer entspannteren Körperhaltung.

»Wenn es Sie nicht überfordert«, sie warf einen demonstrativ langen Blick auf Skorubski, »würde ich Ihnen gerne erklären, wie das Medikament wirkt. Wenn Sie erkennen, was Günter Grabert mit seiner Entscheidung für diese Therapie auf sich genommen hat, nur um sicherzustellen, dass von ihm keine Gefahr mehr ausgeht – dann verstehen Sie vielleicht auch, warum er es gar nicht gewesen sein kann.« Sie sah die Ermittler fragend an. Die Männer nickten.

»Gut. Androcur stoppt die Testosteronbildung. Die betroffenen Männer verlieren ihr Interesse am Sex praktisch völlig. Jede sexuelle Erregung wird im Keim erstickt. Der Patient bekommt oft auch bei der Masturbation keine Ejakulation mehr – ganz abgesehen davon, dass ihm das Onanieren selbst auch keinen Spaß mehr macht. Es erscheint ihm wie Arbeit und so lässt er es in der Regel sehr bald bleiben. Sein Körper beginnt sich zu verändern, wird fett, schwabbelig und der Patient entwickelt Brüste.«

Fast schien es Peter Nachtigall als spiele ein zynisches Lächeln um ihre Lippen, als sie seinen gequälten Gesichtsausdruck bemerkte. Aber das war doch auch ein Schreckensbild, das sie da zeichnete!

»Für Herrn Grabert war die Entwicklung der Brüste von besonders negativer Bedeutung. Er konnte nämlich seine sportlichen Hobbies, unter anderem Schwimmen, nicht mehr ausüben. Schließlich wollte er sich nicht zum Gespött der Leute machen. Das kann ich gut verstehen. Auch Laufen ist beschwerlich, weil die Mamillen sehr sensibel werden und beim Joggen dann schmerzhaft am Unterhemd oder Shirt reiben. Sie entzünden sich dadurch und verursachen bei jeder Bewegung des Oberkörpers Beschwerden. Doch das sind nur ein paar der physischen Veränderungen – daneben gibt es auch psychische. Der Patient wird emotionaler. Er entwickelt Schuldgefühle, manche weinen unkontrolliert. Auf jeden Fall werden sie durch all diese Veränderungen sehr einsam. Ehemalige Freunde sind oft mit der neuen Situation überfordert und auch der Patient selbst zieht sich immer mehr aus dem sozialen Leben zurück: weil ihm sein neues Aussehen peinlich ist, weil er von der Fitness her nicht mehr mithalten kann, weil er sich nicht auf seine emotionale Stabilität verlassen kann. Sie haben das Bedürfnis über ihre Tat zu sprechen – doch mit wem? Für einen brutalen Sexualmord und die Schuldgefühle des Täters hat sicher kaum jemand Verständnis. So müssen sie eben über die Gründe ihrer Depression schweigen oder sich eine andere, plausible Erklärung ausdenken. Die meisten leben äußerst zurückgezogen, deprimiert und allein, immer bemüht nicht mehr Aufmerksamkeit als unbedingt notwendig auf sich zu ziehen«

»Sie klingen, als täte Ihnen der Mörder leid. Vergessen Sie dabei nicht vielleicht die Opfer?« Peter Nachtigall sprach leise und nachdenklich. Wer wusste denn schon genau, welche Qualen ein Mordopfer durchleiden musste; er sah die Trauer der Eltern, musste sich mit dem Schmerz der Hinterbliebenen auseinander setzen. Nein, er schüttelte langsam den Kopf, von ihm durften die Täter kein Mitgefühl erwarten.

»Und wie sieht das bei Ihnen aus? Vergessen Sie nicht, auch Täter sind oft genug Opfer! Das sehe ich hier beinahe täglich. Sie verdächtigen Günter Grabert – aber wer sagt denn, dass es sich nicht um einen weiblichen Täter handelt?«

»Frauen morden nach einem anderen Schema. Außerdem muss es sich um einen kräftigen Täter handeln, denn er hat sein Opfer noch ein ganzes Stück getragen.«

»Trauen Sie uns doch mal was zu, Herr Nachtigall, lächelte sie und meinte dann: »Hier, ich gebe Ihnen jetzt noch die Adresse seines Hausarztes. Er wird bestätigen können, dass bei Herrn Grabert der Antrieb insgesamt gedämpft ist, nicht nur in sexueller Hinsicht – er ist ständig müde und muss sich zu kleinsten Verrichtungen des Alltags, wie zum Beispiel einkaufen, mühsam überwinden. Ich bin sicher, dass er mit dem Mord an diesem Mädchen nichts zu tun hat. Sie haben Ihren Täter noch nicht. Während Sie hier mit mir sprechen, läuft da draußen ein psychopathischer Mörder frei rum, der jederzeit ein neues Opfer finden könnte. Beeilen Sie sich lieber und machen Sie endlich Ihren Job – dafür werden Sie schließlich vom Steuerzahler bezahlt.«

An der Haustür quetschte sich ein großer, asketischer getigerter Kater an Peter Nachtigalls Beinen vorbei ins Haus. Sie bückte sich und nahm das schöne Tier mit einer eleganten Bewegung auf den Arm, wo der Kater sofort laut zu schnurren begann.

»Keine Sorge Casanova – die Herren gehen gerade!«

»Mann, die Dame hat ganz schön Haare auf den Zähnen«, maulte Albrecht Skorubski, der die verbale Attacke der Therapeutin wohl noch immer nicht verdaut hatte.

»Touché!«, Nachtigall grinste.

»Wir müssen uns schnell im Büro diesen Wisch von Grabert unterzeichnen lassen, damit wir auch seinen Hausarzt befragen können – diese Einverständniserklärung, du weißt schon.«

Peter Nachtigall nickte.

»Ja, ja – eine toughe Frau. Ganz schön stark. Aber sie liebt Katzen. Da muss sie einen guten Charakter haben, sagt der Volksmund. Irgendwie kann ich ihre Abneigung gegen uns gut verstehen – schließlich hat sie das Gutachten erstellt. Wenn wir jetzt dem Grabert den Mord nachweisen, muss sie damit leben, dass er nur morden konnte, weil sie ihm Ungefährlichkeit bescheinigt hat. Kein schöner Gedanke, oder?«

Zwei Stunden später parkten sie den Wagen vor einer Landarztpraxis in Burg, die dem Klischee so perfekt entsprach, dass Albrecht Skorubski sich wie in eine Filmkulisse versetzt vorkam und sich unwillkürlich nach einem gehetzten Filmteam umsah, das vielleicht jeden Moment um die Ecke biegen konnte.

»Oh!«, begrüßte sie eine matronenhafte Sprechstundenhilfe, als sie die Praxis von Dr. Schlehdorn betraten. »Hoffentlich ist es nichts Ernstes! Der Herr Doktor ist nämlich im Moment nicht da.«

Dabei musterte sie die beiden kritisch, wie um ihren Gesundheitszustand abzuchecken.

»Nein, nein, wir haben nur ein paar Fragen an Herrn Dr. Schlehdorn.«

»Fragen – zu einem medizinischen Problem?«

Jetzt war die Angestellte verwirrt.

»Nicht direkt. Wir sind von der Polizei Cottbus und haben ein paar Fragen zu einem seiner Patienten«, informierte Peter Nachtigall und zeigte seinen Dienstausweis.

Das Gesicht unter der dunklen Hochsteckfrisur verhärtete sich augenblicklich und die stämmigen Beine in den flachen Gesundheitsschuhen traten den Männern energisch entgegen. Automatisch wichen die Beiden einen Schritt zurück. »Wir geben keine Informationen weiter. Niemals. In keinem Fall!« Plötzlich klang die mütterliche Stimme sehr kühl.

»Wir hätten gerne den Herrn Doktor gesprochen.« Unverkennbar drohend richtete sich Peter Nachtigall zu voller Größe auf.

»Da werden Sie wohl noch mal wiederkommen müssen – der Herr Doktor besucht eine Krebspatientin. Das wird eine Weile dauern«, konterte die Sprechstundenhilfe schnippisch. Anneliese stand auf dem Namensschild, das jetzt auf ihrem vor Empörung wogenden Busen auf und ab taumelte. Es gelang ihnen gerade noch eine Karte mit ihrer Telefonnummer und der handschriftlichen Bitte um Rückruf bei der resoluten Frau zurückzulassen, bevor sie von ihr gnadenlos aus der Praxis gedrängt wurden. Laut schlug die Tür ins Schloss.

»Mir scheint, wir haben heute kein Glück bei den Frauen!«, stellte Peter Nachtigall trocken fest.

13

»Michael, wir suchen einen Hans oder Hansi – Müller oder Schmidt, vielleicht auch nur mit d oder mit ie. Wohnhaft am Badesee Madlow«,

Eifrig tippte Michael die Anfrage in den PC ein. »Geht's nicht ein wenig g'nauer? Mit so dürftige Angabe kann das Programm nicht arbeite!«

Er drehte sich zu Albrecht Skorubski um und meinte verständnisvoll »Isch ja au eigentlich völlig logisch!«, er zuckte mit den Schultern.

»Ich weiß auch nichts Genaueres. Laura Hellberg hat uns den Namen genannt und sie hat uns gleich jede Menge Auswahl angeboten.« Albrecht Skorubski war ärgerlich.

»Hat sie denn sonscht gar nichts über ihn erwähnt – ob er Fußball spielt zum Beispiel?« So schnell gab der hoch motivierte Neuling Wiener nicht auf.

»Sie hat gesagt, der junge Mann sei geistig behindert. Aber vielleicht stimmt das gar nicht. Mädchen in dem Alter neigen dazu jeden für geistig behindert zu halten, der eine andere Mode bevorzugt oder eine andere Musik gut findet.«

»Mukke«, korrigierte Michael Wiener. »Musik heißt jetzt Mukke. Sie habe noch gar nichts vo Ihrer Feier gestern Abend erzählt«, stellte er dann fest und sah seinen Kollegen aufmunternd an.

»Stimmt. Du hast noch gar nicht richtig von diesem Großereignis berichtet.«

»Na, wie soll so was schon gewesen sein? Wir waren sehr chic essen, bei dem neuen Inder in der Stadt. Das ist ein tolles Restaurant, sehr geschmackvoll eingerichtet und mit einer abwechslungsreichen Speisekarte. Kann ich nur weiterempfehlen! Es duftete schon beim Reinkommen nach exotischen Gewürzen, viel Curry und aromatischen Kräutern.«

Michael Wiener tippte derweil weitere Angaben in die Maske des Programms. Flink bewegten sich seine Finger über die Tastatur, die er von zu Hause mitgebracht hatte, weil die büroeigene so laute Klickgeräusche produziert hatte, dass man sich kaum unterhalten konnte.

»Meine Frau hatte sich toll in Schale geworfen und unsere Jungs steckten ausnahmsweise in anständigen Klamotten. – Kann man ja eigentlich auch erwarten. Schließlich sind sie jetzt schon um die Dreißig. Maik hatte sogar eine Freundin mitgebracht, die wirklich einen sehr sympathischen Eindruck gemacht hat. Unsere Tochter konnte leider nicht kommen, sie hatte einen wichtigen Termin. Zuerst war meine Frau ein bisschen enttäuscht, aber das hat sich bald gelegt. Na ja, das Essen war wie gesagt einfach wunderbar, der Wein gekühlt, das Dessert ein Traum.«

»Und dann? Seid ihr danach einfach nach Hause gegangen und vor dem Fernseher eingeschlafen wie sonst auch?«, stichelte Peter Nachtigall.

»Nein, natürlich nicht. Wir waren noch im Kino: »Der verbotene Schlüssel«, so ein Film mit viel Geklapper und Zauberei. War nicht so mein Fall, aber die Damen waren total begeistert. Zum Schluss haben wir zu Hause noch ein Glas Sekt getrunken und nachdem die Jugend uns wieder verlassen hatte, war die Feier beendet. Schließlich wollte ich ja nicht vollständig unausgeschlafen zum Dienst erscheinen«, schloss der Kollege und Hauptkommissar Nachtigall fiel siedend heiß ein, dass er vergessen hatte seine Schwester wegen Tante Erna anzurufen.

»Na na, du wirst ja plötzlich ganz rot«, frotzelte Albrecht Skorubski und sah seinen Freund fragend an.

»Ich hab was vergessen. Ist mir gerade eingefallen«, Peter Nachtigall gab eine launige Darstellung der nächtlichen Ereignisse, doch trotz des gewollt leichten Tons konnte er seine Besorgnis nicht verbergen.

»So – wenn ich die Herren dann mal bitte zu mir an den PC bitten dürfte!«

Nachtigall grinste. Wenn Michael Wiener ganz bewusst Hochdeutsch sprach, klang er fast wie Ulla Schmidt.

»Wir haben hier eine Liste, die sich ergibt, wenn wir nur nach Hans Müller/Schmid/Schmidt/Schmied suchen. Die umfasst dreißig Personen. Wenn wir aber mal sehen, wer in einer Behinderteneinrichtung gemeldet ist und am Madlower Badesee wohnt, bleibt nur noch ein einziger Name übrig. Hans Schmidt, Auerhahnweg 7, geboren 1985. Im Birkenweg wohnt ein Hans Schmied, aber der ist Jahrgang 1998. Über seine geistige Verfassung gibt es keine Angaben und er kommt wohl auch sonst nicht wirklich in Betracht.«

»Prima, Mensch Michael. Bevor Sie hier angefangen haben, konnte keiner diesem Wunderwerk der Technik so schnell die gewünschten Informationen entlocken. Fabelhaft.«

»Gibt es neue Informationen zu Günter Grabert? Konnten Sie herausfinden, ob er das Mädchen gekannt hat?«

»Eine Gruppe hat seine Wohnung durchsucht, aber wohl keinerlei Hinweise darauf gefunden, dass er das Mädchen kannte. Es gibt keine Fotos von ihr, keine Briefe, keine Kleidung. Auch den Zeh haben die nicht sicherstellen können. Die Nachbarn finden ihn ein wenig seltsam, weil er nie Besuch bekommt und nie so wilde Partys feiert, aber sie sagen auch, dass er stets hilfsbereit sei, angenehm und zurückhaltend. Eine ältere Dame schwärmt direkt von ihm, weil er, als sie sich den Knöchel verstaucht hatte, für sie einkaufen gegangen ist und ihr jeden Tag die Zeitung und die Post geholt hat«, fasste Michael Wiener die Ergebnisse zusammen.

»Er ist also – wie man so sagt – gut beleumundet. Was aber natürlich nichts heißen muss«, Skorubski ging auf und ab.

Peter Nachtigall sah ihm amüsiert dabei zu. Sein Freund hatte vor einiger Zeit ein Buch über Körpersprache geschenkt bekommen und ihm erzählt, dass man sich beim Denken immer von einem Fuß auf den anderen bewegen sollte – also laufen – damit die Gedanken im Fluss bleiben könnten. Offensichtlich ein Selbstversuch, konstatierte Nachtigall schmunzelnd.

»Hat er noch irgendwelche Nebenjobs?«, fragte er dann.

Michael Wiener begann in der Akte zu blättern.

»Darüber steht hier nichts. Wahrscheinlich haben die Kollegen keinen Hinweis auf eine Freizeitbeschäftigung gefunden, sonst hätten sie es vermerkt.«

»Na, dann fragen wir ihn doch einfach mal danach«, entschlossen erhob sich Hauptkommissar Nachtigall. »Ich hole uns noch schnell einen Kaffee. Albrecht, kannst du ihn schon mal bringen lassen?« Er verschwand, um schnell über Handy Jule zu bitten bei Tante Erna im Heim vorbeizuschauen. Großnichtenpflichten eben!

Nachtigall seufzte und machte sich auf den Weg zur Kaffeemaschine.

14

Günter Grabert wirkte wesentlich grauer und verhuschter als bei ihrer letzen Begegnung. Seine Augen bewegten sich unstet hin und her, als könnten sie in dem kahlen Raum keinen Fixpunkt finden. Ganz offensichtlich bekam ihm die Untersuchungshaft nicht. Sein fülliger Körper beanspruchte die gesamte Stirnseite des Tisches. Hinter ihm stand Dr. Kowalski, sein Anwalt, und sah misslaunig von einem zum andern.

Hauptkommissar Nachtigall registrierte, dass sich Schweißperlen auf Günter Graberts Oberlippe gebildet hatten und er ein ums andere Mal mit der Zunge nervös über seine rauen, aufgerissenen Lippen fuhr.

Er wirkt wie ein eingesperrtes Tier, dachte Peter Nachtigall und setzte sich zu Grabert an den Tisch, während Michael Wiener stehen blieb und unbehaglich von der dicken, grauen Stahltür zu den vergitterten Fenstern des Vernehmungsraumes sah.

»Sie hatten inzwischen Gelegenheit mit Ihrer Therapeutin sowie mit ihrem Anwalt zu sprechen?«, eröffnete Peter Nachtigall das Verhör.

Der unförmige Mann nickte trübsinnig. Dr. Kowalski zeigte eine unbewegte Miene.

»Wir zeichnen unser Gespräch auf Band auf. Da wird es also kaum ausreichen, wenn Sie mit dem Kopf wackeln – Sie werden schon laut und deutlich antworten müssen«, wies der Hauptkommissar den Mann zurecht.

»Sie sind sich über die Gründe im Klaren, die dazu geführt haben, dass wir Sie zur Einvernahme mitgenommen haben.« Das war keine Frage – es war eine Feststellung und sein Gegenüber sah ihn einen Augenblick verwirrt an, ehe er antwortete.

»Klar. Sie haben in Ihrem PC nach den alten Akten gestöbert – und siehe da, schon konnten Sie Ihren Badeseemörder präsentieren!«

»Kannten Sie denn das Opfer – Anna Magdalena Kranz?«

»Nein, ich denke nicht. Zumindest habe ich den Namen noch nie gehört. – Hören Sie, ich habe mit der Sache nichts zu tun! Ich weiß schon, einmal Sexualstraftäter immer Sexualstraftäter. Aber diesmal irren Sie sich. Ich – habe – niemanden – getötet!« Günter Grabert betonte jedes Wort, als müsse er dafür sorgen, dass Peter Nachtigall ihn auch richtig verstand.

Mit einer raschen Bewegung schleuderte der Ermittler ein paar Fotos auf die freie Tischfläche. Flüchtig sah der Befragte hin – um sich schnell wieder abzuwenden. Jetzt zitterte er.

Der Schweiß floss in Strömen über sein Gesicht. Er wischte sich mit dem Ärmel seines Sweatshirts über die Stirn und bemühte sich die Tropfen, die ihm den Nacken entlangliefen, aufzuhalten, bevor sie unter dem Kragenbund verschwinden konnten.

»Nie gesehen! Ich habe dieses Mädchen noch nie zuvor gesehen!« Seine Stimme wurde schrill, das verriet seine Angst. Er hörte es selbst, aber konnte es nicht beeinflussen. Das würde die Polizei ganz sicher negativ auslegen – bestimmt dachten sie, er zapple schon im Netz. Der Anwalt legte seinem Mandanten für einen kurzen Moment beruhigend die Hand auf die Schulter, zog sie rasch zurück und wischte sie sich unauffällig an seinem Jackettärmel ab.

»Hören Sie –«, begann Günter Grabert erneut mit dieser unangenehm hohen Stimme, die schwankend und sich überschlagend durch die Sätze zu trudeln schien. »Ich habe mit dem Mord nichts zu tun. Sie haben doch mit Frau Dr. Jung über mich und die Therapie gesprochen. Da müssten Sie doch jetzt wissen, dass ich eine solch schreckliche Tat niemals begangen haben kann – ich bin nicht mehr der, der ich mal war. Jeder Mensch kann sich doch grundlegend geändert haben in so vielen Jahren. Warum wollen Sie mir das nicht auch zubilligen.«

Der flehende Blick in seinen Augen erreichte bei Peter Nachtigall nichts. Sein Bauchgefühl, das ihn an Graberts Unschuld glauben lassen wollte, war in diesem Fall nicht ausreichend. Sie mussten sicher sein. Schließlich wollten sie nicht das Risiko eingehen einen brutalen Mörder wieder auf freien Fuß zu setzen.

»Gut. Ich weiß von der Therapie – aber das macht Sie nicht wirklich unverdächtig. Wir konnten Ihren Hausarzt nicht erreichen, aber das holen wir nach. Ich räume gerne auch ein, dass Menschen sich verändern – zum Glück tun sie das. Aber ich weiß auch, dass dieses Medikament, das Sie da bekommen, Sie nicht unbedingt so ruhig und sexuell bedürfnislos gemacht haben muss, wie Sie es darstellen.«

»Vielleicht hat mich ja doch jemand gesehen – vom Klinikpersonal vielleicht oder einer von den Nachbarn. Haben Sie die denn schon alle befragt?«

»Wir haben jemanden hingeschickt, der genau das überprüfen soll, aber bisher haben wir noch keine Zeugenaussagen für den relevanten Zeitraum. Arbeiten Sie eigentlich noch woanders? In Ihrer Freizeit?«

»Nein, nur in der Klinik. Für mehr bleibt gar keine Zeit. Sie haben keine Zeugen gefunden – aber das heißt doch nur, dass ich kein bestätigtes Alibi habe und nicht, dass ich der Täter sein muss. Wie viele Leute in und um Cottbus mögen wohl für den, wie Sie das nennen, relevanten Zeitraum kein Alibi haben? Ist Cottbus deshalb eine Stadt voller gemeingefährlicher Verbrecher und Mörder, Herr Hauptkommissar?« Günter Graberts Augen blitzten, als er den Ermittler nun direkt ansah.

»Aber nur einer von denen hat schon einmal eine ganz ähnlich inszenierte Tat begangen und wurde dafür verurteilt. Außerdem hat von den anderen vermutlich auch keiner schon mit gepackter Tasche auf uns gewartet!«, hielt Peter Nachtigall dagegen.

»Ich wusste doch, dass die Polizei kommen würde – und ich hatte Recht. Klar wusste ich, dass man die Akte von damals im PC ausfindig machen kann – schließlich sehe ich mir auch gern Krimis im Fernsehen an – und mir war auch klar, dass fantasielose Ermittler in mir den Täter sehen würden!« Graberts Augen verengten sich zu Schlitzen. »Ihr habt doch keine Ahnung, was ich auf mich genommen habe, um wieder unter ganz »normalen Menschen« leben zu können, nicht wahr? Früher war ich schlank und durchtrainiert, der Schwarm vieler Mädchen, mit Waschbrettbauch und tollen Muskeln. Ich habe jeden Tag Sport getrieben, um meiner Körper zu stählen – und nun sehen Sie sich doch mal an, was dieses Medikament aus mir gemacht hat!«

Er zog das Sweatshirt über seinem Oberkörper glatt und demonstrierte seinen Körperumfang und seinen Brustkorb.

»Jetzt habe ich eine Körbchengröße, die die meiner letzten Freundin bei weitem übertrifft. Ich habe gewaltig an Gewicht zugelegt, mein Bauch ist so dick geworden, dass ich meine Füße schon lange nicht mehr sehen kann und so traue ich mich weder in ein Schwimmbad noch in ein Fitnesscenter. Beim Duschen würden die anderen über mich spotten – glauben Sie denn, ich höre nicht das Getuschel, wenn die Leute über mich reden, wenn ich auf der Straße vorbeigehe? Wie sollte ich von Verständnis für meine Situation erbitten, ohne überall meine schreckliche Vorgeschichte zu erwähnen?«

»Herr Grabert, nehmen Sie sich etwas zurück!«, forderte ihn sein Anwalt auf.

Der Hauptkommissar schwieg nachdenklich. Ein Satz von Frau Dr. Jung fiel ihm wieder ein. Sie hatte ihn schon darauf hingewiesen, wie einsam die Therapie mit Androcur machen konnte.

Leise, fast flüsternd fuhr Günter Grabert fort.

»Dicke Männer mit ausdrucksvollen Brüsten sind bei anderen Männern und bei Frauen gleichermaßen unbeliebt. Frauenmörder, die die Leichen ihrer Opfer verstümmeln, kommen auch überhaupt nicht gut an. Aus dem Maßregelvollzug Entlassene stoßen auch nicht gerade auf Gegenliebe bei ihren Mitmenschen. Können Sie sich überhaupt nur annähernd vorstellen, wie einsam mein Leben ist? Können Sie das?« Er sah auf seine Hände und begann wieder die Finger zu verknoten.

»Doch ich gehe wieder zur Arbeit, treffe dort mit anderen zusammen und kann mit ihnen über Alltäglichkeiten oder wichtige Dinge sprechen, gehe ins Kino, esse beim Italiener um die Ecke und weil ich gut zuhören kann, kommen die anderen manchmal mit ihren Problemen zu mir. Unter dem Strich ist der Preis, den ich für dieses Stück Freiheit bezahle, doch nicht zu hoch, oder?«

15

»Hallo, Helge!« Mit geschmeidigen, katzenartigen Bewegungen kam Frau Dr. Birnbaum auf ihre Kollegin zu und schloss sie in die Arme. Die Angesprochene wand sich unbehaglich in der Umklammerung der eleganten Psychiaterin und pustete einige der langen, schwarzen Haare beiseite, um dem Erstickungstod zu entgehen.

Körperliche Annäherungen waren Frau Dr. Helge Jung seit Langem verhasst und von Kollegen, die ihr auch noch von Herzen unsympathisch waren, war es ihr doppelt unangenehm. Den stechenden Schmerz an ihrem Oberkörper ignorierend, von dem sie wusste, dass er rein psychogener Natur war, schob sie die affektierte Kollegin etwas zurück um sich dann geschickt ihrem Griff zu entwinden.

»Hallo, Angela«, grüßte sie kühl zurück.

»Ach, mein Gott. Es tut mir ja so unendlich leid, wirklich«, fuhr Dr. Birnbaum fort und Frau Dr. Jung wich automatisch zwei Schritte zurück, da es so aussah, als wolle die andere sie empathisch gleich noch einmal – diesmal tröstend – in die Arme schließen.

Angela Birnbaum bedachte ihr Gegenüber mit einem mitleidsvollen Blick, der sie selbst wie ein waidwundes Reh aussehen ließ.

»Berufsrisiko«, stellte Dr. Jung nur trocken fest, fuhr sich mit ihren sehnigen Händen durch ihre nach praktischen Gesichtspunkten ausgewählte Kurzhaarfrisur, strich sich über ihre weite, kuschelige Lieblingsfleecejacke, als forsche sie, ob die andere bei der Begrüßungsumarmung etwas Ekliges an ihr zurückgelassen habe.

Gerade als sie sich brüsk abwenden wollte, wurde sie ein weiteres Mal angesprochen.

»Guten Abend, Frau Kollegin. Wie schön, Sie hier zu sehen – trotz der für sie sicher sehr unangenehmen Begleitumstände.« Prof. Marburg schüttelte ihr warmherzig die Hand und nickte Dr. Birnbaum flüchtig zu.

Der sympathische, ältere Herr war so eine Art Nestor ihrer Gruppe, mit weißen Haaren, wachen Augen und bewundernswerter Sicherheit im Umgang mit seinen Patienten.

»Guten Abend Herr Professor«, antwortete die junge Kollegin und schenkte ihm ein Lächeln. Etwas, das sie nur sehr wenigen Menschen zukommen ließ.

»Ich hoffe, Sie nehmen sich die Angelegenheit nicht zu sehr zu Herzen. Das kann schließlich jedem von uns passieren, wissen Sie. Vor so etwas kann sich keiner schützen, der mit Menschen zu tun hat. Aber natürlich ist es für Sie im Augenblick sehr unangenehm.«

Er legte ihr väterlich die Hand auf den Unterarm und ihr gelang es mit größter Anstrengung ein heftiges Zusammenzucken zu verhindern.

»Ich glaube, die Polizei ist im Irrtum – nicht ich«, entgegnete sie selbstbewusst. »Es ist nur das immer gleiche Spiel: Einmal Sexualstraftäter – immer Sexualstraftäter.«

Der Professor warf ihr einen besorgten Blick zu.

»Es ist immer schlimm, wenn Täter wider Erwarten rückfällig werden. Und sogar wieder töten – obwohl wir ihnen etwas völlig anderes bescheinigt haben. Es ist eine schmerzvolle Erfahrung und das Gefühl der Schuld belastet den Gutachter noch über einen langen Zeitraum. Ich kenne Kollegen, die nach solch einer Entwicklung nie wieder ein Gutachten erstellt haben. Einer hat sogar seine Praxis aufgegeben und verdient sich seinen Lebensunterhalt durch Vorträge und Buchbeiträge zu abstrakten Fragestellungen. Letztendlich sollte diese Erfahrung zeigen, dass Sie nicht vorsichtig genug sein können – und es macht auf jeden Fall nicht den geringsten Sinn sich mit der Polizei herumzustreiten.«

»Herr Professor Marburg – ich bin nicht einfach renitent oder uneinsichtig – ich weiß, dass er es nicht getan hat!«

Geschickt führte der ältere Herr sie in eine ruhigere, entlegenere Ecke und nötigte sie in einer hohen Sitzgruppe Platz zu nehmen.

»Ich verstehe Sie schon. Wir alle müssen hier und da mal Tiefschläge einstecken. Sie waren seine Prognosegutachterin – aufgrund Ihres Gutachtens wurde der Maßregelvollzug außer Kraft gesetzt.« Er wühlte aus den Tiefen seiner Sakkotaschen eine Metallschachtel hervor, kämpfte einen Augenblick mit dem Verschluss, entnahm ihr dann eine dicke Zigarre, die er sich mit einem Ausdruck des Wohlbehagens ansteckte.

»Ja – ich habe das Prognosegutachten erstellt – und alles, was ich geschrieben habe, stimmt und gilt unverändert.« Dabei beugte Dr. Jung sich weit vor, fing die klugen Augen des Nestors ein und fixierte ihn. Sie sprach jetzt sehr eindringlich.

»Jeder kann dieses Verbrechen begangen haben. Die Zeitungen waren damals voll von Berichten über den Ablauf seiner Taten. Jeder, der ihn oder die Ermittlungsakten oder die Berichte kennt, könnte ihn imitiert haben. – Ich kenne ihn nun schon seit so vielen Jahren – glauben Sie mir, er hat seine Bilder im Kopf vergessen, er empfindet keine sexuelle Erregung mehr bei solch einem Anblick.«

»Woher wollen Sie das denn so genau wissen? – Sie sind doch bei Ihrer Beurteilung ganz auf seine Mitarbeit angewiesen! Was, wenn er Sie belogen hat? Noch ist es uns nicht möglich in die Seele des Menschen zu blicken – wir kriegen nur zusehen, was er uns sehen lassen will. Vergessen Sie das nicht, Frau Dr. Jung!« Prof. Marburg drohte ihr scherzhaft mit dem Zeigefinger.

»Er hat mich schon vor langer Zeit in seine geheimsten Empfindungen eingeweiht – ich weiß um das, was ihn getrieben hat. Und ich weiß, dass es vorbei ist – längst vorbei.«

»Die Polizei ist da allerdings völlig anderer Auffassung«, stellte Prof. Marburg klar und fügte hinzu: »Sie müssen jetzt nicht Ihr Gutachten mit Zähnen und Klauen verteidigen. Das macht auch in der Öffentlichkeit keinen besonders guten Eindruck. Besser Sie wirken zerknirscht und räumen ein, dass Sie sich in manchem getäuscht haben.«

»Öffentlichkeit?« Helge Jung war plötzlich alarmiert. Sie spürte, wie ihr Rücken in Sekundenschnelle schweißfeucht wurde. Wenn es etwas gab, das ihr annähernd so verhasst war wie körperliche Berührungen, dann war es im Rampenlicht zu stehen.

»Aber natürlich! Gestern Abend wurde Günter Grabert verhaftet und morgen früh kennt die Presse den Namen der Prognosegutachterin. Sie werden Ihr Haus belagern, Ihnen vor der Praxis auflauern – nur um einen Kommentar, ein Foto oder gar ein Interview zu kriegen.«

»Herr Professor Marburg – ich kann auch der Presse nur mitteilen, dass Günter Grabert unschuldig ist, und mit diesem abscheulichen Verbrechen nichts zu tun hat.«

Der Professor sog nun hörbar die Luft ein. Jetzt war er endgültig genervt. Wie konnte diese junge Frau nur so verbohrt sein!

»Er unterzieht sich einer Androcur-Therapie. Schon seit Jahren«, erklärte sie schnell, um einer heftigen Entgegnung des erfahrenen Kollegen zuvor zu kommen.

»So ist das also. Spritze oder Tabletten?« Nachdenklich sah der Professor die Kollegin an.

»Spritze. Er bekommt sie vom Hausarzt.«

»Aha, er bekommt also Androcur zur Triebdämpfung. Interessant. Aber das ist natürlich überhaupt kein Beweis für seine Unschuld – es ist nur ein Beweis für seine Bereitschaft in Zukunft zu versuchen unschuldig zu sein.«

»Es gibt Studien, die belegen, dass die Triebdämpfung so groß sein kann, dass der Patient tatsächlich frei davon ist. Er kommt zu mir zur Therapie – auch schon seit Jahren. Ich sehe, was das Medikament bei ihm bewirkt – ich kenne seine finsterste Seite.«

»Aber Sie wissen nicht, welche Seiten er verbirgt, nicht wahr Frau Kollegin?«

Bevor sie darauf antworten konnte, lud sie ein Kollege ein, ihn zur Gesprächsrunde im Nebenzimmer zu begleiten.

Einmal in der Woche trafen sich forensische Psychologen und Prognosegutachter hier in diesem schönen Spreewaldgasthof ›Zum Leineweber‹ in Burg zu ihrem »Prognose – Stammtisch«. Seit den gegenseitigen Beschimpfungen von Gutachtern in den Medien im Fall

Schmoekel war diese Gesprächsrunde ins Leben gerufen worden. Sie sollte als Forum dienen, als Interessenvertretung, als Chance zum gegenseitigen Kennen lernen und nicht zuletzt dazu genutzt werden sich gegenseitig zu unterstützen. Die Atmosphäre des Gasthofs war auf gehobenem Niveau ländlich, das Personal aufmerksam und freundlich und der Wintergarten angenehm eingeheizt und so konnten sich die Teilnehmer hier relativ entspannt austauschen.

»Tja, ich begrüße Sie alle herzlich zu unserem heutigen Diskussionsabend. Thema, wie schriftlich angekündigt, ist die neue Verordnung der Regierung für den Umgang mit Sexualstraftätern, insbesondere mit Serientätern. Ich denke wir sammeln zunächst Meinungen dazu und steigen dann in die Diskussion ein«, moderierte Prof. Lund wie immer etwas fahrig. Mit seiner Fistelstimme und dem wallenden weißen Haar wirkte er wie die Karikatur eines Freudianers mit einem Hauch Einstein.

Scheiße, dachte Dr. Jung, da habe ich ja genau das passende Thema erwischt!

»Also, wenn ich das richtig verstanden habe, plant die Regierung das bestehende Gesetz zur Unterbringung im Maßregelvollzug dahingehend zu verschärfen, dass zukünftig auch Täter in eine Art Sicherheitsverwahrung genommen werden können, die zum Zeitpunkt der Tat voll zurechnungsfähig waren und deshalb im Strafvollzug untergebracht wurden, wenn die Gefahr einer Wiederholung der Tat besteht«, begann Dr. Feldmann ziemlich umständlich und sah sich in der Runde um. Von allen Seiten wurde vorsichtig zustimmend genickt. »Dann tun sich für mich gleich drei Fragen auf:

1. Wer entscheidet über die Einweisung – das Gericht, ein Gremium, ein Gutachter?

2. Wer wird in dieser Einrichtung die Überwachung übernehmen? Pfleger, Wärter, therapeutisch geschultes Personal?

3. Wie sieht es mit Therapieangeboten aus und wer überprüft den Fortschritt?«

»Genau!«, warf Dr. Zaum, Psychotherapeut aus Potsdam, ein. »Da haben wir doch schon wieder die gleichen Probleme, wie wir sie schon aus dem heute praktizierten Maßregelvollzug kennen. Und weiß man denn, wie viele von diesen Straftätern in solch einer »Wohngemeinschaft« untergebracht werden sollen? Da lauert schließlich ein massives Gewaltpotenzial.«

»Genau. Schließlich haben wir es bei dieser Sicherheitsverwahrung nicht ›nur‹ mit Vergewaltigern zu tun – einige der Straftäter werden Mörder oder Mörder und Vergewaltiger sein und all diese Insassen warten letztlich nach Einschätzung des Gerichts nur auf eine Chance zur Wiederholung ihrer ungeheuren Straftaten.«

»Tatsache ist, dass die Rückfallquote bei zum Beispiel Serienvergewaltigern relativ hoch ist. Das liegt bedauerlicherweise oft genug daran, dass sie während der Verbüßung ihrer Strafe nicht ausreichend therapiert werden konnten. Zum einen, weil zu wenig Zeit zur Verfügung stand, zum anderen aber auch, weil die Therapie verordnet und nicht vom Patienten gesucht wird. Dadurch entsteht eine miserable Motivationslage beim Betroffenen. Und manchmal begutachtet ein Therapeut den Straftäter, ohne von dessen wirklichen Beweggründen etwas zu ahnen, kommt zu dem Ergebnis, der Patient sei entlassungswürdig und der Betroffene hält sich aber für so gefährlich, dass er lieber bleiben möchte. Wie sollen wir solche Fälle denn handhaben?« Prof. Marburgs ruhige, tiefe Stimme füllte den ganzen Raum.

»Der Fall Schmoekel ist doch ein prima Beispiel für eine eklatante Fehleinschätzung. Erst stritten sich die Prognosegutachter vor Gericht und später in den Medien. Und der Richter, der letztendlich die Entscheidung getroffen hat, der meinte einfach, er habe sich eben auf das Gutachten verlassen. Ganz toll!«, ereiferte sich Prof. Haas und schüttelte missbilligend den Kopf.

»Na, wir brauchen ja nur den jüngsten Fall zu sehen. Günter Grabert«, Dr. Zaum sah die Kollegin Jung entschuldigend an und nickte ihr beschwichtigend zu. »Der wurde doch auch aufgrund solch eines Gutachtens entlassen – und dann geht der her und mordet wieder.«

Frau Dr. Jung spürte die Hand Prof. Marburgs auf ihrem Arm und schwieg zu der Bemerkung des Kollegen.

»Tatsache ist doch, dass es genug Serientäter gibt, die zehn und mehr Morde begehen können, bevor die Polizei sie überhaupt als Täter in Betracht zieht. Etwa 27% der verurteilten multiplen Sexualstraftäter waren schließlich vorbestraft: wegen eines Tötungsdelikts. Andere waren schon wegen exhibitionistischen Verhaltens, Vergewaltigung oder unsittlicher Übergriffe bei der Polizei bekannt und oft genug auch schon verurteilt worden. Würden Polizei und Justiz effektiver arbeiten – zum Beispiel zuverlässiger erkennen, von welchen Tätern eine Wiederholungsgefahr mit oder ohne Steigerung der gezeigten Aggressivität ausgeht, gäb's weniger Opfer. Täter würden frühzeitig einer Therapie zugeführt und die Chancen auf eine erfolgreiche Rehabilitation wären größer. Gerade der Fall Grabert zeigt doch wieder ganz deutlich, dass lieber auf den Gutachter geschimpft wird, als auf die Polizei oder den Richter, der ihn entlassen hat. Dabei wäre es ja wohl die Aufgabe der Polizei solche Täter – Finanzdecke hin oder her – auch in Freiheit ein bisschen im Auge zu behalten.«

Jetzt würde sie sich doch äußern müssen. Plötzlich hatte sie das Gefühl, von allen angestarrt zu werden. Ihr Herz raste, wie immer, wenn sie vor Publikum sprechen sollte, ihre Hände wurden unangenehm feucht. Sie atmete tief durch und hoffte, dass ihre Stimme jetzt mitspielen würde und sagte:

»Der Fall Grabert, auf den hier angespielt wird, liegt völlig anders, als es auf den ersten Blick erscheinen mag. Wie Sie alle wissen«, sie bemühte sich, das einsetzende Raunen zu übertönen. »Wie Sie alle wissen, habe ich das Prognosegutachten im Fall Grabert erstellt. Ich stehe zu all meinen getroffenen Aussagen. Er hat dieses Mädchen nicht getötet! Das wird auch die Polizei bald merken. Mehr gibt es dazu von meiner Seite nicht zu sagen!«

Allgemeines, protestierendes Gemurmel erfüllte den kleinen Raum. Eine Stimme aus dem Hintergrund rief: »Und wenn all die gefährlichen Wiederholungstäter ein Mal auf der Stirn trügen – ja das wäre wirklich gut! Da wäre eine Prognose kein Problem!«

An dieser Stelle ergriff Prof. Lund geistesgegenwärtig das Wort um einen Niveauverlust des Gesprächs auf Stammtischhöhe zu verhindern, und seine Diskussionsrunde wieder zu ihrem abstrakten Thema zurückzuführen.

»Von wem sollen die Straftäter in dieser Art Vollzug bewacht werden? Dies scheint mir eine Frage von zentraler Bedeutung zu sein«, warf er mit lauter, fester Stimme ein.

Dr. Zimbalist, der sich nie an Gesprächen über die fachlichen Kompetenzen seiner Mitstreiter beteiligte, weil er das für intrigant hielt, stellte fest: »Wenn wir Wärter einsetzen, wie es zurzeit in den Gefängnissen üblich ist, hat das therapeutische Personal nur relativ wenig Kontakt zu den Straftätern. Erfahrungsgemäß ergeben sich auch nach kürzester Zeit Streitigkeiten unter dem medizinischen und dem Vollzugspersonal über Kompetenzen und die Sinnhaftigkeit angeordneter Maßnahmen. Es kommt zum Beispiel vor, dass einer der Insassen einem Aufseher gegenüber aufsässig war und dieser nun eine »Erziehungsmaßnahme« gegen den Betroffenen verhängt, die der Psychiater für unangemessen und im Rahmen seiner Therapie für kontraindiziert hält. Und schon gibt es den heftigsten Streit. Das bleibt natürlich auch den Insassen nicht verborgen und sie versuchen, durchaus sehr erfolgreich, einen Keil zwischen die beiden personellen Abteilungen zu treiben und die Leute gegeneinander auszuspielen. Das führt nicht selten zu einer weiteren Steigerung des ohnehin schon hohen Aggressionspotenzials.«

»Also im Grunde stehen wir bei dieser neuen Vollzugseinrichtung vor den gleichen Problemen, die schon im jetzigen Maßregelvollzug nicht gelöst werden konnten«, stellte Frau Dr. Birnbaum trocken fest. »Wenn der Patient sich seinem Therapeuten anvertraut, gerät dieser unter gewaltigen Druck. Erzählt ihm ein Patient von Ausbruchsfantasien, muss der Therapeut dieses letztlich vertrauliche Wissen an die Vollzugsbeamten weitergeben, damit die sie Bewachung verstärken können. Natürlich empfindet der Patient diese Weitergabe der Information als eklatanten Vertrauensbruch und wird sich in Zukunft dem Therapeuten nicht mehr völlig öffnen. Damit wird die Therapie sinnlos. Ich persönlich würde nach einer solchen Erfahrung auch nicht mehr über meine innersten Bedürfnisse, Wünsche oder Träume sprechen, sondern nur noch oberflächlich talken, um dem Therapiedruck zu genügen und sorgfältig darauf achten, nichts mehr von mir preiszugeben.« In der Sicherheit nun alle Augen auf sich gezogen zu haben, fuhr sie sich affektiert mit aufdringlich rot lackierten Fingernägeln durch ihre sorgfältig geföhnten Haare. Dr. Helge Jung verzog angewidert das Gesicht. Wie konnte man nur so auf sein Äußeres fixiert sein! Ihr waren solche Oberflächlichkeiten jedenfalls gänzlich unwichtig, schließlich war es ja nicht das Styling, das einen Menschen ausmachte!

»Genau«, bestätigte Prof. Marburg. »Und umgekehrt ist der Vollzugsbeamte völlig überfordert, wenn sich einer der Insassen plötzlich mit vertraulichen Informationen an ihn wendet. Wie soll er auch reagieren, wenn der andere ihm aus heiterem Himmel erzählt, dass er das unglaubliche Gefühl sexueller Erregung nicht vergessen kann, das er spürte, als er die Leiche des kleinen Mädchens nach sexuellem Missbrauch zerstückelte und womöglich kannibalistisches Verhalten zeigte. Wie soll man auch mit solchen Dingen umgehen? Darauf werden die Leute vom Bewachungspersonal doch gar nicht vorbereitet«, stellte er fest.

»Gibt es verlässliche Erkenntnisse über die Rückfallquote im Regelvollzug versus Maßregelvollzug?«, wollte Dr. Höffner wissen.

»Bestimmt – aber die habe ich jetzt nicht vorliegen. Ich kümmere mich aber darum, wenn Ihnen die konkreten Zahlen wichtig sind, Herr Kollege. Tatsache ist, dass bei Vorliegen einer psychischen Störung der

Wiederholungsdrang oder gar die Wiederholungsnotwendigkeit größer sind, wenn die Täter ohne Therapie aus dem Regelvollzug entlassen werden. Beim Maßregelvollzug findet ja immerhin der Versuch einer therapeutischen Aufarbeitung der Motive und Empfindungen statt«, belehrte Dr. Lund und der Kollege Höffner nickte.

»Solange es möglich ist, dass in unserer ach so aufgeklärten Gesellschaft Politiker in aller Öffentlichkeit die Zwangskastration von Sexualstraftätern fordern dürfen, ohne dass es wütende Proteste hagelt, solange wird es auch schwierig bleiben über Verbesserungen der Therapie im Maßregelvollzug zu diskutieren«, meldete sich Frau Dr. Jung wieder zu Wort.

»Wer hat das gefordert?«, fragten mehrere Stimmen aus der Runde.

»Neben einigen hochrangigen Politikern auch ein Vertreter der Kirche, eine Elterninitiative. Und viele andere Bürger auf der Straße sind auch dieser Meinung. So wie sie auch immer wieder mal die Todesstrafe für Sexualstraftäter fordern«, ergänzte Frau Dr. Jung.

»Was erwarten Sie denn? Zurzeit wird ja sogar die Möglichkeit diskutiert, Polizisten in bestimmten Fällen zu gestatten Folter anzudrohen.« Prof. Marburg klang resigniert. »Wir bemühen uns doch schon seit so vielen Jahren die Öffentlichkeit zu sensibilisieren – doch eine Sexualstraftat ist ein so elektrisierendes Thema, besonders verbunden mit Missbrauch von Kindern, dass wir die Leute kaum mehr argumentativ erreichen können.

Verständlicherweise geht ihnen der Schutz von Frauen und Kindern über die Entlarvung der Tätermotive und Therapie. Sie haben oft das Gefühl, der Täter käme im Vergleich zu dem Leid, das er verursacht hat, zu gut weg. Gerade wenn Kinder die Opfer sind.«

Frau Dr. Jung lehnt sich zurück und schloss die Augen. Hinter ihrer Stirn hämmerte ein heftiger Kopfschmerz, Lichtblitze zuckten hinter ihren Lidern. Sie kannte das schon – es waren die Vorboten einer heftigen Migräne und die konnte sie jetzt gar nicht brauchen. Sie würde versuchen müssen sich innerlich zu wappnen, um weiteren Gesprächen mit der Polizei gewachsen zu sein. Es musste ihr einfach gelingen, die Ermittler von der Unschuld Günter Graberts zu überzeugen! Auch die Presse würde sich mit Vehemenz auf sie stürzen, Prof. Marburg hatte Recht. Vielleicht konnte sie mit einem vernünftigen Journalisten ein Gespräch führen, das wirklich aufklären konnte. Sie seufzte leise. Das würde nicht leicht werden, wusste sie. Dafür versprach die reißerische Thematik viel zu hohe Auflagenquoten für die Zeitungen, an Informationen, die ein anderes Bild auf den Verdächtigen werfen konnten, war man zu Beginn dieser Ermittlungen wahrscheinlich nicht wirklich interessiert. Aber sie konnte Günter Grabert doch nicht im Stich lassen. Schließlich hatte er niemanden außer ihr, der sich für ihn einsetzen würde. Wie mochte er sich jetzt fühlen, unschuldig im Gefängnis, verdächtig einer schrecklichen Tat, die er nicht begangen haben konnte.

Entschlossen drehte sie sich zu Prof. Marburg um, flüsterte ihm eine Entschuldigung ins Ohr und verließ die Gutachterrunde um sich auf den nächsten Tag vorzubereiten.

Wie konnte sie ihm helfen, wer würde sich ihre Erklärungen anhören wollen? Günter Grabert hatte tatsächlich verdammt schlechte Karten!

16

»So, was haben wir?«

»Frau Dr. Jung hält ihren Patienten für unschuldig. Aber vielleicht muss sie das auch. Wäre für sie ja vielleicht gar nicht so einfach mit dem Bewusstsein zu leben, dass sie einen Sexualstraftäter wieder zur Freiheit verholfen hat«, begann Albrecht Skorubski in aggressivem Ton.

Michael Wiener sah ihn überrascht an und Nachtigall runzelte die Stirn. War sein Kollege noch immer sauer wegen der Abfuhr, die er sich bei der Psychologin geholt hatte?

»Haben wir denn heute überhaupt etwas gefunden, das uns vermuten lassen könnte, Grabert habe das Opfer doch gekannt?«

»Nein, in der Wohnung haben wir natürlich Faserspuren gesichert, aber die Auswertung wird noch dauern. Außerdem haben wir keine Vergleichsfasern von allen Kleidungsstücken, die sie getragen hat«, informierte Wiener.

»Fotos, Briefe, Notizzettel im Müll …«

»Alles gecheckt. Da isch nix dabei g'wese.«

»Wenn wir bei ihm keinen Hinweis finden, gibt es keinen Grund für uns ihn weiter festzuhalten.«

»Wir können doch nicht solch einen Kerl laufen lassen! Der geht vielleicht hin und ermordet die Nächste.«

»Albrecht, was ist denn los mit dir? Wir haben doch

bisher nur Entlastendes gefunden – bis auf die Tatsache, dass er kein Alibi hat. Beim Opfer gab es keinerlei Hinweis auf eine Bekanntschaft mit Grabert und umgekehrt zumindest keinen offensichtlichen Hinweis. Er wird von seiner Therapeutin entlastet und bekommt ein Medikament zur Triebdämpfung. Er hatte seine Tasche bereits gepackt – aber das konnte er doch auch ganz gut begründen. Mehr haben wir nicht!«

»Doch, eigentlich scho – der Täter isch fascht genau so vorg'ange wie bei dem Mord damals. Selbst die Sache mit dem Zeh stimmt.« Wiener war nun auch hörbar aufgeregt.

»Wir können ihn nicht wegen so vager Indizien hier behalten. Er kann gehen und wir kümmern uns um Beweise, die die Staatsanwaltschaft als Haftgrund akzeptieren kann.«

Peter Nachtigall stand auf und trat an eine der Stellwände.

»Dieser Täter hat neben der eigentlichen Tat noch eine ganze Menge an Veränderungen am Tatort vorgenommen. Wir wissen, dass er sein Opfer erschlagen hat, Vergewaltigung ist unklar, aber nicht ausgeschlossen.«

Die beiden anderen nickten.

»Wenn er sie nun »nur« töten wollte, hätte er sein Ziel – nämlich den Tod des Mädchens herbeizuführen – an diesem Punkt schon erreicht gehabt. Er hätte sie also einfach liegen lassen können und weglaufen. Das genau hat er aber nicht getan! Hier geht es für unseren Täter erst richtig los: Er trägt die Tote weiter ins Unterholz, setzt sie ab, spricht vielleicht sogar mit ihr. Dann zieht er sie aus, beginnt mit den Amputationen und platziert den Apfel. Zum Schluss deckt er sie noch mit Moos zu, stellt die Schuhe ordentlich ab, hängt den

BH im Geäst auf und arrangiert die Haare. All das war nicht notwendig um sie zu ermorden – sie war zu dieser Zeit schon tot und der Täter ging ein relativ hohes Risiko ein, überrascht zu werden. Wenn wir rausfinden, warum diese ganze Dekoration notwendig war, wissen wir auch, was für eine Art Täter wir suchen.«

»Also – wenn ich ganz ehrlich bin, no erinnert mich des an ein G'schenk. Er legt's unter den Baum. Wie z'Weihnachte. Un mir händ ja au scho bald Advent.«

»Gut«, Nachtigall schrieb diesen Stichpunkt oben auf ein neues Blatt am Flipchart.

»Wenn es ein Geschenk sein sollte – für wen kann es gedacht gewesen sein?«

»Jens Wilde. Vielleicht wollte ihm jemand dieses Mädchen schenken – aber zerstört.«

»Eine echte Männerfreundschaft, die durch die Beziehung zum Opfer in die Brüche gegangen ist? Oder eine frühere Beziehung des Opfers, die aus Eifersucht getötet hat und dann dem Nebenbuhler die Geliebte »schenkt«?«, hakte Peter Nachtigall nach und notierte weiter.

»Aus Eifersucht passieren die unmöglichsten Dinge! Ich könnt mir des ganz gut vorstelle!«

»Haben Sie eigentlich in den Schuhgeschäften nachgefragt?«

»Ja. Un's beschte isch, ich hab sogar die Frau g'funde, die einem Herrn die Schuh verkauft hat. Der isch ihr im G'dächtnis bliebe, weil er die Schuh ei'kauft hat ohne die Dame, für die sie b'schtimmt g'wese, sind. Er hat erklärt, 's wär eine Überraschung. Sie isch grad no drübe und versucht mit dem Kollege ein Phantombild zu kreiere. Aber eins isch au klar, der Günter Grabert war nicht der Kunde. Sie hat ihn auf dem Foto nicht erkannt.«

»Gut, wenn das Phantombild sich eignet, geben wir es an die Zeitung weiter: Zeuge gesucht, usw. Vielleicht erkennt ihn jemand. Und wir müssen klären, ob es einen früheren Freund gibt, der Jens Wilde Platz machen musste oder einen Freund des Verlobten, der die Nebenbuhlerin aus dem Weg geräumt hat. Albrecht, du übernimmst den jungen Mann und Michael, Sie gehen bei dieser Freundin vorbei und fragen nach früheren Beziehungen des Opfers. Vielleicht taucht ja bei unseren Ermittlungen an irgendeiner Stelle Günter Grabert wieder auf – oder eben auch nicht«, verteilte Peter Nachtigall die Aufgaben für den Samstagvormittag. »Ich fahre morgen früh zu dieser Familie Schmidt in Madlow. Mal sehen, was ich dort in Erfahrung bringen kann. Kontakt über Handy. Besprechung am Nachmittag.«

Als Michael Wiener das Büro verlassen wollte, sah er Peter Nachtigall noch immer über den Akten grübeln.

»Ach, Michael. Auf ein Wort«, lud ihn der Hauptkommissar ein sich zu ihm zu setzen.

»Jetzt arbeiten Sie schon seit ein paar Wochen hier bei uns. Da wollte ich einfach mal hören, ob Sie mit Ihrer Entscheidung noch immer zufrieden sind.«

»Danke. Ich fühl mich eigentlich ganz wohl.«

»Keine Schwierigkeiten wegen Ihres Dialekts?«

»Ha, scho. Manchmal. Ma hört ebe, dass ich net vo hier bin. Und da krieg ich scho auch mal so einen bissigen Kommentar ab. Aber es geht scho.«

»Hmm. Kommentare hier in der Dienststelle? Sollte ich da etwas unternehmen?«

»Nein, danke. Da muss ich schon selber durch. Ich hab ja g'wusst, dass es nicht einfach wird. Isch alles noch im grüne Bereich. So das übliche G'rede halt: Na, du kriegst wohl Westgehalt plus Buschzulage, damit du uns mal zeigst, wie man so böse Verbrecher fängt, ja? Oder: Oh, endlich hat man uns einen von diesen Schlaumenschen aus dem Süden der Republik gesandt. Da können wir ja nicht dankbar genug sein.«

Die beiden letzten Sätze hatte der junge Mann höchst affektiert betont, sodass für Nachtigall kein Zweifel an der Identität des Sprechers bestand. Bernd Jülich von der Schutzpolizei. Vielleicht würde er sich den doch mal bei einer günstigen Gelegenheit vorknöpfen, geschickt, sodass es keinem anderen auffiel.

»Michael, ich denke, Sie wissen, dass ich große Stücke auf Sie halte. Und dieses blöde und vollkommen überflüssige Ost-Westgeharke ist mir zuwider. Wir haben gerade fünfzehn Jahre Wiedervereinigung gefeiert. Ich denke, da sollten wir das doch längst hinter uns gelassen haben.«

»Das isch durch den Wahlkampf g'komme. Es wird sich auch wieder beruhige.«

»Ihre Freundin studiert noch gerne in Berlin? Biologie, nicht wahr?«

»Ja. Mit Feuereifer. Unsere Wohnung sieht schon aus wie ein botanisches Institut. Aber das ist okay. Bloß im nächste Semester kommt no die Fauna dazu. Da bin ich jetzt schon g'spannt, was sie mir dann so mitbringt. Einen weißen Löwen vielleicht. Zur Handaufzucht oder ein Gorillababy.«

Nachtigall lachte.

»Na, gut. Sollten irgendwo Schwierigkeiten auftauchen, Michael, wenden Sie sich ruhig gleich an mich. Ich möchte schon, dass Sie sich hier bei uns wohl fühlen«, sagte er und kam sich fast ein wenig lächerlich vor. Der junge Mann würde seinen Weg schon gehen.

»Eine Frage hätt ich schon noch: Was isch eigentlich aus meinem Vorgänger g'wore? Die Kollege tuscheln nur.«

»Ihr Vorgänger im Team lebt jetzt auf den Bahamas. Und die Kollegen tuscheln, weil er die Frau eines Erpressers geheiratet hat, deren Mann bei einer Schießerei ums Leben kam. Es ist aber nicht zu belegen, dass die beiden nun erpresstes Geld dort verjuxen – obwohl die Kollegen natürlich davon ausgehen. Außerdem hat die angehende Gattin wohl einer Freundin erzählt, sie werde zu dieser Ehe genötigt. Und nun glauben einige, er habe Beweise verschwinden lassen und dann die frisch gebackene Witwe erpresst. Sie musste ihn heiraten, um das Geld behalten zu können. Wir werden die Wahrheit wahrscheinlich nie erfahren. Und so kursieren hier die unglaublichsten Geschichten.«

Michael Wiener nickte nachdenklich.

»Des isch dann wohl des, was man eine Risikobeziehung nenne würd, oder? S'gibt ja viele Haiunfäll vor de Bahamas«, murmelte er und schloss die Tür leise hinter sich.

»Sicher ein schwerer Schlag für Nachtigall«, erzählte er später seiner Freundin. »Ich denk mir, er leidet ganz schön d'runter, wenn jemand sei Vertraue derart missbraucht un ich denk g'nau so isch 's g'laufe. Ein echter Gutmensch. Er hat ei großes Herz und heit hat i fascht den Eindruck vo ihm adoptiert worre z'sein.«

17

5. November

Es ist wirklich erstaunlich, wie einfach es mir gemacht wird. Ich beobachte die Schritte, kenne die Wege all dieser Schönheiten – und sie ahnen nicht einmal etwas von mir.

Dabei werde ich in Kürze der wichtigste Mensch in ihrem bisher sinnentleerten Leben sein. Denn ich werde ihr Schicksal besiegeln. Und obwohl ich eine solch wichtige Rolle übernommen habe, nimmt niemand Notiz von mir. Aber das wird sich ganz schnell ändern.

Mein ist euer Leben!

Mir gebührt die Anerkennung, denn mein Weg ist es, der euch Wichtigkeit verleihen wird.

Ich weiß jetzt, dass ich ihn damals nicht hätte davonkommen lassen dürfen. In meinen Träumen sehe ich deutlich, was ich dadurch bewirkt habe: Eine Fehlorientierung der gesamten Gesellschaft. Jede Nacht höre ich ihn an meiner Tür vorbei schleichen. Der Hund, den er dabei jedes Mal aufweckte, freute sich speichelleckerisch und wedelte mit dem Schwanz, wenn Herrchen vorbei kam. Nie werde ich dieses Geräusch vergessen können. Dieses dumpfe rhythmische Klopfen auf dem Flur. Ich kann Hunde nicht ausstehen.

Meine Mutter schien es nie gehört zu haben. Leise quietschend öffnete sich die Tür zum Zimmer meiner Schwester. Am nächsten Morgen erwartete sie mich schon im Bad. Wand sich vor dem Spiegel um sich von allen Seiten betrachten zu können.

»Na, findest du nicht auch, dass ich eine wirklich tolle Figur habe? Sieh mich nur an: Der Po ist schön rund und meine Brüste …Siehst du, wie prall die sind? Ich seh aus wie eine Barbie. Perfekt bis in die Haarspitzen. Die Jungs auf dem Schulhof pfeifen mir nach!«

Dann warf sie immer einen abschätzigen Blick in meine Richtung.

»Tja, davon kannst du ja nichts wissen. Wer so aussieht wie du gehört eben zu den ewigen Loosern. Ich wüsste auch nicht, wie du an dir etwas verbessern könntest. So eine gefällt keinem. Vorne nix, hinten nix, dafür aber lange Latte mit Kurzhaarschnitt. Am besten wäre, du findest dich damit ab. Nicht mal Jörg will was von dir. Er geht übrigens heute mit mir groß einkaufen und danach ins Kino. Du brauchst also nach der Schule nicht auf mich zu warten.«

Jörg, unser Stiefvater. Der nächtliche Schleicher. Der Typ, der sich von seiner schönen Stieftochter nachts stöhnend einen runterholen ließ. Ich hätte ihn anzeigen müssen – schon damit die Welt sieht, welchen falschen Weg sie eingeschlagen hat.

18

»Kommt gar nicht infrage!«, schrillte die Stimme der Frau durch das Schmidtsche Haus. »Was erlauben Sie sich überhaupt!«

Entrüstet schob die dickliche, kleine Frau eine fettige Haarsträhne unter eine Klemme zurück. Ihre Kittelschürze war übersät mit Flecken, die sich besonders in der prominenten Bauchregion gesammelt hatten, wo sie sich immer die Hände abwischte. Die Nylonstrümpfe hatte sie bis zu den Fesseln heruntergerollt, was den Eindruck erweckte, als wänden sich dicke Regenwürmer um ihre Beine.

»Frau Schmidt, wir müssen aber unbedingt mit Ihrem Sohn sprechen. Es ist unumgänglich.« Peter Nachtigall unternahm genervt einen letzten Anlauf. Sie saßen hier nun schon seit fast einer geschlagenen Stunde in der schmuddeligen Küche der Familie und nun würde wohl bald der Fahrdienst klingeln, um den Sohn Hans pünktlich zu seiner Arbeitsstelle zu bringen. Albrecht Skorubski warf einen wütenden Blick auf die geschmacklose Küchenuhr über dem klobigen Kühlschrank.

»Ihr Sohn ist Anna Magdalena manchmal von der Straßenbahnhaltestelle aus gefolgt. Wir wissen, dass sie in letzter Zeit zunehmend Angst vor ihm hatte. Wir müssen uns mit ihm unterhalten. Möglicherweise ist er ihr auch am Mordabend gefolgt und hat etwas beobachtet. Wir beschuldigen ihn doch nicht der Tat. Wir wollen nur von ihm hören, was er an dem Abend gemacht hat.« Peter Nachtigall sah die Frau beschwörend an. »Schließlich haben wir einen Mord zu klären, an einem Mädchen aus Ihrer direkten Nachbarschaft – und Sie können doch nicht ernsthaft wollen, dass der Täter weiter da draußen rumläuft und vielleicht wieder töten kann. Das kann ich nicht glauben!«

Frau Schmidt zündete sich eine Zigarette an und blies dem Beamten den Rauch ins Gesicht.

»Nein!«

»Die wollen dem Jungen doch bloß einen Mord anhängen! Wenn Sie glauben da draußen läuft ein Mörder frei rum, dann gehen sie in Gottes Namen raus und suchen Sie ihn dort – bevor er wieder zuschlägt. Der Hansi jedenfalls hat mit der Sache nichts zu tun! Lassen Sie den Jungen zufrieden!«, schaltete sich nun der Vater ein und die leuchtend grünen Augen unter dem Drei-Millimeter-Raspelschnitt funkelten den fremden Mann an seinem Küchentisch zornig an.

Peter Nachtigall seufzte tief. Er griff in die Jackentasche, suchte längere Zeit erfolglos darin herum und zog dann doch noch sein Handy hervor.

»Die Dinger werden auch immer kleiner«, brummte er unzufrieden vor sich hin, während er eine Nummer eintippte. Er wedelte drohend mit dem Mobiltelefon vor den Gesichtern der Eltern herum und erklärte gereizt: »Sie können es nicht verhindern. Ich werde mit Ihrem Sohn sprechen. Das Einzige, was Sie erreichen, ist eine unnötige Verzögerung bei unseren Ermittlungen. Ich spreche jetzt mit dem zuständigen Staatsanwalt und beantrage eine Genehmigung. Und dann spreche ich mit Hansi!«

»Na, los. Dann machen Sie schon!«, giftete die Mutter und sah ihn wütend an, während der Vater ruhig fragte:

»Ja, wenn es so einfach ist, warum haben Sie denn dann den Wisch nicht gleich mitgebracht. Wozu die ganze Show, wenn wir Eltern so einfach entrechtet werden können?«

Dabei wischte er sich die Pranken an seinem leuchtend weißen Unterhemd ab und zog seinen Hosenbund etwas höher.

»Entrechtet? Wir ermitteln in einem Mordfall und möchten mit Ihrem Sohn sprechen. Und Sie fühlen sich gleich entrechtet? Vielleicht versuchen Sie mal sich vorzustellen, was die Eltern des Mädchens durchleben müssen – und Sie verweigern die Mitarbeit!«

»Genau. Sie sind ja einer von den Schlauen, was?«

»Weil Sie den Hansi nur als Täter mitnehmen wollen. Das erlauben wir nicht«, legte die Mutter nach.

Peter Nachtigall brauchte all seine Selbstbeherrschung um die Haustür nicht hinter sich zuzuschlagen, als er zu seinem Wagen zurückkehrte.

Sofort telefonierte er mit Dr. März, der ihm die gewünschte Genehmigung ausstellen würde – aber, bei einem geistig beeinträchtigten Zeugen sei das nicht so einfach. Es würde wohl noch ein Betreuer des Jungen bei der Befragung mit anwesend sein.

»Na gut. Diese Vernehmung muss also aufgeschoben werden.« Nachtigall atmete tief durch und beschloss bei

Dr. Schlehdorn vorbeizufahren. Schließlich konnte der seine Praxis ja auch nicht auf Dauer allein lassen. Unterwegs rief er Michael Wiener an und bot ihm an ihn zu dem Gespräch mitzunehmen. Zehn Minuten später holte er den Kollegen am Niedersorbischen Gymnasium ab, in dessen Nähe er wohnte.

»Wer sin denn diese Sorbe eigentlich?«

»Ureinwohner, wenn Sie so wollen. Im Spreewald gibt es noch richtige Sorbendörfer, sie haben bunte Trachten, die sie an Feiertagen anziehen, veranstalten typische Feste und Umzüge und haben eben auch eine eigene Sprache.«

»Wie die Schwarzwälderinne bei uns.«

»Ja. Sie sind eine geförderte Minderheit. Waren sie schon immer. Auch die DDR – Regierung hat sie unterstützt. Daher haben wir ja auch die zweisprachigen Verkehrsschilder überall und die Ortsnamen an den Bahnhöfen im Siedlungsgebiet sind auch Deutsch und Sorbisch. Ist Ihnen das noch nicht aufgefallen?«

»Ja, scho. Ich han denk, des isch Polnisch – weil wir doch so nah an der Grenze wohne.«

Sie parkten direkt vor dem Praxiseingang und konnten am Gesicht der Sprechstundenhilfe sofort sehen, dass sie zum einen erkannt wurden und zum anderen gänzlich unerwünscht waren.

»Wenn Sie den Herrn Doktor sprechen wollen, müssen sie sich eben gedulden. Schließlich ist dies hier eine Arztpraxis und all diese Menschen sind gekommen, weil sie akut erkrankt sind oder einen Termin haben. Was man von Ihnen nicht behaupten kann«, schnarrte sie feindselig anstelle eine Begrüßung und wies dabei auf die Patienten im Wartebereich.

Gerade als Nachtigall scharf antworten wollte, wurde im hinteren Bereich der Praxis eine Tür geöffnet und eine stattliche Erscheinung in weißem Kittel trat an den Tresen im Anmeldebereich.

Der Mann musste wohl, wie er selbst auch, an die zwei Meter groß sein, stellte Peter Nachtigall fest und er wirkte trotz der Leibesfülle irgendwie gut proportioniert. Aus freundlichen, braunen Augen sah er auf die beiden Besucher herab und erkundigte sich mit Märchenerzählerstimme, ob er irgendwie behilflich sein könne.

So ein Talent sollte lieber zum Theater oder zum Film gehen, Nachtigall war ein wenig neidisch. So ein offenes Gesicht, dichte, gelockte Haare, diese Stimme, diese Figur. Er gab sich einen Ruck. Politiker wäre auch nicht schlecht, gewann nun der Neid endgültig die Oberhand, da konnte man Typen wie den auch gut gebrauchen, die ihre finsteren Gedanken hinter solch einer perfekten Fassade … lass das, rief er sich zur Ordnung. »Kriminalpolizei Cottbus«, hörte er sich sagen. »Wir hätten Sie gerne einen Moment gesprochen.« Dabei zeigte er diskret seinen Ausweis.

Der Arzt führte sie zuvorkommend in sein Sprechzimmer, schob eine Pobacke auf die Ecke seines massigen Schreibtischs, verschränkte die Arme vor der Brust und sah die beiden Ermittler interessiert an.

Da Dr. Schlehdorn offensichtlich das Gespräch nicht eröffnen würde, begann Peter Nachtigall:

»Es geht um einen Ihrer Patienten: Günter Grabert. Er gibt an bei Ihnen in Behandlung zu sein.« Umständlich entfaltete Peter Nachtigall die Einwilligung des Patienten zur Herausgabe vertraulicher Informationen zu seiner Erkrankung durch den behandelnden Arzt.

»Seine Therapeutin Frau Dr. Jung hat uns an Ihre Praxis verwiesen«, erklärte er dabei und legte das Schreiben, das ihn von seiner Verschwiegenheitspflicht entband, auf den Schreibtisch des Arztes, der nur einen flüchtigen Blick darauf warf und dann zustimmend grunzte.

»Aha«, sehr gesprächig schien der Arzt jedenfalls nicht zu sein. Nachtigall stöhnte innerlich auf. Heute war wohl nicht der Tag der Information – es sah eher so aus, als müsste er heute allen Leuten die gewünschten Auskünfte mühsam, gleichsam im Zweikampf abringen.

»Günter Grabert hat vor Jahren eine Sexualstraftat begangen. Er ermordete ein junges Mädchen. Er kam in den Maßregelvollzug und wurde vor zwei Jahren entlassen. Das Prognosegutachten erstellte Frau Dr. Jung. Sie therapiert seither seine Seele – und Sie Herr Dr. Schlehdorn therapieren ihn mit Androcur.«

»Sehr gut, Herr Nachtigall. Dann wissen Sie doch schon richtig gut Bescheid«, Sarkasmus stand ihm nicht. Er passte weder zur Stimme noch zum Auftreten. Er machte ihn alt und Nachtigall fand, er verzerre sein sonst so sympathisches Gesicht.

»Die Frage, die sich uns stellt, ist: Kann Günter Grabert eine ähnliche Straftat unter dieser Medikation begangen haben – oder ist er so außer Gefecht gesetzt, dass er dazu nicht mehr fähig ist?« Nachtigall versuchte, sich seine Verärgerung nicht anmerken zu lassen.

»Wer weiß schon, wozu ein Mensch fähig ist? Möchten Sie nicht auch manchmal einen Mord begehen? Kennen Sie das Gefühl eisiger Wut, die die Wahrnehmung vernebelt?«

Der Arzt schien sich plötzlich in seiner Pose nicht mehr wohl zu fühlen. Er gab den Blickkontakt zu Peter Nachtigall auf und stieß sich schwungvoll von der Schreibtischkante ab. Nachdenklich trat er ans Fenster und sah auf die ruhige Straße hinaus. Die beiden Ermittler starrten auf seinen breiten Rücken und Nachtigall bedeutete Michael Wiener zu schweigen und einfach abzuwarten.

»Tja – was soll ich nun dazu sagen? Das Prognosegutachten hat eine Gefährdung durch Herrn Grabert ausdrücklich verneint. Seine Therapeutin kann doch sicher mehr dazu sagens als ich.« Er drehte sich wieder um.

»Von mir bekommt er Androcur. Das ist richtig. Wahrscheinlich wissen Sie auch schon, dass das Medikament den Sexualtrieb stark dämpft, oft komplett unterdrückt. Es hat eine Reihe unangenehmer Nebenwirkungen – unter anderem kann es zu Depressionen führen, und es ermöglicht dem Täter seine Verbrechen als solche zu erkennen und gesellschaftlich angemessen zu beurteilen. Das bedeutet auch, dass der Patient schwere Schuldgefühle entwickelt. Aber wer kann schon in den anderen hineinsehen?« Er entfaltete seine Arme bis zur maximalen Spannweite und fuhr fort. »Ich kann nur zuhören und bewerten, was der Patient mir erzählt – und oft genug werde ich von meinen Patienten auch belogen. Sei es nun, was die Einhaltung von Diätvorschriften angeht oder private Berichte über Familienangehörige. Aber was Günter Grabert angeht, würde ich doch von einer erfolgreichen Dämpfung sprechen. Er will sich selbst trauen können, will sicher sein nie mehr zu morden oder zu verletzen, ja er will sogar sicher sein nie mehr von solchen Taten zu fantasieren – dafür nimmt er die Nebenwirkungen in Kauf. Ich kann mir nicht vorstellen, dass von ihm eine Gefahr für junge Mädchen ausgeht.

Seine Therapeutin spricht regelmäßig mit mir über den Therapiefortschritt und ich denke wir sind uns da in der Bewertung des Falles sehr einig.«

»Gut. Das wär's dann auch schon. Vielen Dank Herr Dr. Schlehdorn.«

Die beiden Beamten wollten sich gerade verabschieden, da drehte sich Peter Nachtigall plötzlich noch einmal um und wollte wissen, wann denn die nächste Spritze Androcur fällig sei.

»Spritze? Wieso Spritze? Herr Grabert bekommt Tabletten – und soweit ich weiß, reichen die noch für ein paar Wochen.«

»Was!«

»Ja. Er nimmt schon seit mehr als einem Jahr Tabletten. Warum erschreckt Sie das so? Das ist genauso wirksam, keine Sorge«, erklärte der Arzt leicht irritiert.

»Warum weiß Frau Dr. Jung das nicht?«

»Vermutlich habe ich vergessen es ihr zu erzählen.« Dr. Schlehdorn zuckte mit den Schultern. »Hören Sie, es ist egal, ob er nun Tabletten nimmt oder eine Spritze bekommt – das Medikament wirkt. Und in Form von Tabletten ist es einfacher für den Patienten. Herr Grabert wollte in Urlaub fahren und hätte während seines Aufenthalts am Urlaubsort einen Kollegen aufsuchen müssen, der ihm die Spritze verabreicht hätte. Das war umständlich und auch ein bisschen peinlich, wie sie sich vielleicht vorstellen können. So haben wir uns auf eine Umstellung auf Tabletten geeinigt. Und da es gut funktionierte, sind wir dabei geblieben.«

»Und wie können Sie dann sicher sein, dass Ihr Patient sein Medikament auch wirklich einnimmt – oder die korrekte Dosierung einhält?«, fragte Peter Nachtigall nach.

»Eigentlich gar nicht«, gab der Arzt bereitwillig zu. »Die körperlichen Veränderungen würden zurückgehen – aber das tun sie manchmal auch unter laufender Therapie. Seine Therapeutin würde vielleicht eine zunehmende Unruhe feststellen, aber die müsste sie nicht notwendigerweise auf ein Absetzen des Präparats zurückführen. Es gibt keine wirkliche Kontrolle – nein«, räumte er abschließend ein.

19

»Endlich! Bin ich froh, Sie zu sehen. Bestimmt konnten Sie die Polizei überzeugen!« Erleichtert und voller Hoffnung begrüßte Günter Grabert seine Therapeutin.

Sie nickte ihm beruhigend zu und beiden setzten sich an den großen Schreibtisch in ihrem Sprechzimmer.

»Die mussten mich gehen lassen. Es gibt ja auch gar keine Beweise. Nur eben, dass die Tat von früher diesem neuen Mord so gleicht. Aber das ist kein Grund mich einzusperren!« Grabert war nervös, das merkte sie deutlich. Seine Angst war intensiv zu spüren und in seinem Gesicht zuckte es unkontrolliert. Er roch nach Schweiß und als sie ihm die Hand reichte, spürte sie, wie feucht und glitschig seine war. Sie musste sich überwinden, sie nicht angeekelt abzuschütteln.

»Ganz ruhig. Die Polizei war bei mir und ich habe über die Androcur – Therapie Auskunft gegeben. Ich habe auch gesagt, dass ich Sie für unschuldig halte. Dieser Kommissar Nachtigall hört gut zu, wenn man mit ihm spricht und er denkt gründlich über alles nach. Bestimmt klärt sich die Sache bald auf. Kannten Sie denn das Mädchen überhaupt?«

»Ich glaube nicht. Sie haben mir ein Foto gezeigt. Auch diesen Namen habe ich noch nie gehört. Die lassen mich doch jetzt in Ruhe?«

Frau Dr. Jung schwieg.

»Ich werde sonst meinen Job verlieren. Das war meine Chance und nur der Personalchef wusste von meiner Vorstrafe und der Therapie. Vielleicht kommt jetzt doch alles raus und dann …«

Langsam antwortete die Therapeutin:

»Das verstehe ich schon. Mal sehen, was ich tun kann, um die Sache zu klären. Wie heißt der Anwalt, der sich um Ihren Fall kümmert?«

»Kowalski. Jürgen Kowalski. Er war heute früh bei mir. Er hat mir verboten, der Polizei weitere Auskünfte zu geben. Maulkorb für Günter Grabert! Kowalski will sich mit Ihnen treffen, hat er jedenfalls gesagt. Und ab jetzt spricht nur noch er mit der Polizei, wenn die wieder was von mir wollen«, erwartungsvoll sah Günter Grabert seine Psychotherapeutin an, als sei er fest davon überzeugt, dass sie für ihn alle Türen öffnen könne.

Frau Dr. Jung seufzte. Der Anwalt wollte sie sprechen, die Polizei hatte sie schon ausgefragt – es sah wirklich so aus, als würde sie fest in diese unschöne Angelegenheit verwickelt.

»Also, gut. Ich unterhalte mich mit Ihrem Anwalt und dann sehen wir weiter. Ach – und ich rufe Ihre Dienststelle an und spreche mit dem Personalchef. Vielleicht kann ich ihn davon überzeugen, dass es ein Fehler wäre Sie auf einen Verdacht hin zu entlassen. Schließlich haben Sie ja bisher sehr zuverlässig gearbeitet. Aber Ihren Namen können wir nicht mehr raushalten. Irgendein Idiot hat die Geschichte von damals ausgegraben und so steht es heute schon in allen Zeitungen. Machen sie sich klar, dass jedermann von Ihrem damaligen Verbrechen erfahren wird. Zeitungen haben schließlich gute Archive«, entschlossen schob sie ihren Stuhl zurück und stand auf.

»Frau Doktor Jung?« Günter Graberts Stimme nahm einen verzweifelten Klang an. »Hören Sie, ich habe Angst, dass die einfach gar nicht weiter nach dem Schwein suchen, das dieses Mädchen umgebracht hat. Ist doch viel bequemer, wenn sie mich als Täter präsentieren können. Das wäre doch auch die schnellste Lösung, nicht?« Er machte eine Pause, starrte auf seine Patschhändchen und sah zu, wie sich seine dicken Finger immer wieder neu verknoteten, als führten sie ein Eigenleben. Sie wartete.

»Wenn die mich jetzt unschuldig einsperren – dann war die ganze Quälerei mit der Therapie völlig umsonst. Dann habe ich umsonst gelitten, umsonst versucht trotz allem«, er machte mit der linken Hand eine vage Bewegung über seinen Körper. »trotz allem ein fast »normales« Leben zu führen.« Dicke Tränen rollten über seine Pausbacken.

»Herr Grabert. Es gibt keinen Grund für diese hoffnungslose Haltung. Sie waren es nicht und das wird auch klar zutage treten. Sie wurden doch entlassen und für Ihren Job werde ich mich stark machen. Noch ist nichts verloren – nur ein paar Stunden Lebenszeit. Vielleicht sehen Sie sich einfach die falschen Filme im Fernsehen an! Die Polizei wird den wahren Täter schon finden und man wird sich bei Ihnen öffentlich entschuldigen müssen. Hier ist Ihre neue Bestellkarte. Bis sich die Angelegenheit geklärt hat, kommen Sie zweimal in der Woche hierher. Ich habe die zusätzlichen Termine vermerkt. Ich lasse Sie schon nicht im Stich. So – und nun werde ich mit Ihrem Anwalt sprechen!« Sie bot ihm ein Papiertaschentuch an, nickte ihm aufmunternd zu und als sie sich von ihm an ihrer Tür verabschiedete, umklammerte er ihre Hand so fest, als könne sie ihn damit aus dem Sumpf ziehen, in dem er seine Füße schon versinken fühlte.

20

»So, was haben wir?«

Michael Wiener hatte Erdbeerkuchen zur Besprechung mitgebracht und eine Thermoskanne milden Kaffee, wie er mit einem beruhigenden Blick auf Albrecht Skorubski erklärte.

»Ich habe bei Wilde auf den Zahn gefühlt. Er behauptet, dass weder eine Männerfreundschaft, noch eine Beziehung zu einer anderen Frau wegen Anna Magdalena belastet oder gar in die Brüche gegangen wären. Der einzige Mensch in seinem Umfeld, der einen echten Widerwillen gegen diese Beziehung gehabt habe, sei sein Vater. Und der habe ja, ebenso wie er selbst, ein Alibi für die Tatzeit, da sie zusammen an dieser Konferenz teilgenommen hätten.«

»Bei mir ist es auch nicht besser gelaufen«, bemerkte Wiener enttäuscht. »Diese Laura weiß nichts von einem anderen Freund. Aber ich hab in den Archiven g'sucht und ich denk, die haben über die Sache mit dem Zeh nichts g'schriebe. Irgendwie wurde das von den ermittelnden Kollegen geheim gehalten. Aus der Zeitung kann der Täter jedenfalls nichts darüber wisse, die habe nur über die Amputation der Brüste berichtet.«

»Wieder ein Indiz gegen Grabert.« meinte Skorubski zufrieden.

»Gut. Wir haben neue Indizien, ein überprüftes Alibi. Aber entscheidend weitergekommen sind wir auf dem Weg erstmal nicht. Immerhin wissen wir jetzt, dass Grabert dieses Androcur nicht gespritzt bekommt, sondern in Form von Tabletten einnimmt. Dr. Schlehdorn musste einräumen, dass dadurch keine echte Kontrolle der Einnahme mehr möglich ist. Das behalten wir im Hinterkopf. Für ein Gespräch mit Hansi brauche ich eine Genehmigung. Die bekomme ich auch – aber eben frühestens am Montag. Bis dahin bleibt uns nur auf neue Hinweise vom Erkennungsdienst zu hoffen.«

21

6. November

Es bereitet mir immer wieder unbändiges Vergnügen mit öffentlichen Verkehrsmitteln durch die Stadt zu fahren, und Mädchen zu beobachten. Gerade an den viel frequentierten Haltestellen ist es leicht ganz dicht an sie heranzutreten, ja, es gelingt mir oft sogar meinen Körper eng an ihren zu drücken, ohne dass sie die Berührung abwehren und ihre nichts sagenden Gespräche zu belauschen. Regelmäßig erstaunt es mich zutiefst wie viele Worte hier um nichts gemacht werden.

Seit Donnerstag haben sie ein neues Thema. Jetzt sprechen sie über die Tote. Sie hieß Anna Magdalena. Was für ein Name! Ich finde, die Mädchen wirken in ihrer Empörung über meine Tat sehr erotisch. Ihre Wangen röten sich, wenn sie über den Mord reden und da sie auch jetzt im Spätherbst nicht darauf verzichten können kurze Oberteile zu tragen, die den Blick auf ihre Piercings und Rückentatoos freigeben, kann ich auch sehen, wie ihre Körpermitte vor Schaudern erzittert, wenn sie sich die Qualen des getöteten Mädchens ausmalen. Ich sehe, dass es sie erregt, dass sie sich durchaus auch mal nach ein bisschen archaischer Gier sehnen.

Nun, ich könnte ihnen natürlich erzählen, wie es ist zu sterben. Aber das können sie ja nicht wissen und so fragt mich auch keine. Ich könnte auch davon berich-

ten, wie es sich anfühlt, lebendig tot zu sein. Gefangen in den Stricken der Depression, nur weil andere es so wollten!

Nur noch mit langen Ärmeln auf die Straße zu gehen, weil man die blöde Fragerei nicht mehr ertragen kann! Sich Prothesen zu kaufen, um unauffällig zu sein!

Oder aber von dem unsäglich befriedigenden Gefühl, jemandem die Brüste abzuschneiden. Diese Dinger, die man hat oder nicht, die darüber entscheiden ob du dein Leben allein lebst oder einen Partner findest, die man aufblasen lassen kann – wenn genug Gewebe vorhanden ist. Ich hebe sie an den Brustwarzen an und ziehe sie so hoch, dass ich sie schon fast mit bloßen Händen abreißen kann und dann setze ich an. Schnitt um Schnitt verliert die Schöne ihre Männerangeln. Ich schneide schräg und tief und verwandle sie in Krater – in Negativtitten! Dann kommt der letzte Schnitt, ich halte sie in der Hand und sie sind nur noch das, was die Natur aus diesem Gewebe gemacht hat: widerlich wabbliger Drüsenkörper umgeben von Körperfett. Warum sehen das die Männer sonst nicht: Es ist nichts weiter als eine lokale Fettansammlung! Wenn sie die Dinger so sehen, müssen sie sich doch ekeln! Keiner würde sie in dem Zustand mehr haben wollen! Keiner, keiner, keiner!

Die jungen Männer um mich herum können ihre Blicke kaum von diesen Schönheiten losreißen – doch die haben kaum einen Blick für die Schwärmer mit ihren triefenden Blicken. Selbst von ihren älteren Geschlechtsgenossinnen werden sie neidvoll beobachtet, diese Makellosen, bei denen bisher weder Zeit noch Lebensenttäuschung Spuren an Gesicht oder Körper hinterlassen haben!

Es ist ein schier unglaubliches Gefühl zwischen all diesen großbusigen Mädchen umherzugehen und zu wissen, dass es in meiner Hand liegt, was mit ihnen geschehen wird.

Ich bin die Macht über Leben und Tod, meine Evas! Erwartet meine Entscheidung!

22

Peter Nachtigall würde seine Tochter und seine Schwester mit deren Sohn erst gegen zehn zu einem Ausflug abholen. Bis dahin war noch viel Zeit. Zeit, in der Jule in Sabines Haus in Sicherheit war. Ein beruhigender Gedanke, den er aber nur zuließ, wenn er mit sich alleine war. Sich vorzustellen, Jule könnte so etwas geschehen … Nachtigall zog den Schal fester um seinen Hals. Väterliche Sorge war nichts, wofür man sich schämen musste, dachte er trotzig und sah auf seine Uhr. Noch zwei Stunden. Der Hauptkommissar beschloss sie zu nutzen, um sich den Tatort noch einmal gründlich anzusehen. Seit vier Tagen war das Mädchen nun schon tot und sie traten immer noch auf der Stelle. Dabei hatte doch die Ermittlung ganz gut angefangen, doch mit jedem Tag, der jetzt verstrich, würde es für die Polizei schwieriger werden.

Er parkte den Wagen am Madlower Badesee und ging die Strecke zur Straßenbahnhaltestelle ab. Trotz der stark befahrenen Madlower Hauptstraße direkt davor lag sie doch beinahe einsam am Rand des Südfriedhofs. Die Ausläufer des Waldes erstreckten sich bis zur Straße.

Der Heimweg des Opfers führte am Zaun eines Ehrenmals in Richtung Badesee. Warum bist du nicht auf der Straße geblieben, dachte Peter Nachtigall, da hätte man dich nicht so einfach überwältigen können.

Der Trampelpfad war von der Spreestraße aus kaum einsehbar. Dichtes Gestrüpp wucherte am Rand und die Anwohner hatten Hügel aus verrottendem Gartenschnitt aufgetürmt. Nicht ein Radfahrer begegnete ihm, nur zwei Hundebesitzer führten ihre Vierbeiner aus. Bei Regen und abends war hier wohl kaum mehr jemand unterwegs. Wahrscheinlich hatte sich das Mädchen gar nichts dabei gedacht. Es war der Weg, den sie immer nahm und nie war ihr etwas passiert. Fremde gingen hier nur im Sommer entlang, wenn der See zum Baden einlud. Jetzt im November und bei Regen ging hier nur, wer unbedingt musste.

Er fror. Der beißende Novemberwind griff unter seine Jacke und fand seinen Weg unter der Kleidung bis auf die Haut.

Einer der Bäume war markiert. Hier hatte die Spurensicherung tatsächlich Blutspritzer des Opfers entdeckt. Genau auf Höhe des Kopfes.

Er blieb stehen und warf einen kritischen Blick in die Runde.

Dies war die Stelle mit der größten Entfernung zur Straße. Aber unerreichbar wäre sie für ein junges Mädchen auch nicht gewesen.

»Vor Hansi hast du dich gefürchtet. Wäre er hinter dir hergelaufen, wärst du doch bestimmt einfach quer auf die Straße gerannt. Was hat dich glauben lassen, der Fremde hinter dir sei völlig harmlos? Hast du ihn gekannt?« murmelte er vor sich hin.

Jens Wilde hatte ein Alibi. Wer kam also noch infrage? Doch Günter Grabert? Vielleicht dachte sie, so ein dicker, unsportlicher Mann könnte ihr unmöglich gefährlich werden, mit dem könne sie es jederzeit aufnehmen.

»Ein paar Sekunden Angst, und du könntest noch am Leben sein«, seufzte Nachtigall und ging niedergeschlagen weiter. »Ein paar Sekunden!«

Als er den Badesee fast erreicht hatte, gabelte sich der Weg. Rechts führte er in das Dickicht, in dem sie das Mädchen gefunden hatten. Die Absperrungen waren entfernt, aber die vielen Polizeibeamten hatten die Reste der Pflanzen niedergetreten und den ursprünglich kaum sichtbaren Seitenpfad stark verbreitert.

Warum hier? Peter Nachtigall starrte auf die Stelle, an der sie das Opfer gefunden hatten. Anwohner hatten Blumen dort abgelegt, ein Kreuz aus Holz war in den Boden gerammt worden.

Warum hier? Zufall? Hing der Tatort vom Opfer oder das Opfer vom Ort ab?

Im Grunde war die Stelle nicht sicher, dachte er, ein zufällig vorbeikommender Anwohner hätte die Tat beobachten können. Gerade um die Zeit führten doch die Hundebesitzer ihre Lieblinge noch einmal um den Badesee. Nach links wurde der Wald dichter – dort konnte man so ein Verbrechen eher im Verborgenen begehen. Also hing der Ort vom Opfer ab. Es musste hier geschehen, weil dies ihr Heimweg war.

Wo zum Teufel ging eigentlich Jule entlang, schoss es ihm durch den Kopf. Womöglich auch auf irgendwelchen verborgenen Waldwegen? Er beschloss, sie danach zu fragen. Es war also kein Zufall, er hatte sich sein Opfer vorher ausgesucht, kannte ihren Heimweg. Irgendetwas an ihr musste seine Aufmerksamkeit erregt und ihn gefesselt haben – aber was?

Peter Nachtigall warf einen letzten Blick auf die Fundstelle, dann wandte er sich ab und ging langsam zum Auto zurück.

Sie suchten keinen, der unüberlegt zuschlug. Ihr Täter war ein gefährlicher Psychopath, der lauerte und sorgfältig plante, die günstigste Gelegenheit nutzte, um zum Zug zu kommen, da war er sich völlig sicher.

Das war keines der üblichen Beziehungsszenarien. Es war eine laute Klage.

Sie hatten den entscheidenden Verdächtigen noch nicht gefunden.

Als Peter Nachtigall etwas später mit Jule, Leander und seiner Schwester auf dem Weg nach Leipzig war, konnte er sein schlechtes Gewissen nur schwer unterdrücken. Immer wieder kehrten seine Gedanken zu dem geschundenen Körper der jungen Frau zurück, während er die gut gelaunte Unterhaltung in seinem Wagen nur als Hintergrundsgeräusch wahrnahm.

Er parkte das Auto in einem Parkhaus, das von außen so aussah, als sei es aus dicken Bambusstangen errichtet. Leander war begeistert und hüpfte um Jule herum, die sich geduldig auf seine Ausgelassenheit einließ.

»He, großer Bruder! Weißt du, wo du bist, was du hier tust, mit wem du etwas tust?«, zischte Sabine ihm gereizt zu, und er sah sie verständnislos an.

»Wir machen einen Ausflug. Selten genug, dass so etwas passiert. Und du bist so weit weg in Gedanken, dass man glauben könnte, wir seien mit einem Autopiloten unterwegs! Glaub ja nicht, ich lasse dir das durchgehen, wenn du ihr diesen Ausflug nicht so schön wie möglich machst!«, drohte Sabine ungewöhnlich scharf. Kam es ihm nur so vor oder streckte sie tatsächlich ihren schon kräftig gewölbten Schwangerschaftsbauch extra weit vor?

Nachtigall zog in gespieltem Entsetzen die Schultern hoch und hob die Arme vors Gesicht, als müsse er sich vor einem Schlag schützen.

»Ich sehe, wir haben uns verstanden.«

Die Geschwister sahen sich an und lachten.

»Meinst du, die haben wegen der Vogelgrippe alle Enten und so weggeschlossen?«, fragte Leander. Der Junge hüpfte nun um seinen Onkel herum, der sich fragte, wie lange der Zehnjährige das wohl durchhalten würde. Nach den Hyänen wäre wohl eine längere Pause fällig.

»Nö – in Cottbus haben sie sie nur von den Teichen gesammelt und in Volieren gesetzt. Aber wir werden es ja gleich sehen.«

Es dauerte gar nicht lange, und Nachtigall wurde von der entspannten Atmosphäre, die über dem Zoo lag, angesteckt. Schon im Aquarium hatte er das Gefühl aus seinem Leben herausgelöst zu werden.

Während er später den Hyänen fasziniert zusah und zu dem Ergebnis kam, so hässlich, wie viele meinten, seien die Tiere gar nicht, legte sich plötzlich eine schwere Pranke auf seine Schulter und eine tiefe, angenehme Stimme flüsterte eindringlich: »Umdrehen! Mitkommen! Polizei!«

»Hajo Mangold!«

»Tja, wo trifft man alte Kollegen? Im Zoo.«

Sie umarmten sich und Nachtigall stellte ein wenig neidisch fest, dass sein Studienkollege sich in den letzten Jahren kaum verändert hatte.

»Schon fünf Jahre her, dass wir uns getroffen haben – und dann finde ich dich hier im Kreise der Hyänen. Das passt!«

Hajo Mangold klopfte seinem Freund jovial auf die Schulter. Er war gut einen Kopf kleiner als Nachtigall und wirkte ausgesprochen gut durchtrainiert. Das gut geschnittene Gesicht wies ein paar dekorative Falten auf und die Narbe von der Messerstecherei damals bei einem ihrer ersten Einsätze war durchaus nicht störend, sondern ließ ihn lausbubenhaft und verwegen aussehen. Die leuchtend blauen Augen versteckten sich hinter einer schmalen, eckigen Hornbrille, das blonde Haar, das er früher wie Nachtigall schulterlang getragen hatte, war zu einer grauen, modischen Kurzhaarfrisur gestutzt.

»Komm, gehen wir was trinken!«, Hajo Mangold schob den Kollegen sanft aus der Zuschauergruppe.

»Moment!«, protestierte der. «Ich muss erst noch Sabine und Jule Bescheid geben. Sonst melden die mich noch als vermisst.«

»Sabine? Soso!«, feixte Mangold.

»Meine Schwester!«

Auf der Rückfahrt nach Cottbus war es ziemlich still im Wagen. Leander schlief an Jules Schulter, Jules Kopf ruhte am Seitenpolster und selbst Sabine war wohl zu müde für eine Unterhaltung. Alle waren hoch zufrieden mit diesem Tag.

Düster starrte Nachtigall in die Dunkelheit. Regen, schon wieder! Da hatten sie ja noch richtig Glück gehabt, dass ihr Ausflug nicht ins Wasser gefallen war.

Dann lächelte er. Hajo Mangold – nicht zu fassen! Der arbeitete jetzt bei der Leipziger Kripo. So weit war man also gar nicht von einander entfernt. Und natürlich hatten sie beschlossen, ab sofort wieder enger in Kontakt zu bleiben. Wozu gab es denn all diese neuen Kommunikationsmittel!

Es hatte ihm gut getan Hajo zu treffen, räumte er in Gedanken ein. Vielleicht hatte Sabine ja doch Recht und er vergrub sich tatsächlich zu tief in seiner Arbeit. Und mit Hajo konnte er sich auch über all das unterhalten, was er vor Jule nie ansprechen würde – so wie eben im Zoo, als sie bei einem Kaffee über den Cottbuser Fall sprachen, während Sabine, Jule und Leander die Seelöwen fütterten.

Auf der anderen Seite konnte eine engere Beziehung zu Hajo auch Komplikationen mit sich bringen – und Peter Nachtigall fand, sein Leben sei eigentlich schon reich genug mit Komplikationen aller Art gesegnet.

»Peter – wir haben über Tante Erna nachgedacht.« Unterbrach Sabine seine Gedankengänge so unerwartet, dass er zusammenzuckte.

»Aha.«

»Ja. Sie hat uns damals bei sich aufgenommen, und ich denke wir sind ihr was schuldig. Dass sie bei dir nicht wohnen kann, liegt auf der Hand. Aber bei uns ist genug Platz. Wenn das Baby da ist, wird Tante Erna in das hintere Gästezimmer einziehen.«

»Hmmm. Bist du sicher, dass das nicht zu viel für dich wird? Leander, das Baby und Tante Erna? Wird das nicht auch für Johannes zu anstrengend?«

»Johannes meint, er wird schon klar kommen. Als er mich geheiratet hat, wusste er schließlich von meinem ausgeprägten Familiensinn! Und als wir damals zu Tante Erna kamen, hat sie auch niemand gefragt, ob ihr das nicht zu viel ist. Ich fahre jetzt für ein paar Tage weg, in wenigen Wochen kommt das Baby und dann zieht Tante Erna zu mir.«

»Und wie sieht mein Part aus? Ich kann dir das doch

nicht einfach alles überlassen und mich entspannt zurücklehnen!«

»Nein – so ist das auch nicht gedacht. Ich fürchte, du wirst wohl an manchem Wochenende Babysitterpflichten haben und dann alle drei übernehmen müssen!«

»Gut, einverstanden. Und das Finanzielle?«

Sie drückte ihm einen Kuss auf die Wange und ließ die Frage unbeantwortet.

23

Das Mädchen ist zweifellos eine Schönheit. Sie sticht mir zwischen den vielen Kinobesuchern sofort ins Auge. Was für eine wundervolle Überraschung sie hier anzutreffen. Welch günstige Gelegenheit. Ein klarer Wink des Schicksals. Geschmeidig bewegt sie sich zwischen all den anderen Menschen. Sie fällt mit Sicherheit allen auf. Bewundernde Blicke folgen ihr und ich spüre, dass sie es weiß und in vollen Zügen genießt. Immer wieder fährt sie mit ihren schlanken, langen Fingern durch ihre lockige, leicht kupferfarbene Mähne und lässt das Haar dann in einer glänzenden Kaskade wieder auf ihre Schultern fallen. Fast scheint es, als sei sie in ein geheimnisvolles, sakrales Licht getaucht, während wir anderen im Dunkel stehen. Es ist, als hätte sie eine Aura strahlenden Lichts – durchaus ähnlich einem biblischen Heiligenschein.

Sie ist auserwählt und ich werde die Erfüllung ihres Schicksals sein.

Was für ein wunderbarer Gedanke.

Während des Films starre ich auf ihren perfekten Kopf, bewundere ihr beinahe klassisches Profil. Dabei taste ich immer wieder in meiner Tasche nach meinen Werkzeugen der Erkenntnis, nach meinem Stein und dem Apfel.

Die Letzte war einfach viel zu leicht gestorben – dabei wollte ich ihr doch noch so vieles erklären. Ich bin mir nicht sicher, ob sie noch verstehen konnte, welche Auszeichnung es war, von mir erwählt worden zu sein. Vielleicht wird es mir bei dieser gelingen ihr die Augen zu öffnen für die Art ihrer Rolle für die Menschheit – sie wird meine Mission verstehen. Begreifen, warum die Wahl ausgerechnet auf sie gefallen ist. Vielleicht kann ich das diesmal besser machen.

Nach der Vorführung beobachte ich sie unauffällig. Und schon bald bin ich völlig sicher: Sie hat nicht nur allein den Film gesehen, sie wird auch nicht abgeholt. Mit festem Schritt verlässt sie die Vorhalle, tritt selbstbewusst in die dunkle Kälte hinaus und überquert ohne zu zögern den großen Parkplatz vor dem UCI.

An der Straße wendet sie sich nach links und geht in Richtung Burger King. Als sie auf gleicher Höhe mit dem Restaurant ist, verlangsamt sie ihren Schritt und sieht durch die hell erleuchteten Scheiben hinein. Vielleicht ist ihr nach dem kurzen Stück schon kalt oder der Hamburgerduft lässt sie zögern.

Ich befürchte schon, sie habe womöglich einen Bekannten erspäht und würde sich jemandem für den Heimweg anschließen – doch sie strebt weiter, über die Querstraße und läuft an den Schaufenstern längst geschlossener Geschäfte vorbei zur Bushaltestelle vor Marktkauf. Ich habe genug gesehen, mache kehrt und hole meinen Wagen.

Langsam rolle ich wenige Minuten später über den Parkplatz vor dem ausgestorbenen Einkaufsparadies. Inzwischen hat es auch noch angefangen zu graupeln und der unangenehm aufgefrischte Wind lässt die nächtliche Kälte beinahe sibirisch erscheinen. Dort steht sie nun, ganz allein, frierend mit fest um den Körper gezurrtem Mantel und in ihrem Blick liegt deutliche Verzweif-

lung. Freundlich lächelnd halte ich an, das Seitenfenster gleitet geräuschlos in die Türfüllung und biete Rettung an. Bedenkenlos steigt sie ein, schüttelt sich die kleinen Graupeln aus ihrem atemberaubend schimmernden Haar und strahlt mich dankbar an.

Sie müsse nach Branitz, vertraut sie mir an (als ob ich das nicht längst schon wüsste!), aber der Bus käme erst in einer Viertelstunde und bei dem Sauwetter sei ihr Überleben bis dahin eher unwahrscheinlich. Wie passend ihre Formulierung ist, kann sie ja zu diesem Zeitpunkt noch nicht ahnen. Schließlich hätte ich ihr versichern können, dass ihr Überleben das Letzte wäre, was ich zu sichern gedachte.

Es gibt mir einen irren Kick, als Wolf im Schafspelz freundlich zu ihr zu sein und ich muss mich sehr beherrschen, damit sie meine Erregung nicht bemerkt.

Ich plaudere angeregt mit ihr über den Film, den wir – so ein Zufall aber auch – praktisch gemeinsam gesehen haben.

Froh der Kälte entronnen zu sein bemerkt sie weder, dass ich ihre Tür elektronisch verriegle, noch, dass ich den Umweg über den Stadtring fahre, der uns am Zoo vorbei von hinten an Branitz heran führt.

Als ich auf den offiziellen Parkplatz für Besucher des Parks und des Schlosses des Fürsten Pückler einbiege, meint sie freundlich, das sei eine Querstraße zu früh. Sie scheint auch nicht ernsthaft beunruhigt, als ich meinen Weg zunächst unbeirrt fortsetze. Vielleicht denkt sie auch, ich wolle die große freie Fläche zum bequemen Wenden nutzen.

Der heftige Schlag kommt für sie so unerwartet, dass sie nicht einmal mehr Zeit für Misstrauen hat.

Leider konnte ich auch ihr nicht mehr erklären, für welch großes Ziel sie sterben musste. Die Mädchen halten einfach nichts mehr aus. Kein Vergleich zu dem, was ich so wegstecken konnte. Wer nicht untergehen will, braucht eben eine gewisse Härte. Und ohne die wäre ich auch nie für die Mission auserwählt worden, das steht fest.

24

7. November

»Wir haben hier schon wieder eine Mädchenleiche«, schreckte eine Stimme Peter Nachtigall aus einem irritierenden Traum.

»Was?«, murmelte er noch schlaftrunken, während er mit zugekniffenen Augen versuchte, auf seiner Armbanduhr die Zeit zu erkennen und die surrealen Bilder zu verscheuchen.

»Wir stehen hier in der Nähe vom Parkplatz für Schlossbesucher in Branitz. Der ist auf der rechten Seite, wenn man am Tierpark vorbei nach Branitz fährt«, begann der Anrufer seine Erklärung umständlich. »Und wenn man dann vom Parkplatz aus über die Schienen der Parkeisenbahn in Richtung Spreedamm geht – also, da liegt eine Mädchenleiche. Und Herr Nachtigall – die sieht noch schlimmer aus als die, die wir vor ein paar Tagen gefunden haben.«

Inzwischen war der Hauptkommissar hellwach. »Sie meinen, die Tote wurde wieder verstümmelt?« Er verabscheute dieses Wort – es war widerwärtig. Zu viele Bilder drängten sich ihm auf – von Toten, die vor oder nach ihrem Ableben von Sadisten geschändet worden waren. Bisher nicht in Cottbus – aber bei Lehrgängen und Weiterbildungen hatte er Tatortfotos gesehen, die bis ins Detail zeigten, was Menschen anderen Menschen antaten.

»So wie's aussieht, wurden ihr auch die Brüste amputiert. Wir haben schon alles abgesperrt und Scheinwerfer aufgestellt.«

»Deckt den Fundort mit einer großen Plane ab. Ich kann hören, dass es regnet oder graupelt. Die Kriminaltechnik ist schon informiert?«

»Klar, die sind schon auf dem Weg.«

»Gut. Ich bin gleich da«, beendete Peter Nachtigall das Gespräch.

»Scheiße!« Mit Schwung schleuderte er die Bettdecke ans Fußende. »So eine verdammte Scheiße!«, fluchte er weiter, während er Socken, Jeans und einen warmen Pulli vom Stuhl neben dem Bett zusammenklaubte. Wieso finden die Leute immer nachts irgendwelche Leichen – war denn ganz Cottbus zu mitternächtlicher Stunde auf den Beinen, meuchelte, mordete, quälte, fand verstümmelte Mordopfer und nur die Polizei schlief? Dann wählte er Skorubskis Nummer, informierte ihn und scheuchte danach Wiener aus dem Bett. Es sah verdammt nach demselben Täter aus.

Verblüfft stellte Peter Nachtigall, als er wenig später am Fundort eintraf, fest, dass Dr. Pankratz die Tote bereits untersuchte.

»Sind Sie aus Potsdam hierher geflogen?«

»Cottbus braucht mich, ich eile. Nein, ich übernachte manchmal für ein paar Tage bei Freunden hier in eurer schönen Stadt. Aber Urlaub scheint es ja diesmal nicht zu werden. So – wir haben also wieder eine junge, weibliche Leiche. Auch dieses Opfer hat der Mörder auf ein Bett aus Reisig, Moos und Laub gelegt«, wurde er sofort wieder sachlich. »Sie ist bestimmt schon etwa 30 Stunden tot. Todeszeitpunkt gestern in den frühen Morgenstunden, nehme ich an. Völlig ausgekühlt. Die Totenstarre hat sich trotz der Kälte schon an vielen Stellen gelöst. Auch sie hat einen sehr harten Schlag gegen die Schläfe bekommen – ich kann aber erst nach der Obduktion mit Sicherheit sagen, ob der Schlag tödlich war, aber ich denke schon. Ihr Gesicht wurde durch tiefe Schnitte über beide Wangen entstellt. Es sieht auch so aus, als hätte der Täter versucht ihr die Nase abzutrennen. Ob sie vollständig von der Oberlippe gelöst wurde, kann ich erst bei der Obduktion genau feststellen – ich will hier im Halbdunkel nicht riskieren irgendwelche Spuren zu verwischen. Beide Brüste wurden amputiert und in ihrem BH in den Baum gehängt.« Peter Nachtigall spürte einen aufsteigenden Würgereiz, als er das Blut verschmierte Kleidungsstück mit den beiden formlosen Brüsten direkt über seinem Kopf im Geäst des Baumes ausmachte.

Schnell atmete er tief durch und trat einen Schritt zur Seite.

»Ja, ja. Ganz schön albtraumhaft, was? Aber wenn Sie sich übergeben müssen, dann bitte nicht hier, damit Sie nicht eventuelle Tatspuren vernichten!«, mahnte Dr. Pankratz nach einem missbilligenden Blick in Nachtigall fahles Gesicht. Dann fuhr er mit seiner Erläuterung fort.

»Auch dieser Leiche fehlt ein Zeh. Er wurde mit einem kleinen, scharfen Messer abgetrennt, ob es das Messer vom letzten Mal war, weiß ich natürlich noch nicht.«

»Hat er dasselbe Messer benutzt, um ihr das Gesicht zu zerschneiden?« Als der Rechtsmediziner mit den Schultern zuckte, fragte er weiter.

»Die Haare wurden bis auf ein paar Zentimeter Länge abgeschnitten. Hat die schon irgendjemand gefunden?«, fragte Peter Nachtigall und der Pathologe schüttelte den Kopf.

»Nicht, dass ich wüsste. Wir haben ja auch keine Vorstellung davon, welche Länge sie vor dieser Verstümmelung hatten. Aber die Spurensicherung ist ausgeschwärmt – wahrscheinlich werden sie sie schon finden. Ich habe auch wieder auf einen Stein als mögliche Tatwaffe hingewiesen – vielleicht hat der Täter ihn ja diesmal hier zurückgelassen. So, hier ist der Totenschein – ich nehme sie jetzt mit und mach mich gleich morgen früh an die Arbeit.« Dr. Pankratz bedeutete zwei Trägern mit einem Metallsarg die Leiche vorsichtig aufzunehmen, in einen vorbereiteten Leichensack zu legen und abzutransportieren.

Michael Wiener und Albrecht Skorubski befragten den unglücklichen Mann, der das Mädchen gefunden hatte, und suchten nach Hinweisen darauf, wie die junge Frau hergekommen sein könnte.

Peter Nachtigall warf einen letzten Blick auf das zarte, blasse Gesicht der Toten, durch das sich die tiefen Schnittwunden wie tiefrote Bahnen zogen.

»Ich glaube diesen Anblick werde ich mein Lebtag nicht vergessen!«, stöhnte er leise, als der Sargdeckel geschlossen wurde.

»Dabei dachte ich schon bei unserem letzten Opfer, das sei das Schlimmste, was ich je zu Gesicht bekomme. Soll ich davon ausgehen, dass der gleiche Täter wieder zugeschlagen hat?«

»Das kann ich nun wirklich noch nicht sagen – aber ich denke, es spricht vieles dafür. Morgen wissen wir mehr.« Dr. Pankratz klopfte dem Ermittler tröstend auf die Schulter.

»Diesmal haben wir Kleidungsstücke gefunden. Wie beim letzten Mord hat der Täter die Schuhe des Opfers ordentlich vor diesem »Bett« abgestellt – aber er hat dem Mädchen die zusammengefaltete Jeans als Kopfkissen unter ihren Nacken geschoben. Ähnlichkeiten sind auf jeden Fall gegeben. Ach ja – und eine nackte Barbie lag auch wieder neben dem Opfer.«

Mit diesen Worten reichte der Gerichtsmediziner einen kleinen Plastikbeutel an Nachtigall weiter, in dem sich die Puppe befand. Wieder waren die Brüste mit einem dicken Stift schwarz umrandet, das Gesicht von Strichen durchzogen, die Nase komplett geschwärzt und die Haare abgeschnitten. Zusätzlich waren bei dieser Puppe aber auch noch die Augen umrahmt.

Die beiden Männer nickten sich zum Abschied zu und Dr. Pankratz verließ den grausigen Ort mit raumgreifenden Schritten. Fast ein wenig neidvoll sah Nachtigall hinter ihm her.

Dann riss er sich zusammen, holte ein paar Mal tief Luft, drehte sich entschlossen um und suchte mit den Augen nach Albrecht Skorubski.

Er erkannte, dass der Kollege noch immer mit dem Mann sprach, der das Mädchen gefunden hatte und Nachtigall trat zu einem der Polizeibeamten, die die Fundstelle sicherten.

»Wer ist das?«, fragte er und deutete mit dem Kopf in Richtung des Zeugen.

»Das ist Förster Meybaum. Sein Hund hat die Leiche aufgespürt. Die beiden sind am späten Abend aufgebrochen um eine Wildschweinrotte zu suchen, die sich hier im Wald aufhalten soll. Ein Spaziergänger hatte sich beim Forstamt gemeldet und einen Angriff durch einen wild gewordenen Eber gemeldet. Herr Meybaum sollte überprüfen, ob überhaupt eine Rotte hier sei und ob gegebenenfalls ein besonders aggressives Verhalten eines der Eber zu bemerken wäre. Er fand trotz intensiver Suche gar kein Wildschwein, nicht eines – aber weil er nun ohnehin schon unterwegs war, blieb er bis weit nach Mitternacht im Wald, um nach seinem Wild zu sehen. Er war auf dem Weg nach Hause, als der Hund plötzlich angeschlagen hat. So haben sie dann das tote Mädchen gefunden. – Ich glaube, das hat ihn ganz schön mitgenommen. Am Handy war er kaum in der Lage was Sinnvolles zu sagen«, erklärte der junge Beamte mitfühlend.

»Die Tote war ja nun auch wirklich ein schockierender Anblick. Viel schrecklicher als alles, was ich je zuvor gesehen habe.«

»Der Günter Grabert het übers Wocheend frei g'habt. I hab g'rad a'g'rufe. Vielleicht hat er wieder koi Alibi un dann …«, Michael Wiener war zu Nachtigall gekommen, doch noch bevor er seinen Satz vollenden konnte, fiel ihm Dr. März, dessen Ankunft niemand bemerkt zu haben schien, ins Wort.

»Nun mal nicht so hastig, Herr Kollege. Solange wir weder Todeszeit noch Identität des Mädchens kennen, können wir gar keine Schlüsse ziehen – nicht einmal daran denken können wir! Niemand ist automatisch eines Mordes verdächtig, nur weil er am Tattag zufällig Urlaub hatte. Das Letzte was wir jetzt brauchen können ist ein zweiter Fall Jelinek.«

Michael Wiener schien neben Hauptkommissar Nachtigall zu schrumpfen und gerade als Peter Nachtigall den jungen Kollegen unterstützen wollte, klingelte sein Handy. Er warf einen entschuldigenden Blick in die Runde.

»Ja, guten Morgen Herr Hauptkommissar, hier ist wieder das Pflegeheim Alterslust, Jan-Hendrik.«

»Hören Sie – ich habe einen anstrengenden Beruf. Ich ermittle in einem Mordfall, und gerade in diesem Moment stehe ich hier im eisigen Wind mitten im Wald. Was wollen Sie von mir!«

Erstaunt sahen die anderen ihren Kollegen an.

»Ihre Schwester ist nicht zu erreichen«, entschuldigte sich die Stimme des Pflegers ein wenig beleidigt. »Was soll ich denn machen, wenn Ihre Tante doch nun unbedingt mit einem der Verwandten sprechen will?« Da fiel es Peter Nachtigall wieder ein, seine kleine Schwester war ja für drei Tage mit ihrer Freundin verreist – Wellnesstage an der Ostsee.

»Peter?«, hörte er plötzlich die Stimme von Tante Erna, leise und ängstlich.

»Ja, was gibt's denn mitten in der Nacht?« Er versuchte nicht gar so unfreundlich zu klingen, was ihm allerdings nur mit mäßigem Erfolg gelang. Doch Tante Erna schien seine Verärgerung nicht zu bemerken. »Die wollen mich mit Schlafmitteln vergiften. Ich will die Dinger nicht nehmen – aber die zwingen mich. Ich bin zwar alt – aber zwingen lassen muss ich mich doch wohl deshalb nicht, nicht wahr Peter?« Die Stimme der alten Dame zitterte.

»Nein, natürlich nicht«, beruhigte der Hauptkommissar seine Tante. »Gib mir noch mal den Pfleger.«

»Alle bekommen diese Mittel – jeder hier. Nur Ihre Tante weigert sich.«

»Hören Sie mir gut zu. Wenn meine Tante nicht von

Ihren blöden Pillen ruhig gestellt werden will, dann lassen Sie sie in Frieden! Sie muss das Zeug nicht schlucken, wenn sie nicht will! Haben wir uns verstanden? Und ich komme heute im Laufe des Tages vorbei und dann will ich mit dem Arzt sprechen! Richten Sie ihm das gefälligst aus!« Er schrie die letzten Sätze zornig ins Telefon und beendete dann die Verbindung.

Fragende Blicke waren auf ihn gerichtet.

»Meine Tante liegt auf einer Pflegestation und jetzt rufen die mich ständig an. Erst hat sie einen angeblichen Eindringling bemerkt, jetzt will das Personal sie mit Schlaftabletten vergiften.« Er sah die anderen an »Meine Schwester ist mit ihrer Freundin verreist«, setzte er dann abschließend hinzu.

Dr. März räusperte sich.

»Es wäre gut, wenn Ihr Privatleben Ihre Ermittlungsarbeit nicht beeinträchtigt.« Damit drehte der Staatsanwalt sich abrupt um und verschwand in Richtung Parkplatz.

»Ich habe immer gedacht, Eltern machen sich Sorgen, wenn ihre Kinder nachts nicht nach Hause kommen – aber offensichtlich ist das naiv. Keine Anzeige, keine Meldung, die ein vermisstes Mädchen betrifft.« Michael Wiener schüttelte missbilligend den Kopf.

»Gucken Sie auch mal in Berlin. Vielleicht ist von da eine nach Cottbus ausgerissen«, empfahl Skorubski und der Kollege Wiener maulte: »Wieso, ich denk immer, die hauen hier ab und gehen nach Berlin – dahin wo der Bär tobt«, tippte aber brav auf der Tastatur herum und wartete dann, bis die Seite sich aufgebaut hatte.

»Vielleicht ja auch naiver Kinderglaube«, stichelte Albrecht Skorubski und versuchte ein Grinsen zu verbergen.

Er konnte sich noch gut an seine eigene Empörung über die Sorglosigkeit von Eltern erinnern, er war selbst heute noch manchmal verblüfft, wenn er hörte, dass 12jährige Mädchen um Mitternacht mit dem Fahrrad durch den Wald nach Hause fahren durften, weil die Eltern die Gefährlichkeit nicht sehen wollten oder die Auseinandersetzung mit dem Nachwuchs scheuten. Doch damit würde jetzt wohl erst einmal Schluss sein. Zwei tote Mädchen in so kurzer Zeit – das würde die Menschen wachsam machen – einige leider aber auch hysterisch.

Albrecht Skorubski zuckte heftig zusammen, als Michael Wiener mit der Faust auf den Tisch schlug.

»Scheiße! Abg'stürzt! Das gibt's doch nicht!«

Fluchend versuchte der junge Mann, das System neu zu starten. »Echt Murphy. Immer, wenn du den PC brauchsch, no geht des Mistding net.«

»Murphy?«

»Na, ja – Murphys Gesetze besagen, dass immer die Dinge, die man am dringendsten braucht, nicht funktionieren.« Als er den eher ratlosen Blick des Älteren sah, fügte er hinzu: »Ist eher so ein Insiderwitz für Computerfreaks. Es passiert eben im entscheidenden Augenblick immer der größte anzunehmende Computerausfall.«

Skorubskis Blick zeigte noch immer kein Verstehen.

»Na, wenn ich zum Beispiel für 'ne Präsentation in fünf Minuten ein Thesenpapier brauch, dann findet der Rechner garantiert keine Verbindung zum Drucker. Im schlimmschte Fall muss ich alles von Hand abschreiben und kopieren. Unprofessioneller Auftritt garantiert. Murphy eben.«

Michael Wiener probierte unterschiedliche Tastenkombinationen auf der Tastatur aus, ohne Ergebnis. Zwischen zwei erneuten zwischen den Zähnen hervor gepressten Flüchen kroch er unter den Schreibtisch, um die Verkabelung einer genaueren Inspektion zu unterziehen. Seine Stimme klang gedämpft, als er übergangslos fragte:

»Wen hat der Staatsanwalt eigentlich mit seiner Bemerkung gemeint? Wer ist Jelinek?«

»Oberleutnant Jelinek. Er hat für die MUK hier in Cottbus gearbeitet, zu DDR-Zeiten. Das war die Abteilung für Mord und Kapitalverbrechen. Er hat mal einen spektakulären Fall gelöst, konnte aber nicht einmal eine Leiche vorweisen.«

»Aha«, Wieners hochroter Kopf tauchte wieder auf und er fragte: »Ein Mord ohne Leiche? Krass!«

»Ja. Eine Art Hausmeister hatte in der Schule die Leiche verbrannt. Es war schrecklich. Das Opfer war ein kleines Mädchen. Zehn Jahre alt. Schülerin an der Oberschule an der Bahnhofstraße. Heute heißt die Paul-Werner-Gesamtschule. Er hat die Kleine über einen längeren Zeitraum zu sexuellen Handlungen genötigt. Irgendwann hat sie wohl gedroht, sie werde es ihren Eltern erzählen. Da ist er wohl in Panik geraten und hat sie erschlagen. Später hat er ihre Leiche in der Heizungsanlage der Schule verbrannt. Jelinek hat ihn dazu gebracht den Mord zu gestehen und der Polizei genau vorzuführen, was er getan hatte – und dann wurde er verurteilt.«

»Un?«

»Na, ja. Er hat seine Strafe abgesessen und nach seiner Freilassung Ende der Achtziger mit anderen zusammen einen Riesenaufstand hier angezettelt. Die haben doch tatsächlich behauptet, sie seien von Jelinek und seinem Kollegen bei den Verhören gefoltert worden! Die Presse stürze sich sofort auf das Thema und hat die Kollegen auf Schritt und Tritt verfolgt. Das muss das reinste Spießrutenlaufen gewesen sein. Schlussendlich stellte ein Gericht fest, dass die Anschuldigungen jeglicher Grundlage entbehrten und schnell wie der Wind war die Presse wieder verschwunden. Doch die Kollegen haben sich von dieser Hetzkampagne lange nicht richtig erholen können. Jelinek ist in den Ruhestand gegangen – ich glaube, er jagt gern und geht jetzt diesem Hobby nach. Sein Kollege ist geblieben. Der Täter ist meines Wissens 1992 an einer Herzsache gestorben.«

»Mann, was für eine Story.«

»Ich glaube, der Staatsanwalt wollte uns zum einen bestärken gut zu arbeiten, was wir ja immer tun, zum anderen sollte es wohl auch eine Warnung sein. Schließlich sieht uns die Presse zu und eine Kampagne gegen die Polizei anzuzetteln ist ein Leichtes. Untätigkeit ist doch immer der Lieblingsverdacht der Presse gegen uns!«

»Untätigkeit, Dummheit, blinder Aktionismus ...

G'rad jetzt, wo die Polizei wege dieser Androhung von Folter bei Verhöre in den Medien ohnehin so lang präsent gewese isch. Ich mein diesen Fall, wo sie einem Entführer mit ›starken Schmerzen‹ g'droht habe, wenn er nicht verrät, wo er sei Geisel versteckt hat.« Michael Wiener war nur noch schlecht zu verstehen, weil er wieder untergetaucht war, um an einem anderen Kabel zu rütteln.

»Schon jemanden gefunden? Suchen Sie jetzt sogar unter dem Schreibtisch?« Peter Nachtigall trat kauend ins Büro.

»Wolltest du nicht in der nächsten Zeit auf Kuchen & Co verzichten?« Albrecht Skorubski tat nachdenklich, als versuche er ernsthaft, sich an den genauen Wortlaut des Gesprächs zu erinnern.

Doch Nachtigall blieb gelassen, biss ein neues Stück ab und wandte sich ungerührt dem jungen Mann zu, dem es noch immer nicht gelungen war, die Verbindung zum polizeiinternen Netz wieder herzustellen.

»Michael?«

»Ich versuch es gleich noch mal. Das Ding ist abgestürzt.«

»Jule meint, die junge Frau könnte im Glad House gewesen sein. Da war neulich ein Konzert SPNX. Das könnte auch Jugendliche aus der weiteren Umgebung angelockt haben. Ich hab' schon mal eine Streife mit dem Foto des Opfers hingeschickt. Vielleicht hat ja einer der Angestellten das Mädchen gesehen.«

Das Telefon klingelte herrisch und Albrecht Skorubski nahm den Hörer ab.

»Ja. Gut. Wir kommen.«

»Einer von uns soll zur Pathologie kommen. Dr. Pankratz ist so weit«, informierte er die anderen.

Peter Nachtigall klopfte dem inzwischen gewaltig entnervten Michael Wiener aufmunternd auf die Schulter und meinte:

»Nur die Ruhe. Der arbeitet schon wieder mit. Erst wenn der PC glaubt, dass man ihn jetzt eigentlich nicht mehr wirklich oder gar dringend braucht, springt er wieder an. Vielleicht sollten Sie ihn einfach für ein paar Minuten ignorieren – die funktionieren oft wie pubertäre Jugendliche.«

»Na – kein Wunder, dass du dich dann damit so gut auskennst. Jule sei Dank!«, frotzelte Albrecht Skorubski und zwinkerte dem jungen Kollegen zu, der sich mühsam unter der Tischplatte vorgearbeitet hatte, um sich wieder an der Tastatur zu schaffen zu machen.

»Ja, ja lästere du nur. Allein erziehende Väter haben eben auch im 21. Jahrhundert noch immer einen schweren Stand«, stöhnte Peter Nachtigall und seufzte.

»Michael, Sie fahren zu Dr. Pankratz in die Pathologie. Über die wichtigsten Obduktionsergebnisse informieren Sie uns gleich, am besten übers Handy. Besonders wichtig wäre, ob der Täter wieder einen Apfel in ihre Vagina geschoben hat – ich denke, damit hätten wir wohl einen ziemlich eindeutigen Hinweis darauf, dass es sich um denselben Täter handelt. Wir kümmern uns inzwischen um diese Familie Schmidt.«

Achselzuckend erhob sich Michael Wiener und nahm seine Jacke von der Lehne seines Schreibtischstuhls.

»Gut. Ich wollte immer schon mal direkt dabei sein.« Im Hinausgehen warf er dem zickenden Computer noch einen letzten, drohenden Blick zu und bog pfeifend auf den Gang ein.

»Glaubst du wirklich, es war derselbe Täter? Doch Günter Grabert?«

»Ich glaube gar nichts. Dr. Pankratz wird schon bald mehr wissen – und wir auch. Ich habe übrigens eine Blutabnahme bei Grabert durchgesetzt. Mal sehen, was da rauskommt.«

25

In die anfängliche Begeisterung Michael Wieners mischten sich schon bald eine gewisse Besorgnis und Skepsis, als er sich der Pathologie näherte. Natürlich gehörte die Teilnahme an einer Obduktion zu dem, was man wohl gemeinhin als Aufgaben der Polizei bezeichnete – und es war ja auch eine durchaus spannende Angelegenheit.

Außerdem, tröstete Wiener sich und seine Schritte wurden wieder fester, außerdem war Dr. Pankratz eine anerkannte Koryphäe auf seinem Gebiet. Man konnte also nur von ihm und seiner Fähigkeit, logische Zusammenhänge zu konstruieren, lernen.

Auf der anderen Seite musste Michael Wiener zugeben, dass ihn schon der Anblick am jeweiligen Fundort der Leichen schwer erschüttert hatte. Diese schrecklichen Verstümmelungen …

Er ging wieder langsamer. Als er an einer Art Abluftkamin um die Ecke bog, konnte er das Gebäude schon sehen, in dem die Pathologie untergebracht war. Er verlangsamte seinen Schritt wieder. Ein grüner Transporter mit der weißen Aufschrift »Gerichtsmedizin« war direkt davor geparkt. Bestimmt war Dr. Pankratz damit aus Potsdam gekommen.

Ob diese Teilnahme an der Obduktion vielleicht nur eine Art Härtetest für Newcomer war? Wollten die »alten Hasen« ihn vielleicht auf die Probe stellen, sollte er seine Eignung hier beweisen? Nein, so etwas war von Peter Nachtigall nicht zu erwarten, entschied er. Aber wie auch immer – er würde jedenfalls darauf bedacht sein, niemandem Anlass für blöde Kommentare im Kollegenkreis zu bieten.

Als er die Tür zum Sektionsraum öffnete, straffte der junge Mann seinen Körper, fuhr sich durch die professionell gestylte Frisur, schob ein Pfefferminzbonbon in die Backe und wappnete sich gegen das, was in den nächsten Stunden kommen mochte.

Dr. Pankratz begrüßte den jungen Mann freundlich und amüsiert. Mal sehen, dachte er, wie belastbar das geföhnte Kerlchen ist, vielleicht fällt ja mal wieder einer bei der Sektion um, das war schon lange nicht mehr passiert. Der Rechtsmediziner nickte seinem Assistenten zu. Sie konnten beginnen.

Während Michael Wiener eine Plastikschürze und eine Haube gereicht bekam, überlegte Dr. Pankratz, ob es ein gesamtgesellschaftliches Phänomen sein, dass die jungen Leute heute so abgebrüht waren, oder ob er nur zufällig immer mit besonders coolen Typen zu tun hatte.

Dann schaltete er das Diktiergerät ein, streifte die Handschuhe über und richtete seine Instrumente.

»Die äußere Inspektion ist enorm wichtig. Kleinste Verletzungen können uns wichtige Hinweise zur Todeszeit und zur Tötungsart geben. Leider wird hierbei auch oft was Wichtiges übersehen. Na, dann wollen wir mal sehen, was das Opfer uns über seine letzten Stunden erzählen kann.«

Er beugte sich über den wächsernen Körper und begann mit der Inspektion am linken Fuß, dem ein

Zeh fehlte. Beinahe zärtlich fuhr er mit dem Zeigefinger über den ausgefransten Wundrand und begann zu erklären.

Michael Wiener schickte einen letzten sehnsüchtigen Blick zur Tür.

26

»Guten Morgen, Frau Schmidt. Skorubski, Kriminalpolizei. Wie versprochen – da sind wir wieder!«, begrüßte Albrecht Skorubski Hansis Mutter und grinste. »Wir haben hier eine richterliche Verfügung, die uns gestattet mit ihrem Sohn zu sprechen.«

Dabei präsentierte er ihr das Schreiben.

Unwirsch öffnete die Frau die Haustür und ließ die Männer eintreten. Sie trug noch immer die speckige Kittelschürze vom Samstag, doch die Strümpfe hatte sie inzwischen ausgezogen. Nachtigall bemerkte erst jetzt die murmelgroßen Varizen, die sich an beiden Unterschenkeln nach oben zogen und die offene, infizierte Wunde am linken Bein. Sicher schmerzhaft, dachte er und wandte seinen Blick wie ertappt dem längst verblichenen Teppichmuster zu.

»Gehen Sie mal schon in die Küche. Den Weg kennen Sie ja.« Der Ton war gallig. »Ich hole meinen Sohn. Aber, nur das eines hier klar ist, ohne mich wird hier kein Gespräch geführt. Ich bin jede Sekunde dabei!«

»Natürlich, Frau Schmidt. Wir haben auch gar nicht vor mit Hansi allein zu sprechen. Wir haben auch seine Betreuerin zu diesem Gespräch gebeten. Sie wird sicher gleich da sein«, stellte Peter Nachtigall klar und unterdrückte den Impuls auf seine Uhr zu sehen. Schließlich musste er ja nicht jedes Polizistenklischee bedienen.

»Na, Sie sind ja wohl wirklich große Klasse, was?

Erst kommen Sie daher, unerwünscht und ungebeten, nein, Sie bestellen auch gleich noch jemanden ein, ohne mich überhaupt zu fragen. Was erlauben Sie sich eigentlich?«

Als keine Antwort kam, wetterte sie weiter, während sie ihre beeindruckende Statur ächzend die Treppe hinaufquälte: »Das ist schon wirklich ganz schön dreist. Aber was soll man von euch auch erwarten! Es ist halt bei euch alles geblieben, wie in alten Zeiten!«

Als sie den oberen Treppenabsatz erreicht hatte, zischte sie noch: »Polizeistaat!«, und »Polizistenpack!«

Doch die beiden Polizisten hörten sie nicht mehr – oder taten jedenfalls so.

»Der Sohn von Frau Schmidt ist oligophren. Das bedeutet, er wird wohl kaum in der Lage sein ihre Fragen zu verstehen, da es ihm nicht möglich ist, die Bedeutung Ihrer Worte zu erfassen. Selbst wenn Sie eine Antwort auf Ihre Fragen erhalten sollten, ist sie wohl nicht verwertbar, weil Hansi auf das antworten wird, was er verstanden zu haben glaubt – und das muss weder mit ihrer Frage noch mit dieser Tat in Zusammenhang stehen. Zusätzlich erschwert wird das dadurch, dass Hansi nur über einen eingeschränkten aktiven Wortschatz verfügt. Er kann also vielleicht das, was er ihnen sagen möchte, gar nicht in Worte fassen. Also wissen Sie, ich muss Ihnen ganz ehrlich sagen, die Sache hier erscheint mir völlig unsinnig!«, stellte die Betreuerin aggressiv fest, sobald sie das Haus betreten hatte und warf Peter Nachtigall einen ungnädigen Blick zu.

Seltsam, dachte er, die meisten Frauen, mit denen sie in diesem Fall zu tun hatten, waren fürchterlich kratzbürstig. Aber bei der Betreuerin hatten sie es schon erwartet, schließlich hatte sie schon gleich am Telefon abweisend reagiert. Der Termin läge in ihrer Freizeit und die zeitliche Aufwendung würde nicht bezahlt. Ob denn die Polizei nicht wüsste, dass sie auch ein Recht darauf habe ihre arbeitsfreie Zeit nach ihren Vorstellungen zu gestalten?

Ihr Name war Evelin Probst. Sie war sehr schmal, klein und machte auf die beiden Männer einen gestressten und zickigen Eindruck. Während sie nun zu dritt in der Küche auf Mutter und Sohn warteten, ließ sie ihre langen, rot lackierten Fingernägel ungeduldig auf die Tischplatte klacken.

Wie unpassend diese Frau in der schmuddeligen Küche wirkt, dachte Peter Nachtigall und überlegte, in welches Ambiente Evelin Probst in diesem aufgetakelten Outfit überhaupt passen würde. Nachdenklich sah er an ihr herunter, registrierte das figurbetonte Kostüm, den klimpernden Goldschmuck, die roten hochhackigen Pumps und wurde sofort angefahren.

»Starren sie gefälligst woanders hin! Ich bin nicht hierher gekommen um ihre geilen Fantasien zu beflügeln, Herr Hauptkommissar!«

In diesem Augenblick bugsierte Frau Schmidt zum Glück ihren widerstrebenden Sohn in die Küche und so brauchte Peter Nachtigall nicht zu antworten.

Die Mutter spürte die Spannung zwischen den dreien und sah zunächst neugierig, dann ratlos von einem zum anderen.

Hansi schob sich verlegen und ein wenig ungeschickt auf einen der Küchenstühle, hielt den Blick gesenkt und begann sich mit der rechten Hand in den linken Unterarm zu kneifen, bis sich einige der Stellen leuchtend rot verfärbten.

»Tag Frau Probst. Sind Sie nicht ein bisschen zu chic für meine bescheidene Küche? Passen Sie bloß auf, dass Sie sich nicht schmutzig machen!«, begrüßte Frau Schmidt die Betreuerin gehässig, während die Angesprochene erfolglos versuchte ein Lächeln auf ihre zusammengepressten Lippen zu zwingen.

»Hansi, ich bin Peter«, wandte sich der Hauptkommissar an den jungen Mann, bevor die Situation eskalieren konnte. Er zog sich einen der Küchenstühle heran und setzte sich dicht neben ihn. Hansi sah kurz auf und Peter Nachtigall bemerkte, dass der Junge stark schwitzte.

»Du brauchst vor mir wirklich keine Angst zu haben«, versuchte er in beruhigendem Ton einen neuen Kontakt herzustellen. »Ich möchte dich nur ganz kurz was fragen. Ist das in Ordnung?«

Hilfe suchend sah Hansi seine Mutter an. Doch die verzog keine Miene, sodass endlich Frau Probst sich einschaltete – wohl um die ganze Angelegenheit abzukürzen und ihr Morgendate doch noch zu retten.

»Hansi – der Mann tut dir nichts. Es ist in Ordnung.«

Erleichterung lies das Gesicht gleich viel freundlicher wirken. Hansi schob seine dunklen Haare aus der Stirn und sah den fremden Mann aus stahlblauen Augen neugierig an.

»Kennst du Anna Magdalena?«

Der sanfte Ton schien nun jede Barriere abgebaut zu haben, denn Hansi nickte eifrig.

»Die wohnt hier in der Nähe, nicht?«

Wieder ein Nicken.

Konnte der Junge vielleicht gar nicht sprechen? Peter Nachtigall überlegte, wie er seine Fragen am besten formulieren konnte, sodass der junge Mann möglichst mit non-verbalen Zeichen auskam.

»Findest du sie hübsch?«, wagte er sich dann weiter vor.

»Was soll das? Klar findet er sie hübsch! Warum auch nicht. Sie war ja wirklich nett anzusehen! Daraus kann an ihm doch nun wirklich keinen Strick drehen!«, mischte sich nun die Mutter aufgeregt ein.

Peter Nachtigall reagierte nicht auf das Gezeter. Er sah Hansi abwartend an.

Nach langer Pause nickte der Junge wieder.

Und gerade als Hauptkommissar Nachtigall anfing sich zu fragen, ob Hansi möglicherweise der Einfachheit halber immer nickte, wenn jemand von ihm eine Antwort forderte und ob nicht tatsächlich diese Befragung völlig unsinnig war – sagte Hansi plötzlich:

»Anna lieb.«

»Anna war lieb zu dir?«

»Ja. Anna mag Hansi.« Heftiges Nicken unterstrich diesen Satz.

»Wie hast du das gemerkt?«

Hansi runzelte die Stirn und fing wieder an in seinen Arm zu kneifen. Er sah sich um.

»Zu schwer«, zischte Frau Probst.

»Hansi, was hat Anna lieb gemacht?«

»Anna spricht mit Hansi.«

»Anna geht mit Hansi nach Hause.«

»Jetzt ist aber Schluss! Frau Probst! Sagen Sie denen, dass jetzt Schluss ist!«, wetterte die Mutter, doch Frau Probst hüllte sich in trotziges Schweigen. Ihr Gesichtsausdruck verhieß nichts Gutes und Frau Schmidt zog ihre Kittelschürze fester um sich, als wolle sie sich wärmen.

»Hansi, hast du auf Anna gewartet?«

Ein Nicken.

»An der Bahn?«

»Anna nicht mehr da«, traurig senkte Hansi die Stimme und seine Lider flatterten.

»Ja. Anna kommt nicht mehr«, bestätigte Peter Nachtigall und legte tröstend seine Hand auf Hansis muskulösen Unterarm. Kraft genug für einen tödlichen Schlag würde er ohne Probleme aufbringen können. Und groß genug um das Mädchen zu überwältigen war er auch. Sollte dieser junge Mann? Dabei wirkte er eher wie ein liebevoller Teddybär.

»Hansi Anna auch streicheln.« Dieses Bekenntnis unterbrach das fast andächtige Schweigen wie ein Peitschenknall.

»Blödsinn! Davon träumt der Junge doch bloß! Die Anna hatte doch einen Freund – die hätte sich doch von so einem wie meinem Hansi gar nicht angrapschen lassen. Nie!«

Mit einer herrischen Handbewegung schnitt Nachtigall ihr das Wort ab.

»Wollte Anna, dass Hansi sie streichelt?«

Trauriges Kopfschütteln.

»Anna rennt weg. Läuft ohne Hansi.«

»Du hast sie angefasst und dann ist sie ohne dich nach Hause gegangen.«

Nicken.

»Hansi wartet. Anna nein.«

»Du bist hinter ihr gegangen.«

Zögern. Nicken.

»Frau Probst! Ja merken Sie denn nicht, dass der Junge sich um Kopf und Kragen redet? Jetzt unternehmen Sie endlich was!«

Frau Probst warf einen geringschätzigen Blick auf die Mutter ihres Schützlings. Dann wandte sie sich wieder dem Beamten am Tisch zu.

»Herr Hauptkommissar!« Evelin Probst lächelte süßsauer und überprüfte, ob sich der Nagellack an der linken Hand in den letzten Minuten verändert hatte. »Sie wissen doch genau, dass all diese Aussagen nicht beweiskräftig sind. Wollen Sie also nicht endlich damit aufhören unsere Zeit sinnlos zu verplempern? Ich habe schließlich auch ein Recht auf Privatleben.«

»Hast du Anna gesehen?« Peter Nachtigall ließ sich nicht beirren.

»Anna schläft im Wald«, erklärte Hansi, setzte sich plötzlich aufrecht hin und sah Nachtigall fest in die Augen. »Anna friert. Hansi liebt Anna.«

»Hansi und Anna haben sich anfangs gut verstanden. Vielleicht ist sie auch gern mit ihm den dunklen Weg langgegangen, fühlte sich beschützt«, analysierte Skorubski auf dem Weg zur Dienstelle laut.

»Sie haben sich regelmäßig getroffen, haben miteinander gesprochen – soweit das mit Hansi möglich ist – haben sich sogar angefasst. Bis hierhin lief es ganz O.K. Alles völlig harmlos. Doch dann muss ja was passiert sein – die Freundin hat uns erzählt, Anna hatte Angst vor Hansi.«

»Vielleicht hatten sie einen Streit. Hansi wollte mehr als nur Händchenhalten?«, mutmaßte Skorubski. »Wahrscheinlich hat sie ihm das dann verweigert.«

»Aber der Junge hat sich nicht so einfach abschieben lassen. Er hat trotz der Abfuhr an der Haltestelle auf sie gewartet – doch Anna wollte nun auch seine Begleitung nicht mehr. Als er ihr dann trotzdem folgte, hat sie zunehmend Angst vor ihm bekommen. – Ich kann das gut verstehen. Hansi ist ein Koloss und sie hätte nicht den Hauch einer Chance gegen ihn gehabt.«

»Hansi hat uns von der im Wald schlafenden Anna erzählt. Meinst du, er hat sie erschlagen und dann auf dieses Moosbett gelegt? Es tat ihm leid und er wollte es ihr wenigstens so bequem wie möglich machen. Er legt sie hin und deckt sie liebevoll zu. Er hat ja selbst gesagt »Hansi liebt Anna.«

»Gut. Aber wir wissen, dass Anna Magdalena Kranz Angst vor Hansi hatte. Sich zumindest in seiner Anwesenheit nicht mehr wohl fühlte. Da wäre es doch logisch gewesen den Trampelpfad sofort zu verlassen und auf die Straße zu wechseln, als sie ihn hinter sich bemerkte. Es wäre doch so einfach gewesen!«

»In dem Alter handeln sie nicht immer logisch«, hielt Albrecht Skorubski dagegen.

»Und die Brüste?«, überlegte Nachtigall weiter. »Ich kann mir eigentlich nicht vorstellen, dass er ihr die Brüste amputiert. Oder einen Zeh. Dr. Pankratz meint, die beiden Morde wurden mit einer gewissen Wahrscheinlichkeit vom selben Täter begangen. Eine Verbindung zu dem anderen Mädchen, na, ich weiß nicht. Er ist ja nicht gerade der Typ, der ständig neue Bekanntschaften schließt. Ich kann ihn mir eben als Täter einfach nicht vorstellen.«

»Wenn es nach meinem Vorstellungsvermögen geht, kommt so eine Verstümmelung gar nicht in Betracht. Ich kann mir überhaupt niemanden vorstellen, der so was Perverses macht – und ich glaube, ich will das auch gar nicht! Aber der Hansi ist offensichtlich nicht ganz Herr seiner selbst – da könnte ich es mir eher denken.«

»Genau deshalb, weil sie meint, die Beamten der Polizei könnten in so einfachen Strukturen denken, wollte uns die Freundin – Laura Hellberg – nichts von Hansi erzählen.«

Peter Nachtigall fluchte leise vor sich hin.

»Außerdem dieses ganze Arrangement – ich weiß nicht. Annas Brüste hätte der Hansi vielleicht haben wollen, weil er Anna liebt – aber die von dem anderen Mädchen auch? Und der Täter hat ja nicht die Brüste mitgenommen, sondern einen Zeh. Was bedeutet die Sache mit dem Apfel? Warum hätte Hansi das tun sollen?«

Nachtigalls Handy klingelte.

»Kommen Sie bald rein?«, fragte ein Kollege.

»Ja. Warum?«

»Ich hab hier zwei Leute, die unbedingt mit euch sprechen wollen. Es geht um diesen Schuh. Sie wollen eine Aussage machen.«

»Gut. Setzt sie in den Flur, wir sind gleich da.«

Er schob das kleine Telefon wieder in die Jackentasche.

»Wir haben zwei tote Mädchen in nur fünf Tagen! Unsere Tatverdächtigen haben entweder Alibis oder aber es gibt nicht genügend Hinweise auf eine Verstrickung! Ich komme mir vor wie ein Tanzbär. So, als versucht uns jemand an der Nase herumzuführen!«

Nachtigalls Handy klingelte erneut.

»Hoffentlich nicht schon wieder dieses Pflegeheim!«

»Ja, Nachtigall«, meldete er sich dann und lauschte der männlichen Stimme am anderen Ende. Skorubski sah, wie sich das Gesicht seines Partners rötete.

»Wollen Sie mir drohen?«, fragte er böse und wartete die Antwort gar nicht ab. »Wenn Sie Informationen wollen, wenden Sie sich an die Pressestelle!«, aufgebracht stopfte er das Telefon in die Jacke zurück.

Albrecht Skorubski sah ihn fragend an, während er den Wagen parkte.

»Boulevardpresse.« Nachtigall spuckte das Wort förmlich auf den Parkplatz und warf dann mit einem lauten Knall die Beifahrertür zu.

»Der hat mir doch tatsächlich damit gedroht, morgen einen vernichtenden Artikel über unsere Arbeit zu bringen, wenn ich ihm nicht exklusiv Informationen zukommen lasse. Erpressung!«

Skorubski seufzte tief und sah seinen Freund an, als wolle er sagen, siehst du, auch die Journaille ist nicht mehr, was sie mal war. Als er aber Nachtigalls finsterem Blick begegnete, beschloss er, lieber auf einen Kommentar zu verzichten.

27

Dr. Pankratz untersuchte die Tote von allen Seiten. »Wie gesagt - äußere Inspektion, nennt man das. Das ist wichtig, sonst übersehen wir womöglich das große Einschussloch im Rücken und schon ist ein weiteres Mordopfer eines natürlichen Todes gestorben«, scherzte er lahm und warf dem jungen Kripobeamten einen verschmitzten Blick zu.

Tapfer lächelte Michael Wiener zurück. Bisher lief die Sache ja ganz gut, dachte er, alles im grünen Bereich.

»Sehen Sie, Herr Wiener, diese lividen Verfärbungen nennt man Leichenflecken. Sie bilden sich dort, wo sich nach dem Tod Blut angesammelt hat und helfen uns außerdem den Todeszeitpunkt annähernd zu bestimmen. Ist die Leiche frisch, kann man sie noch wegdrücken. Aber hier ...«, er presste seinen Daumen auf eine der blauen Stellen. »hier bleibt alles an Ort und Stelle. Allerdings zeigen uns diese Leichenflecken, dass sie nach ihrem Tod noch bewegt worden ist. Das Blut fließt nach dem Tod eines Menschen in die tiefer gelegenen Bereiche des Körpers ab. Wir haben sie liegend gefunden, aber die meisten Verfärbungen haben wir hier und hier.«

Dabei wies er auf das Gesäß und die Rückseite der Oberschenkel.

Michael sah das Muster der Haut. Kleine Rauten, die sich wie ein Geflecht über den ganzen Körper zogen.

»Bevor der Täter sie auf das Moosbett gelegt hat, hat sie irgendwo gesessen. Auf dem Waldboden würde ich sagen – sehen Sie hier die Abdrücke?«

Michael Wiener sah noch einmal hin und nickte dann, weil er das Gefühl hatte, Dr. Pankratz erwarte eine Reaktion. Sprechen kam nicht in Betracht – dabei würde er noch viel mehr der stinkenden Luft in seinen Körper saugen – und das hätte er nicht ertragen. Michael Wiener fand es so schon schlimm genug. Langsam begann er zu befürchten, sein Minzbonbon, das sich diskret in der Backentasche auflöste, könne vor Ende der Sektion verschwunden sein.

»Spucken Sie den Bonbon lieber schnell in den Mülleimer dort hinten! Sonst werden Sie für die Zukunft immer den Geruch des Sektionssaals in der Nase haben, wenn sie einen lutschen!«

Der forensische Pathologe hatte inzwischen die Verletzung an der Schläfe inspiziert. Er sprach seine Befunde in ein Diktiergerät. Dann sah er auf und Michael Wiener erkannte, Unaufmerksamkeit würde der Mediziner nicht dulden.

»Sehen Sie, wie bei der letzten Toten wurde auch hier der Schädel mit einem harten Gegenstand zertrümmert. Allerdings ist der Schlag diesmal in einem anderen Winkel erfolgt. Vielleicht hat das Opfer gesessen. Die Wirkung war auch hier verheerend. An diesem Punkt müssen die Knochensplitter bis weit in den Temporallappen eingedrungen sein.« Der junge Ermittler beugte sich vor.

»Wir gehen davon aus, dass das Mädchen per Anhalter vom Kino aus nach Hause fahren wollte. Da muss sie wohl beim Täter eingestiegen sein. So ein Leichtsinn!«

Dr. Pankratz nickte.

»Diese Verletzung werden wir uns später noch genauer ansehen«, versprach der Rechtsmediziner, als erfülle er damit einen sehnlichen Wunsch seines Zuhörers, und deutete nun auf die tiefen Krater auf dem Oberkörper der Toten.

Michael Wiener versuchte sich mental aus dem Sektionssaal zu beamen. Er wollte das alles gar nicht sehen – und eine Erklärung brauchte er auch nicht. Schließlich war nicht zu übersehen, was man dem Mädchen angetan hatte.

»Der Täter hat wieder beide Brüste amputiert. Sehen Sie, die gleiche Schnittführung. Er hat das Messer von oben schräg angesetzt und die Brüste trichterförmig ausgeschnitten. Hätte er sie nur abgetrennt, würden wir hier eine glatte Schicht Muskelgewebe finden. Pectoralis – ist Ihnen doch bekannt, nicht wahr? Wie beim letzten Opfer fanden wir die beiden in einem BH im Geäst. Das spricht alles schon dafür, dass es sich um denselben Täter handelt – aber es ist kein Beweis.«

Dr. Pankratz schien die Anwesenheit des jungen Kriminalisten beinahe vergessen zu haben. Er murmelte in sein Diktiergerät, griff nach einem Vergrößerungsglas und meinte: »Bei oberflächlicher Betrachtung sieht es auch so aus, als hätte der Täter ein zumindest ähnliches Messer zur Amputation benutzt. Er musste immer wieder neu ansetzen, das bedeutet auch dieses Tatwerkzeug hatte eine kurze Klinge. Die Ausfransungen am Wundrand sprechen für eine gezahnte Klinge.«

Unvermittelt sah er auf.

»Vielleicht finden wir eine Gewebeprobe mit perfektem Abdruck. Dann können wir genau sehen, in welchem Abstand zum Beispiel die Zähne angeordnet sind. Zum Vergleich mit der Probe des anderen Mädchens.«

»Wenn der Mörder schon wusste, dass er die Brüste amputieren wollte – warum hat er dann nicht ein scharfes Messer mit einer langen Klinge mitgebracht? Vergrößert er nicht das Risiko entdeckt zu werden, wenn er so ein kleines Ding benutzt?«

»Möglicherweise hat die Waffe eine bestimmte Bedeutung für ihn, oder er hielt das Risiko überrascht zu werden für nicht besonders hoch. Vielleicht war es für ihn auch nur praktischer ein kleines Messer mitzunehmen.«

Dr. Pankratz wandte sich den Schnittwunden im Gesicht der Toten zu. Für einige Minuten herrschte Schweigen im Raum, während der Pathologe die Wundränder inspizierte, die Tiefe der Schnitte ausmaß, und versuchte die Schnittrichtung zu bestimmen.

»Auch diese Verletzungen wurden ihr erst nach Eintritt des Todes zugefügt. Der Täter ist wahrscheinlich Rechtshänder. Das verwendete Messer ist nur auf einer Seite der Schneide geschliffen und weist eine recht grobe Zahnung auf.«

Michael Wiener nickte dem Arzt kurz zu und verließ ohne ein Wort den Saal. Dr. Pankratz hörte, wie kurz darauf die Eingangstür des Instituts zugeschlagen wurde. Achselzuckend wandte er sich nun der unteren Körperhälfte der Toten zu.

»Verletzungen an der Innenseite der Oberschenkel, leicht Abschürfungen, Druckstellen. Schrammen und tiefere Verletzungen im vaginalen Bereich. Mögliche Anzeichen einer Vergewaltigung.«

Als Michael Wiener kurze Zeit später etwas atemlos

den Obduktionssaal wieder betrat, wies Dr. Pankratz auf eines der kalt glänzenden Edelstahlgefäße. Es enthielt einen Apfel.

»Ich glaube, das sollte ihr Chef gleich erfahren, finden Sie nicht?«

»Scheiße!« Michael Wiener drückte auf die Kurzwahltaste seines Mobiltelefons.

Dann zog er einen rot – glänzenden Gegenstand aus der Tasche und reichte ihn dem Gerichtspathologen.

»Ach – und ich dachte Sie müssten sich übergeben! Könnte die Lösung sein. Ja – vielleicht hat er so was benutzt, möglich wäre das schon. Na, dann wollen wir uns das genauer ansehen …«, seine Stimme verlor sich in allgemeinem Gemurmel, während Michael Wiener seinen Chef informierte.

Aus dem Augenwinkel beobachtete der junge Mann, wie der forensische Pathologe interessiert die einzelnen Klingen aus dem Schweizer Taschenmesser herausklappte, das er ihm gegeben hatte.

28

Im Flur warteten tatsächlich zwei nervöse Zeugen, augenscheinlich ein Pärchen.

Die junge Frau war untersetzt, trug trotz der Novemberkälte eine ultrakurzen roten Rock, eine kurze Jacke und ihre gelockten Haare zu einer voluminösen Hochsteckfrisur aufgetürmt. Ihr rundes Gesicht war leicht geschminkt, nur die Lippen hatte sie kräftig rot nachgezogen. Neben ihr wirkte ihr Begleiter direkt farblos. Er war ein großer, blasser Enddreißiger mir leichtem Bauchansatz und kurz geschnittenen, mittelbraunen Haaren. Sein brauner Cordanzug ließ ihn noch bleicher erscheinen.

»Kommen Sie doch bitte gleich mit rein«, forderte Nachtigall die beiden auf und bot ihnen Plätze an.

Zögernd traten die beiden ein und setzten sich auf die äußersten Stuhlkanten.

»Sie sind?«

»Clemens Worrack und Jasmin Storz.«

»Sie wollten eine Aussage machen?«

»Ja. Mein Bild ist heute in der Zeitung. Sie suchen den Mann, der ein Paar Pumps gekauft hat.«

»Richtig. Und Sie sind dieser Mann?«

»Ja. Und ich habe auch gleich die Frau mitgebracht, die die Schuhe trägt.«

Die junge Dame zeigte die Füße vor.

»Sie haben diese Pumps für ihre Frau gekauft?«

»Tja, nicht direkt. Ich habe sie für meine Freundin gekauft. Eine Überraschung. Meine Frau hat nun allerdings mein Bild in der Zeitung entdeckt und ist wenig begeistert. Da werde ich noch so einiges zu erklären haben«, seufzte Clemens Worrack bedrückt und Peter Nachtigall hakte diese Spur als Sackgasse ab.

»Was haben wir? Die Schuhe haben uns erstmal nicht weitergebracht. Ich glaube, da wird sich auch nichts mehr ergeben«, eröffnete Nachtigall ihre Bürorunde.

»Die Spurensicherung hat angerufen. Ein Spaziergänger hat die Haare und die Kleidung des zweiten Opfers gefunden. Die Haare hingen wie Lametta im Geäst eines Busches am Spreewehr bei Kiekebusch, die Kleidung lag ordentlich zusammengefaltet darunter. Das Team ist noch vor Ort und untersucht das Gebiet weiträumig. Die Kleidung des ersten Opfers wird noch gesucht«, informierte Wiener Peter Nachtigall.

»Der Busch stand direkt am Wasser. Vielleicht ist unser Mörder romantisch veranlagt. Der Platz ist jedenfalls sehr malerisch, meinen die Kollegen.«

»Und was ist mit der Identität des zweiten Opfers?«

»Nix, bisher«, Wiener fuhr sich durch die dichten dunklen Haare und schob seine Brille mit den rechteckigen, randlosen Gläsern wieder zurecht, die ihm das Aussehen eines Strebers gab.

»Vielleicht findet ja die Spurensicherung noch einen Hinweis. Oder es kommt doch noch eine Suchmeldung rein. Irgendjemand wird doch wohl ein so junges Mädchen vermissen«, meinte Skorubski.

»Michael, noch neue Erkenntnisse von der Obduktion?«

»Ja. Dr. Pankratz meint, es war mit hoher Wahrscheinlichkeit derselbe Täter. Es bestünde zwar immer noch die theoretische Möglichkeit einer zufälligen Ähnlichkeit, aber er glaubt nicht daran. Wenn er die Messerspuren verglichen hat und es sich um die gleiche Tatwaffe handelt, dann wäre eigentlich alles klar. Er meint auch, der Tathergang sei ähnlich gewesen. Schlag auf die Schläfe. Tod des Opfers. Verstümmelung der Leiche. Er hat ein Messer mit kurzer, doppelt gezahnter Klinge benutzt, bei beiden Morden. Der Vergleich läuft noch. Es ist also noch nicht sicher, ob es dieselbe Waffe war oder nur eine ähnliche Klinge. Vielleicht war es ein Taschenmesser. Aber der Apfel, den er ihr in die Vagina geschoben hat, war von der gleichen Sorte.«

»Cox Orange. Hm – ist die eigentlich selten? Kann man die überall kaufen oder gibt es die nur direkt beim Bauern?«

»Die sind nicht so selten. Und jetzt kriegst du die eigentlich in fast jedem Supermarkt. Die Leute essen die ganz gerne, weil sie aromatisch sind. Und zu Nikolaus sind sie immer begehrt, weil man sie so schon in Strümpfe stecken kann.«, erklärte Albrecht Skorubski.

»Aha. Dann kommen wir über den Apfel auch nicht weiter. Spermaspuren an der Leiche?«

»Weder an der Leiche noch am Tatort konnte die Spurensicherung etwas finden. Aber Dr. Pankratz hat ein Haar gefunden, das eindeutig nicht zum Opfer gehört. Analyse läuft. Wir sollen uns aber nicht zu viele Hoffnungen machen, er glaubt nicht, dass es für einen Fingerprint reichen wird. Ach, und das Opfer war schon seit ungefähr 26 – 28 Stunden tot.«

»Herr Nachtigall – ihre Tochter ist am Telefon.« Ein Kollege streckte seinen Kopf durch die Tür.

Nachtigall zog sein Handy aus der Jacke. Warum hatte sie ihn nicht direkt angerufen?

»Abgeschaltet. Das war nach dem Anruf von diesem miesen Reporter. Bin gleich wieder da.« Entschuldigte er sich und eilte an den Apparat in seinem Büro.

»Und was war jetzt mit dem Hansi?« Michael Wiener ordnete raschelnd seine Notizen und legte ein neues Blatt obenauf.

»Nach ziemlichem Hin und Her durften wir mit dem Jungen sprechen. Aber er versteht nur wenig und kann nur in ganz einfachen Sätzen antworten. Er hat so was gesagt wie: Hansi liebt Anna und Anna schläft im Wald. Aber ob uns das wirklich weiterbringt?«

»Aber er isch schon verdächtig, oder?« Wiener zog einen Stapel Fotos von der Beerdigung des ersten Opfers aus einem Ordner und reichte ihn an Skorubski weiter.

»Ja, ich meine schon. Er ist ein Koloss und durchtrainiert wie ein Türsteher vor der Disco. Die Kraft hätte er also allemal und die Anna hätte ihn sicher auch nah rangelassen, schließlich kannte sie ihn ja gut. Auch wenn ihre Freundin meint, sie habe in der letzten Zeit zunehmend Angst vor ihm gehabt. – Aber Peter meint, es sei unwahrscheinlich. Mal sehen, was wir noch so über ihn rausfinden können.«

»Und mir waret au bei dem Hausarzt von Günter Grabert. Der Mann kriegt das Triebdämpfungsmittel gar nicht mehr als Spritze. Der Hausarzt verschreibt ihm Tabletten, weil dann zum Beispiel im Urlaub die Einnahme einfacher wird, als wenn er es sich spritzen lassen muss. Es gibt also keine Kontrolle über die regelmäßige Einnahme.«

»Auf den Bildern hier, die die Kollegen gemacht haben, ist niemand zu sehen, den wir nicht bei der Beisetzung erwartet hätten«, Skorubski legte den Stapel für Peter Nachtigall zurecht. »Das heißt, keiner weiß, ob er das Zeug auch wirklich genommen hat?«

»Eine Person ist doch da gewesen, von der ich es nicht gedacht hätte.« Er zeigte auf eines der Fotos. Skorubski nickte.

»Vielleicht kann man ja das Medikament in seinem Blut nachweisen. Mein Bruder hat eine transplantierte Niere und muss dafür Medikamente nehmen. Der Arzt bestimmt dann regelmäßig den Spiegel, zum Beispiel von Cyclosporin, um das Medikament optimal dosieren zu können. Dr. Pankratz hat auch heute nach Spuren suchen lassen. Wir könnten ihn fragen.«

»Alkohol geht ja auch. Und THC, bei den Kiffern. Gut, gleich morgen früh ruf ich unseren Pathologen an und klär des ab. Jetzt ist er sicher nicht mehr im Institut.«

Nachtigall war wieder zu seinem Team gestoßen und hatte die letzten Sätze gehört. Innerlich musste er grinsen, weil der Kollege ab und an wieder in seinen Dialekt verfiel.

»Wir haben überhaupt keinen konkreten Anhalt dafür, Grabert könne in diese Morde verwickelt sein. Ich möchte nochmals alle zu größter Diskretion ermahnen, sonst kommen wir in Teufels Küche. Die Blutabnahme war freiwillig. Er hat zugestimmt und ein Team vom Labor ist hingefahren, um sie unauffällig zu beschaffen. Grabert hat sich sehr kooperativ gezeigt«, mahnte er.

»Er hat uns nicht darüber aufgeklärt, dass er dieses Androcur nicht mehr gespritzt bekommt, sondern Tabletten einnimmt. Er hatte eine fertig gepackte Tasche, als wir ihn geholt haben – ich finde er ist schon verdächtig auch ohne die Ähnlichkeit der Taten!« Skorubski schüttelte ungehalten den Kopf.

»Ich meine auch, wir sollten ihn gut im Auge behalten – wer weiß schon, was der so plant«, schloss sich Wiener an.

»Schluss jetzt. Ich verstehe ja, dass ihr ihn gerne festnehmen würdet. Aber wir haben noch immer nicht mehr in der Hand als am Freitag. Eine zu frühe Festlegung schränkt uns doch nur ein«, beendete Nachtigall die Spekulationen.

»Habt ihr die Fotos von dem zweiten Mädchen rumgezeigt?«

»Ja – aber bisher ohne Erfolg. Wir waren an den Gymnasien – Fehlanzeige. Die Realschule in Schmellwitz – keiner kannte sie dort. Die Gesamtschulen stehen noch aus«, Wiener war unzufrieden. Irgendwie hatte er nicht erwartet, dass so viele Spuren im Nichts enden würden.

»Gut. Albrecht, du gehst heute Abend ins Stuck. Ins Lollipop und ins Mäxx schicke ich eine Streife. Und Sie, Michael gehen ins Glad-House. Da ist heute Kino – vielleicht kennt man sie an der Kasse.«

Wiener nickte.

»Im Grund schrumpft unsere Liste der Verdächtigen ja durch den zweiten Mord. Der Freund von Anna Kranz scheidet wohl aus, oder?«

»Da wir noch nicht einmal wissen, wer die zweite Tote ist, scheidet hier niemand aus!«

»Eben. Vielleicht war sie ja gar eine Verflossene von Jens Wilde. Wer weiß?«

»Wenn wir erstmal ein Umfeld finden, ergeben sich vielleicht ganz neue Querverbindungen – Verein, Disco oder sogar Volkshochschule. Die jungen Leute haben ja oft genug einen unglaublichen Aktionsradius.«

Peter Nachtigall nahm den Stapel Fotos an sich und begann sie durchzusehen, während er weiter sprach.

»Also fassen wir mal zusammen: Die Discos klappert die Streife ab, Michael geht ins Glad – House, Albrecht ins Stuck und ich versuche mit Dr. Pankratz offene Fragen zu dieser Androcur- Therapie zu klären. Ich werde auch über den Nachweis des Medikaments im Blut mit ihm sprechen. Michael, es wäre gut, Sie könnten morgen auch mal unauffällig nach Günter Grabert forschen. Vielleicht hat der ja doch ein Alibi und weiß gar nichts davon. Es könnte doch sein, dass ein Nachbar ihn zufällig am Müllcontainer hat stehen sehen- so was in der Art. Aber – vorsichtig! Albrecht, wir gehen morgen in dieser Werkstätte vorbei und sehen mal, was wir so an Informationen über Hansi bekommen können, besonders auch im Bezug auf seine Frustrationstoleranz und seinen Aggressionsabbau. Bei der Gelegenheit werden wir auch noch mal nach Medikamenten fragen. Manche nehmen ja so ein starkes Zeug ein, dass ihre Realitätswahrnehmung gestört ist. Nanu, Frau Dr. Jung war ja auch bei der Beerdigung. Hier auf einem der Fotos steht sie neben der Tante des Opfers. Bestimmt sollte das ihren Patienten entlasten. Schluss für heute.«

Damit scheuchte Nachtigall seine Kollegen ins Cottbuser Nachtleben und griff nach dem Telefon.

»Alles klar bei dir?«

Albrecht Skorubski warf seinem Partner einen kritischen Blick zu. Schließlich wusste er, Jule würde nur in Ausnahmefällen die Dienststelle anrufen und die steile Falte auf der Stirn Nachtigalls war ihm auch nicht entgangen.

»Nee – nicht wirklich. Jule will sich heut mit irgendeinem Freund treffen, in die Disco gehen und dann bei dem Typen übernachten.«

»Und, kennst du ihn?«

»Nein. Welcher Vater kennt heute schon den Freund seiner Tochter?«

»Mehr weißt du nicht? Nur, dass sie ihn kennt und mit ihm in die Disco gehen will?«

»Na, ja. Ein bisschen mehr ist es schon. Er kommt aus Berlin. Sie hat ihn wohl mal auf irgendeiner Bahnfahrt zur Shoppingtour kennen gelernt. Und offensichtlich haben sie sich seither öfter mal getroffen! Wer weiß, wie lange das schon geht! Und ich habe nichts geahnt!«, wütend schlug Nachtigall sich auf die Oberschenkel.

»Und jetzt besucht er Jule in Cottbus. Ist doch eigentlich ganz schön. Immerhin hat er sie nicht überredet, nach Berlin zu kommen. Und vielleicht lernst du ihn ja auch heute noch kennen – oder morgen zum Frühstück«, neckte Skorubski, lachte leise und klopfte dem Freund tröstend auf die Schulter.

»Meine wollte damals ihrem ersten Freund zuliebe die Schule schmeißen. Weil der Typ von der Sozialhilfe gelebt hat und sie das beeindruckend fand: Den ganzen Tag abchillen und auch noch dafür bezahlt werden. Da war meine Kleine erst fünfzehn. Sie war drei ganze Wochen nicht in der Schule – kannst du dich noch erinnern, was bei uns los war? Diskussionen, Tränen, Gezeter. Meine Frau hatte einen Nervenzusammenbruch – und dann erscheint das Gör eines morgens frisch geduscht zum Frühstück, schnappt sich ihren Rucksack, nickt uns freundlich zu und verschwindet in die Schule.

Das Rumhängen wäre ihr auf die Dauer zu langweilig, meinte sie und das Thema wurde nie wieder gestreift. Meine Güte – das ist jetzt auch schon fast zehn Jahre her! Jetzt hat sie ihr Abitur, studiert in Hamburg und hat jede Menge Pläne.«

»Ja, ich erinnere mich. Deine Frau hatte das Ganze übel mitgenommen.«

»Sie hatte noch monatelang daran zu knabbern.«

»Der Typ von Jule muss so eine Art Yuppie sein. Er kommt aus beruflichen Gründen her und wohnt im Radisson. Stell dir das mal vor!«

»Vielleicht ist er ja ganz nett und arbeitet nur bei einer Firma, die es sich leisten kann ihre Mitarbeiter feudal unterzubringen. Versicherung vielleicht oder Bank.«

»Meine Jule in ihrem bunten Punkeroutfit neben einem Anzugträger aus 'ner Bank in der Disco? Das passt doch nicht zusammen.« Nachtigall fühlte sich plötzlich restlos überfordert.

Sicher, dachte er, es war das Schicksal der Eltern »verlassen« zu werden. Erst war Birgit aus seinem Leben verschwunden, nun würde eben auch Jule ihr eigenes Leben beginnen. Und er, Hauptkommissar Peter Nachtigall, müsste allein zurückbleiben. Klar, er wollte seine Jule beschützen vor dem Bösen der Welt, vor Liebeskummer, vor fremden Männern, aber, das wusste er nun aus seiner alltäglichen Berufserfahrung, genau das war eben nicht möglich.

»Ist doch klar, dass du dir Sorgen machst – aber glaub mir – das Mädchen ist nicht dumm. Sie ist die Tochter eines Hauptkommissars und wird sich die Leute genau ansehen, mit denen sie ausgeht. Deine Jule übernachtet doch nicht wahllos bei jedem!«, versuchte Albrecht

Skorubski seinem Freund Mut zu machen. »Außerdem wird sie sich bei Problemen doch sicher an deine Schwester wenden. Die beiden kommen doch gut klar miteinander.«

»Wer weiß, wie lange sie den Kerl schon kennt! Aber gerade jetzt.«

»He! Es gibt immer ein gerade jetzt«, philosophierte Skorubski.

»Zum Beispiel: Gerade jetzt, wo uns die Kollegen aus Berlin im Rahmen der übergreifenden Zusammenarbeit einen außerordentlich fähigen Mann zur Verfügung gestellt haben. Sein Name ist Emile Couvier und er wird eine OFA-Gruppe leiten. Brandenburgs OFA-Fachmann arbeitet gerade an zwei anderen Fällen und Berlin war sofort bereit uns zu unterstützen.« Dr. März knüpfte nun nahtlos an die aufgeschnappten Worte an.

»Sie haben jemanden zur Fallanalyse angefordert?«

»Ja. Er ist Fachmann für operative Fallanalysen. Das bedeutet, er wird sich die Tatortfotos ansehen und die Orte besuchen, die Akten lesen und dann versuchen gemeinsam mit Ihrem Team zu analysieren, wie die Morde durchgeführt wurden. Das gibt uns neue Erkenntnisse über die Persönlichkeit des Täters. Sie beide, Herr Wiener und natürlich Dr. Pankratz, nehmen an der OFA-Gruppe teil.« Danach wünschte der Staatsanwalt allen noch einen schönen Abend und das Gespräch war beendet.

»Das LKA schickt uns einen Profiler! So einen wie die Typen aus Quantico, na, wie heißt der denn noch gleich … der hat doch auch ein Buch darüber geschrieben…« sNachtigall suchte vergeblich in seinem Gedächtnis nach dem Namen.

»Douglas. Ressler und Douglas«, half Skorubski aus.

»Ja, genau. Douglas und Olshaker. In dem Buch berichten sie sogar über Täterprofile, die sie nur anhand von Fotos am Telefon gemacht haben. Da können wir uns ja auf morgen freuen.« Er grinste breit. »Was für ein Name – französisch, oder?«

Skorubski erhob sich und zog seine Jacke an.

»Ich fahre noch mal schnell mit dem Foto des Opfers zum UCI. Vielleicht hat sie ja da einer gesehen und dann ins Stuck.«

»Gut. Ich bleibe noch und versuche Dr. Pankratz zu erreichen, damit er weiß, dass er an diesen OFA-Gruppengesprächen auch teilnimmt. Hoffentlich bekommt das Mädchen bald einen Namen!«

Sie verabschiedeten sich und Skorubski fuhr ohne große Hoffnung zum Großkino im neu eingemeindeten Stadtteil Groß Gaglow.

29

Nachtigalls Handy klingelte, als er mit seinen Wagen gerade in die Straße zu seinem Reihenhaus in Sielow einbiegen wollte, und er warf einen genervten Blick auf das Display. Schon wieder ein unbekannter Teilnehmer, bestimmt das Pflegeheim!

Na – wenigstens nicht die Zentrale. Nur nicht schon wieder eine Leiche! Er sehnte sich nach einem ruhigen Abendessen mit einem guten Glas Wein und heute war ihm wirklich nicht mehr danach, an irgendeinem Tatort frierend herumzustapfen und in tote Augen sehen zu müssen. Nein, heute nicht!

Er nahm das Gespräch in dem sicheren Gefühl an, der Abend würde von nun an einen sehr ungemütlichen Verlauf nehmen, und brauchte ein paar Sekunden, bis er begriff, dass die Stimme, die sich meldete nichts mit Tante Erna oder einem neuen Todesfall zu tun hatte.

»Ja, Frau Dr. Jung. Was kann ich für Sie tun?«

»Guten Abend Herr Nachtigall. Ich – nun, ich glaube, ich hätte Ihnen gegenüber etwas freundlicher sein können. Und jetzt rufe ich an, um mich zu entschuldigen. Sie tun ja schließlich auch nur Ihre Arbeit.«

»Vielleicht können Sie das ja bei unserem nächsten Gespräch wettmachen«, bot Nachtigall großzügig an.

Warum rief sie ihn um diese Zeit an? Nur um sich

zu entschuldigen – oder wollte sie ihn einfach nur »anzapfen«?

»Ja, vielleicht«, antwortete sie zögerlich.

Eine Pause entstand. Peter Nachtigall wartete.

»Ich dachte eigentlich, ich könnte Sie vielleicht für meine leichte Kratzbürstigkeit mit einer Einladung zum Abendessen entschädigen. Kennen Sie das ›Roma‹ in der Marktstraße? Um 19:30 Uhr? Ich könnte Ihnen auch noch weitere Informationen über die triebdämpfende Therapie von Herrn Grabert mitbringen. Einverstanden?«, sprudelte sie plötzlich über, wie eine geschüttelte Champagnerflasche nach dem Öffnen.

»Und von mir hätten Sie gerne Informationen über die laufenden Ermittlungen?« Er war froh, dass Frau Dr. Jung sein Grinsen nicht sehen konnte.

»Na, ja – nicht mehr als Sie mir erzählen dürfen«, beeilte sich die Therapeutin zu versichern.

Der Hauptkommissar überlegte kurz. Entweder kochte er für sich allein, oder er würde ohne viel Aufwand ein köstliches Essen genießen können, dazu könnten sich aus dem Gespräch mit Frau Dr. Jung tatsächlich neue Aspekte ergeben. Vielleicht war sie überhaupt eine interessante Gesprächspartnerin – schließlich musste er ja nichts preisgeben, was er nicht wollte und letztlich auch nicht durfte. Kurz entschlossen sagte er zu, setzte den Blinker und nutzte die nächste Querstraße zum Wenden. Zeit zum Umziehen hatte er nicht mehr.

Eine halbe Stunde später saß er ihr im Roma gegenüber. Sie war praktisch nicht geschminkt, fiel ihm auf, nur ein bisschen Wimperntusche, kein Lippenstift, die Haare wirr, eine Strähne fiel immer wieder über ihre Stirn. Die voluminöse Kleidung verbarg ihre Figur komplett, doch

Peter Nachtigall hatte den Eindruck, dass sie athletisch gebaut war. Sie schien überhaupt nur wenig Aufwand zu betreiben, um sich zu stylen. Natur pur um ihre Sportlichkeit zu betonen? War sie eine von den starken Frauen, die sich nicht als »Mogelpackung« geben wollten? Peter Nachtigall war sich da nicht sicher. Auf ihn wirkte sie trotz ihrer Größe irgendwie verletzlich – das liegt an ihren Augen, dachte er, diesen dunklen, tiefgründigen Augen und schalt sich einen Romantiker.

»Sie wollen sich also hier mit mir treffen, um mich über den Stand der Ermittlungen auszuhorchen?«, begann Peter Nachtigall und sah sie nachdenklich, ein wenig tadelnd an.

Zu seiner Überraschung versuchte sie gar nicht erst ihre Absicht zu verstecken.

»Aber ich möchte Ihnen auch was erzählen – über Günter Grabert und seine Therapie zum Beispiel«, sie nickte ihm zu. »Ich habe mit Herrn Grabert gesprochen und er hat mir von ihrem ›Besuch‹ bei ihm erzählt.«

»Ja, ich habe mich mit ihm unterhalten. Er hat mir auch von Androcur und seinen Nebenwirkungen erzählt. Und er hat mir zu verstehen gegeben, dass er nicht so blöd wäre alles, was er schon erreicht hat, aufs Spiel zu setzen. Insbesondere würde er mit Sicherheit nichts unternehmen, was seine Freiheit gefährden könnte. Ach ja – und er hat mir versichert, er hätte auch gar keine Lust mehr irgendwelche Mädchen zu töten«, bot Nachtigall ihr eine Zusammenfassung des Gesprächs an.

Der Kellner trat an ihren Tisch und sie bestellten Gnocchi mit Gorgonzolasoße, einen Salat und eine Flasche Weißwein.

»Na, das ist doch gut.«

»Hören Sie – genau das erzählt mir beinahe jeder. Er war es nicht, würde niemals so etwas tun, hatte noch nie auch nur etwa die Idee zu einem Mord. So ist das immer! Machen wir uns doch nichts vor. Wenn die Täter merken, es wird eng, kommen eben die immergleichen Argumente, weil sie nichts dringender wollen, als ihre Haut zu retten! Ihr Günter Grabert bleibt in unserem Visier. Auf freiem Fuß ist er ja wieder – mehr können Sie von uns erstmal nicht erwarten.«

»Günter Grabert hat vor zwölf Jahren einen Mord begangen.« Sie beugte sich vor und sprach in eindringlichem Ton, als hätte sie Angst, er könne ihr nicht wirklich zuhören. »Das stimmt, und lässt sich nicht mehr rückgängig machen, so sehr der Täter das heute wünschte. Der Richter verurteilte ihn zur Unterbringung im Maßregelvollzug, weil der Gutachter ein deutliches Risiko für eine Wiederholungstat erkennen wollte. Als mir Günter Grabert zugewiesen wurde, hatte ich sofort den Eindruck, er könnte es wirklich schaffen. Er könnte der sein, dem es gelingt seinen Drang zu töten endgültig zu überwinden, seine Affekte unter Kontrolle zu bringen. Er ist entschlossen ein eigenes Leben aufzubauen.«

Ihre Augen leuchteten und Peter Nachtigall registrierte überrascht, wie sich ihr gesamtes Gesicht dadurch veränderte. Die harte Linie um den Mund war verschwunden, die strengen Falten geglättet. Mit einem Mal wirkte sie sehr fraulich, aber auch sensibel. Eine Seite, die sie offensichtlich sonst eher zu verbergen trachtete.

»Ich verstehe nicht, wie Sie sich da so sicher sein können.«

Er probierte von dem trockenen Wein. Über den Rand des Glases warf er ihr einen fragenden Blick zu.

»Verstehen Sie das wirklich nicht? – Hier geht es um Vertrauen. Vertrauen ist die Basis jeder Therapie. Auch wenn Sie zu Ihrem Hausarzt gehen, hat das nur einen Sinn, wenn Sie ihm und seinen Fähigkeiten vertrauen – nur dann werden Sie seine Hinweise beachten und die verordneten Medikamente einnehmen.«

Sie prostete ihm lächelnd zu.

»Und in der Psychotherapie ist Vertrauen noch wichtiger. Nur wenn der Patient dem Therapeuten vertraut, wird er ihn auch in sein Innerstes hineinsehen lassen. Schließlich erzählen Sie nicht jedem X-beliebigen, dass Sie einen Mord begangen haben und warum. Das Besondere an der Beziehung zwischen Günter Grabert und mir ist unser gegenseitiges unbedingtes Vertrauen. Er hat mir wirklich alles erzählt – hat mich teilhaben lassen an seinen Empfindungen bei der grausamen Tat. Er ließ mich seine Befriedigung miterleben und später seinen Ekel und seine Abscheu.«

Sie fing die Augen des Hauptkommissars ein und hielt sie fest.

»Nur weil er mir vertraut, nimmt er Androcur. Nur weil er mir glaubt, es wird ihn ins Leben zurückführen. Ich weiß genau, wie sehr er die Taten von damals bedauert und wie sehr er sich die Freiheit gewünscht hat. Er kann es nicht getan haben – er ist dazu gar nicht mehr fähig.«

»Wenn Sie bei der Kripo wären, würden Sie diese Formulierung nicht so leichtfertig verwenden. In meinem Job sieht man tagtäglich, wozu unscheinbare, unauffällige und von ihren Mitmenschen geschätzte Leute fähig sind! Denken Sie nur an den liebevollen Familienvater, der eines Abends nach Hause kommt und Frau und drei Kinder niedermetzelt – weil er das ewige Gequatsche nicht mehr ertragen kann, nur einfach mal seine Ruhe haben will. Freunde und Nachbarn behaupteten fest, der Vater sei zu einer solchen Tat gar nicht fähig.«

Die unbesehen bestellte Vorspeise entpuppte sich als kleine Pizza, unterteilt in mehrere unterschiedlich belegte Segmente. Der Kellner servierte mit elegantem Schwung und Peter Nachtigall entdeckte auf einem Teil mit Meeresfrüchten einen ganzen Minitintenfisch und erschauerte.

Offenbar hatte sie seinen Blick bemerkt, denn Sie fragte: »Stimmt was nicht mit Ihrer Pizza?«

»Auf meinem Teller befindet sich eine Leiche. Vielleicht sehen Sie besser nicht hin. Hier kommt jede, auch psychologische Hilfe zu spät. – Ich finde es einfach schrecklich, wenn sich so intakte Tiere in meinem Essen finden. Wenn ich zum Beispiel Geschnetzeltes anbrate, kann ich die Pute nicht mehr als solche erkennen. Ich habe schon beruflich so viel mit Tod zu tun, dass ich ihm nicht so unmittelbar beim Abendessen begegnen möchte.«

Angewidert betrachtete er den Tintenfisch und hob ihn dann mit der Gabel etwas an.

Wenn sie lachte, stellte Peter Nachtigall fest, sah sie richtig liebenswert aus. Er entdeckte um ihre Augen und die Lippen einige Lachfältchen, die dem Gesicht viel von seiner sonst abweisenden Strenge nahmen. Ihr leises Lachen klang gluckernd und fast ein bisschen eingerostet – so, als benutze sie es nicht allzu oft.

Etwas überrascht stellte er fest, dass sie ihm gefiel. Ja, dass sie in ihm Gefühle weckte, von denen er glaubte, sie seien ihm nach Birgits Weggang gänzlich abhanden gekommen. Sie ist eine Zeugin in einem Mordfall!, rief er sich unwillig ins Gedächtnis. Aber der würde auch irgendwann abgeschlossen sein, gab eine andere Stimme in seinem Kopf hoffnungsvoll zu bedenken.

Vielleicht gab es im Alltag einer Psychotherapeutin, die sich hauptsächlich mit Sexualstraftätern befasst, nicht viel zu lachen und sie war deshalb ein bisschen aus der Übung. Und plötzlich ertappte er sich bei dem Gedanken an die private Frau Dr. Jung. Gab es wohl einen Partner, Familie?

»Bestimmt wäre es in diesem Fall angemessen, die Beseitigung der sterblichen Überreste der restauranteigenen Fachkraft für derartige Zwischenfälle zu überlassen«, ging sie auf seinen lockeren Ton ein und unterbrach den Fluss seiner abschweifenden Überlegungen.

»Sie waren auf der Beerdigung«, sagte er unvermittelt.

»Ja. Das ist nicht verboten.«

»Nein. Aber es hat mich überrascht.«

»Das verstehe ich nicht. Ich war dort, weil es mich sehr traurig macht, wenn ein so junges Mädchen auf diese Weise sterben muss. Und außerdem muss ich mich Ihnen gegenüber nicht für mein Verhalten rechtfertigen.«

Dabei sah sie so unglücklich aus, dass Nachtigall spontan seine Hand auf die ihre legte. Sie zuckte zusammen und er zog sie schnell zurück.

Wieder breitete sich Schweigen aus, als hätten sie einander beim Naschen verbotener Früchte ertappt. Eine solche Frau ..., dachte er sehnsüchtig.

Die Gnocchi kamen und Peter Nachtigall registrierte den guten Appetit seiner Begleiterin. Die Damen, mit denen er sonst gelegentlich ausging, schienen sich nur vorsichtig und sparsam von Rohkost zu ernähren. Besonders seine Schwester Sabine, die sich seit Kindertagen in permanentem Kampf gegen Pölsterchen und Polster befand, konnte sich immer nur schwer zu einer Bestellung durchringen. Aber auch Jule hatte die Kalorien stets fest im Blick und verdarb ihrem Vater oft genug den Genuss, indem sie ihn mit genauen Angaben zu Fett, Kohlehydraten, Kalorien und dem sportlichem Aufwand zur Verbrennung derselben quälte.

Er wartete. Noch hatte sie nicht wirklich versucht ihn auszufragen. Bestimmt würde sie erst nach dem Essen damit beginnen, wenn die Gnocchi und der Wein für entsprechendes Wohlbehagen sorgten und womöglich seine Polizistenvorsicht einlullten. Uhh, was bist du für ein misstrauischer Kauz geworden, schalt er sich, Polizistenseele durch und durch.

Wenn man mal davon absah, dass sie sich mit diesen Verbrechern beschäftigte und diese auf ihr Gutachten hin von Gerichten auf freien Fuß gesetzt wurden – war sie eine sehr angenehme Gesellschaft. Sie war intelligent, stand mit beiden Beinen im Leben, war durchaus einfühlsam, was ihre Beschreibung der Situation von Günter Grabert bewies. Außerdem sah es so aus, als hielte sie nichts von künstlichem Aufplustern oder dem kosmetischen Beschönigen der Tatsachen.

Verstohlen warf er ihr einen prüfenden Blick zu. Wenn sie schon immer so war, hatte sie es während der Pubertät sicher nicht gerade leicht gehabt.

»Woran denken Sie?«

»An Jule. Meine Tochter«, kriegte er gerade noch die Kurve.

»Wie alt ist Ihre Tochter denn?«

»Gerade achtzehn. Sie steckt mitten im Abitur und

verbringt den heutigen Abend mit einem Freund, den ich nicht einmal kenne.«

»Sie fühlen sich außen vor.«

»Ja – schließlich trage ich die Verantwortung. Und volljährig wird sie erst in ein paar Wochen.«

»Und Sie möchten nur sicher sein, dass es ihr gut geht.«

»Ja, natürlich. Ihre Mutter sieht das alles etwas lockerer. Aber die ist auch nicht hier und muss sich mit Jule auseinander setzen.«

»Sie können ihren Freund nicht leiden – und kennen ihn nicht einmal. Das ist für einen Vater schon schlimm. Plötzlich ist er nicht mehr der wichtigste Mann im Leben seiner Tochter ...«, sie lächelte verständnisvoll.

»Erzählen Sie mir bloß nicht, ich sei eifersüchtig. Das stimmt nämlich nicht! Bei mir kommt nur erschwerend hinzu, dass ich nicht nur Vater, sondern auch noch Polizist bin. Wahrscheinlich keine gute Kombination«, Peter Nachtigall seufzte.

»Ich verstehe schon. Ihr »Besorgnispotenzial« muss ja höher sein als bei anderen.«

»Ja – vermutlich ist es bei Ihnen doch auch nicht anders.«

»Ich bin nicht in dieser Situation.« Sie zeigte mit ausgestrecktem Finger auf sich. »Typischer Fall von arbeitsbesessener, alter Jungfer ohne Anhang.«

Der Kellner brachte ein Dessert. Mousse mit Früchten.

»Du liebe Zeit. Da werde ich aber ganz schön radeln müssen«, lachte Peter Nachtigall und ließ es sich schmecken.

»Wenn mein Patient nicht Ihr Täter ist – werden Sie

doch jetzt den anderen Indizien, die nicht auf ihn weisen, verstärkt nachgehen, nicht wahr?«

Vorsicht! Nachtigalls innere Stimme schreckte ihn aus seiner wohlig entspannten Stimmung auf.

»Ja.«

»Also gibt es auch Hinweise auf einen anderen Täter? Die Presse berichtet zum Beispiel über einen Freund oder Verlobten.«

»Vielleicht.«

»Einsilbigkeit ist auch eine Ihrer Stärken, ja? Ich versuche doch nur Sie davon zu überzeugen auch in jeder anderen Richtung suchen zu müssen!«

Die angenehme Stimmung war jäh verflogen. Warum ärgere ich mich eigentlich so sehr darüber, überlegte der Hauptkommissar und antwortete gereizter, als er es beabsichtigt hatte.

»Ich mache meine Arbeit. Und wenn Sie und Ihre Kollegen Ihre Arbeit auch gut machen würden, hätten diese Täter keine neuen Gelegenheiten zu morden.«

Sie senkte den Kopf und sah stumm auf das Muster der Tischdecke.

Hoffentlich fängt sie jetzt nicht an zu weinen, schuldbewusst zog er ein Taschentuch aus seiner Jacke. Selbst die anderen Gäste schienen die Szene interessiert zu beobachten und Nachtigall fühlte sich unbehaglich.

»Das war ein Schlag unter die Gürtellinie – und das wissen Sie auch.«

Sollten je Tränen in diesen Augen gestanden haben, so war davon jedenfalls nichts mehr zu bemerken. Eher las er Wut oder Enttäuschung in ihrem Blick.

»Ich weiß, ich sollte mich jetzt vielleicht entschuldigen – aber ich suche den Mörder, der zwei junge Frauen umgebracht hat. Der sie kaltblütig erschlagen und dann verstümmelt hat – da fehlt mir wohl ein bisschen die Ruhe zum nonchalanten Plaudern über andere Spuren oder Hinweise auf weitere Verdächtige. – Mal ganz abgesehen davon, dass ich darüber auch gar nicht sprechen darf.«

Sollte sie doch jetzt machen, was sie wollte! Peter Nachtigall war sauer. Er wusste gar nicht, warum er sich so hatte gehen lassen. Vielleicht war im Moment alles ein bisschen viel: dieser verrückte Mörder, Jule und ihr Ich-bin-erwachsen-Verhalten, Tante Erna, eine Schwester, die nicht zu erreichen war und nun Frau Dr. Jung. Er seufzte.

»Ich verstehe das ja. Aber Sie können mir glauben, ich arbeite meine Gutachten sehr sorgfältig aus. Gerade weil ich um meine besondere Verantwortung für die Gesellschaft und meinen Patienten weiß. Gerade weil ich verhindern will, dass ein mordlustiger, psychisch kranker Mensch fahrlässig auf freien Fuß gesetzt wird. Ich könnte doch keine Nacht mehr ruhig schlafen, müsste ich an den Aussagen, die ich in meinen Gutachten getroffen habe, in irgendeiner Form zweifeln! Günter Grabert ist nur noch für sich selbst eine Gefahr, ganz besonders in seinen depressiven Phasen. Er wird niemandem etwas antun. Und nur weil ich mir da sicher bin, steht es so in meinem Gutachten.« Sie sah ihn mit diesem seltsam eindringlichen Ausdruck an, den er nicht richtig deuten konnte.

»Sie machen Ihre Arbeit gut, wollen Sie damit sagen.«

»Wenn Sie es so verstehen wollen, ist es mir auch recht.« Es war besser, das Thema bis auf weiteres fallen zu lassen.

Viel später, als er sie zu ihrem Wagen begleitete und ihre Hand sich bei ihm unterhakte spürte er, er würde es sich nicht verzeihen, sie ernsthaft zu kränken. Seit Langem fühlte er sich mal ausgesprochen wohl in der Gesellschaft einer Frau. Warm verabschiedete er sich von ihr und sie vereinbarten ein weiteres gemeinsames Essen in den nächsten Tagen.

Eigenartig beschwingt und sich selbst ein wenig fremd, fuhr Peter Nachtigall nach Hause und ausnahmsweise hatten seine Gedanken rein gar nichts mit seinem aktuellen Fall zu tun.

Im Flur seiner Wohnung traf er überraschend auf Jule und ihren Freund, die gerade zur Disco aufbrechen wollten.

Wie eine junge Dame sah sie aus, musste der Hauptkommissar anerkennend zugeben. Mit seinem kleinen Mädchen hatte diese elegant gekleidete und zurechtgemachte Frau nicht mehr viel gemein. Offenbar war sie ihrem Freund zuliebe bereit gewesen die grellbunten Punkerklamotten im Schrank zu lassen. Statt einer Jeans mit eingeschnittenen Schlitzen, einem bunten Ringelpulli, Ringelsocken und zwei verschiedenen Turnschuhen trug sie jetzt einen dunklen, langen Cordrock, hochhackige Schuhe, eine weiße Bluse und selbst die hochgesteckten Haare glänzten golden. Da musste wohl ein Friseur beim Übertünchen der aschroten Farbe vom Morgen behilflich gewesen sein.

»Wie gut, dass du gerade kommst. Da kann ich dir meinen Freund vorstellen und du wirst sehen, dass du dir um mich keine Gedanken machen musst. Dies ist EM. Er wohnt in Berlin, hat Psychologie studiert und ist außerordentlich höflich und charmant.«

Dabei strahlte sie den jungen Mann verliebt an.

Vater und Freund standen sich schweigend gegenüber und taxierten sich von Kopf bis Fuß, wie zwei Kampfhunde vor dem ersten Biss. Peter Nachtigall war sich schmerzlich bewusst, dass er bei diesem direkten Vergleich nicht gut abschneiden konnte. Nach den letzten Tagen mit viel Tod und wenig Schlaf sah er nicht gerade ansprechend aus. Er hatte die dicken, dunklen Ringe unter seinen Augen beim Einsteigen in sein Auto auch bemerkt, er wusste, er wirkte nach einem langen Arbeitstag und trotz des schönen Abends nicht mehr frisch, jugendlich oder dynamisch. Den Vergleich mit dem schicken Yuppie an der Seite seiner Tochter, der in einem modernen Anzug steckte und dessen Schuhe nicht nur glänzten, sondern fast schon funkelten, konnte er nicht wagen. Also nickte er ihm nur zu. Ohne Lächeln.

Artig streckte der junge Mann die Hand aus und Peter Nachtigall, dem an diesem Abend nicht mehr nach Streiten zumute war, schlug ein.

»Passen Sie gut auf meine Kleine auf«, hatte er wirklich diesen abgedroschenen Satz verwendet? Wie peinlich. Das lag wohl an dem guten italienischen Wein, dachte er müde und schloss die Tür hinter den beiden.

Eine ausgiebige Dusche würde den Ärger des Tages wegspülen und mit ein bisschen Glück würde er wohl auch mal eine Nacht durchschlafen können. Er fühlte sich zerschlagen und als er etwas später in seinem Bett lag, kreisten seine Gedanken doch wieder um die Morde, die er so schnell wie möglich aufklären musste.

Kurz vor dem Einschlafen lachte er noch trocken auf und amüsierte sich über den Hang der Menschen zu eigentümlichen Modenamen. Was für ein Paar: Jule und EM. Hatte er heute nicht schon einmal so einen ungewöhnlichen Namen gehört? War wohl große Mode im Moment.

Als er mitten in der Nacht schweißgebadet hoch schreckte, brauchte er einige Minuten um Puls und Atmung wieder unter Kontrolle zu bringen. Dann versuchte er den letzten Gedanken des blutigen Traums zurückzudenken, sich wie an einem dünnen Faden wieder in seine Albtraumwelt hinein zu hangeln. Als ihm das gelungen war, fuhr er sich mit den Händen durchs Gesicht, stand leise auf und ging ins Bad um die Schlafreste mit viel kaltem Wasser wegzuspülen.

Als er danach an seinem Schreibtisch saß und sich sein bleiches Gesicht in der schwarzen Scheibe spiegelte ahnte er, dass sie ganz von vorne würden beginnen müssen, sollten sich die Bilder aus seinem Traum bestätigen.

Die Opfer hatten den Täter nicht gekannt, nicht einmal von seiner Existenz etwas geahnt. Er suchte, jagte und schlug zu. Er konnte überall sein, hatte kein Gesicht. Und sie wussten nicht einmal, wie sein Spiel funktionierte.

Ein beunruhigender Satz von Frau Dr. Jung fiel ihm wieder ein: Konnte es sein, dass der Täter in Wahrheit eine Täterin war?

30

8. November

Beim Frühstück traf Peter Nachtigall unerwartet erneut auf den Freund seiner Tochter. Frisch geduscht, rasiert, mit sauberem Hemd und neuer Jeans, fühlte er sich nicht mehr ganz so unterlegen wie letzte Nacht – dennoch musste er zugeben, dass der andere gar nicht schlecht aussah, vorausgesetzt man stand auf lackierte Typen mit sorgfältig manikürten Händen. Sein Urteil jedenfalls stand fest: Unerträglich arrogant und affektiert! Hoffentlich würde das jetzt nicht zur Regel – er hatte kein Bedürfnis danach nun jeden Morgen in dieser Gesellschaft in den Tag starten zu müssen.

Jule hatte Kaffee gemacht und erklärte fröhlich, sie hätten der Einfachheit halber beschlossen gleich hier zu übernachten, und nicht erst noch ins Hotel zu fahren. Das verstehe er doch sicher, meinte sie und drückte ihm – völlig untypisch – einen Gutenmorgenkuss auf die Wange.

Etwas versöhnt beschloss Peter Nachtigall gute Miene zum bösen Spiel zu machen. Jule sollte keinen Grund haben ihn später als grenzenlos spießig bezeichnen zu können. Er gab sich betont liberal und aufgeschlossen – gut, räumte er später sich selbst gegenüber ein – vielleicht ein wenig verkrampft, aber das war ja wohl in Anbetracht der Situation erlaubt.

Sie unterhielten sich gebildet und informiert über Politik im Allgemeinen und im Besonderen, den allgegenwärtigen Tod im Irak und den Geisteszustand des amerikanischen Präsidenten – alles in allem ein gelungenes Frühstück.

Dann überließ er die beiden sich selbst, nahm im Rausgehen die Zeitung aus dem Briefkasten und machte sich im nassen Grau auf den Weg zu seinem Auto.

Schwungvoll schleuderte er die Zeitung auf den Beifahrersitz, wo sie sich Stück für Stück entfaltete und schließlich den roten Aufmacher des Tages freigab.

Ächzend ließ Peter Nachtigall sich in sein Auto fallen und griff wie betäubt nach der Schlagzeile.

»Panik in Cottbus! Serientäter verbreitet Angst und Schrecken!«, stand da und etwas kleiner darunter: fragwürdige Polizeiermittlungen. Kurz vor dem zweiten bestialischen Mord innerhalb von nur wenigen Tagen, wurde der Sexualstraftäter Günter B. von der Polizei wieder auf freien Fuß gesetzt. Hat er danach die Tat begangen?

»Scheiße, Scheiße, Scheiße!« Peter Nachtigall schlug wütend mit der flachen Hand auf das Lenkrad ein, bis es schmerzte.

»Das gibt's doch gar nicht!«

Er überflog den Artikel. Sogar der Name Günter G. war wieder aufgetaucht. Wusste jemand außerhalb der Polizei von den Verdachtsmomenten, die auf einen Serientäter schließen ließen, oder hatte sich der Journalist das zusammengereimt?

Die ganze Fahrt über schimpfte er laut vor sich hin, was andere Autofahrer zu besorgten Blicken in seine Richtung veranlasste – doch davon bemerkte er nichts.

Albrecht Skorubski und Michael Wiener warteten schon im Büro, verärgert über den Artikel, der nur wenig Informationen aber jede Menge Stimmungsmache enthielt. Ratlosigkeit auf allen Gesichtern – wie sollten sie nun vorgehen? Dementieren konnten sie schließlich auch nicht. Am Telefon auf Nachtigall Schreibtisch klebte ein leuchtend roter Merkzettel, der ihn darüber informierte, Herr Dr. März wünsche seinen sofortigen Rückruf.

Na, der Tag fängt ja mal wirklich rundum gut an, dachte Nachtigall zynisch. Aber, so tröstete er sich, viel mehr konnte dann ja auch nicht mehr nachkommen.

Aber in der Beziehung täuschte sich der Hauptkommissar gründlich.

31

Im Besprechungsraum hatte Michael Wiener Tatortfotos an der großen Pinnwand befestigt. Ein Flipchart stand bereit und Kaffeeduft zog vom Nebenzimmer herein.

Dr. Pankratz wartete bereits, blätterte in einer mitgebrachten Akte und machte sich mit einem grünen Stift Notizen.

Peter Nachtigall und sein Team setzten sich ebenfalls um den großen Tisch.

»Mann, warum ist das nur immer so kalt hier?« Michael Wiener rieb sich die Oberarme und verzog das Gesicht.

»Hier wird nur bei Bedarf geheizt.«

Die scharfe Erwiderung kam von Dr. März, der mit dem Mitarbeiter des LKA zu ihnen stieß.

Mit einem Geräusch, das an das Entweichen von Luft aus einem Fahrradreifen erinnerte, lehnte sich Peter Nachtigall zurück und verschränkte die Arme vor seiner Brust.

Der Fachmann aus Berlin war der arrogante Schnösel an der Seite seiner Tochter! Das konnte doch nicht wahr sein!

»Ich möchte hier niemanden damit langweilen, dass ich nun einen Vortrag über die Methoden meines Fachgebiets halte, sondern gleich in den aktuellen Fall einsteigen.« Er pinnte ein Pappschild mit seinem Namen an die Stellwand: Dr. Emile Couvier. »Die Tatorte habe ich schon eingehend untersucht und mich mit den Bedingungen dort vertraut gemacht. Auch mit Ihrem Gerichtsmediziner habe ich schon gesprochen«, er nickte Dr. Pankratz zu.

»Die Frage, ob die Mädchen versucht hatten dem Täter zu entkommen, wurde von den Mitarbeitern der Spurensicherung verneint. Sie haben also beide nichts von der drohenden Gefahr geahnt.«

»Ja. Es gab auch bei der Obduktion der Opfer keinen Hinweis darauf, dass sie sich etwa gewehrt hätten.«

»Das erste Opfer fuhr regelmäßig mit der Straßenbahn. Möglicherweise hat der Täter sie schon einige Zeit lang beobachtet. Gibt es Hinweise am Tatort, die uns vermuten lassen könnten, er habe sie gekannt?« fragte der junge Mann in die Runde.

»Er hat sie doch immerhin recht liebevoll auf dieses Reisigbett gelegt und sogar mit Moos zugedeckt. Vielleicht tat es ihm ja sogar leid, was er getan hatte.« Michael Wiener hatte sich offensichtlich durch einschlägige Literatur kundig gemacht, registrierte Nachtigall erfreut.

»Mörder decken eine Leiche aus den unterschiedlichsten Gründen zu. Es muss nicht unbedingt etwas mit Sympathie zu tun haben – aber denkbar ist es natürlich.«

»Er hat seine Opfer grausig verstümmelt – das ist doch wohl nicht gerade ein Zeichen von Sympathie!«, fuhr Albrecht Skorubski dazwischen.

»Lassen Sie uns erst einmal trennen, welches Verhalten für die Tat notwendig war und was der Mörder darüber hinaus unternommen hat, um den Ort zu verändern«, forderte der Psychologe und stellte sich an den Flipchart.

»Das haben wir schon getan«, Nachtigall wollte keine Zeit verlieren. Er gab Michael Wiener ein Zeichen ihre Aufstellung aus dem Büro zu holen.

»Wir wissen auch schon, dass er den Tatort nach dem Opfer wählt. Demnach muss sein zweites Opfer irgendetwas mit dem Park oder mit Branitz zu tun haben«, erklärte er weiter. »Ich habe eine Streife losgeschickt, die bei allen Familien nachfragt, die eine Tochter im entsprechenden Alter haben. Das sind nur vier. Vielleicht haben die nur noch nichts gemerkt. Meine Tochter übernachtet doch auch manchmal bei einer Freundin.«

»Wie sind Sie darauf gekommen, dass das Opfer den Tatort bedingt?«

»Der erste Tatort war nicht unter Aspekten der Sicherheit des Täters ausgewählt worden. Er ging ein hohes Risiko ein, entdeckt zu werden. Aber vielleicht war es die einzige Stelle, an der er sie überhaupt überwältigen konnte. Wir gehen davon aus, dass er sein Opfer schon ausgewählt hatte, sie vielleicht schon ein paar Tage beschattete, um sie dann dort zu töten.«

»Der Täter könnte auf sie gewartet haben. Er hatte sie ausspioniert und lauerte direkt auf ihrem Heimweg. Als sie vorbeikam, sprang er hinter ihr auf den Weg und erschlug sie mit dem Stein, bevor sie überhaupt bemerkte, was passierte«, gab Emile Couvier zu bedenken.

»Nein«, Dr. Pankratz legte seinen Stift beiseite. »Erstens liegen die Häuser zu nah. Er wäre von einem Spaziergänger aufgestöbert worden, wenn er dort lange gelauert hätte. Und zweitens traf der Schlag beide Opfer mit großer Wucht an der linken Schläfe. Hinter ihr kann er nur gestanden haben, wenn er Linkshänder ist, ansonsten muss sie sich auf jeden Fall zu ihm umgedreht haben. Auch die Schnittführung bei den Amputationen deutet auf einen Rechtshänder. Möglicherweise hat er sein Opfer angesprochen – nach dem Weg gefragt oder der Uhrzeit.«

»Manche Linkshänder wurden früher umtrainiert. Man hielt es für ein Fehlverhalten«, warf Dr. März ein.

»Das würde aber bedeuten, dass unser Täter bereits um die fünfzig ist. Denn neuere Erkenntnisse sprachen dagegen, die Kinder auf rechts umzutrainieren.«

»Damit scheiden dann praktisch alle Verdächtigen aus. Wir gehen also von einem Rechtshänder aus.« stellte Albrecht Skorubski trocken fest.

Dr. Emile Couvier nickte zögernd.

»Es war für den Täter offensichtlich von großer Bedeutung seine Opfer gleich mit dem ersten Schlag zu töten. Nun, vielleicht weil sie den Täter kannten. Das würde bedeuten, wir suchen nach einer Person, die mit beiden Frauen in Verbindung stand.«

»Wenn er von Anfang an geplant hatte sie umzubringen, konnte es ihm doch gleichgültig sein, ob sie ihn erkannte oder nicht«, murrte Albrecht Skorubski.

»Oder er wollte nur sicher gehen, dass ihr Schreien niemanden alarmiert.« Dr. März wies auf die Fotos vom ersten Tatort.

Nachtigall schnaubte ungeduldig.

»Vielleicht aber auch, weil er Angst hatte, sonst nicht Herr der Lage bleiben zu können. Angenommen wir suchen keinen Mann, sondern eine Frau. Sie hätte sicherstellen müssen, dass keine Gegenwehr mehr erfolgen kann, der sie nicht gewachsen ist. Und die beiden

Opfer waren jung und durchaus sportlich genug um sich ernsthaft zu wehren.«

»Tja, nur kommt eine Frau für diese Morde nicht in Betracht. Frauen morden anders. Sie verwenden Gift oder Tabletten. Außerdem hat der Täter seine Opfer jeweils ein Stück weit getragen. Das schafft eine Frau nicht. Wir suchen einen Mann, groß, sportlich«, stellte Dr. März klar.

»Und welches Motiv wollten wir auch annehmen, wenn der Täter eine Frau wäre?«, fragte Dr. Pankratz.

»Tja, ich weiß noch nicht. Eifersucht, Fanatismus. Aber ich gebe zu, dass ich nicht sehe, wie eine Frau das Opfer hätte tragen sollen und ein plausibles Motiv erkenne ich auch nicht. Dennoch: Wir sollten diesen Gedanken nicht ganz außen vorlassen«, mahnte Nachtigall.

»Tun Sie, was Sie nicht lassen können!«, antwortete Dr. März und wedelte dabei mit der Hand, als wolle er weitere unliebsame Kommentare in die Flucht schlagen.

Als sie nach zwei Stunden eine Pause einlegten, waren viele Seiten beschrieben, aber der Täter noch genauso wenig greifbar wie am Morgen.

»Was haben wir?«, fragte Peter Nachtigall wie immer.

»Im Glad- House war sie unbekannt«, antwortete Michael Wiener.

»Ich habe hier den Bericht der Streife: Negativ in Mäxx und Lollipop.«

»Im UCI konnten sie mir auch nur sagen, dass ihnen das Mädchen aufgefallen war – aber an welchem Tag genau, daran konnten sie sich nicht erinnern und auch nicht daran, ob sie alleine oder in Begleitung war.«

»Schon was aus dem Labor?«

»Nein. Aber ich könnte nachher noch mal vorbeischauen und nachfragen«, bot Michael Wiener an.

Nachtigalls Handy klingelte.

»Wir haben das Mädchen identifiziert. Es handelt sich wohl mit großer Sicherheit um eine Jana Neumann, Friseurlehrling. Ihre Eltern haben angenommen sie sei bei einer Arbeitskollegin um sich auf die Prüfung vorzubereiten. Wir haben dort nachgefragt, doch die beiden Damen hatten sich gestritten und so war nicht sicher, ob Jana, nachdem sie zur Tür rausgestürmt war, wieder zu ihr zurückkäme. Sie hat sich auch keine Sorgen gemacht und ging davon aus, Jana sei zu ihren Eltern gefahren«, berichtete ein Kollege.

»Das habt ihr prima hingekriegt. Bringt die Eltern mit. Die sollen einen Blick auf das Opfer werfen. Und ich brauche noch den Namen und die Adresse von dieser Kollegin.«

Eine Stunde später hatten die Eltern ihre Tochter identifiziert. Es handelte sich tatsächlich um die neunzehnjährige Jana Neumann, die in einem Friseursalon in der Bahnhofstraße ihre Ausbildung gemacht hatte.

Peter Nachtigall saß im Büro und machte sich Notizen zu dem Gespräch, das er gerade mit Sylvia Klaus geführt hatte. Die beiden jungen Damen wollten ursprünglich für die Zwischenprüfung büffeln, doch dann hatten sie sich gestritten. Es sei um einen jungen Mann gegangen, der Kunde bei ihnen im Salon war. Ein Wort habe dabei das andere ergeben und auf einmal sei Jana wutschnaubend aus der Tür gestürmt. Sybille hatte angenommen, sie sei nach Hause gefahren. Davon, dass sie vorhatte ins Kino zu gehen, hätte Jana nichts gesagt. Dazu müsse sie sich spontan entschlossen haben.

War ihr Täter doch nach dem Zufallsprinzip vorgegangen? Hatte er seine Opfer doch nicht beschattet – ging seine Planung nicht so weit, wie sie gedacht hatten? Schließlich konnte er ja auch nichts von Janas überraschendem Kinobesuch gewusst haben. Oder sollte sie ihren Mörder selbst informiert haben – über Handy? Hatte sie ihn gekannt?

»Ich brauche die Liste der Telefonverbindungen von Jana Neumanns Mobiltelefon!«

Michael Wiener nickte.

»Ich kümmere mich drum.«

Nachtigalls Handy klingelte.

»Ja. Pankratz. Das Haar, das wir gefunden haben stammt von einem Mann. Mehr lässt sich bisher nicht sagen. Es handelt sich nach Auskunft der Kollegen um Schamhaar.«

Nachtigall steckte das Telefon wieder ein. Ein männliches Schamhaar. Also doch. Irgendwie war er froh sich von dem beunruhigenden Bild einer brutal mordenden Frau verabschieden zu können.

32

9. November

Ich sehe mich lange um. Die Spreegalerie ist bei diesem grauen und nasskalten Wetter ein beliebter Treffpunkt für die Jugendlichen der Stadt. Immerhin ist es hier trocken und relativ warm, bequeme Bänke laden dazu ein sich zu setzen und ins Gespräch mit anderen vertieft, entspannt zu trinken und zu rauchen. Die eine Bank wird von einer Gruppe Hopper okkupiert, um die Ecke treffen sich Skins. Schwarz gekleidete Mitarbeiter eines Wachdienstes, muskelbepackt und allen körperlichen Herausforderungen gewachsen, behalten die Grüppchen scharf im Auge. Überhaupt scheint jeder jeden irgendwie im Auge zu behalten: Ein Serientäter geht um in der Stadt! Rettet eure Töchter oder ihr werdet sie verlieren!

Stolze Mamis schieben ihre Babys in Kinderwagen durch die Passage. Andere bummeln an den Schaufenstern vorbei, gestresste Hausfrauen hasten mit dem Rollband in die untere Etage, um schnell das Fehlende fürs Abendessen einzukaufen. Es ist erst kurz nach vier Uhr und draußen doch schon stockdunkel. Das gleichmäßige Rauschen des Regens erfüllt die gesamte Passage und sorgt so für ein beinahe anheimelndes Hintergrundgeräusch, das die Gespräche abpuffert und das Rattern der Rolltreppe dämpft.

Gerade als ich schon aufgeben will, sehe ich sie in einem der Sportgeschäfte an der Kasse stehen. Freundlich spricht sie mit der Kassiererin und ihr helles Lachen ist bis in die Galerie zu hören.

Irgendwie kommt sie mir heute kleiner vor als sonst. Aber das könnte auch an mir liegen. Mein Auftrag sorgt dafür, dass sich mein Körper strafft und die freudige Erwartung seiner Erfüllung lässt mich wohl größer erscheinen. Schließlich bin ich das Schicksal – oder vielleicht eher Gott – und sie wird mir bei der Rettung als Gehilfe dienen.

Heute trägt sie ihr blondes Haar hoch gesteckt. Die locker von Klammern gehaltenen Strähnen kringeln sich am Hinterkopf und einzelne Locken umschmeicheln ihr engelhaftes Gesicht, lassen ihre Züge noch weicher und liebreizender erscheinen.

Wie schon bei unseren letzten »zufälligen« Begegnungen ist sie gekonnt geschminkt. Ihre Augen wirkten durch das Umranden mit weißem Kajal größer, offener und für die Betonung von Wangen und Lippen hat sie einen zarten Roséton gewählt. Eingehüllt von ihrem betörenden Duft folge ich ihr.

Eine Gruppe Heranwachsender kommt uns entgegen. Sie bleiben stehen und mustern sie unverhohlen. Einige pfeifen ihr hinterher. Scheinbar ungerührt geht sie weiter, ohne die Gruppe nur eines Blickes zu würdigen.

Aber mir fällt sofort auf, wie sehr ihr der Pfiff gefallen hatte. Es ist, als beginne sie leicht zu schweben und ihre Hüfte schwingt noch deutlicher bei jedem Schritt. Vor der Glastür holt uns das schlechte Wetter ein. Der Wind zerrt an ihrer Kleidung und sie muss ihren Schirm aufspannen, um einigermaßen trocken die Straßenbahnhaltestelle zu erreichen. Ich lasse mir Zeit. Beobachte, wie sie sich zu den anderen Menschen unter das kleine Dach drängt. Gleich werden wir nach Sandow fahren und sie wird noch viel Zeit mit mir verbringen – nur mit mir.

Voll gespannter Erwartung und Vorfreude zittern meine Hände. Ich schiebe sie tief in die Manteltaschen und ertaste dort mit fliegenden Fingern all meine Helfer.

Mein Atem geht viel zu schnell. So, als wäre ich gerannt. Das ist auffällig, denn bei jedem Ausatmen entsteht eine kleine Wolke und ich stehe im Dunst wie eine alte Lokomotive.

Um nicht aufzufallen, ziehe ich meine Hände wieder aus den Taschen und blase die Atemluft hinein, als friere ich. Ein rascher Blick in die Umgebung zeigt mir die Unsinnigkeit meiner Besorgnis. Es ist Feierabendzeit – keiner der anderen Fahrgäste nimmt überhaupt Notiz von mir. Umso besser!

Die Bahn biegt leise quietschend in die Haltestelle ein und im allgemeinen Gewühl beim Einsteigen hätte ich meine Schöne mit beiden Händen berühren können, ohne irgendein Aufsehen zu erregen!

Die Anonymität der Großstadt hat eben auch ihre Vorteile. Ich bin entschlossen, sie für meine Zwecke zu nutzen.

33

Der Täter hatte den Körper auch diesmal wieder aufgebahrt.

Wie bei den anderen Opfern hatte er die junge Frau auf ein Reisigbett gelegt und ihren geschundenen Körper mit Moos bedeckt.

Hilflos starrte Peter Nachtigall auf die zerstörte Hülle, die bis vor ein paar Stunden eine sicher lebenslustige und fröhliche junge Frau gewesen war.

Die amputierten Brüste hingen im BH im Geäst des Busches, unter dem sie gefunden wurde, der Täter hatte ihr Gesicht bis zur Unkenntlichkeit zerschnitten, Lippen und Nase abgetrennt, die Haare abgeschnitten.

Milchig trübe Augen starrten den Hauptkommissar an – wie es ihm schien – voller Anklage.

»Was hat er mit ihren Augen gemacht?«

»Ich weiß nicht. Dr. Pankratz wird das bei der Obduktion klären können«, antwortete Skorubski.

»Was kann ich klären?«

Die hagere Gestalt des Gerichtsmediziners kam aus dem Unterholz auf sie zu.

»Die Augen.«

»Tja. Säure oder Lauge. Ich tippe auf Lauge. Er hat ihr die Flüssigkeit direkt in die Augen geträufelt. Die Haut im Augenbereich ist kaum in Mitleidenschaft gezogen worden.«

»Aha.«

»Ich nehme an, es handelt sich um denselben Täter. Wahrscheinlich hat er auch dasselbe Messer verwendet. Und wieder hat er sein Opfer niedergeschlagen. Sehen Sie?«

Er wies auf eine große Verletzung an der Schläfe.

»Die Auszackungen am Wundrand im Amputationsbereich sehen denen ähnlich, die wir schon kennen.«

Wieder fuhr der behandschuhte Finger in Richtung des toten Körpers und deutete die schwungvollen Bewegungen eines imaginären Messers an.

»Ich würde fast sagen: Es gibt keinen Zweifel.«

Mit diesen Worten schob er das Moos von ihrem linken Fuß und legte die Lücke zwischen den Zehen frei.

»Scheiße!«, fluchte Skorubski.

»Vielleicht – vielleicht aber auch nicht«, stellte Dr. Pankratz kryptisch fest.

Nachtigall starrte ihn entgeistert an.

»Na, ja. Wenn es nicht derselbe Täter wäre, würde das bedeuten, dass ihr zwei von der Sorte finden müsst. Da ist es doch besser zu wissen, es gibt nur einen von dem Kaliber, oder?«

»Unser Profiler schon da?«

»Ja. Er schnüffelt wie ein Hund über den Waldboden und versucht Witterung aufzunehmen. Hoffentlich ergibt sich bald was Konkretes.« Michael Wiener klang allerdings nicht so, als glaube er, seine Hoffnung könne sich bald erfüllen.

»So. Ich nehme sie jetzt mit. Obduktion mache ich sofort und den ersten Bericht habt ihr auch noch heute.«

Er winkte zwei Männer heran, die unauffällig etwas abseits gewartet hatten. Sie brachten einen Leichensack und den Zinksarg.

»Ruft mich an, falls ihr heute noch ein Meeting habt. Ich komme gerne dazu.«

»Wer hat die Tote gefunden?« Peter Nachtigall hörte selbst, dass seine Stimme zu laut war. Vielleicht um sich und den anderen das Gefühl zu geben, er wisse, was nun zu tun sei. Doch, gestand er sich zögerlich ein, genau davon war er Lichtjahre entfernt. Schlimmer noch, er hatte fast den Eindruck dazu verdammt zu sein, diesem kaltblütigen Mörder zusehen zu müssen, ohne ihn an seinen Gräueltaten hindern zu können.

Skorubski winkte einen jungen Mann im Laufdress heran.

»Dieser Jogger hat sie gefunden.«

Aufmunternd nickte Nachtigall dem Freizeitsportler zu.

»Ja. Jörg Thalheim. Ich trainiere hier jeden Abend. Ist meine Strecke. Und als ich vorhin meinen Schuh neu binden musste, habe ich bemerkt, dass da in dem Dickicht etwas verändert war. Gestern war dieser Hügel definitiv noch nicht da. Also habe ich rübergeleuchtet. Und als ich noch immer nichts erkennen konnte, habe ich eben nachgesehen.«

»Wann genau war das?«

»Kurz vor halb fünf. Aber es war schon stockdunkel.«

»Aber angefasst haben Sie nichts, oder?«

»Ich sehe auch ab und an fern. Ich habe die 112 verständigt.«

Kennen Sie die junge Frau, wollte Peter Nachtigall fragen, doch er ließ es sein. Niemand konnte da noch etwas erkennen.

»Ist Ihnen jemand im Park aufgefallen, der sich irgendwie seltsam benommen hat – oder auffällig?«

»Nein«, antwortete Jörg Thalheim und runzelte nachdenklich die Stirn: »Ich habe nur eine Frau allein durch den Park gehen sehen. Fand ich mutig. Ansonsten nur ein paar ganz normale Luftschnapper.«

Mutig oder leichtsinnig, überlegte Nachtigall. Es klang falsch in seinen Ohren, wie der junge Mann von dieser Frau sprach. Dieser Schlächter verändert unsere Gewohnheiten und Sichtweisen, dachte er wütend, wir finden es schon wieder bemerkenswert, wenn Frauen allein unterwegs sind! Wie zu Beginn des neunzehnten Jahrhunderts!

»Ist es nicht gefährlich im Dunkeln zu joggen?«

»Och – ich kenne hier jeden Stein, jede Wurzel, jedes Loch. Und meine Stirnlampe beleuchtet den Weg vor meinen Füßen völlig ausreichend, sodass ich ein unerwartetes Hindernis wahrscheinlich entdecken würde, bevor ich darüber stürze.«

»Woran haben Sie eigentlich gesehen, dass die Frau unter dem Busch nicht mehr lebt?«

Jörg Thalheim machte eine unbestimmte Geste, die seinen Körper umfasste und keuchte:

»Na, das ist vielleicht eine Frage.«

34

Wieder hatte eine dieser Puppen neben dem Opfer gelegen. Der Täter hatte sich allerdings nicht, wie bisher, darauf beschränkt Körperteile zu markieren oder dicke Striche durch das Gesicht zu ziehen – diesmal hatte er dem plastilinen Schönheitsideal auch die Hände amputiert. Nach den ersten Ergebnissen aus dem Labor hatte er dazu das gleiche Messer verwendet, wie für die Verstümmelungen an seinen früheren Opfern.

Peter Nachtigall starrte auf die Reihe von Puppen auf dem Regal unter dem Fenster. Drei tote Mädchen – drei Puppen. So wie die Taten selbst eskaliert waren, so sah man auch den Barbies eine Steigerung der Zerstörungswut an. Es reichte ihm nicht mehr, seine Opfer zu töten, die Brüste zu entfernen und die Haare abzuschneiden. Inzwischen zerstörte er ihre gesamte Identität. Er zerschnitt die Gesichter und trübte ihre Augen mit Lauge – und vor dem Abtrennen von Extremitäten schreckte er auch nicht mehr zurück, ein Zeh schien nicht mehr genug zu sein.

Was mochte diesem Täter widerfahren sein, der Frauen so sehr hasste, dass er ihnen das antat? Nachtigall grunzte unzufrieden. Wenn er diese Frage beantworten könnte, hätte er endlich einen konkreten Ansatz für seine Ermittlungen!

Von draußen drang das ewige Telefonklingeln in sein Büro, das die gesamte Polizei seit Tagen auf Trab hielt. Es stand kaum mal fünf Minuten still. Besorgte Mütter riefen an, wenn ihre Töchter sich verspäteten, wollten sie sofort vermisst melden, fragten nach, ob wohl wieder eine Leiche gefunden worden sei – nur um dann kurze Zeit später die gesunde Heimkehr des Mädchens zu melden. Nachtigall konnte diese Besorgnis zwar verstehen, aber sie band die Kräfte seiner Kollegen an der falschen Stelle.

Andere riefen an, um verdächtige Personen zu melden, die im Wald umherschlichen und sicher nichts Gutes im Schilde führten. Jedes Mal rückte eine Streife aus – traf aber in der Regel nur auf harmlose Spaziergänger, einzelne, abgehärtete Liebespärchen oder selbst ernannte Druiden, die irgendwelche Kräuter suchten, die man zu bestimmten Tageszeiten sammeln musste. Er hatte gar nicht gewusst, dass so spät im Jahr überhaupt noch etwas wuchs.

Die Tür öffnete sich und Emile Couvier steckte seinen Kopf herein.

»Ist es gestattet?«

Peter Nachtigall nickte gleichgültig.

»Eine Galerie des Schreckens, nicht wahr?«, bemerkte der forensische Psychologe und zeigte auf die Puppen.

»Ja.«

»Gerade den sadistischen Tätern ist oft völlig gleichgültig, wer ihr Opfer ist. Sie wählen es aus und töten es. Die Kriterien sind für uns meist erst rückbezüglich zu erkennen – wie zum Beispiel die Art eines Menschen zu lachen, oder sich die Brille auf der Nase zurechtzurücken. Wenn es dagegen die Haarfarbe ist oder die Körpergröße – oder auch der Beruf, können wir die Gemeinsamkeit schneller erkennen. Manche töten nur Zahnärzte oder nur Prostituierte.«

»Ja.«

»Bei der Untersuchung der Vergleichsfälle habe ich viele Täter mit gestörter Mutter-Sohn-Beziehung gefunden. Eine kalte, lieblose Mutter, die ihren Sohn vielleicht nicht annehmen konnte – in einem Fall, weil sie glaubte, er habe ein Intelligenzdefizit. Sie hatte ihn als Baby fallen lassen und gab sich wohl die Schuld an seiner verzögerten Entwicklung und verstieß ihn wegen seiner Andersartigkeit. – Gar nicht so weit entfernt vom Verhalten wilder Tiere, nicht?«

»Hmm.«

»Der Sohn wiederum glaubte, seine Mutter habe ihn womöglich mit Absicht fallen lassen – und er hasste sie dafür. Seine Opfer mussten sterben, weil sie sich nicht für ihn interessierten. Er glaubte, ihr Desinteresse habe seine Ursache in einem von ihnen vermuteten Intelligenzdefizit – und daran war wiederum seine Mutter schuld. Ein Teufelskreis.«

»Warum hat ihm dann nicht ein Mord genügt?«

»Oh, Sie hören ja doch zu! Weil er nicht das Mädchen, sondern seine Fantasie töten muss. Und das in jedem jungen Mädchen, das die Assoziation herbeiführt. Wodurch auch immer.«

»Warum wird er nie fertig? Es ist doch unwahrscheinlich, dass er stets kurz vor – bevor er fertig war – gestört wurde.«

Nachtigalls Blick streifte das Fenster. Es war schon wieder dunkel draußen. Der November war wirklich der ideale Monat für solch eine Mordserie – die Leute hielten sich nicht gerne im Freien auf und die frühe Dunkelheit erleichterte es dem Täter unerkannt zu entkommen.

»Er ist vielleicht ein Typ, der sich grundsätzlich zu viel vornimmt und dann scheitert. Dieses Erlebnis des Scheiterns könnte er wieder den Frauen anlasten und so würde es sich problemlos in seine verworrene Welt einordnen lassen. Letztlich bleibt er vielleicht in jeder Beziehung unbefriedigt – Spermaspuren haben wir ja auch bei keinem der Opfer finden können.«

Peter Nachtigall starrte die Puppen an.

»Und der Apfel?«

»Der Apfel ist bestimmt sein stärkstes Symbol. Er will uns mit all seinen Aktionen etwas mitteilen – wir können ihn nur noch nicht verstehen. Und der Apfel steht bestimmt für Fruchtbarkeit. Das würde auch zum bisherigen Profil passen – er hält seine fruchtbare Mutter für schuldig an seinem Schicksal – er ist die Frucht aus ihrem Leib.«

Peter Nachtigall wiegte den Kopf.

Die Puppe war der Plan, dem der Täter folgte.

Ihm grauste.

Er sah plötzlich einen Mann vor sich, der am Frühstückstisch saß, eine Tasse dampfenden Kaffee neben sich, der entschlossen mit einer stumpfen Schere die Haare der Puppe abschnitt, die er in der Hand hielt. Die Strähnen fielen neben seinen Teller, auf dem ein frisches Brötchen mit Marmelade wartete. Die Tageszeitung lag aufgeschlagen daneben und während der Mörder die Schlagzeilen studierte, die sich im Misserfolg der Polizei sonnten, betrachtete er träumerisch den nackten Körper der Puppe und überlegte, wo er diesmal seine

Verstümmelungen anbringen wollte und diese Bereiche dann mit dem quietschenden Stift markierte. Er zog unwillkürlich schützend die Schultern hoch.

Michael Wiener stürmte in seine Überlegungen, als er schwungvoll die Tür zum Büro aufriss.

»Nanu! Ich dachte, ihr seid schon alle in den Feierabend entflohen! Gibt's denn was Neues?«, begrüßte Peter Nachtigall dankbar den jungen Mann, der ihn aus seinen Fantasien befreit hatte.

»Nichts Neues. Der Laborant im Fotolabor meint, mit den Bildern aus der Patho könnte er nichts anfangen. Selbst bei maximaler Retouche wird er kein Gesicht hinkriegen, das jemand wieder erkennen könnte. Aber er kennt einen Computerfreak, der ein neues Programm entwickelt hat und will noch heute Nacht mit ihm gemeinsam versuchen das Bild am Computer zu überarbeiten. – Und was heißt hier Feierabend? Meine Freundin hat heute ihre Lerngruppe zu uns eingeladen. Da gibt es wohl erst morgen Entspannung. Bleibt zu hoffen, dass das Wochenende ruhig bleibt.«

»Ich glaube, das hoffen wir alle«, Couvier erhob sich und nickte den beiden Ermittlern zu.

»Ach – ich hole jetzt Jule ab und gehe mit ihr ins Glad-House. Da ist heute ein Mia Konzert. In Ordnung?«

»Ja – was soll ich denn sonst sagen? Als Vater habe ich schlechte Karten, was das Belehren meiner Tochter angeht – oder das Verbieten von Konzertbesuchen.«

Wütend starrte er den Mitarbeiter des LKA an. Es war unfair, einen Vater in so eine Lage zu bringen. Und völlig unerwartet drängte sich der Fall wieder in sein Denken.

»Wisst ihr was – ich glaube, die Puppe am Tatort gehört gar nicht wirklich zu dem Opfer, bei dem wir sie gefunden haben. Könnte es denn nicht sein, dass er uns mit der Puppe zeigen will, was er für *das nächste Mal* plant?«

35

10. November

»Wir kennen nun die Identität der Mädchen. Das ist ein guter Ausgangspunkt. Also, was haben wir?«, begann Nachtigall die Teambesprechung.

»Ja – wir konntet elle drei sicher identifiziere. Wobei natürlich bei seinem letschten Opfer größere Schwierigkeiten bestande«, begann Michael Wiener umständlich seine Erklärung. Dabei schob er einen Papierstapel vor sich auf dem Tisch von links nach rechts und wieder zurück, klopfte mit beiden Händen seitlich dagegen um etwaige Ausreißer wieder ordentlich einzufügen.

Nachtigall sah ihm genervt dabei zu. Ob Jule wohl inzwischen bei Tante Erna war? Sie hatte versprochen sie zu besuchen – und die paar Wochen bis zum Umzug zu Sabine würden sie nun auch noch überstehen. Hoffte er.

Wiener hatte sich wieder im Griff, was an seiner Sprache zu erkennen war.

»Der Computerfreak hat wirklich ein gutes Bild erstellt. Ich habe das nur einige Male zeigen müssen, da hinten am Bootshaus und am Planetarium und schon hat jemand das Mädchen erkannt. Bianca Weiß, Studentin an der BTU, wohnt an der Wehrpromenade.«

»Allerdings haben wir im direkten Umfeld der Mädchen keine Verbindung finden können, die dafür spricht, dass sie sich etwa gekannt hätten. Natürlich ist eine zufällige Begegnung in der Disco oder so immer denkbar«, Albrecht Skorubski schniefte und suchte hektisch nach seinen Taschentüchern.

»Der erste Winterinfekt in der Stadt und ich bin unter den Opfern«, erklärte er Schulter zuckend, während er sich schnäuzte und sich aus einer Thermoskanne Pfefferminztee in den Becher goss.

»Jede hatte einen völlig anderen Lebenshintergrund. Das erste Opfer, Anna Magdalena Kranz, ging noch zur Schule, das zweite, Jana Neumann, arbeitete in einem Friseursalon und das dritte, Bianca Weiß, studierte an der BTU Architektur. Keine gemeinsamen Lehrer, keine Vereine, keine gemeinsamen Freunde. Nicht einmal die Freizeitaktivitäten führten sie zusammen! Es ist nicht zu fassen! Wo es doch immer heißt, wir alle seien über sieben Ecken miteinander bekannt!«

»Es gibt aber doch auch Gemeinsamkeiten«, meldete sich Wiener zu Wort. »Sie waren alle drei jung, entsprachen dem gängigen Schönheitsideal, alle drei deutscher Abstammung.«

»Damit erschöpft es sich aber auch schon«, murrte Albrecht Skorubski.

»Vielleicht hat das dem Mörder völlig genügt. Er hat sie ermordet, weil sie schön waren«, gab Peter Nachtigall in die Runde und zog die Ärmel seines Pullovers, die er zum Ellbogen geschoben hatte, wieder hinunter bis über die Hände.

Es wurde ganz still.

»Das würde bedeuten, dass alle hübschen Mädchen gefährdet sind – eine unüberschaubare Menge potenzieller Opfer!«

»Und wir können sie nicht schützen«, stellte er mutlos klar.

In diesem Moment erkannte Peter Nachtigall, dass er Angst hatte. Nicht zum ersten Mal in seinem Leben – aber zum ersten Mal vor einem Täter. Einem gnadenlosen Mörder, der seine Opfer wahllos herauspickte, dessen Kriterien so unklar waren, dass sie nur auf den Zufall hoffen konnten! Er konnte noch jahrelang die Stadt in Atem halten und sie mussten hilflos zusehen. Ein Horrorszenario!

Er schüttelte sich. Besser sie hielten sich an den Verdächtigen fest, die sie schon kannten. Selten passiert auch selten, war der Wahlspruch eines seiner Ausbilder gewesen – und Serientäter waren selten. Die meisten Morde waren schließlich Beziehungstaten und die Täter waren im direkten Umfeld der Opfer zu finden. Sie mussten nur noch intensiver suchen, hoffte er. Möglicherweise war ja nur ein Opfer persönlich gemeint, und die anderen mussten sterben, um das wahre Motiv zu verschleiern. Nein, dachte er, das war eher unwahrscheinlich.

»Unsere Hauptverdächtigen haben entweder kein Alibi oder für jede Tatzeit dasselbe. Günter Grabert scheint immer nur allein zu sein: In seiner Wohnung, ohne Zeugen – unterwegs, ohne Zeugen … Es ist wie verhext. Ich habe sein Foto dem Personal im UCI gezeigt. Niemand hat ihn erkannt. Aber es kämen so viele Menschen jeden Tag … Und dieser Wilde scheint sein ganzes Leben in der Firma zuzubringen. Konferenzen, Videokonferenzen, Telefonate … immer kann jemand bezeugen, dass er etwas nicht getan haben kann. Vielleicht müssen wir nur noch hartnäckiger versuchen die

Alibis zu knacken«, begann Nachtigall seine Zusammenfassung. »Wir haben an den Tatorten keinerlei verwertbare Spuren gefunden, die uns einen Hinweis auf den Täter geben könnten. Die Spuren auf dem Trampelpfad hatte der Regen weit gehend weggespült, an der Bahnlinie verloren sie sich im Schotter und im Park auf den befestigten Wegen! Er wurde nie gesehen, die abgetrennten Zehen tauchten nicht wieder auf, die Kleidung bleibt verschwunden – er ist nicht einmal schemenhaft zu erkennen. Um es auf den Punkt zu bringen: Wir tappen also auch nach drei Opfern noch völlig im Dunkeln!«

»Vielleicht nicht ganz«, Michael Wiener räusperte sich.

»Meine Freundin kennt einen Freund von Bianca Weiß und der hat ihr erzählt, Bianca Weiß hätte in den ersten Studiensemestern einen Nebenjob ausgeübt, den sie aufgegeben hat, als sie sich kennen gelernt haben. Sie war so etwas wie eine Hostess. Die Agentur nennt sich Candle-Light und vermittelt junge Damen an Herren, die zum Beispiel fremd in der Stadt sind und den Abend nicht gerne allein verbringen möchten. Der Leiter der Agentur versicherte mir, Sex sei dabei immer freiwillig. Und weil es so wenig gut bezahlte Nebenjobs gibt, kann er sich vor lauter Bewerberinnen kaum retten.«

»Jemand der Hostessen ermordet? Waren denn die anderen auch bei dieser Agentur beschäftigt?« »

»Ich bin dran. In einer halben Stunde treffe ich den Chef von dieser Firma. Ein Büro an der Schlosskirche. Wir werden Damen- und Kundennamen checken.«

»Mann, damit hätten Sie doch schon früher rausrücken können«, beschwerte sich Albrecht Skorubski.

»Aber ich weiß doch noch gar nicht, ob da überhaupt was dran ist. Vielleicht ist das nur wieder eine neue Spur ins Nichts«, rechtfertigte sich der junge Mann.

»Aber das könnte den Apfel erklären, findet ihr nicht? Verleiht ihm doch neue Symbolkraft!«, meinte Nachtigall.

Michael Wiener sah ihn verständnislos an.

»Es geht vielleicht gar nicht um Fruchtbarkeit – sondern um Verführung. Wie damals im Paradies. Eva verführte Adam vom Apfel zu kosten – und schon war's passiert. Auch die Barbie passt da hinein. Als Symbol für die verführerische Schönheit der Frau. Also: So sehen Frauen aus, die Männer verführen vom Baum der Erkenntnis zu naschen«, führte Nachtigall seinen Gedankengang weiter aus.

»Hmm. Wo ja auch immer mehr Mädchen diesem Schönheitswahn erliegen und versuchen wie Barbie auszusehen«, spann Skorubski den Faden weiter.

»Ich hab mal eine Werbung für so eine Puppe g'sehe. Des war wirklich scharf. Eine von diesen Spielzeugfirmen, ich glaub eine japanische, hat eine rausgebracht, die konnt schwanger were. Wenn sie dann des Baby kriege sollte, hat man ihr einfach den Bauch aufg'macht, 's mitgelieferte Baby in den Arm g'legt und dann den schöne flache Bauch wieder eing'setzt. Pervers.«

»Wir behalten das im Hinterkopf! Aussehen wie Barbie. Was haben wir noch?«

»Die Liste mit den Telefonaten von Jana Neumanns Handy liegt vor. Aber sie hat an dem Abend mit niemandem telefoniert. Schade, dass wir weder ihre Tasche noch ihr Telefon gefunden haben. Sonst hätten wir ihre SMS überprüfen können. Das letzte Gespräch war am

Vortag mit dieser Kollegin. Wir checken jetzt die Liste – mal sehen, vielleicht finden wir ja eine bekannte Nummer drunter.«

»Ich habe noch mal mit dieser Frau Probst gesprochen – dieser Betreuerin von Hansi Schmidt. Sie hält es für völlig ausgeschlossen, dass der Junge mit den Morden irgendetwas zu tun haben könnte. Anna kannte er ja immerhin noch, doch die anderen beiden Opfer waren ihm völlig fremd. Vor Fremden aber habe Hansi große Angst, begegne ihnen mit Misstrauen. Ihrer Meinung nach würde der Junge sich nicht einmal so nahe an einen Fremden heranwagen, um ihn nach dem Weg fragen zu können, geschweige denn ihn anfassen oder gar ermorden und verstümmeln. Außerdem hat er Angst im Dunkeln. Er käme nie auf die Idee nachts durch den Wald nach Branitz zu gehen.«

»Was, wenn er aggressiv abgewiesen wird?«

»Selbst dann. Sie meint, sie müssen ihn in der Einrichtung direkt vor den anderen schützen, weil er sich nicht wehren kann. Er schlägt nicht, tritt nicht. Wird er angegriffen, ist er tief unglücklich, zieht sich zurück und beginnt zu weinen. Wenn er Aggressionen rauslässt, dann immer autoaggressiv, meint Frau Probst.«

»Hast du da mal wegen des Apfels nachgehakt?«

»Ja. Frau Probst erklärte mir, Hansi verbinde das Wort Apfel nur mit Essen. Eine symbolische Bedeutung ist ihm nicht bekannt – und wie eine Frau nackt aussieht, weiß er angeblich auch nicht«, Albrecht Skorubski seufzte.

»Er wäre ja wohl auch kaum in der Lage diese symbolischen Zusammenhänge zu entwickeln und umzusetzen. Sieht so aus, als käme er als Täter tatsächlich nicht infrage.«

»Bleibt noch die Tatsache, dass er das erste Opfer schlafend im Wald gesehen hat. Vielleicht hat er ja auch den Mörder gesehen. Das werden wir nie wirklich erfahren.«

»Nun, ich kann ihren Pessimismus nicht ganz teilen«, klinkte sich Emile Couvier eine Stunde später wieder in ihre Ermittlungen ein, als er mit Peter Nachtigall einen Kaffee trank.

»Es handelt sich hier um stark ritualisierte Morde. Die Person spielt dabei nur eine untergeordnete Rolle. Es geht nicht um dieses bestimmte Opfer, sondern um ein Abbild, das es zu vernichten gilt. Trotz der Tatsache, dass Sie keinerlei Spuren gefunden haben, die auf sexuelle Handlungen schließen lassen, können wir einen Sexualmord nicht ausschließen. Befriedigung erzielt diese Tätergruppe oft auf uns sonderbar erscheinenden Wegen. Wenn wir davon ausgehen, dass Schönheit ein Auswahlkriterium des Täters ist, so zeigt er uns dadurch seinen Begriff von Schönheit deutlich auf. Die Frauen sind alle sehr jung, haben einen schönen Busen, schöne Haare – wobei die Farbe keine Rolle zu spielen scheint, und sie hatten offensichtlich schöne Züge. Da er in einem Fall sogar die Augen des Opfers zerstörte, können wir davon ausgehen, dass ihn auch schöne Augen faszinieren.«

»Ja. Er tötet Barbies. Wir wissen ziemlich genau, welcher Frauentyp ihm vorschwebt. Und hübsche Mädchen gibt's hier in Cottbus jede Menge!«

»Wir wissen noch mehr! Er bettet sie sanft, deckt sie sogar zu. Vielleicht sollten wir die Medien benutzen, um nach einem Mann zu suchen, der sehr liebevoll mit Frauen umgehen kann, nach einer herben Enttäuschung in einer Beziehung aber angefangen hat Frauen zu hassen. Möglicherweise ist er schon mit aggressivem

Gerede über Frauen in Kneipen aufgefallen«, ignorierte er den Einwand.

Die Tür wurde ungestüm aufgerissen und Michael Wiener rauschte förmlich in den Raum.

»Die Lausitzer Rundschau hat angerufen. Es gibt ein Bekennerschreiben!«

In der Redaktion wurden sie bereits von Lutz Hoffmann erwartet.

Der junge Mann mit blonden, schulterlangen Haaren und schütterem Bärtchen am schmalen Kinn lotste sie geschickt durch einen großen, hellen Raum. Schreibtisch reihte sich an Schreibtisch und hinter den Computermonitoren waren die Mitarbeiter fast gar nicht mehr zu erkennen.

Ein penetrantes Pfeifen und Rauschen lag in der Luft, das anzeigte, dass die PCs in Betrieb waren. Peter Nachtigall warf einen irritierten Blick auf Stapel von Papier und überquellende Mülleimer neben denen sich Papierbälle auf dem Boden tummelten.

»Manchmal werden unsere Vorurteile ja auch zu hundert Prozent bestätigt. Hier kommt man sich ja fast vor wie in der Redaktion von Lou Grant.«

»Aber der arbeitete noch mit Schreibmaschinen«, lachte der junge Mann gutmütig und öffnete schwungvoll die Tür zu einem kleinen, privaten Büro.

»So, das ist mein Büro. Nehmen Sie bitte Platz.«

Er rutschte hinter seinen Schreibtisch und bedeutete Peter Nachtigall und Albrecht Skorubski mit ihren Stühlen zu ihm zu rücken. Auf dem Bildschirm leuchtete ein Mailprogramm auf.

Der Ziegenbärtige gab sein Passwort ein und lehnte sich dann mit verschränkten Armen zurück.

Da es offensichtlich weder Polizei noch Presse gelingt zu verstehen, welches Zeichen euch durch mich gegeben wird, wähle ich nun diesen Weg. Unsere moderne Gesellschaft hat sich im Laufe der letzten Jahrzehnte neue Ideale geschaffen – falsche Ideale, Götzenbilder! Doch wisset – noch ist es nicht zu spät umzukehren! Die toten Mädchen sind nur das Briefpapier, auf dem Ihr lesen sollt! Je früher Ihr erkennt, desto weniger Mädchen müssen sterben! Identifikation: Zeh

»Können Sie feststellen, von wem Ihnen die Nachricht geschickt wurde?«, fragte Peter Nachtigall ohne viel Hoffnung.

»Ja, klar. Der Absender steht sozusagen im Briefkopf.«

Er scrollte nach oben und zeigte auf die betreffende Zeile im Text.

»Das gibt's doch nicht! Den kaufen wir uns!«, fauchte Peter Nachtigall und Albrecht Skorubski klatschte sich auf die Oberschenkel. »Jens Wilde, Büro & Style.«

Nachtigalls Handy piepte anhaltend.

»Eine SMS von Michael! Alle drei Opfer stehen in der Kartei von Candle-Light. Und nun rate mal, wer da von Zeit zu Zeit Kunde war! Jens Wilde!«

Er rief ihn zurück.

»Wir fahren hin. Suchen Sie mal nach Günter Grabert!«

»Hab ich schon. Er kannte alle drei Damen. Er hat da nämlich stundenweise als Fahrer gearbeitet.«

»Ich glaub's nicht! Wäre diese Freundin ehrlicher gewesen.«

»Vielleicht hat sie versprochen es nie zu verraten«, beendete Wiener das Gespräch.

Endlich kam Bewegung in diesen Fall!

Der Redakteur sah Nachtigall an und fragte dann: »Ich druck euch die ganze Sache mal eben aus. Dann könnt ihr es direkt mitnehmen. Aber vielleicht lasst ihr mich in der Zwischenzeit ein wenig Anteil nehmen? Exklusiv?«

Michael Wiener tat Jens Wilde fast leid. Wenn er nicht der Täter war, schränkte er den Gedanken ein.

Erst wird ihm die Freundin ermordet und nun auch noch so was! Besorgt warf er einen Blick auf das verschlossene Gesicht des Vaters, der sich demonstrativ hinter dem Stuhl seines Sohnes platziert hatte. Wie eine beschützende oder ermutigende Geste wirkte das allerdings ganz und gar nicht, es hatte eher bedrohlichen Charakter und Wiener war froh, nicht auf diesem Stuhl sitzen zu müssen.

Auch Jens Wilde schien die Nähe seines Vaters als unangenehm zu empfinden. Von Sekunde zu Sekunde schrumpfte er weiter in sich zusammen, als hätte jemand in ein Soufflé gestochen, das nun langsam in sich zusammenfiel.

»Ich habe diese Mail nicht geschrieben! Ihre Leute werden auf meinem Rechner nichts in der Art finden! Mein Mailprogramm speichert automatisch jede Mail, die ich versende. Sie werden feststellen, dass ich keinen Kontakt zur Lausitzer Rundschau hatte! Ich habe mit diesen grauenvollen Morden nichts zu tun!«

Peter Nachtigall wartete. Die Kollegin, Angelika Wiesendorf, die auf das Aufspüren von Dateien spezialisiert war, bearbeitete derweil die Tastatur des Laptops. In der angespannten Stille war das unregelmäßige, gedämpfte Klicken der Tastatur das einzige Geräusch.

»Hier brauche ich noch mal Ihr Passwort«, sie sah vom Monitor auf.

»Yogibaer, mit ae«, antwortete Jens Wilde zögernd.

Peter Nachtigall entging weder die Verlegenheit des Juniorchefs noch der genervte Blick des Vaters.

»Was ist denn das für ein albernes Passwort! Ich wollte, du würdest langsam erwachsen! Yogibaer!« Verächtlich spuckte er das Wort aus und maß seinen Sohn mit geringschätzigem Blick.

»Na, bitte. Hier ist sie ja«, triumphierte die Computerfachfrau und rief eine Mail aus dem Speicher auf.

»He – ich hab das nicht geschrieben! Keine Ahnung wie das in meinen Speicher kommt! Ich kenne den Text gar nicht!« Hysterisch überschlug sich Wildes Stimme und Nachtigall registrierte wie der Mund des jungen Mannes unkontrolliert zuckte und seine Hände zu flattern begannen. Nichts von seiner überheblichen Fassade war mehr geblieben.

»Aber sie ist auf Ihrem Laptop. Wie möchten Sie mir das erklären?«

»Ich – ich kann das nicht erklären! Mein Gott, ich verstehe nicht wirklich was von den Dingern. Wenn mein Verwaltungsprogramm ohne Zicken läuft, bin ich zufrieden. Ab und an surfe ich im Internet. Checke meine Mails. Das war's. Mehr kann ich mit dem Ding nicht anstellen. Selbst zum Installieren irgendeiner läppischen Software muss ich unseren PC – Assistenten kommen lassen!«

Der Seniorchef verließ den Platz hinter dem Schreibtischstuhl seines Sohnes und sah ihn vernichtend an. Mit einer eleganten Drehung wandte er sich zur Tür und rief seiner Sekretärin zu, sie möge sofort den Anwalt des

Hauses Dr. Lenz verständigen und danach den Notar Herrn Dr. Everding.

Zu seinem Sohn meinte er:

»Dr. Lenz wird ab sofort deine Interessen in diesem schrecklichen Fall vertreten und mit Dr. Everding werde ich noch heute einen Vertrag ausarbeiten, der die Firma vor allen Folgen, die sich für dich aus dieser Anschuldigung ergeben können, schützt. Du wirst ihn dann noch heute unterzeichnen. Halte dich also zu meiner Verfügung – und von jetzt an sagst du kein Wort mehr!«

Jens Wilde zuckte unter den harten Worten zusammen, wie unter schmerzhaft platzierten Faustschlägen.

»Aber ich habe weder mit dieser Mail noch mit den Morden irgendetwas zu tun. Das musst du mir glauben«, bettelte er flüsternd.

Doch der Seniorchef winkte nur gleichgültig ab und verließ mit festem Schritt das Büro.

»Herr Wilde, ich glaube Sie verstehen noch immer nicht, wie ernst die Angelegenheit für Sie aussieht. Sie könnten mit jedem der drei Opfer Kontakt gehabt haben – das erste Opfer war ihre Freundin. Sie haben mit der Agentur Kontakt gehabt, bei der die beiden anderen Opfer beschäftigt waren. Und jetzt noch diese Mail an die Zeitung, von der Sie nichts wissen wollen. Das lässt Sie nicht gerade unverdächtig erscheinen. Woher soll ich wissen, ob Sie nicht in Ihrer Freizeit irgendwelche Gewaltfantasien ausleben?«

»Aber ich habe mit der Sache nichts zu tun. Anna hat nur zwei- dreimal eine Begleitung übernommen. Dann wollte einer mehr – und sie ist ausgestiegen. Ich habe weder diese Bianca noch das andere Opfer gekannt und ich habe auch diese Mail nicht geschickt«, Jens Wilde sah aus, als würde er gleich anfangen zu weinen.

»Kann denn jemand Ihren Laptop benutzt habe, ohne dass se des bemerkt hätte?«, mischte sich Michael Wiener ein.

»Nein. Er ist Passwort geschützt. Außer mir kennt nur unser Systemadministrator den Zugangscode.«

»Wann wurde denn die Mail eigentlich versendet?«, fragte er weiter.

»Moment – da haben wir's ja schon«, die IT-Fachfrau öffnete ein neues Fenster. »Gestern um 22:34 Uhr, meldet das System.«

»Gott sein Dank!«, lächelte Jens Wilde verklärt. »Um die Zeit saß ich mit einem neuen Kunden und zwei seiner Mitarbeiter beim Essen in Lindners Kongresshotel! Ich war gar nicht hier!«

»Das müssen wir natürlich überprüfen. Wie war der Name des Kunden?«

Jens Wilde suchte einen Moment in der Schreibtischschublade und hielt dem Hauptkommissar dann eine Visitenkarte hin.

»Das ist der Kunde. Walter Mossbach. Er hatte noch einen Mitarbeiter aus der Finanzabteilung dabei, einen Herrn Seiter und seine Sekretärin.«

Grunzend steckte Nachtigall die Karte in seine Tasche.

»Also, eigentlich taugt diese Zeitangabe auf dem Kopf ja gar nicht zur Entlastung«, ließ sich Angelika Wiesendorf wieder vernehmen. »Man kann nämlich eine Mail auch schon früher verfassen und dann den Computer auffordern, sie um eine bestimmte Uhrzeit zu versenden.

Dazu muss man nur online sein – und zur selben Zeit sitzt man irgendwo mit Kunden und schlemmt.«

»Scheiße! Ich habe diese blöde Mail nicht geschickt. Weder mit noch ohne Tricks! Wenn ich so was wissen würde, wäre ich doch wohl nicht so bescheuert gewesen meinen eigenen Absender zu verwenden. Ich habe mit der ganzen Sache nichts zu tun! Ich habe die anderen Mädchen nicht gekannt! Ich habe den Candle-Light-Service für Geschäftsfreunde in Anspruch genommen! Ich war nie dabei!«, heulte Jens Wilde auf.

»Sagen Sie mal, wer wartet denn Ihr System?«, fragte Peter Nachtigall und sah den Juniorchef nachdenklich an. War dieser junge Mann ein kaltblütiger Mörder, der junge Mädchen verstümmelte und ihnen Äpfel in die Vagina schob? War seine hysterische Angst nur gespielt – oder doch echt?

»Das macht bei uns der Dieter Häckel. Ich bitte ihn her.«

»Ja, hier sehen Sie, hier ist die Mail in unseren Postausgangsserver eingespeichert worden – und natürlich wurde sie dann mit unserem Kopf versehen und abgeschickt.«

Dieter Häckel bewegte sich kontrolliert und erklärte geduldig die internen Abläufe im Computersystem der Firma. Wie bei vielen Computerfreaks üblich trug er schwarze Jeans, schwarzen Rollkragenpullover und eine intellektuelle Brille mit schmalem Metallrand. Die Ähnlichkeit zu Michael Wiener fiel auf. Nachtigall, wie immer auch in Schwarz, vermutete in ihm einen manischen Jogger Anfang fünfzig. Seine Züge waren kantig, seine Erscheinung asketisch und er trug einen weißen Stoppelhaarschnitt, der ihn wahrscheinlich dynamischer wirken lassen sollte. Wir sehen aus, wie eine Beerdigungsgesellschaft, schoss es Peter Nachtigall durch den Kopf und dem Juniorchef musste es auch fast wie ein Trauerspiel vorkommen.

»Können Sie auch feststellen, von wem die Mail eingespeist wurde?«

»Ja. Aber das dauert.«

Schweigend sahen sie lange Listen von Zahlen über den Bildschirm wandern.

»Das ist das Verzeichnis des Postausgangsservers. Jedes Mal, wenn sich jemand einwählt, registriert er die IP Nummer und die MAK Adresse des PCs. So, also, wann genau wurde Ihre Mail verschickt?«

»Gestern Abend um 22:34 Uhr.«

»Hm – das ist aber komisch. Um 22:34 Uhr wurde hier gar keine verschickt. Die letzte Mail, die wir versandt haben, wurde um 22:31 Uhr eingespeist.«

Er starrte auf seinen Monitor und scrollte hektisch in den Verzeichnissen auf und ab.

»Und da ist noch etwas seltsam: Das war keiner von unseren. Wir haben fortlaufende Adressen und die des Absenders passt gar nicht in unsere Abfolge rein«, er schüttelte den Kopf und scrollte weiter.

»Können Sie ausschließen, dass der PC vom Juniorchef für die Mail verwendet wurde?«

»Ja!« Dieter Häckel beugte sich mit konzentriertem Blick über den Monitor. »Der hat eine ganz andere Kennung.«

»Kann mir jetzt mal jemand freundlicherweise erklären, was das alles bedeuten soll?«, fragte Nachtigall ungeduldig.

»Es sieht so aus, als hätte jemand die Mail in den Postausgangsserver gespeist – und erst danach auf den

Laptop von Jens Wilde geladen«, beeilte sich Michael Wiener zu erklären. »Es war definitiv nicht der PC von Wilde, der die Nachricht abgeschickt hat, sondern ein Unberechtigter.«

»Ach – und wie bitte soll ein Unberechtigter, wie Sie das nennen, das angestellt haben? Eingebrochen wurde doch nicht, oder?«

»Na, ja. In gewisser Weise könnte man es vielleicht sogar als Einbruch bezeichnen.« Dieter Häckel warf einen kritischen Blick auf seine manikürten Nägel. »Wir verfügen über eine WLAN-Verbindung zwischen den Computern und dem Server. Mit ein bisschen Geschick kann sich jemand von außen in unser System einloggen und den Postausgangsserver der Firma missbrauchen um seine eigene Mail mit unserem Firmenkopf zu versenden. Das ist im Grunde keine große Sache. Man geht einfach in der Nähe unseres Hauses mit dem eigenen Laptop online. Wenn man nahe genug dran ist, kann man sich problemlos in unser WLAN einklinken, surfen oder eben unautorisiert Mails verschicken. So lange es niemandem auffällt kann der Fremde sich in einzelne Computer einloggen, fremde Dateien lesen und manipulieren, ja, er könnte sogar eine Website mit verbotenem Inhalt ins Netz stellen und unser Server würde dann als Adresse erscheinen. Die Polizei käme zu uns und der wahre Täter bliebe unerkannt.«

»Hu! Es ist also möglich, dass jemand von außen alle Dateien der Firma ausspioniert und zunächst würde das nicht einmal auffallen?«

»Ja. Das ist die relevante Sicherheitslücke bei der Verwendung von WLAN Verbindungen.«

»Wie nah müsste man an die Firma ran?«

Dieter Häckel sah zum Fenster auf die Straße hinaus.

»Da!« Er wies auf einen grauen Streifen vor dem Gebäude. »Da drüben der Parkplatz würde genügen. Das wäre nah genug.«

»Wenn das System so leicht zu manipulieren ist, warum nutzen Sie es dann in Ihrer Firma?«, wollte Nachtigall etwas später vom Juniorchef wissen.

»Es ist der neueste Stand der Technik. Ich habe gar nicht gewusst, wie anfällig dieses System ist. Nie hätte ich gedacht, dass jemand von außen auf unsere Daten Zugriff haben könnte.« Jens Wilde war blass und sah mitgenommen aus.

Wahrscheinlich überlegte er schon, wie er seinem Vater diese neue Katastrophennachricht beibringen sollte.

»WLAN ist wie eine offene Tür für böse Buben und Mädchen. Deshalb habe ich bei mir zu Hause auch darauf verzichtet – sehr zum Bedauern meiner Kinder«, erklärte Angelika Wiesendorf.

»Dann habe ich also diesen Menschen eingeladen meinen Postausgangsserver zu missbrauchen und mich zu belasten! Herr Häckel, machen Sie sich auf die Suche nach einer entsprechenden Sicherheitssoftware. Wenn es so etwas nicht gibt, kappen wir WLAN und stellen wieder auf normale Anschlüsse um.«

»Ich guck gleich mal im Internet. Sicher gibt es eine neue Softwareversion. Ich mach dann ein Update und unser System wird besser abgesichert«, beruhigte Häckel seinen Chef. »Aber hundertprozentig sicher wird WLAN nie. Ihr Vater meinte allerdings damals bei der Vorbesprechung, es sei besser, die Kosten für eine wirklich sichere Firewall und das entsprechende Sicherheitspaket zu sparen. Solange niemand wüsste, dass wir WLAN verwenden, bestünde auch keinerlei Gefahr. – Es war nicht meine Entscheidung«, setzte er dann hinzu und zuckte mit den Schultern.

Nachtigall sah stirnrunzelnd von einem zum andern. »Es wäre doch denkbar, dass der Täter sich ein zweites Mal über Ihren Server einzuloggen versucht. Beim ersten Versuch hat es doch auch geklappt. Offensichtlich ist er sich im Klaren darüber, dass er Sie damit stark belasten kann. Er weiß also von Ihrer Beziehung zum ersten Opfer. Wenn wir Sie jetzt nicht verhaften, wird er erkennen, dass er noch mehr Zündstoff liefern muss.«

Er wandte sich an Dieter Häckel.

»Können Sie sofort sehen, wenn sich jemand unbefugt einloggt?«

»Nein. Nicht sofort. Schließlich wird er erst einmal registriert und dann aufgelistet. Wenn zur gleichen Zeit viele unserer Mitarbeiter das System nutzen, kann es sogar ziemlich lange dauern bis ich auf der Liste eine fremde MAC Adresse oder IP Nummer entdecke.«

»Aber wir könnten es für Sie leichter machen«, meinte Jens Wilde. »Wir geben intern bekannt, dass wegen einer Softwareumstellung im Moment nach 19 Uhr das WLAN nicht mehr genutzt werden kann. Dann ist die Chance größer den Eindringling schnell zu identifizieren.«

»Ja. Das würde gehen«, Häckel schob seine Brille zurecht.

»Also gut. Ich habe verstanden, dass derjenige, der

sich einloggen will, relativ nah an das Gebäude herankommen muss. Wird das Areal um Ihre Firma Video überwacht?«

Jens Wilde nickte.

»Allerdings schalten wir die Kameras in der Regel gegen 21 Uhr ab. Zu dieser Zeit haben die meisten unserer Mitarbeiter bereits das Gelände verlasen und Fenster sowie Türen werden von einer handelsüblichen Alarmanlage ausreichend geschützt.«

»Dann werden Sie die Kameras ab sofort im 24-Stunden-Betrieb laufen lassen. Vielleicht bekommen wir so wenigstens ein Bild vom Täter.«

Jens Wilde nickte erneut.

»Und was wird jetzt mit mir?«

»Sie halten sich auf jeden Fall zu unserer Verfügung. Trotz allem sind Sie nicht aus dem Schneider. Wer weiß, vielleicht haben Sie sich von außen eingeloggt und alles so manipuliert, dass es so aussieht, als seien Sie das Opfer einer raffinierten Intrige. Aber darüber sprechen wir gleich noch ausführlicher.«

Die Gruppe löste sich auf. Angelika Wiesendorf wurde angewiesen den Systemadministrator zu begleiten. Sie wusste, wie man solche Mail-Eindringlinge auf dem Server entdecken und einen Blick auf deren Nachricht werfen konnte. Sobald sie den richterlichen Beschluss in Händen hätte, würde sie es so einrichten, dass der Firmen – PC sofort einen automatischen Abgleich der MAC- Adressen und IP Nummern auf der Firmenliste durchführte, wann immer sich jemand einwählte. Angelika Wiesendorf könnte dann sofort sehen, wenn jemand einen Hackversuch unternehmen wollte. Sie hätte Zugriff auf die Datenpakete und könnte auf jede

Mail einen ultrakurzen Blick werfen. Auf dem Weg in Häckels Büro diskutierten sie auch die Möglichkeit Filter einzubauen, die zum Beispiel alle Mails an die Lausitzer Rundschau oder den lokalen Fernsehsender LTV herausfischen konnten.

Peter Nachtigall setzte sich zu Jens Wilde an den Schreibtisch.

»Das sieht nicht gut für Sie aus, Herr Wilde. Sie waren mit einem der Opfer befreundet, sie arbeiten mit der Hostessenagentur zusammen, bei der zwei der drei Opfer registriert waren, Sie haben zwar ein Alibi für die jeweiligen Tatzeiten – aber vielleicht hält es einem intensiven Abklopfen durch meine Leute nicht stand. Ich denke, Sie brauchen einen Anwalt. Wird dieser Firmenanwalt Sie vertreten?«

Jens Wilde nickte kleinlaut.

»Während wir auf ihn warten, könnten Sie mir noch ein bisschen über Anna Magdalena erzählen.«

»Sie wissen doch schon ganz gut über sie Bescheid. Sie war anders als die meisten Mädchen. Immer hatte sie Verständnis, wenn ich eine Verabredung absagen musste, nie war sie sauer. Im Gegenteil, meistens bedauerte sie mich, weil ich so viel arbeiten musste. Nie kam ihr der Gedanke, ich könne sie belügen und mit einer anderen Frau betrügen, wenn ich für sie keine Zeit hatte. – Aber eine Ehe hätte trotzdem nicht funktioniert.«

»Und, haben Sie Anna betrogen?«

»Ja. Mehrmals.«

»Hätte deshalb eine Ehe mit ihr keine Zukunft gehabt? Können Sie sich nicht auf eine beschränken?«

»Ach, Quatsch. Es ist – wissen Sie, ich habe sie nicht

geliebt. So! Jetzt ist es raus.« Einen Moment lang wirkte der junge Mann erleichtert, doch dann kehrte die Besorgnis zurück.

»Daraus werden Sie mir doch jetzt keinen Strick drehen?«

»Nein, nicht wenn Sie mit den Morden nichts zu tun haben. Ich verstehe nur nicht, warum Sie sich nicht von ihr getrennt haben. Vielleicht wäre das Mädchen auch mit einer platonischen Beziehung einverstanden gewesen«, überlegte Nachtigall laut und dachte dabei an die Packung Kondome im Rucksack. Laura Hellberg hatte ihnen nicht die Wahrheit gesagt!

»Ich habe sie wirklich sehr gern gemocht. Eine Trennung hätte sie tief verletzt. Außerdem hätte mein Vater eine Auflösung der Verlobung als persönlichen Triumph für sich gewertet! Und das wollte ich auf gar keinen Fall!«

»Was störte Ihren Vater denn so sehr an Anna?« Unvermittelt fiel Peter Nachtigall seine morgendliche Begegnung mit Emile Couvier wieder ein. Tja – was hatte er eigentlich gegen den Freund seiner Tochter? Arrogant und overdressed zu sein reichte doch nicht aus, um vom Schwiegervater in spe nicht gemocht zu werden, oder?

»Ach, seiner Meinung nach ging es bei der Auswahl des Ehepartners gar nicht um große Gefühle sondern um knallharte Überlegungen. Ich sollte möglichst eine Frau mit buchhalterischen Erfahrungen heiraten, die sich im Betrieb einbringen kann. Dann könnte man gleich mehrere Fliegen mit einer Klappe schlagen, erklärte er mir immer wieder: Haushalt, Betrieb und das Gehalt für den Buchhalter könnten wir auch noch sparen, schließlich wird ja ein Familienmitglied keine angemessene Bezahlung erwarten«, kalter Hass schwang in seiner Stimme.

36

11. November

Offensichtlich ist es notwendig den Menschen eine eindeutige Nachricht zu senden – doch inzwischen fürchte ich, dass sie auch diese Mitteilung nicht verstanden haben. Jedenfalls hat die Zeitung sie nicht veröffentlicht, wohl weil sie die Bedeutung meiner Worte nicht zu erfassen vermochte.

Nun gut. Das bedeutet, meine Mission ist noch nicht erfüllt und sie scheinen meilenweit von jedem Verstehen entfernt. Zunächst befürchtete ich, die mir gestellte Aufgabe sei zu schwer für mich, doch zunehmend fühle ich mich berauscht, befriedigt, beinahe beseelt. Endlich kriegen sie, was sie verdienen, diese Schönheiten, die nur geboren und erzogen wurden, um den Klugen und Edlen das Leben schwer zu machen, sie um die Männer, die Liebe und die Familien zu betrügen! Ich könnte meinen Triumph laut herausschreien! Alle werden noch erkennen, wie vergänglich doch die hübsche Larve ist, wie viel Dummheit sich hinter diesen makellosen Gesichtern verbirgt. Wie wenig Hirn sie haben – voll gestopft mit Friseurterminen, Sitzungen bei der Kosmetikerin, Kalorientabellen und Diätvorschriften. Und denen vertrauen wir Aufzucht, Bildung und Erziehung unserer Kinder an!

Der Geist des Menschen schein unglaublich beschränkt und so sehe ich nur die Möglichkeit sie teilhaben zu lassen am Akt der Erkenntnis. Es ist die einzige sinnvolle Maßnahme. Nie hätte ich vermutet, ihre intellektuellen Ressourcen könnten so schmal sein. Presse, Fernsehen, Polizei – alle machen sich sinnlose Gedanken, drehen sich im Kreis und sehen doch nicht! Verblendete!

Mein ist die Rache, so spricht der Herr!

Ich werde mir eine suchen, die mir zuhören muss. Eine, die der Welt erklären kann.

37

»Heute werden wir uns – auf Wunsch eines Kollegen – einem speziellen Täterkreis zuwenden, den Kannibalen.« Dr. Lund sah in die Runde. »In jüngster Zeit wird diesen Tätern wieder vermehrt Aufmerksamkeit geschenkt, nachdem sich kürzlich in einem Chatroom ein Sadist und ein Masochist getroffen hatten und den Tod des Masochisten planten. Die Tat wurde im Weiteren auch ausgeführt. Der Sadist verzehrte nach dem Tod seines Opfers vereinbarungsgemäß einige Körperteile. Ich nehme an, die meisten von Ihnen haben die Angelegenheit in den Medien verfolgt.«

»Er stand dafür vor Gericht – trotz der schriftlichen Einwilligung des Opfers. Ich weiß, dass die Polizei nun heftig im Internet nach solchen Chatrooms fahndet, um solche Dinge in Zukunft zu verhindern«, meldete sich Frau Dr. Birnbaum zu Wort. Du liebe Zeit, Frau Dr. Jung atmete möglichst flach um ein gluckerndes Lachen zu unterdrücken, jetzt hatte die liebe Kollegin mal wieder allen deutlich gemacht, dass sie auf der Höhe der Zeit war, na bravo, Frau Dr. Birnbaum.

»Ich betreue seit sieben Jahren immer wieder einen Patienten, der von der Vorstellung beherrscht wurde töten zu müssen, um Teile oder Organe des Opfers essen zu können. Nun soll ich ein Prognosegutachten erstellen. Das Gericht soll darüber befinden, ob der junge Mann in den gelockerten Vollzug wechseln darf mit der

Aussicht auf spätere Entlassung«, umriss Prof. Jürgen Nagel sein Problem.

»Der junge Patient sitzt ein, weil er gerne Menschenfleisch essen möchte? – Das kann ja wohl nicht sein«, Dr. Zaum schaltete sich mit autoritärer Stimme ein.

»Ja – nein, natürlich nicht. Er hat seinen Wunsch zumindest in Ansätzen erfüllt. Er tötete ein im Kinderwagen hinter dem Haus schlafendes Baby und versuchte die Beine zu braten und zu essen, bei einer Freundin gelang es ihm, nachdem er die Frau betäubt hatte, ein großes Stück aus der Lende herauszuschneiden. Sie überlebte zwar, bleibt aber für immer gezeichnet. Als er einen kräftigen jungen Mann überwältigen wollte, unterschätzte er dessen Kraft und wurde seinerseits niedergeschlagen und zur Polizei gebracht. Dort erzählte er den Beamten ganz freimütig von seinen Taten und bedauerte, dass er jetzt nicht dazu kommen würde männliches Fleisch zu probieren, um den Unterschied herauszuschmecken. Die weiteren Ermittlungen ergaben allerdings, dass er schon zwei junge Männer getötet und unterschiedliche Organe entnommen, zubereitet und verspeist hatte. Die Leichen fand man vergraben auf einem Schrottplatz, wo der Patient Gelegenheitsarbeiten übernahm.«

»Konnte er genauer erklären, warum er diese drei Morde begangen hatte – und aus welchem Grund er das Fleisch essen musste?«, fragte Prof. Marburg und bestellte sich bei der vorbeieilenden Bedienung noch Glas Rotwein.

Frau Dr. Jung erschauerte, als das Glas mit der träge schwappenden Flüssigkeit vor ihm auf den Tisch gestellt wurde – der Wein war dunkel wie Blut. Nimm dich zusammen, rief sie sich zur Ordnung, schließlich bist du diesen Anblick durchaus gewohnt. Zimperliesen hatten in ihrem Beruf nichts zu suchen!

Fast hätte sie die Antwort des Kollegen versäumt.

»… mit Freunden im Wald gezeltet. Seiner Darstellung nach war plötzlich ein scharf begrenztes Areal in weißes, blendendes Licht getaucht. Er kroch aus dem Zelt, um nachzusehen, was draußen los war und wurde so, als Einziger der Gruppe, Zeuge einer UFO – Landung. Diffuse Stimmen und Summgeräusche seien in seinem Kopf gewesen und obwohl er niemanden hatte aussteigen sehen, fühlte er doch ganz körperlich die Anwesenheit der Außerirdischen im Wald. Er erzählte, dass er am Arm gepackt wurde, sie betasteten sein Gesicht und strichen ihm mit knochigen, langen Fingern, die er allerdings ebenfalls nur spüren aber nicht sehen konnte, über den gesamten Körper. Gesprochen wurde nichts – er konnte aber Klicklaute hören, ähnlich den Geräuschen, die Delfine zur Verständigung benutzen.«

»Und die anderen haben nichts gehört oder gesehen?«

»Nein. Er glaubt, die Außerirdischen hatten sie eingeschläfert, damit sie sich mit ihm allein beschäftigen konnten. Seiner Überzeugung nach wussten sie auch, dass ihm niemand glauben würde, da er keine Zeugen hatte. Sie waren mit menschlicher Denkungsart also vertraut.«

»Und was hat das mit dem Kannibalismus zu tun?«

»Ach so – ja. Das Ufo startete nach einiger Zeit wieder – doch bevor es ganz verschwunden war, hörte er eine der Stimmen deutlich in unserer Sprache sagen, dass es ihnen sehr leid täte, aber er sei von ihrem Licht verstrahlt worden mit der Folge, dass seine Körperteile und Organe nach und nach verkümmerten und absterben würden, es sei denn, er führe sich die entsprechenden Teile zu. Dazu müsse er Menschenfleisch essen. Wenn er dabei töten müsse, sei das eben der unvermeidliche Preis, der für sein Weiterleben bezahlt werden müsse. Entweder er, oder der Andere. Und Fleisch und Organe sollten von unterschiedlichem Geschlecht sein und von Menschen unterschiedlichen Alters stammen. Er musste es demnach tun, um sein eigenes Leben zu erhalten. Für ihn irgendwie logisch.«

»Er hat das Fleisch doch nicht roh gegessen?« Die Stimme des Fragestellers schwankte etwas.

»Nein, nein«, beeilte sich Herr Prof. Nagel lebhaft zu versichern. »Er kehrte mit dem entnommenen Organ oder dem amputierten Körperteil an jene Stelle im Wald zurück, an der er das UFO gesehen hatte, entfachte ein Lagerfeuer und kochte oder briet es dort. Ging das nicht, weil er zum Beispiel im Urlaub von dem Gefühl überrascht wurde, eines seiner Organe könne schwächer werden, so suchte er sich eine geeignete Waldlichtung, führte einen Tanz auf, dessen genaue Abfolge ihm von körperlosen Stimmen zugeflüstert wurde und briet dann dort das Fleisch.«

»Und wie glaubte er, könne ein zubereitetes Organ beispielsweise die Funktion seines eigenen Herzens übernehmen?« Prof. Lund beugte sich gespannt vor.

»Tja, Herr Kollege. Das wird für immer sein Geheimnis bleiben. Er wollte das nicht erklären.«

»Ich gehe davon aus, dass Sie Zweifel an seinen Therapiefortschritten haben – sonst hätten Sie den Fall schließlich nicht hier in dieser Runde vorgestellt. Die offensichtlich bestehende Psychose ist nicht wirklich »im Griff«, oder?« Dr. Zaum deutete die Anführungszeichen mit beiden Händen an.

»Ja, ich habe Zweifel. Große Zweifel sogar. Der betreuende Therapeut der Einrichtung hält ihn für ausgesprochen intelligent. Aus den Eintragungen der Bibliothek geht hervor, dass er viel Zeit damit verbracht hat, Lehrwerke der Psychiatrie und Psychologie zu lesen. Möglicherweise hat er aus dieser Lektüre gelernt viele Symptome zu verbergen und auf den Fragebögen die »richtigen« Kreuzchen zu setzen, die »richtigen« Antworten zu geben. Zu Beginn der Therapie hatte er wohl wirklich Angstzustände. Er hatte das Gefühl zu ersticken, weil seine Lunge abstürbe, erzählte er dem Pfleger. Oder er untersuchte stundenlang seinen Körper nach schwarzen Stellen, die ihm das Absterben eines Körperteiles anzeigen könnten. Doch damit ist nun Schluss. Überwunden? Oder macht er uns allen nur was vor?«

»Vielleicht hat er einen Deal mit den Außerirdischen gemacht«, schlug Dr. Seidel vor, der sich sonst eher im Hintergrund hielt. »Möglicherweise haben seine Aliens sich bereit erklärt die Wirkung der Strahlung aufzuheben bis er wieder für sich und seinen Körper sorgen kann?«

»Das könnte sein …«, Prof. Nagel strich sich mit dem Zeigefinger übers Kinn. »Das könnte sehr gut sein … Würde auch zu seiner Denkweise passen, er könnte es für sich logisch mit der Geschichte verweben.«

»Hat vielleicht jemand beobachtet, dass Säugetiere verstorben sind? Vielleicht hält er seine Körperfunktionen mit Tierorganen funktionsfähig bis er wieder »richtiges« Material zur Verfügung hat. Woher wusste er denn eigentlich immer, welches Organ er »ersetzen« musste?«

»Das war wohl unterschiedlich. Einmal steht in einem Gesprächsprotokoll, er habe selbst bemerkt, dass das Organ nicht mehr einwandfrei funktionierte, das Herz schlug »zu laut«, seine Sehkraft ließ nach, einmal gab er auch an seine Beine seien schwächer geworden – in einem anderen heißt es, er habe angegeben, die Außerirdischen sendeten ihm ein unmissverständliches Signal. – Und das würde ja bedeuten, dass er sich mit ihnen in ständigem Kontakt glaubt. Ihre Anregung im Bezug auf die verschwundenen Säugetiere werde ich überprüfen lassen.«

»Haben sie auch eine gründliche, körperliche Untersuchung durchgeführt? Vielleicht auch an einem Mithäftling, zu dem er möglicherweise ein enges Verhältnis hat?«, schaltete sich Frau Dr. Jung ein.

»Nein, noch nicht. Es erschien mir nicht so dringlich.«

»Falls es ihm nur um den reinen Kannibalismus geht, ist er vielleicht umgestiegen auf Autokannibalismus. Dann werden sie viele Stellen an seinem Körper finden, die von Selbstverletzungen stammen. Kleine oder große, vernarbte und frische. Sollte er aber wirklich an seine Story glauben, wäre es auch möglich, dass er einem Mithäftling ein bisschen Fleisch herausschneidet um seine Körperteile daraus erstarken zu lassen oder so ähnlich. Vielleicht ist ihm einer der anderen hörig oder völlig unterlegen.«

»Auch das ist gut möglich. Wenn er sich selbst verletzt, muss er freilich eine neue Geschichte dazu erfinden.«

»Ich habe einen Patienten, der seine eigenen Organe verspeisen wollte. Aber bei ihm war dieser Autokannibalismus mit sexueller Erregung verbunden. Er träumte auch manchmal davon getötet zu werden und vom Täter aufgegessen zu werden – ähnlich wie das Opfer dieses Internetkontakts über das Prof. Lund gesprochen hat. Er konnte sich kaum noch von dem Gedanken befreien und schließlich tötete er selbst, zerstückelte die Leiche und aß vom Fleisch des Toten. Autokannibalismus kann also in Kannibalismus umschlagen – vielleicht kann sich auch Kannibalismus in Autokannibalismus verkehren. Möglich.«

»Ich werde ihn mir gründlich ansehen. Vielleicht hat er die sexuelle Komponente nur hartnäckig verschwiegen – ich werde da nachhaken.«

Es war doch wirklich nicht zu glauben, dachte Frau Dr. Jung, lehnte sich diskret zurück und ließ die Stimmen der anderen als Hintergrundgeräusch vorbeiziehen, Dr. Schlehdorn hat Günter Grabert auf Tabletten umgestellt und sie wusste nichts davon. Nun schrieb der Hausarzt nur noch alle sechs Wochen ein Rezept aus. So ein Mist! Auf ihre Frage hatte sie auch erfahren, dass der Kollege seinen Patienten oft gar nicht zu Gesicht bekam, wenn der das Rezept abholte. Günter Grabert rief nur an und fuhr später vorbei um sich von Anneliese das Rezept aushändigen zu lassen. Du liebe Zeit! Da blieb nur zu hoffen, dass er jetzt wenigstens für die Tatzeit des zweiten Mordes ein Alibi vorweisen konnte.

Natürlich fühlte sie sich durch diese Eigenmächtigkeit von Dr. Schlehdorn etwas verletzt und sie hätte auch gerne gewusst, warum ihr Patient ihr nie von der Umstellung auf Tabletten erzählt hatte – aber an ihrer Einstellung zu Günter Grabert hatte sich durch diese neue Entwicklung nichts verändert: Sie war von seiner Unschuld fest überzeugt. Er hatte diese schrecklichen

Morde nicht begangen, das lag gar nicht mehr im Bereich des Vorstellbaren!

»Darf ich Ihnen noch etwas zu trinken bringen?«, brachte eine energische Stimme die Therapeutin unsanft wieder in die Realität zurück.

»Ein Mineralwasser, danke«, antwortete sie mechanisch, setzte sich aufrecht hin und versuchte sich wieder auf das Gespräch am Prognosestammtisch zu konzentrieren.

»… und dann bemerkte er, dass es ihn sexuell erregte, wenn die Mädchen ihn bissen – also legte er es bei Raufereien immer so an, dass die Mädchen sich aus seiner Umklammerung nur noch befreien konnte, wenn sie ihn kraftvoll bissen: in den Arm oder die Hand zum Beispiel.«

Frau Dr. Jung seufzte.

Ihr ging das Gespräch durch den Kopf, das sie am Morgen mit einem Täter aus dem Maßregelvollzug geführt hatte.

»Das Beste ist die Jagd«, hatte der hagere hoch aufgeschossene Mann erklärt. »Ich sitze da, zwischen all diesen Mädchen und die tun so, als gäbe es mich gar nicht. Sie glauben ja gar nicht, wie einfach es heutzutage ist nicht aufzufallen. Sie plappern munter weiter über ihre kleinen Problemchen mit Mutti oder Papi, der besten Freundin. Und keine von denen weiß, dass ich ihr eigentliches Problem bin. Wenn sie sich an irgendeiner Ecke trennen, schleiche ich einer hinterher. Es ist wie Fieber – nur viel, viel schöner. Und dieses Geräusch, wenn Sie mit dem Messer durch die oberste Hautschicht durchstoßen. Es klingt ein bisschen so, als würden Sie einen guten Reißverschluss hochziehen. Die Klinge gleitet dann willig in den Körper hinein. So kann man ganz leicht Stücke abtrennen – Brüste zum Beispiel. Bei Fingern und Zehen entstehen normalerweise auch keine Probleme – aber da braucht man dann schon ein gutes Messer. Als ich bei dem jungen Mann aus dem Bierkeller den Oberschenkel durchtrennt habe, hatte ich natürlich eine Säge. Ich mach das gerne von Hand – aber ich kenne hier drinnen auch ein paar Jungs, die machen das elektrisch. Wo bleibt da der Spaß, frage ich mich.«

»Erinnern Sie sich häufig an diese Gefühle oder erzählen Sie mir nur von ausnahmsweise und eher selten auftretenden Erinnerungen?«

»Hier ist ja nichts los. Da denke ich viel daran.«

»Sind Sie sich im Klaren darüber, dass ich keine günstige Verlaufsprognose für Sie abgeben kann, solange Sie so begeistert vom Töten erzählen?«

»Ja. Wenn ich töte, bin ich Gott. Und wer einmal Gott war, der möchte es immer wieder sein. Plötzlich bist du nicht mehr der schleimige Stiefellecker – nein! Du bist der Allmächtige. Und wenn Sie dann winseln und um ihr kleines nutzloses Leben betteln, dann haben auch sie es erkannt. Mich dürft ihr nie wieder rauslassen. Gott in mir wartet nur darauf«, wisperte er ihr eindringlich zu.

Sie hatte ihn nachdenklich angesehen und dann ihre Notiz dreimal dick unterstrichen: Sicherheitsverwahrung, keine Lockerung!

38

»Was haben wir?«

»Diese Verstümmelungen nehmen von Mord zu Mord zu, das bedeutet ein Anwachsen seines Aggressionspotenzials. Die am Tatort hinterlassenen Puppen scheinen tatsächlich eine Ankündigung des nächsten Mordes zu sein – da stimme ich mit Ihnen völlig überein. Er hat demnach bei der Ausführung der einen Tat immer schon die Planung der nächsten abgeschlossen. Der Täter leidet unter einer sexuellen Deviation, ist offensichtlich einsam. Er hat keinen ständigen Lebenspartner, weiß um seine Andersartigkeit, und ist bemüht sie hinter einer passenden Maske vor den neugierigen Blicken seiner Mitmenschen zu verbergen. Dem steht ein gewisses Geltungsstreben gegenüber. Er will seine Taten gewürdigt sehen und schickt deshalb eine Mail an die Zeitung. Da wir beschlossen haben den Druck nicht zu genehmigen, wird er verärgert sein und auf einen Weg sinnen, doch noch die Aufmerksamkeit auf seine Mission zu lenken. Er wird versuchen mit uns Kontakt aufzunehmen.«

»Und welchen Weg wird er wählen? Was vermuten Sie?«

»Ich glaube, er wird es entweder erneut über die Zeitung probieren – oder er versucht es diesmal über Lausitz TV. Vielleicht nimmt er es der Zeitung ja übel, dass sie nichts gebracht hat.«

»Wir haben noch immer nicht die geringste Vorstellung von dem Täter, den wir da jagen«, bemängelte Albrecht Skorubski.

»Wir müssen davon ausgehen, dass er völlig unauffällig mitten unter uns lebt, als freundlicher, ruhiger Nachbar. Er verfügt über ein hülsenhaftes, rudimentäres Ich, das ihm dabei hilft in der Masse unterzutauchen. Auffällig ist, dass sich seine Aggression nicht gegen einen bestimmten Frauentyp richtet – seine Opfer haben weder die gleiche Haarfarbe, noch Augenfarbe, sich haben sich modisch sehr unterschiedlich gekleidet – aber allen war eine gute Figur gegeben. Er mordet apersonal-destruktiv zum Zweck der Befriedigung seines sexuellen Triebes.«

Peter Nachtigall glaubte einen zartrosa Hauch über die Wangen des Sprechers huschen zu sehen, als sich ihre Augen bei diesen Worten trafen. Jule und Sex – die Erkenntnis traf ihn wie ein Keulenschlag. Dann schalt er sich einen Blödmann. Wozu denn sonst hatten all diese jungen Leute ständig Kondome dabei.

»Der Täter plant sein Vorgehen überaus gründlich und langfristig. Überraschungen sollen von vornherein ausgeschlossen sein. Insgesamt wirkt er auf seine Mitmenschen emotional eher flach und unbeteiligt bis stumpf. Er ist kräftig und wirkt dennoch wohl nicht beunruhigend, sonst hätten die Frauen ihre Chance zur Flucht frühzeitig ergriffen.«

»Er kann sie ja auch in jedem der Fälle überraschend angegriffen haben. Möglicherweise hat er seine Opfer auch unter einem Vorwand ein Stück begleitet.«, gab Dr. Pankratz zu bedenken.

»Möglich. Darüber haben wir ja schon gesprochen. Wenn er ihnen auflauerte, dann vielleicht, weil er nicht sicher war, dass seine Kraft ausreichen würde die Opfer sofort zu überwältigen. Er wollte auf jeden Fall das Überraschungsmoment auf seiner Seite haben. Jedes Mal tötete er mit nur einem Schlag – Gegenwehr wollte er wohl mit Sicherheit ausschließen«, räumte Couvier ein.

»Dann ging's es ihm net darum ihne zuz'sehe, wie se sich ängschtige, wie Panik se ergreift, wie se erkenne, dass es koine Rettung gibt? Sein Sieg muss also in ebbes anderem bestehe.«

»Wir haben drei unaufgeklärte Morde, die Aussicht auf einen weiteren in Planung und wissen nichts, aber auch gar nichts, das uns irgendwie auf die Spur des Täters bringt! Das Profil passt auf eine Menge Leute, alle Verdächtigen bleiben unter Verdacht, niemand wird entlastet!«, schimpfte Skorubski.

»Das stimmt so nicht. Hansi konnten wir streichen. Und immerhin wissen wir, dass er gut mit Computern umgehe kann. Er hat spezielle Fähigkeiten auf dem Gebiet, die über das hinausgehe, was ein normaler User so drauf hat. Und ich kann mir nicht helfen, aber des passt alles nicht zu Günter Grabert. So verdächtig ihn auch alles andere macht, ich hab ihm zugesehen, wie er auf der Tastatur geschrieben hat. Ungeschickt ist dabei eine harmlose Umschreibung«, stellte Michael Wiener fest.

»Auch Jens Wilde schien nicht mehr zu wissen, als unbedingt notwendig ist, um ein paar Daten einzugeben und eine Mail zu verschicken«, räumte Nachtigall unzufrieden ein.

»Und nun?«

Selbst Dr. Emile Couvier schien die Antwort auf diese Frage nicht geben zu können.

39

12. November

Entgeistert starrte Niko Lobedan auf das Bild, das sich geöffnet hatte. Als Anhang einer Mail, die wichtige Informationen zu den Morden in Cottbus versprochen hatte. Exklusive Informationen – so wurde es jedenfalls im Begleittext angekündigt.

Niko Lobedan, mit Anfang zwanzig ein junger Spund im LTV-Redaktionsteam, kam es vor, als sauge das Bild ihn förmlich ein. Was sollte er damit nur anfangen?

Es war eindeutig eine Art Einladung, überlegte er und nickte unbewusst mit dem Kopf, sodass sein üppiger Pferdschwanz hin und her wippte. Die Aufforderung an einer Art Spiel teilzunehmen, in dem es um Schnelligkeit ging, das war klar.

Nicht klar war allerdings die Person des Herausforderers.

Das Bild zeigte ein idyllisches Fleckchen im Wald. Unter einem Nadelbaum mit tief herunterhängenden Ästen war etwas wie eine natürliche Höhle entstanden. Und genau dort, geschützt vor Wind und Wetter hatte jemand ein Bett aus Reisig und Laub aufgeschichtet. Daneben lag Moos, wie eine vom Bett gerutschte Decke.

Das gesamte Arrangement schien auf die Rückkehr der Person zu warten, die sich dort zur Ruhe legen würde.

Friedvolles Bild voller Entsetzen.
Hier würde man ein neues Mordopfer finden.

»Warte nur – bald ...« stand darunter und das Wort Zeh. Und ein Datum: 17.11

40

»Er hat ei Bild an LTV g'schickt!« Michael Wiener stürmte ins Büro. »Niko Lobedan hat sich g'rad g'meldet. Der isch Lokalredakteur und hat ein Foto g'schickt bekomme auf dem man deutlich das Laubbett für das nächste Mordopfer erkenne kann. Und als Datum den 17.«

»Und, haben wir ihn erwischt?«

»Nein. Angelika Wiesendorf habe ich schon angerufen. Diese Mail ging nicht über den Firmenserver.«

»Das darf doch nicht wahr sein!«, tobte Nachtigall, holte tief Luft und beugte sich dann über Michael Wieners Schulter, um besser sehen zu können.

»Er will mit uns spielen«, stellte er lakonisch fest, während er zusah, wie Michael Wiener sich die Mail von LTV auf den Monitor holte.

»Hier, er hat mir das ganze Ding rübergeschickt. LTV würde das Foto gern in den Nachrichten veröffentlichen – als Erste. Danach könntet es au die anderen Nachrichtensender bekomme. – Mein Gott, das sieht ja wirklich genau aus, wie an den drei anderen Tatorten!«

»Unheimlich. Fast, als sei es unabwendbar«, flüsterte Peter Nachtigall.

»Das könnte ja beinahe überall aufgenommen sein! Ich glaube kaum, dass wir diesen Ort so schnell finden können«, orakelte Skorubski, der sich über die andere Schulter des jungen Kollegen beugte. »Ich kann jedenfalls keinen Hinweis entdecken, an dem man sich orientieren könnte. Kein Wegzeichen, keine Markierung, kein markanter Baum in der Nähe.«

»Ja, du hast Recht. Sieht so aus, als wollte er uns die Sache nicht zu leicht machen.«

»Entweder, weil er uns nicht beleidigen wollte, indem er unsere Fähigkeiten unterschätzt – oder, was wahrscheinlicher ist, weil er sich selbst für schlau genug hält, uns auszutricksen«, murmelte Wiener und starrte gebannt auf den Bildschirm.

»Gut. In den Nachrichten wird dieses Bild gesendet. Die Stelle kann nur jemand identifizieren, der oft durch den Wald streift. Gibt es eine Möglichkeit Förster und Jäger hier in der Gegend zu verständigen und denen das Bild zu zeigen?«, fragte Nachtigall.

»Ja. Klar. Ich versuch so viele Mailadressen wie möglich herauszufinden und schick das weiter.«

»Wir stellen Suchtrupps zusammen. Wahrscheinlich werden die diese Stelle nur zufällig finden, aber probieren müssen wir es trotzdem. Drei Trupps, Streuung so weit wie nur möglich über das städtische Waldgebiet«, ordnete Nachtigall an, während Skorubski schon die Schutzpolizei verständigte.

»Hoffentlich ist er nicht auf die Idee gekommen, das nächste Opfer etwa im Spreewald …«, Skorubski unterbrach sich, als er Nachtigalls Blick begegnete.

»Bei der Mail an die Rundschau konnten wir doch den Absender im Briefkopf finden. Das geht doch hier bestimmt auch, oder?« Nachtigall warf Wiener einen fragenden Blick zu. Der junge Mann riss sich vom Bild los, schloss das Fenster und scrollte den Mailkopf ins Bild.

»Was soll denn das sein? Hat er sich wieder über einen anderen PC eingewählt?«

»Eine Anwaltskanzlei«, meinte Michael Wiener unbeeindruckt. »Dankwald & Partner. Mal sehen, ob die wissen, dass sie missbraucht wurden.«

»Verdammt noch mal! Der Typ spielt Katz und Maus mit uns!«

Mit einem lauten Knall fiel die Tür hinter Peter Nachtigall ins Schloss.

Skorubski und Wiener zuckten zusammen.

Albrecht Skorubski zuckte mit den Schultern.

Danach starrte er wieder auf das Bild, während Wiener die Kollegen um Unterstützung bei der Identifizierung der Mailadresse bat. Vielleicht gab es ja doch einen Hinweis und sie hatten ihn nur noch nicht entdeckt.

»Seit zwei Stunden durchstreifen Beamte die Waldgebiete in und um Cottbus. Aber ohne irgendeinen Anhaltspunkt wird es schwierig«, eröffnete Nachtigall die Zusammenkunft.

»Der Täter hat die Regeln geändert«, meinte Dr. Pankratz. »Er bittet uns zum Tanz.«

»Wahrscheinlich ist er enttäuscht, dass die Medien nicht über seine »Mission«, von der wir noch nicht wissen, worin sie bestehen soll, berichtet haben. Da er sich für maßlos überlegen hält, nachdem ihm die Polizei auch nach dem dritten Mord noch immer nicht auf die Spur gekommen ist, wählt er einen neuen Weg. Er will sich direkt mit der Intelligenz und der Findigkeit seiner Gegenspieler messen. Natürlich um seine eigenen Fähigkeiten erstrahlen zu lassen. Ich bin nicht sicher, ob es eine so gute Idee ist, die Öffentlichkeit auf der Suche nach dem Moosbett einzubeziehen. Möglicherweise beflügelt ihn das nur«, erklärte Emile Couvier bedrückt.

»Wer sagt eigentlich, dass das Foto vom Täter stammen muss? Schließlich wissen wir alle, wie gerne sich Trittbrettfahrer auf so etwas stürzen. Und die Zeitung war ja voll davon.« Dr. Pankratz wurde seiner Rolle als Advocatus Diaboli gerecht.

»Aber von dem abgetrennten Zeh war nie die Rede. Darauf haben wir geachtet. Nur der Täter und wir kennen dieses Detail.«

Ein Beamer projizierte das digitale Bild großformatig an die Wand und wieder irrlichterten Augenpaare darüber hinweg, um einen möglichen Hinweis zu entdecken.

»Im Grunde ist es gleichgültig, ob wir nun einen Beweis finden oder nicht. Wir können diese Nachricht auf gar keinen Fall ignorieren«, stellte Nachtigall fest. »Wir können unmöglich ein unnötiges Risiko eingehen.«

»Konnte die Absenderadresse inzwischen ausfindig gemacht werden?«, fragte er dann.

»Ja«, beeilte sich Michael Wiener zu erklären. »Eine Anwaltskanzlei am Ku'damm. Der Täter ist wieder so vorgegangen, wie bei Büro & Style. Man war dort reichlich geschockt. Natürlich hat keiner das Eindringen in den Mailserver bemerkt.«

»Wir wissen also wieder nichts über denjenigen, der mit uns spielen will. Er hätte schließlich die Mail völlig anonym schicken können – da gibt es entsprechende Möglichkeiten im Internet. Aber das tut er nicht. Er lässt uns immer einen Zipfel seines Mantels sehen, der uns aber natürlich nicht weiter hilf. Er ist wie ein Phantom – wir sehen seine Spuren, aber ihn selbst können wir nicht einmal erahnen.«

Und einen Moment lang dachte Hauptkommissar Nachtigall darüber nach, ob das eigenartig beklemmende Gefühl, das ihn seit einigen Tagen begleitete, tatsächlich Angst vor einem konturlosen Psychopathen war, der ohne Skrupel mordete, seine Opfer willkürlich auswählte, um ihnen dann Unbeschreibliches anzutun – oder eher Angst davor unfähig zu sein, ihn dingfest zu machen und das Spiel zu verlieren? War das ein weiteres Indiz dafür, dass er älter wurde?

Nachtigall beschloss, sich selbst gut im Auge zu behalten. Zum Altwerden hatte er später noch Zeit!

»Dann gehen wir wohl am besten so vor wie immer in solchen Fällen: Wir checken, wo unsere Tatverdächtigen sich aufgehalten haben, als diese Mail abgeschickt wurde. Wir schicken einen Wagen zu Grabert und einen zu Wilde. Gibt es sonst noch jemanden aus dem Umfeld der Opfer, der sich mit Computern gut auskennt?«, versuchte Skorubski einen neuen Ansatz.

»Ich fürchte, wir müssen uns da einen wichtigen Punkt richtig klar machen: Er muss seine Opfer gar nicht persönlich kennen. Vielleicht weiß er, wer bei Candle-Light arbeitet – vielleicht war es aber auch nur Zufall, dass alle drei Mädchen von dieser Agentur vermittelt wurden. Das letzte Opfer war nach Aussage ihres Freundes längst ausgestiegen, das erste auch. Ich stelle mir eher vor, dass er umherstreift und sie sich seinen Vorstellungen entsprechend aussucht. Dann verfolgt er das Mädchen und tötet es an geeigneter Stelle. Selbst wenn er ihm einige Tage folgt, das Moosbett vorbereitet und eine gute Stelle für den Überfall auswählt, muss das Opfer nichts davon bemerkt haben. Nach dem Mord beginnt er mit den massiven Verstümmelungen, um seine pervertierte Lust zu befriedigen. Wir wissen nicht, wie er vorgeht, nachdem er die Planung für die Verstümmelungen auf der Puppe vorgezeichnet hat«, erklärte Peter Nachtigall nachdenklich.

»Wobei es natürlich seltsam ist, dass er immer schon die weiterführende Planung im Kopf hat, während er die aktuelle Tat ausführt. Wenn das zu seinem Schema gehört, bleibt unverständlich, warum er sein Wunschbild nicht sofort in die Tat umsetzt um tiefste Befriedigung zu erfahren. So bleiben ja immer noch Sehnsüchte offen«, Emile Couvier schien auch ratlos zu sein.

»Sie meinen, er plant die Eskalation ausgesprochen gründlich. Das wird nicht emotional gesteuert?«, hakte Nachtigall nach.

»Doch. Die Wünsche schon. Allerdings ist diese akribische und langfristige Planung sehr auffällig. Es könnte darauf hindeuten, dass er nichts dem Zufall überlassen möchte. Es bedeutet aber nicht, dass er eines der Opfer gekannt haben muss.«

Das Schweigen dauerte lange.

»Vielleicht legt er zum Beispiel nur die Haarfarbe des nächsten Opfers fest und seine Planung. Möglicherweise legt er auch an verschiedenen Stellen des Waldes solche Betten an – für den Fall, dass er eines in der Gegend braucht. Und wenn er dann ein Mädchen sieht, ….«

»Also, ich glaube, er hat jedes Mal ein konkretes Opfer im Auge, wenn er da mit seiner Barbiepuppe sitzt und die Verstümmelungen plant. Er hat sich schon vor dem aktuellen Mord, den er erst noch begehen möchte, schon das nächste Opfer ausgesucht. Er schleicht ihr nach, spioniert ihre Wege aus und legt ein Moosbett an einem günstigen Platz an. Der Erkennungsdienst hat keinerlei Hinweise darauf gefunden, dass er das »Arrangement« etwa schon vor Wochen vorbereitet hätte«, energisch reckte Peter Nachtigall sein Kinn vor.

»Und das bedeutet, dass jetzt ein ganz bestimmtes Mädchen in akuter Gefahr schwebt. Er schleicht ihr schon nach, spioniert sie aus. Ein gut gebautes Mädchen mit dunklen Haaren – wie bei der letzten Puppe. Nicht zu groß. Davon gibt es Dutzende in der Stadt«, stöhnte er dann und versuchte den panischen Schrecken beim Gedanken an Jule zu unterdrücken. Mit einer unwilligen Bewegung wischte er sich den feinen Schweißfilm von Stirn und Oberlippe.

Emile Couvier und Dr. Pankratz nickten nahezu synchron.

»Vielleicht können wir mit einem geschickt formulierten Text an die Öffentlichkeit gehen, der ihn etwas beruhigt. Wir könnten versuchen proaktiv auf ihn Einfluss zu nehmen und sein Verhalten für uns vorhersehbarer machen. Was will er am dringendsten? Aufmerksamkeit! Die hatten wir ihm verweigert und er hat nachgelegt. Und er wirft der Polizei vor, ihn und seine Mission nicht zu verstehen. Er will also etwas erklären. Demnach wäre es keine schlechte Idee ihm jetzt anzubieten sich verstehbar zu machen.«

»Sie wollen, dass wir ihm eine Plattform geben sich darzustellen?«, fragte Skorubski verblüfft.

»Ja. Genau. Er hat geschrieben, er müsse morden, weil er nicht verstanden würde. Das bedeutet doch im Umkehrschluss, wenn wir sein Anliegen begreifen, werden weitere Morde überflüssig. Und er hat auch angedeutet, er wäre froh nicht mehr töten zu müssen. Das kann er uns beweisen, indem er uns seine Mission erklärt.« Couviers Augen leuchteten vor Begeisterung, als er erwartungsvoll in die Runde sah.

Nachtigall registrierte es und schüttelte sich angewidert. Menschen, die sich an ihren eigenen Worten berauschten, brachten nur selten das Heil.

»Und was tun wir, wenn er uns durchschaut und auflaufen lässt?«, fragte er genervt.

»Was soll das heißen?«

»Na, was tun wir, wenn er unser Gesprächsangebot nicht nutzen will, weil er Worte zum Beispiel für nicht so aussagekräftig hält wie Taten?«

»Hansi können wir nun wohl endgültig streichen.«

»Günter Grabert hat einen Laptop mit W-LAN. Aber er behauptet, diese Technik nicht zu nutzen. Es sei ein viel zu unsicheres Verfahren. Aber des muss ja nicht stimmen. Wir haben sein Gerät beschlagnahmt und in der Technik suchen sie noch Spuren der fraglichen Datei. Außerdem sei er nur für ein paar Wochen als Fahrer bei Candle-Light angestellt gewesen. Als Krankheitsvertretung. Dann sei der eigentliche Chauffeur wieder aus dem Krankenhaus entlassen worden und er musste gehen. Die Mädchen will er sich nicht näher angeguckt haben«, berichtete Michael Wiener.

»Haben wir denn schon das Ergebnis der Blutanalyse?«

»Ja. Sie konnten Androcur nachweisen. Aber in dem Bericht steht auch, dass das nicht wirklich etwas aussagt. Er könnte auch über einen langen Zeitraum kein Medikament genommen haben und dann – zum Beispiel um uns zu täuschen – seine normale Dosis einwerfen. Im Blutbild macht das keinen Unterschied. Wir wissen also nur, dass er es vor der Blutprobe genommen, aber nicht, ob er es regelmäßig eingenommen hat«

41

»Mein Gott – ich habe es gerade in den Nachrichten gesehen! Der Wahnsinnige will noch einen Mord begehen! Praktisch vor den Augen der Polizei!« Dr. Helge Jung und Peter Nachtigall saßen sich im Ghandi, einem indischen Tandoori – Restaurant, gegenüber.

»Er hat das Bild an LTV geschickt. Er spielt mit uns Katz und Maus.«

»Hat sich denn schon jemand gemeldet, der weiß, wo die Stelle sein könnte?«

Dieses Gespräch passt nicht an einen gemütlichen Ort wie diesen, dachte Nachtigall. Sie saßen hier an einem liebevoll gedeckten Tisch bei Kerzenschein, im Hintergrund war entspannende Musik zu hören und sie warteten im Duft aromatischer Gewürze auf ihre Bestellung. Doch anstatt die romantische Atmosphäre zu genießen und Gespräche über private Dinge zu führen, unterhielten sie sich hier über einen Irren, der junge Mädchen brutal niedermetzelte und grausig verstümmelte.

»Noch haben wir keinen Hinweis. Die Aufnahme gibt nicht viel her zur Orientierung. Aber schon möglich, dass jemand weiß, wo das aufgenommen wurde«, in Nachtigalls Stimme schwang trotzige Hoffnung.

»Warum hat er euch denn überhaupt dieses Foto geschickt? So steigt doch für ihn das Risiko.«

»Unser »Profiler« meint, er hält sich für maßlos überlegen. Vielleicht macht er einen Fehler. Dann schnappen wir ihn.«

»Günter Grabert steht aber nicht mehr unter Verdacht, oder?«

»Jeder bleibt verdächtig. Weißt du, wie einfach es ist, so eine Datei von einem x-beliebigen Internetzugang zu verschicken? Es ist wirklich unglaublich – und das Schlimmste ist, dass alle Welt zu wissen scheint, wie das funktioniert – nur ich nicht!«

Das Essen wurde serviert. Eine große Portion Reis und für jeden ein kupfernes Pfännchen auf eigenem Rechaud. In Dr. Jungs Pfännchen zischte und brutzelte es leise. Nachtigall schnupperte fasziniert. Seine Gemüsekäsebällchen dufteten nach feinen, fremdartigen Kräutern und Curry.

»Ein vegetarisches Gericht«, schmunzelte er.

Jules Erziehungsversuche schienen doch langsam Wirkung zu zeigen. Er konnte nur hoffen, dass er umgekehrt auch solche Erfolge hatte.

Dr. Jung schöpfte Hähnchenfilet mit Gemüse auf ihren Teller und gab eine gefährlich scharf aussehende rote Soße darüber.

»Ist das so ungewöhnlich für dich?«

»Na, ja. Ich esse schon richtig gerne Fleisch. Aber Jule ist vor einiger Zeit zum vegetarischen Lager übergewechselt und versucht nun, mich zu missionieren. Offenbar mit zunehmendem Erfolg!«

Die Psychologin lachte angenehm warm und analysierte: »Typischer Fall von pubertärem Endteenie mit pädagogischem Sendungsbewusstsein und ideologischer Steifheit. Sehr schwierig!«

Sie stießen lachend an. Beglückt registrierte Peter Nachtigall, dass sie die förmliche Ebene ihrer Bekanntschaft zu verlassen schienen. Sie hatte ihn geduzt! Ohne großes Getue!

Doch der aktuelle Fall drängte sich gnadenlos wieder an den Tisch zurück.

»Günter Grabert hat sicher keine Bildmitteilung an LTV geschickt. Er ist in Computerdingen genau so unwissend wie du und ich.«

»Wir können es nicht ausschließen. Außerdem kann jeder so tun, als sei er zu blöd seinen Laptop zu bedienen. Die Mail kam über den Mailserver einer Anwaltskanzlei in Berlin – und dein Günter war heute dort. Zufall? Angeblich begleitete er einen Patienten der Reha -Einrichtung zu einer speziellen Therapie in die Charité. Zwei Stunden Freizeit, die er nach Belieben nutzen konnte.«

»Du siehst Gespenster – und außerdem ist es nicht »mein« Günter. Ich war heute auch in Berlin – als Gutachterin bei einem Prozess. Und viele andere Cottbuser sicher auch. Sind die jetzt alle verdächtig?« Ihre Augen leuchteten amüsiert.

»Die anderen nicht, du schon. Du bist ja in den Fall involviert«, neckte er sie.

»Die Frau, das unbekannte Wesen«, lachte sie. »Vielleicht stammen die Nachrichten ja gar nicht wirklich vom Täter. Woher wisst ihr, dass ihr es nicht mit einem psychopathischen Wichtigtuer zu tun habt?«

»Das können wir mit Sicherheit ausschließen. Der Absender hat sich jedes Mal eindeutig identifiziert.«

»Ach – er hat mit: »Ich bin der Mörder« unterschrieben?«

»Nein. Aber hat ein Detail erwähnt, das nur er und wir kennen. Wir wissen jetzt übrigens auch sicher, dass wir einen Mann suchen. Der Gedanke, dass in Cottbus eine psychopathische Serienmörderin unterwegs sein könnte, hat mich schon ganz schön beunruhigt.«

Sie sah ihn überrascht an.

»Habt ihr nun doch noch Sperma sichergestellt?«

»Nein- wir haben ein Haar gefunden! Es ist nicht genug Material für eine vollständige DNA-Analyse, aber das Labor meint, es sei das Haar eines Mannes.«

»Ich finde deine Arbeit wirklich faszinierend. Ein Haar bringt euch auf die richtige Spur. Weißt du, ich arbeite zwar mit den Tätern – aber von der Polizeiarbeit habe ich nicht die geringste Ahnung«, sie breitete in gespielter Verzweiflung die Arme aus. »Da wirst du mir wohl noch jede Menge erklären müssen.«

Er sah fasziniert in diese wunderbaren Augen und dachte erschaudernd daran, was ihre Patienten ihr wohl so alles erzählen mochten.

Beim Dessert hatte sich das Thema zu Nachtigalls Freude wieder von Morden und Tätern entfernt. Sie unterhielten sich über Vorlieben beim Kochen und Essen, stellten Gemeinsamkeiten beim Weingeschmack fest und beschlossen, alle fremdländischen Restaurants zu testen, die Cottbus zu bieten hatte. Und das waren nicht wenige, wie sie beim Aufzählen feststellten. Genug jedenfalls für viele zukünftige gemütliche Abende.

Beschwingt kehrte Nachtigall nach Hause zurück.

42

13. November

»Jule Nachtigall?«

Beinahe lautlos war der Geländewagen neben ihr aufgetaucht, während sie versuchte in den Tiefen ihrer Tasche den Hausschlüssel zu finden.

»Ja?«, antwortete die junge Frau verblüfft und versuchte vergeblich sich an das Gesicht hinter dem Steuer zu erinnern.

Die Frau schien ihre Verwirrung zu bemerken und begann hastig zu erklären.

»Schnell, springen Sie rein. Ich bin vom LKA. Ihr Vater wurde bei einer Schießerei schwer verletzt. Ich soll Sie zu ihm ins Krankenhaus bringen!«

Ohne auch nur eine Sekunde zu zögern, schwang Jule sich auf den Beifahrersitz.

Sekundenbruchteile später versank ihre Welt in undurchdringlichem Dunkel.

Als sie wieder zu sich kam, lag sie auf dem Boden eines halbdunklen Kellerraumes, an Händen und Füßen gefesselt. Hämmernde Kopfschmerzen erschwerten das Erinnern. Diese Polizistin wollte sie doch ins Krankenhaus fahren. Wie passte das zu den Fesseln? Und ganz langsam wurde Jule klar, dass sie auf den ältesten aller Entführersprüche hereingefallen war. Wie sollte sie das später ihrem Vater erklären – und würde sie überhaupt noch Gelegenheit haben, es zu versuchen?

Die Tür ging auf und die unbekannte Frau trug ein Tablett herein. Sie setzte es neben Jule ab und sagte: »Ich löse dir jetzt die Fesseln, dann kannst du das hier trinken. Ich habe dir eine Aspirin aufgelöst – ich denke, du kannst was gegen Kopfschmerzen gebrauchen.«

Jule nickte zögernd.

»Warum? Warum haben Sie mich verschleppt?«

»Freiwillig wärst du doch sonst nicht mitgekommen. Du verstehst doch, dass mir keine andere Wahl blieb, oder?«

Jule hielt es für sicherer nicht zu widersprechen, also nickte sie wieder vage.

Sie nahm das Glas mit der noch sprudelnden Flüssigkeit und warf der Fremden einen fragenden Blick zu.

»Na, nun trink es schon aus! Es ist kein Gift drin. Wäre doch völlig schwachsinnig dich herzubringen, um dich dann zu vergiften, das hätte ich auch einfacher haben können. Ich hätte ja nur ein bisschen fester zuschlagen müssen.«

Das leuchtete dem Mädchen ein.

»Die Menschen verstehen nicht, was ich ihnen erklären möchte. Sie sind dumm, strohdumm! Deshalb werde ich dich als eine Art Dolmetscher benutzen. Ich erkläre dir, worum es mir geht – und du wirst meine Mission verstehen lernen!«

»Mission?«

»Oh, ja. Ich wurde geboren, um den Menschen die Augen zu öffnen. Deshalb musste ich auch so viel Leid und Enttäuschung ertragen. Bei den meisten, die für

Großes vorgesehen sind, ist das so. Doch manchmal habe ich das Gefühl, es ist schon zu spät. Der Irrweg ist voller Verlockungen, und die Menschen sind zu schwach zu widerstehen.«

Jule hatte sich aufgesetzt und rieb sich die Handgelenke. War sie der Priesterin einer neuen Sekte in die Hände gefallen? Oder lag es an den nur langsam abebbenden Kopfschmerzen, dass ihr das Gerede wirr vorkam? Vielleicht hatte sie eine Gehirnerschütterung.

Sie sah sich in dem Raum um. Offensichtlich ein Kellerraum, dachte sie. Durch ein Fensterband direkt unterhalb der Decke fiel spärliches Licht. Vielleicht von einer Straßenlaterne. An der Längswand stand ein Schreibtisch, dessen lange Glasplatte von hölzernen Tischlerböcken getragen wurde. Wenige Utensilien standen darauf. Jule entdeckte eine nackte Barbiepuppe, eine Schere, dicke Marker und einen Collegeblock. In einem schmalen Regal an der Giebelwand standen drei Glasgefäße, in denen je ein Zeh schwamm. Auf dem unteren Brett lagen sechs kleine Äpfel – in einer ordentlichen Reihe.

Jule hielt den Atem an.

Die Frau bemerkte es.

»Ja. Stimmt schon. Ich bin der Schlächter von Cottbus.«

»Eine Frau?«

»Ja. Komm schon, streng dich an. Von dir hätte ich nun wirklich mehr erwartet! Findest du nicht auch, dass wir Frauen kolossal unterschätzt werden? Dabei habe ich deinen Vater mit der Nase darauf gestoßen – aber er wollte davon nichts hören! Frauen morden anders! So ein Quatsch! Frauen morden, wie sie wollen.«

»Ja. Männer sind leider oft recht unflexibel im Denken«, stimmte Jule zu. Das Medikament begann zu wirken und zunehmend breitete sich Panik wie ein Geschwür in ihr aus. Diese Frau war irre. Sie hatte schon drei junge Frauen getötet und nun war sie ihr nächstes Opfer. Würde es wohl ihre Überlebenschancen verbessern, wenn sie der Frau beweisen konnte, ihre Auffassungen lägen gar nicht so weit auseinander?

Doch diese Hoffnung machte der nächste Satz sofort zunichte.

»Ach, was weiß denn eine Göre wie du schon vom Leben? Nichts!«, zischte die Fremde böse.

Klebriges Schweigen breitete sich aus.

»Damit das klar ist: Du bist hier, weil die anderen einfach zu schnell gestorben sind. Sie konnten nicht mehr verstehen, warum ich sie töten musste. Dabei wäre es mir wichtig gewesen. Es ist schließlich etwas Besonderes von mir auserwählt worden zu sein, um eine Umkehr zu bewirken«, predigte sie und breitete die Arme weit aus.

Papa, flehte Jule stumm, Papa, überlass mich nicht dem Teufel!

Als sie zum zweiten Mal in den Keller kam, war es schon dunkel. Jule hoffte, ihr Vater oder Emile hatten ihr Verschwinden inzwischen bemerkt und eine Suchaktion eingeleitet. Sie würden sie rechtzeitig finden, tröstete sie sich, bestimmt.

Die Fremde brachte wieder ein Tablett mit, diesmal mit belegten Broten und zwei Tassen Tee.

Sie zündete eine Kerze an und setzte sich im Lotussitz zu dem Mädchen auf den Boden.

»Dies ist wie eine eigene Wohnung hier unten. Du findest ein kleines Bad hinter der schmalen Tür da. Ich habe dir hingestellt, was du so brauchst. Ich schätze, du wirst ein paar Tage mein Gast sein. Aber mach dir keine Hoffnung: Entkommen kannst du nicht.«

Jule war erstaunt, dass sie tatsächlich Hunger hatte.

Es ist abartig, dachte sie, du hockst hier mit einer irren Mörderin im Keller und isst mit ihr Abendbrot! Bei Kerzenschein!

»Weißt du eigentlich, ob du ein Wunschkind warst?«, wollte die Frau unvermittelt wissen.

»Ja. Meine Eltern wollten unbedingt ein Kind.«

»Guter Start für dich. Bei mir war die Sache nicht so rosig. Weißt du, wie das ist, wenn deine Mutter dir eines Tages erzählt, der schlimmste Fehler ihres Lebens sei, nicht verhindert haben zu können, dass du geboren wirst?«

»Nein«, flüsterte Jule ehrlich bestürzt.

»Wie auch. Allen Abtreibungsversuchen hätte ich getrotzt und schon bei der Geburt habe sich nicht verbergen lassen, wie hässlich ich sei. Aber zum Glück wurde zwei Jahre später meine hübsche Schwester geboren.«

Jule starrte in ihre Teetasse.

»Fortan hatte unser Leben einen Mittelpunkt. Alles drehte sich um dieses ach so hübsche Kind. Für mich kauften wir Hosen und Pullis im Secondhandshop – für unseren Liebling nur vom Feinsten. Kleidchen und Röckchen und Blüschen. Und dann starb mein Vater. Er wurde bei Glatteis aus der Kurve getragen und war sofort tot. Meine Mutter meinte, es wäre nett von ihm gewesen mich mitzunehmen auf seiner Reise in den Himmel.«

Mein Gott, dachte Jule, das fühlt sich an wie sterben. So durfte man doch ein kleines Kind nicht behandeln!

Sollte das der Grund für all diese schrecklichen Morde sein!

»Wo ist denn eigentlich deine Mutter? Du lebst doch mit deinem Vater allein, nicht?«

Jule verschluckte sich und hustete.

»In Norwegen.«

»Der Liebe wegen?«

»Ja. Sie ist dort verheiratet.«

»Hast du dich nicht auch schon gefragt, warum sie dich verlassen hat? Liebt sie diesen Mann mehr, als ihr eigenes Kind? Und warum musstest du zurückbleiben? Warst ihr wohl in ihrem neuen Leben im Weg?«

Jule schluchzte auf, versuchte sich die Ohren zuzuhalten und hörte doch jedes ihrer Worte. Genau das hatte sie sich auch immer wieder gefragt, all die Jahre lang. Doch davon konnte diese Fremde doch nichts wissen! Sie versucht nur dich zu manipulieren, flüsterte ihre innere Stimme zu, hör nicht auf sie. Sie will dir schaden!

Als sie wieder aufsah, war die Frau verschwunden.

Jule weinte sich in einen unruhigen Schlaf.

43

Schon als er den Wagen parkte, entdeckte er überrascht Emile Couvier, der auf den Stufen vor seinem Haus saß und ein Polaroidfoto in der einen und einen beschriebenen Zettel in der anderen Hand hielt.

Als er Nachtigalls Schritt hörte, sah er auf und der Hauptkommissar konnte sehen, dass der junge Mann hemmungslos weinte.

»Was ist los?«

Statt einer Antwort hielt Couvier ihm Zettel und Foto hin.

»Jule! Das ist Jule!«, ächzte Nachtigall.

Sie lag gefesselt auf dem Boden. Ihre Augen waren geschlossen.

Der Brief in seiner Hand zitterte so sehr, dass er Mühe hatte, die Worte zu entziffern.

Es muss immer ein letztes Opfer geben – eines, dass Zeugnis ablegt vom Motiv. Identifikation: Zeh

Jule in der Hand des Täters! Gab es noch eine Chance sie zu retten oder war sie bereits tot?

Für einen Bruchteil einer Sekunde verlor Peter Nachtigall den Boden unter den Füßen. Tränen drängten sich hinter seinen Augen, Verzweiflung wühlte sich durch seinen gesamten Körper. Seine Jule!

Gedanken überschlugen sich, Pläne, Möglichkeiten

stolperten durcheinander. Was konnte er nur tun? Sie hatten doch noch nicht einmal eine ungenaue Vorstellung diesem Psychopathen. Er musste Jule retten, aber wie?

Die Polizei war er selbst – also musste er es auch selbst anpacken.

Er schüttelte Emile an den Schultern.

»Los – aufgestanden! Flennen bringt sie nicht zurück! Wir müssen sie suchen!«

Michael Wiener und Albrecht Skorubski verständigte er übers Handy. Eine Viertelstunde später waren sie betroffen und schweigsam um seinen Schreibtisch versammelt.

»Hier. Das ist mit Klebestreifen an meiner Haustür befestigt worden«, Nachtigall reichte Foto und Brief weiter.

»Hot denn ein Nachbar g'sehe, wer des hin g'hängt hot?«

»Fahren Sie bei mir vorbei und fragen Sie nach.«

Der junge Kollege stürzte davon.

»Ihre Freundin weiß doch sicher, mit wem sie den Nachmittag verbracht hat?«

»Ja. Die habe ich schon angerufen. Die beiden waren gemeinsam unterwegs und dann so gegen halb drei ist Jule nach Hause gefahren. Sie wollte Hausaufgaben machen. Aber als Sophie später bei uns angerufen hat, ist Jule nicht rangegangen«, antwortete Nachtigall leise.

»Der Täter muss sie doch dann auf dem Heimweg überwältigt haben – Jule ist doch eine Kämpferin. Das muss doch aufgefallen sein! Schließlich steigt sie nicht einfach so zu jemandem ins Auto. Gerade jetzt nicht«, überlegte Skorubski. »Ich gehe mal bei den Kollegen nachfragen, ob es irgendeine eine Meldung gab. Vielleicht über eine Auseinandersetzung in Sielow oder ein auffälliges Auto.«

Nachtigall nickte ihm dankbar zu, als er den Raum verließ.

»So – du bist der Psychologe! Ich will wissen, wie du die Chancen für Jule einschätzt. Hat sie überhaupt eine?«, fragte er dann.

»Der Täter spielt ein neues Spiel. Schwer zu sagen, was er plant«, antwortete Emile.

»Gut – ich stelle fest, du bist keiner von diesen Schönrednern.«

Sie nickten sich zu.

»Der Täter klebt das Foto an meine Tür. Das nächste Opfer ist für den 17. angekündigt. Er hat sich meine Jule ausgesucht. Aber die anderen Mädchen hat er ausspioniert, überrascht und getötet. Er hat sie nicht als Geiseln genommen, sondern sofort zugeschlagen. Warum ist es bei Jule anders?« Nachtigall schob schwungvoll seinen Stuhl zurück und begann unruhig auf und ab zu gehen.

»Der Täter weiß, dass es sich um meine Jule handelt. Das war kein Zufall. Er wollte mir zeigen, wo ich verwundbar bin. Das bedeutet auch, er muss mir hinterher spioniert haben. Wer von unseren Verdächtigen weiß schon, dass ich eine Tochter habe!«

»Hast du Grabert gegenüber Jule erwähnt?«

»Nein. Mit Sicherheit nicht. Und auch Wilde gegenüber nicht. – Er hat Jule gewählt, damit ich auf jeden Fall mitspielen muss. Er wollte diesmal sicher gehen. Wir haben den Brief an die Zeitung nicht veröffentlicht. Da hat er vielleicht geglaubt, er wird von uns nicht ernst genommen. Dann das Bild. Und nun, wo er Jule hat, ist er sich seines Gegners sicher«, analysierte er weiter.

Die Tür wurde aufgerissen und Michael Wiener streckte seinen Kopf ins Büro.

»S'isch ein G'ländewage g'wese. Die Mutter drei Häuser weiter hot ihre Kinder g'rad vom Spiele g'holt un da isch ihr der Wagen aufg'falle. Modell weißt se net. Aber dunkel isch er g'wese. Se hot g'sehe, wie Jule eing'stiege isch.«

Die Tür fiel wieder ins Schloss und sie hörten den jungen Mann über den Flur hasten.

»Jule steigt doch nicht einfach so in ein fremdes Auto. Das lernen doch schon die Kleinsten«, meinte Emile.

»Es sei denn, sie war sicher, von der Person im Auto gehe keine Gefahr für sie aus.«

»Dann hat sie den Fahrer gekannt?«

»Nein, nicht unbedingt. – Nein.«

Er ließ sich schwer in den Stuhl fallen und schlug sich mit der flachen Hand vor die Stirn.

»Wir sind Idioten. Wir hatten schon so oft den richtigen Ansatz – und ich habe es mir immer wieder ausreden lassen, weil ich es auch nicht glauben wollte! Aber so macht alles einen Sinn!«

Er sprang wieder auf, ließ den völlig verblüfften Psychologen sitzen und stürmte auf den Gang hinaus um sein Team zusammenzurufen.

»Fakt ist, Jule würde nicht zu einem Fremden in den Wagen steigen. Sie muss den Fahrer also für harmlos gehalten haben! Und was ist für ein junges Mädchen schon harmloser als eine Frau!«

»Eine Frau? Ich denke, eine Frau könnte die Opfer nicht getragen haben?« Albrecht Skorubski war skeptisch. »Und eine Frau verstümmelt doch keine andere. Das kann ich nun wirklich nicht glauben.«

»Eine starke Frau konnte die Opfer vielleicht schon tragen. Eine Frau, die entschlossen genug ist und über große Kraft verfügt. Seht ihr nicht, wie gut dann auf einmal alles zusammenpasst? Warum ist das erste Opfer nicht auf die nahe Straße geflohen? – Weil die Person, die hinter ihr ging, eine Frau war! Die Spur von Jana Neumann verliert sich nach dem Kinobesuch. Sie wird nicht gezögert haben bei einer Frau ins Auto zu steigen, die ihr anbietet, sie nach Hause zu fahren. Und wir nehmen an, der Täter sei bei seinem dritten Opfer, Bianca Weiß, ähnlich vorgegangen wie bei dem Mord an Anna Kranz. Auch sie wird sich keine Gedanken gemacht haben, wenn eine Frau ihr folgt. Eltern warnen ihre heranwachsenden Töchter vor den Gefahren, die von Männern ausgehen – nicht vor Frauen!«

»Das leuchtet mir ein. Es war aber jeweils nur ein Schlag, mit dem die Opfer getötet wurden. Die Frau muss über enorme Kraft verfügen. Und was ist mit dem männlichen Schamhaar?«, Albrecht Skorubski war nicht endgültig überzeugt.

»Wir wissen doch gar nicht, ob das überhaupt vom Täter stammt! Wir haben es nur bereitwillig geglaubt, weil es in unser Bild gepasst hat! Da kam wohl er Zufall ins Spiel und hat uns auf eine falsche Fährte gelockt! Also, welche Frauen spielen denn in unserem Fall überhaupt eine Rolle? Das ist die Frage, die wir jetzt klären müssen!«, entschied Nachtigall und holte ein Blatt Papier.

»Laura Hellberg.«

»Die Mütter der Opfer.«

»Die Freundinnen der anderen beiden Opfer! Haben wir da überhaupt schon Namen? Außer Sybille Klaus.«

»Klingt nicht überzeugend.«

»Die Hellberg ist zu schmächtig. Die könnte nie ihre Freundin weggeschleppt haben. Außerdem war ihre Erschütterung echt, denke ich«, schloss Nachtigall die Freundin des ersten Opfers aus.

»Die Mutter von Anna? Sie hat bestimmt nicht ihren Sonnenschein umgebracht. Außerdem liegt sie stationär in der Psychiatrie«, strich Skorubski wieder einen Namen von der neuen Liste.

»Schluss, das ist alles Quatsch! Die haben nichts damit zu tun! Es ist so, wie wir befürchtet haben! Diese Frau läuft durch unsere Straßen. Sie hat auf jeden Fall ein Messer und einen Apfel dabei. Den Stein vielleicht auch. Sie sucht sich ein Mädchen aus, das sie für schön hält, folgt ihr einige Zeit und schlägt dann zu. Sie hatte vorher keine Beziehung zu ihr und nach der Tat kann sie nicht mit ihr in Verbindung gebracht werden. Wir werden sie nur finden, wenn sie in unsere Falle tappt, versteht ihr? Sie ist schlau und sie ist böse – vielleicht auch wirklich hässlich. Und sie hat Jule!«

Nachtigall hatte plötzlich das Gefühl sich übergeben zu müssen und stürmte aus dem Büro. Er schloss sich in einer Kabine der Herrentoilette ein und lehnte den Kopf schwer gegen die Abtrennung. Es dauerte einen Augenblick, bis er bemerkte, dass ihm die Tränen ungehindert übers Gesicht liefen. Sein Oberkörper zuckte.

»Jule!«, flüsterte er. »Jule!«

Dann wischte er sich entschlossen die Tränen ab, verließ die Kabine und wusch sich das Gesicht mit kaltem Wasser ab.

Jule würde sich darauf verlassen, dass ihr Vater sie fand und rettete. Und sie sollte nicht umsonst auf ihn gesetzt haben, schwor sich Peter Nachtigall.

44

14. November

Zum Frühstück brachte die Frau ihr sogar aufgebackene Brötchen mit. Dankbar trank Jule den heißen Kaffee und belegte sich das Brötchen mit Käse.

»Gut geschlafen hast du wohl nicht?« Dabei zeigte die Fremde auf das Kopfkissen, das von Jules Tränen feucht geworden war.

»Was haben Sie erwartet?«

»Schon wahr. Dein Vater hat sicher auch nicht viel geschlafen. Ich habe ihm ein Foto von dir vorbei gebracht – er weiß also Bescheid. Und dein schnuckeliger Freund auch. Bestimmt laufen sie jetzt rum wie aufgescheuchte Hühner und verstehen nicht, wieso sie dich nicht finden können. Männer werden in unübersichtlichen Situationen gerne hektisch und handeln unüberlegt. Frauen nicht. Je größer die Herausforderung, desto überlegter handeln sie. Ach, findest du nicht?«

Jule hatte wohl skeptisch eine Augenbraue hoch gezogen. Nun musste sie antworten.

»Nun, ja. Ich kenne einige Frauen, die eher zur Hysterie neigen, wenn sie die Lösung eines Problems überfordert.«

»Stimmt. Manche stecken auch einfach den Kopf in den Sand. Solche kenne ich auch.«

»Was wird nun aus mir?«

»Du bist meine Trumpfkarte. Ich habe deinen Vater zu einer Partie aufgefordert – nun kann er gar nicht anders, als anzunehmen und mit größtem Ernst seine Spielzüge zu planen. Denn sonst …«, ein eisiger Blick traf Jule. »denn sonst wird er dich verlieren.«

»Sie werden mich töten – wie die anderen?«

»Ja. Ich denke schon.«

»Und aus welchem Grund?

»Iss!«

Die Frau stand auf und ging zur Tür.

»Einsam?«

Jule nickte und drängte tapfer die Tränen zurück.

»War ich auch immer. Aber nicht so wie du – eher unstillbar. Wenn du deine Freundin triffst, ist es mit deiner Einsamkeit vorbei – ich bin immer einsam, egal wo ich bin und mit wem ich meine Zeit verbringe. Sie ist ein Teil von mir – wie ein Arm oder ein Bein.«

Sie setzte sich wieder zu Jule und goss noch einmal Kaffee nach.

»Nach dem Tod meines Vaters kam ein neuer Mann in unser Leben. Er ließ mich alle Arbeiten im Haushalt verrichten – mit meiner hübschen Schwester ging er aus. Du bist so hässlich, dich muss man ja verstecken, sonst kriegen die Kinder in der Nachbarschaft noch Albträume, sagte er. Oder: für dich werden wir unser Leben lang bezahlen – wer soll dich schon nehmen. Meine Mutter gab ihm Recht. Ich ging zum Sport, war erfolgreich, brachte Medaillen und Pokale mit nach Hause. Meine Mutter meinte dazu, sperr diese hässlichen Metallbecher in den Schrank und das blöde Lametta leg in die Schublade. Ich machte Abitur und durfte ein Studium beginnen. Meine Schwester ging mit Jungs aus, holte meinem Stiefvater nachts einen runter und wurde dafür fürstlich belohnt. Den Schulabschluss hat sie nie gemacht. Aber das sei auch nicht nötig, bei dem Gesicht und der Figur.«

Die Fremde nahm sich noch ein Brötchen.

Jule fielen die muskulösen Finger auf. Die Frau bemerkte den Blick und lächelte.

»Vom Sport.« Sie streifte die Ärmel ihres Pullis hoch und das Mädchen sah, wie kräftig die Arme waren – und die vielen Narben, die sich bis zum Ellbogen zogen.

»Ja, war in der Pubertät. Mit der Rasierklinge meines Stiefvaters.«

Sie schwiegen.

»Du liebst deinen Freund, nicht wahr?«

»Ja.«

»Ich hatte auch mal einen. Jakob hieß er. Jakob Merkel. Aus meiner Studiengruppe. Er war ein wundervoller Mensch. Verständnisvoll, warmherzig. Ich dachte wirklich, jetzt kann ich all das Schlimme hinter mir lassen und ein neues Leben beginnen. Wir hatten rosarote Pläne für die Zukunft, wollten zusammenziehen, heiraten, Kinder haben. Und eines Tages wartete ich vor der Uni auf ihn und er kam nicht. Sonst war er immer superpünktlich. Nach einer Stunde ging ich nach Hause. Als ich die Tür aufschloss, hörte ich seine Stimme. Erst dachte ich, alles sei ein Missverständnis gewesen und er habe hier auf mich gewartet, statt mich an der Uni zu treffen. Doch dann hörte ich, woher die Stimmen kamen – aus dem Zimmer meiner Schwester. Ich lauschte. Sie stöhnten, das Bett quietschte, sie sprachen über ihre rosarote Zukunft. Was will auch einer wie du von so einer hässlichen Bohnenstange? Und Jakob? Der antwortete, das verstünde er jetzt auch nicht mehr und hätte er nur die geringste Ahnung von der schönen Schwester gehabt, hätte er sich doch niemals …Ich schlich in mein Zimmer und plante meinen Suizid, dann den Mord an Jacob, an meiner Schwester, an meiner Familie. Meine Mutter verkündete beim Abendessen, der Junge sei wirklich klug und habe zum Glück noch die richtige Entscheidung getroffen. Wäre doch schade mit jemandem wie mir etwa noch Kinder in die Welt setzen zu wollen.«

»Hart.«

Während die Fremde weitersprach, stand sie auf und nahm ein Foto aus ihrer Tasche. Sie hielt es Jule hin.

»Hier, das ist das einzige Bild, auf dem wir gemeinsam zu sehen sind.«

Jule betrachtete die beiden Gesichter schweigend. Der junge Mann trug die sanft gelockten Haare schulterlang und sein Kinn zierte ein schütteres Bärtchen. Die dunklen Augen mit dem liebevollen Blick und die lange, schmale Nase ließen ihn wie einen Jesusdarsteller aussehen. Im Arm hielt er eine junge Frau, die strahlend in die Kamera sah. Schon in ihrer Jugend hatte sie ihre Haare kurz getragen. Das maskuline Gesicht hatte damals noch etwas weicher gewirkt.

»Ich muss nicht erzählen, dass sie ihn nach kurzer Zeit abservierte und zu mir zurückschickte, nicht wahr. Doch mir war inzwischen die Diagnose Krebs eröffnet worden.«

Sie zog den Pullover hoch, öffnete den BH und Jule sah eine verunstaltende Narbe, auf der sich Kelloid wie ein Geschwür ausgebreitet hatte.

»So wollte mich natürlich keiner mehr. Ich bin nicht einmal mehr äußerlich eine richtige, intakte Frau. Er wollte mich nicht mehr.«

Jule wandte den Blick ab.

»Ich glaube, für mich wäre die Beziehung ohnehin beendet gewesen, wenn mein Freund mich mit einer anderen betrogen hätte. Ob nun Schwester oder nicht.«

»Ja. Das kann nur jemand sagen, der die freie Auswahl hat. Der nicht dankbar sein muss, wenn sich überhaupt einer findet. Ich habe ihn geliebt – und sie hat ihn mir gestohlen. Es ging ihr nur um den Triumph!«

»Aber er hat doch mitgespielt! Aus Liebe hätte er sich doch weigern können – doch er hat die Gelegenheit genutzt, die sich ihm bot. Das bedeutet doch, er hat es mit Ihnen nie ernst gemeint. Wäre es nicht Ihre Schwester gewesen, dann eben später irgendeine andere Frau. Er war mindestens genau so schuld, wie sie.«

»Nein! Du hast keine Ahnung! Du jungsches Gör! Männer sind schwach, sie lassen sich immer verführen, wenn es eine darauf anlegt. Sie haben es nicht anders gelernt!«

Jule konnte später nicht sagen, wo sie den Mut zu diesem heftigen Widerspruch hergenommen hatte. Aber sie fing an, sich über diese Frau zu ärgern.

»Männer sind genauso stark oder schwach wie Frauen. Es gibt keinen Grund ihnen mehr Freiheiten einzuräumen, nur weil sie angeblich verführbarer wären. Von meinem Freund erwarte ich mehr!«

Doch diesen Einwand schien die Frau gar nicht mehr zu hören. Sie hatte das Foto fest an sich gedrückt.

»Ich bin ein Opfer schöner Frauen. Wie ein roter Faden zieht sich das durch mein gesamtes Leben. Bei Bewerbungen, bei Vorstellungsgesprächen – immer bekommen die Schönen den Zuschlag. Innere Schönheit oder Intelligenz zählen nicht. Schließlich treffen in der Regel Männer die Einstellungsentscheidungen. Aber ich will dir sagen, was richtig schlimm ist: Wenn dich der männliche Abschaum hinter einen Busch zerrt und dann laut schreiend davonläuft, weil du sogar ihm zu hässlich bist!«

45

Ich glaube, ich habe von Anfang an geahnt, dass ich mich am Ende dieser Mission werde opfern müssen. Die Menschheit ist dumpf und hat die Fähigkeit verloren wenigstens den Saum des Lichts erkennen zu können. Oberflächlich wie sie sind, sehen sie nur mit den Augen – ihre Seelen sind blind, ohne jeden Sehrest.

Aber so ging es den Erleuchteten durch all die Jahrhunderte. Ohne die Evangelisten, die ihnen die ganze Geschichte erklärten, würden sie wahrscheinlich noch heute weder das Opfer Gottes noch ihre Erlösung begreifen.

Wenn ich mir diesen geifernden, hysterischen Abschaum so betrachte, der jetzt fanatisch meinen Kopf fordert, frage ich mich, ob sie es überhaupt wert sind erleuchtet zu werden. Aber vielleicht haben sich das die Propheten und Künder früherer Tage auch gefragt – und wie viele von ihnen starben unverstanden!

Dieses Schicksal werde ich nicht mit ihnen teilen!

Ich werde dafür sorgen, dass sie begreifen!

Sie werden keine weitere Chance mehr bekommen. Vielleicht ist es wirklich dumm gewesen, mich nur auf die Frau zu beschränken. Immer deutlicher erkenne ich nun, dass die Männer in all ihrer behäbigen Dummheit auch Schuld an der Situation haben. Sie wollen nur die Schö-

nen und sehen nie die Klugen. Wenn ich nur die Frauen strafe, bleiben die ungeschoren, die eiskalt Nutznießer der Lage sind. Sich eben auf die Schönen beschränken können und das auch gerne tun. Sie müssen auch gezwungen werden ihren Blick auf die anderen zu richten. Soll ihre geistige Beschränktheit sie weiter vor Strafe schützen?

Das Mädchen hat möglicherweise gar nicht so Unrecht. Wenn ich noch einen Mann in mein Ende mitnehmen kann, so werde ich das vielleicht sogar tun. Es kommt nicht mehr darauf an! Und wenn es den Menschen meine Mission verständlicher macht – gut, dann soll es so sein.

Meine Einladung zum Spiel scheint angekommen zu sein. Offensichtlich haben sie eingesehen, dass sie sich nicht entziehen können. Des Kommissars Töchterlein ist mir nicht wirklich schön genug – aber diesmal konnte ich nicht wählerisch sein.

Alles ist bestens vorbereitet, mein Abgang wird spektakulär – Welt, erwarte mein Fanal!

46

»Was haben wir?«

»Leider haben wir die Stelle im Wald noch nicht gefunden. Hier klingelt laufend das Telefon, aber wenn die Kollegen hinfahren, ist es nicht der richtige Platz.«

»Wir haben die Zahl der Streifen erhöht, die durch die Straßen gehen. Zum einen wollen wir Präsenz zeigen, zum anderen hoffen wir, die Täterin in ihren Aktionen einzuschränken.«

Noch in der letzten Nacht hatten sie nach alten Fällen gesucht, in denen schöne Frauen eine Rolle gespielt haben konnten: Vergewaltigungen, bei denen die Opfer den schönen und freizügigen Frauen die Schuld gaben und behaupteten, sie würden die Männer so erregen, dass sie dann über andere herfielen, einen Fall von Körperverletzung, bei dem eine Prostituierte von der betrogenen Ehefrau des Kunden verprügelt worden war, zwei Fälle, in denen eifersüchtige Ehefrauen den Geliebten ihrer Männer Drohbriefe geschickt hatten und vieles mehr. Den Stapel hatten sie durch drei geteilt.

»Und die Akten?«

»In meinem Stapel habe ich noch keine Verdächtige gefunden«

»Ich au net.«

»Und die Nachfrage in den Praxen? Ich war allein bei

vier Therapeuten heute, aber keiner betreut eine Patientin, von der er annehmen könnte, sie ziehe mordend durch die Stadt. Wie war's bei euch?«

»Ich habe auch im Carl – Thiem Klinikum nachgefragt und in einigen der Therapieeinrichtungen, in die Patienten zur stationären Behandlung eingewiesen werden. Du glaubst ja gar nicht, wie viele es davon gibt. Gut die Hälfte habe ich angerufen. Aber die halten sich alle bedeckt. Die meisten haben mir erklärt, sie seien auf Essstörungen und Suchtprobleme spezialisiert und könnten mir bei meinem Problem nicht weiterhelfen.«

»Un ich hab bei d'neurologische Praxe nachg'fragt. Viele Patiente komme ja z'erscht dorthi un der Neurologe versucht se zu behandle. Aber da isch au nichts rausg'komme.«

»Schlecht. Wir sind also keinen Schritt weiter gekommen. Jule wird irgendwo gefangen gehalten und ich bin nicht in der Lage sie zu finden.«

Peter Nachtigall fuhr sich über die Augen. Er war müde. Das Telefonat mit Birgit hatte seine Stimmung auch nicht gerade verbessert. Natürlich gab sie ihm die Schuld, wie sie es schon immer getan hatte. Dein Beruf, hatte sie ihn angeschrien, dein Beruf ist an diesem ganzen Unglück schuld. Ich wusste schon immer, dass du uns alle in schiere Verzweiflung treiben wirst.

Er hatte nicht darauf geantwortet. Was sollte man auch zu solchen Vorwürfen sagen? Schließlich wusste er selbst sehr genau, dass Jule nur seinetwegen in diese Lage geraten war. Niemand konnte ihm größere Vorwürfe machen, als er sich selbst! Zum Ende des Gesprächs hatte Birgit verkündet, sie käme nach Cottbus und würde sich melden, wenn sie in Berlin gelandet sei.

Er wählte eine andere Nummer.

»Dr. Jung.«

»Stell dir vor, das Schwein hat Jule entführt«, sprudelte es aus ihm heraus.

»Was! Das ist ja entsetzlich! Möchtest du bei mir vorbei kommen? Oder soll ich zu dir kommen?«

»Das wird nicht gehen. Ich bin im Büro. Wir suchen sie überall.«

»Ich bin hier, wenn du mich brauchst«, flüsterte sie warm und ihre Stimme fühlte sich wie ein schützendes Pflaster an.

»Du wirst sie finden – ganz sicher. Und Jule weiß das auch. Du bist ein guter Polizist.«

»Er hat gewusst, wie er mich manipulieren kann. Helge?«

»Ja.«

»Ich habe Angst.«

»Ich weiß.« antwortete sie leise. »Gib Acht auf dich.«

»Ich rufe dich wieder an.«

Danach starrte er das Handy wortlos an und ließ es wieder in die Tasche gleiten. Was für ein Unterschied zu seinem Gespräch mit Birgit.

Es klopfte und Emile Couvier kam herein. Auch er sah übernächtigt aus.

»Was Neues?«

»Nein.«

Couvier setzte sich mit an den Tisch. Alle Arroganz war in den letzten Stunden von ihm abgefallen, er wirkte jetzt direkt sympathisch und umgänglich.

»Wir sind letzte Nacht noch stundenlang durch die Straßen gefahren und haben einsame, hässliche Frauen gesucht«, erklärte Nachtigall den anderen beiden. »Aber wir konnten nur feststellen, dass Hässlichkeit eine sehr subjektive Größe ist.«

47

15. November

»Guten Abend, Frau Dr. Jung.«

»Guten Abend, Herr Prof. Marburg.«

War seine Begrüßung tatsächlich frostiger geworden oder bildete sie sich das nur ein? Vielleicht war sie im Moment schlicht ein wenig hypersensibel, überlegte sie und drückte ihm besonders herzlich die Hand.

»Drei tote Mädchen in nur zwei Wochen – es ist kaum zu glauben, was da in Cottbus passiert!«

»Ja, es ist wirklich eine schwierige Lage. Es hat schon begonnen die Gesellschaft zu verändern. Viele Eltern fürchten nun täglich um das Leben ihrer Töchter, die spät vom Sport, von der Schule oder von der Arbeit nach Hause kommen. Bestimmt merken auch die Restaurants und Discos, dass die Besucherzahlen zurückgehen. Die Leute bleiben zu Hause.«

»Sind Sie noch immer von der Unschuld Ihres Patienten überzeugt?«

»Ja – absolut. Die Polizei versucht zwar mit allen Mitteln nachzuweisen, er könne sein Medikament nicht eingenommen haben, könne die Mädchen gekannt haben, könne sich an die Tatorte geschlichen haben – aber bisher ist es ihnen wohl nicht gelungen.«

Sie betraten den Nebenraum, in dem die anderen Kollegen bereits versammelt waren. Frau Dr. Jung spürte die Blicke der anderen Kollegen. Offensichtlich waren sie der Meinung, sie sei schuld an diesen Gräueltaten. So wie der Gutachter in einem anderen aktuellen Mordfall, der gerade verhandelt wurde. Knapp eine Woche nach der befürworteten Entlassung aus dem Maßregelvollzug hatte der Mann ein Mädchen im Wald ermordet. In der Haut des betroffenen Kollegen wollte sie auch nicht stecken. Günter Grabert war schließlich unschuldig!

Der Weg zum Tisch war schier endlos. Gott sei Dank, dachte sie, als sie sich setzte, Gott sei Dank sprechen wir heute nicht über Morde aus sexueller Motivation!

Endlich war die heutige Runde komplett. Zu ihrer großen Freude stellte Helge Jung fest, dass ihre Kollegin Birnbaum wohl nicht teilnehmen konnte. Zu schade, nahmen ihre Gedanken einen boshaften Zug an, da verpasste die Gute aber eine wichtige Chance zur Selbstdarstellung.

Prof. Lund eröffnete die Runde wie gewöhnlich mit einer Einführung in die Thematik des Abends. »Schwarze Engel«, so stand es ihn der Einladung und gemeint waren damit Pfleger und Schwestern, die ihre zumeist wehrlosen Patienten ermordeten.

»Vielen Dank, dass Sie der Einladung so zahlreich Folge geleistet haben, obwohl wir den Termin vorverlegen mussten. Aber am Freitag sind sehr viele von Ihnen bei dem Annual Meeting in Berlin und es wäre doch schade gewesen. Wie dem auch sei. Morde in Krankenhäusern und Altenpflegeheimen werden meist von Frauen begangen«, begann er mit schwankender Fistelstimme zu erklären. »Was aber nicht zwangsläufig bedeuten muss, Frauen neigten nun eher zu dieser Art von Serienmord. Tatsache ist, dass in den angesprochenen Berufsgruppen überwiegend weibliche Mitarbeiter anzutreffen sind.«

»Das Wesen der Frau prädestiniert sie geradezu für diese Pflegeberufe«, warf Dr. Jäger ein. »Das limbische System der Frau lässt sie in der Pflege der Hilfsbedürftigen aufgehen und wahrscheinlich hat sich schon in den Zeiten, in denen die Menschen noch in Höhlen lebten, die Frau um die Kranken und Schwachen gekümmert, während die Männer ihren Auftrag in der Nahrungsbeschaffung sahen.«

In dem einsetzenden Gemurmel, halb protestierend, halb zustimmend, setzte sich die Stimme von Frau Dr. Jung durch.

»Das stimmt. Pflege der Kranken und Siechen ist traditionell Aufgabe der Frau, während der Mann seine Karriere pflegt! Auch diese Art der Männer, die eher unappetitlichen Aufgaben an die Frau abzutreten – bei schlechter Entlohnung versteht sich – hat sich aus der Zeit der Höhlenmenschen bis in die Jetztzeit erhalten, nicht wahr Herr Kollege!«, schnappte sie und versuchte mühsam ihre Verärgerung unter Kontrolle zu bekommen. Es war aber auch zum aus der Haut fahren: die Männer und ihre Vorurteile!

»Das wirklich Dramatische an dieser Art des Mordens ist die unglaublich große Chance vollkommen unentdeckt zu bleiben und so eine hohe Zahl von Tötungen zu begehen, bevor es überhaupt auffällt«, Prof. Lund zog entschlossen die sachliche Ebene wieder ein.

»Während wir sonst schon ab zwei oder drei gleichartigen Tötungsdelikten von einer Mordserie sprechen, begehen diese Pflegekräfte in manchen Fällen bis zu zwanzig Morde ohne irgendeine Aufmerksamkeit zu erregen.«

»Na, wahrscheinlich auch deshalb, weil sie in Bereichen arbeiten, in denen der Tod eines Patienten nicht so ungewöhnlich ist«, Dr. Zimbalist wirkte gereizt. Vielleicht hatte er den Eindruck, sie regurgitierten heute nur Altbekanntes und er hätte seinen Abend auch sehr viel entspannender gestalten können, dachte Frau Dr. Jung.

»Die Motivlage ist in diesen Fällen recht ähnlich. Die Schwestern morden zum einen, weil sie das Leiden der Patienten verkürzen wollen, zum anderen, um sich besonders pflegeintensive oder schwierige und störrische Patienten vom Hals zu schaffen.«

»Was im Übrigen – verzeihen Sie Frau Kollegin – ein typisch weibliches Motiv ist«, grinste Dr. Jaeger provozierend.

Ein weiteres Mal sah sich Prof. Lund genötigt einzugreifen.

»In der Literatur findet sich bei weiblichen Serientätern in der Tat dieses oder ein entsprechendes Motiv. Frauen töten oft um eine Belastungssituation zu beenden – Kinder, die schreien oder nerven, anstrengende oder brutale Ehemänner und Lebenspartner oder eben undankbare und boshafte Pflegebedürftige. Sexuell motivierte Morde finden sich selten – mir ist überhaupt nur ein einziger Fall bekannt, in dem eine Frau Männer tötet um mit ihnen nach ihrem Tod Beischlaf herbeizuführen und mit ihnen zu kuscheln.«

Es entstand eine längere Pause.

Auch Prof. Lund starrte in Gedanken versunken auf

sein mit Wein gefülltes Glas und schreckte förmlich auf, als Dr. Mütze das Wort ergriff.

»Gut – also ich muss nun ein Gutachten über einen Pfleger anfertigen, der im Zeitraum von drei Jahren siebzehn bis maximal vierundzwanzig seiner ihm anvertrauten Patienten getötet hat. Die genaue Zahl seiner Opfer steht noch nicht endgültig fest. Er gesteht immer wieder neue Tötungen, so werden es im Zuge der Vernehmungen immer mehr. An manche Fälle kann er sich nicht mehr erinnern – er glaubt aber Frau A oder Herrn B auch eine Spritze gegeben zu haben.«

»So einen Fall hatte ich vor ein paar Jahren auch. Eine Krankenschwester. Sie konnte sich nur mit Sicherheit an ihren ersten und ihren letzten Mord erinnern. An den ersten, weil es so unglaublich aufregend war und an den letzten, weil die Polizei sie praktisch unmittelbar danach verhaftet hat. Unfassbar war für mich während der Begutachtung, dass sie auch zwölf Jahre nach ihrer Verurteilung nicht verstand, warum es schlecht gewesen sein sollte, das Leiden der armen Menschen zu verkürzen.«

»Mein« Pfleger hat allerdings nicht in jedem Fall das Leiden seiner Patienten verkürzt!«, begann Dr. Mütze erneut. »Bei einigen hat er die Leiden durchaus zunächst einmal verschlimmert. So ersetzte er das Morphin durch Kochsalzlösung. Natürlich hatten die Betroffenen dadurch schreckliche Schmerzen, die angeblich auch durch die Gabe der Morphine nicht gelindert werden konnten. Dabei hat der Pfleger ungerührt zugesehen. Der Staatsanwalt möchte nun von mir wissen, ob in diesem Fall eventuell eine ausgeprägte sadistische Veranlagung vorliegt. Nach einigen Tagen mit unglaublichen Schmerzen hat er seine Patienten dann in der Regel »entkoppelt«, wie er das nennt.«

»Sadismus? Ja, hatten denn seine Arbeitskollegen den Eindruck, er weide sich an den Qualen seiner Patienten, empfinde klammheimliche Freude?«, hakte Dr. Lund nach.

»Nein. Wohl eher nicht. Sie schildern ihn als sehr empathisch. Eine Schwester meinte sogar, er habe auffällig mitgelitten, den Betroffenen intensiv betreut und sich rührend um die Angehörigen gekümmert.«

»Dann war es vielleicht das Motiv der Motive – der Mann wollte geliebt werden.«

»Tote können niemanden mehr lieben, Frau Dr. Jung!«

»Tote nicht – aber die Hinterbliebenen, um die er sich so verständnisvoll kümmerte, die Leidenden, denen er vorgaukelte, alles in seiner Macht Stehende zu unternehmen, um ihre Schmerzen zu lindern – alle Betroffenen sahen nur sein emsiges Bemühen und liebten diesen engagierten Mann dafür. Bestimmt haben die Hinterbliebenen den Pfleger anderen gegenüber oft lobend erwähnt.«

»Gut – das werde ich überprüfen.«

Dr. Zimbalist räusperte sich.

»Ich hatte vor einigen Jahren einen ähnlichen Fall zur Begutachtung. Eine junge Krankenschwester. Sie verabreichte einigen ihrer Patienten Emetika und Laxantien. Setzte die Wirkung ein, so holte sie bereitwillig Wärmflaschen gegen die Bauchkrämpfe, Zwieback, feuchte Tücher um das Gesicht zu reinigen etc. Das ganze Ausmaß ihrer Umtriebe wurde erst entdeckt, als zwei der Patienten unerwartet verstarben. Bei der polizeilichen Vernehmung ergab sich das Bild einer Frau, die alles daransetzte wenigstens für einige Menschen kurze Zeit wichtig zu sein. Ursache für diese Fehlentwicklung war eine traumatische Kindheit, mangelnde Liebe und Geborgenheit.«

Wessen Kindheit war schon perfekt, überlegte Helge Jung, wie sollte solch eine perfekte Kindheit überhaupt aussehen? Wahrscheinlich gab es dieses Ideal gar nicht, schließlich gehörten Versagungen auch zum Leben dazu – und mochten sie nun gerechtfertigt sein oder nicht. Und wie die Kinder retrospektiv das Verhalten ihrer Eltern beurteilen, als wie gravierend sie ihre Erziehungsfehler ansehen würden, war für Eltern in der konkreten Situation gar nicht absehbar.

Und manchmal werden aus behüteten, wohl erzogenen Kindern eben Mörder, konstatierte sie emotionslos und beschloss doch noch ein Glas Wein zu bestellen. Weißwein. Das Thema war schließlich blutig genug.

48

»Zugriff!«

Wie ein Peitschenknall schoss das elektrisierende Wort durch die Kopfhörer der Beamten.

Sie hatten den dunklen, hochbeinigen Geländewagen schon seit ein paar Minuten fest im Visier und nun pirschte sich das SEK entschlossen näher ran.

Die Gestalt hinter der Seitenscheibe war nur schemenhaft zu erkennen – das Wageninnere war in gespenstisch blassblaues Licht getaucht.

Falko König war aufgeregt. Er konnte sein Herz bis unters Kinn schlagen spüren. Seine Muskeln waren so angespannt, dass sie schmerzten und seine Knie zitterten leicht. Jetzt – in dieser Sekunde würden sie das brutale Mörderschwein schnappen! Endlich! Es würde keine weitere verstümmelte Frauenleiche mehr geben!

Wie lange hatte er schon auf diese Gelegenheit gewartet, sein Können und seinen Mut unter Beweis zu stellen. Falko König dachte an die unzähligen Demütigungen, die er über sich ergehen lassen musste, nachdem ihm beim Auffinden einer Leiche so übel wurde, dass er sich übergeben musste und er in Tränen ausgebrochen war. Natürlich hatte das ganz schnell die Runde unter den Kollegen gemacht – und obwohl der Leiter ihrer Gruppe, Julius Altmann, immer wieder betont hatte, ihm seien Beamte lieber, die noch emotional reagieren könnten, als solche, die schon völlig abgestumpft waren.

Trotzdem war er für die anderen von da an ein Weichei, einer, der im entscheidenden Moment den Schwanz einziehen würde, auf den man sich in Krisensituationen nicht verlassen konnte.

Aber damit würde es jetzt vorbei sein. Hier stand er an vorderster Front um dieses perverse Schwein zu fassen, das eine ganze Stadt in Atem hielt.

Das vereinbarte Zeichen von Nachtigall ließ ihn wie katapultiert auf das Auto zustürzen. Adrenalinschübe sorgten dafür, dass er scheinbar flog. Seine Waffe war entsichert und er zu allem bereit! Von allen Seiten riefen sie durcheinander.

»Polizei! Nehmen sie die Hände hoch!«

»Sofort! Hände über den Kopf!«

Überraschend stieß der Fahrer die Autotür auf und schlug Falko König damit die Waffe aus der Hand.

Das bläuliche Licht beleuchtete für einen winzigen Augenblick die resigniert – befriedigten Züge des kaltblütigsten Mörders, den Cottbus je gesehen hatte.

»Sie?« konnte der junge Mann gerade noch ausrufen, dann überstürzten sich die Ereignisse.

Die Sekunde der Überraschung nutzte die Person im Auto und packte hart zu. Scheppernd fiel das Laptop zu Boden und Falko König spürte, wie sein Körper von muskulösen Armen gedreht und ihm im unerbittlichen Würgegriff die Luft knapp wurde. Kräftige Beine umschlangen seinen Oberkörper und pressten seine Arme rücksichtslos an seinen Brustkorb.

Eine scharfe Klinge bohrte sich in seinen Hals.

Er versuchte zu schlucken.

»Wenn ihr näher kommt, dann steche ich den Kleinen hier ab!«

Da war es wieder! Für alle, selbst für die miesesten Verbrecher, war er eben immer nur der Kleine!

Der Einsatzleiter signalisierte den anderen Abstand zu halten.

»Das ist doch sinnlos. Sie können uns doch nicht alle töten. Sie haben keine Chance.«

»Dann töte ich eben nur diesen hier! Wie gesagt: Wenn ihr näher kommt, steche ich ihn ab.«

Falko König rang nach Atem. Der Griff lockerte sich etwas, doch der Druck der Klinge an seiner Carotis nahm zu. Er spürte, wie ein warmes Rinnsal in seinen Kragen lief. Er überlegte fieberhaft. Angstschweiß rann über seinen Rücken und sammelte sich am Hosenbund. Falko König war noch nicht bereit zu sterben.

»Lassen Sie ihn los! Es nützt doch niemandem, wenn er auch noch sterben muss.«

Falko König hatte Angst.

»Hast du eigentlich eine hübsche Freundin?«, wisperte es an seinem Ohr.

Um ihn herum herrschte eine gespenstische Ruhe. Keiner der Kollegen bewegte sich. Falko wusste, dass das ein schlechtes Zeichen war. Sie nahmen die Drohung ernst. Und sie unternahmen nichts, um ihn zu retten.

»Lassen Sie ihn gehen. Wenn Sie einen Polizisten erstechen, wird das ihre Situation nur verschlechtern«, Julius Altmann sprach eindringlich.

»Schließ mit deinem Leben ab!«, flüsterte eine Stimme in Falkos Ohr.

Und plötzlich wusste er, was zu tun war.

Sie hatten es doch tausendmal geübt!

Die anderen warteten sicher nur darauf, dass es ihm endlich einfiel.

Unverhofft ließ er seinen Körper schwer nach unten wegsacken! Sein Gewicht, das nun plötzlich in den Armen des Fahrers hing, riss beide Körper zu Boden. Ein heftiger Schmerz an seinem Hals, aber der Würgegriff hatte sich tatsächlich gelockert; dann hatte er plötzlich den Eindruck unzähliger Leiber, die auf das Auto zustürzten, schwere Stiefel stürmten gefährlich nahe an seinem Kopf vorbei, er wurde unter den Armen gepackt und er hatte undeutlich das Gefühl, man zerre ihn über den Boden. Danach nahm er nur noch schemenhaft wahr, wie die Kollegen jemanden packten und endlich die Handschellen klickend zuschnappten.

Falko König spürte, wie eine ungekannte Kälte sich in seinem Körper ausbreitete. Dann verlor sich sein Bewusstsein in Fragen und wirren Antworten.

Sie hatten sich geirrt! Es musste ein Fehler sein.

Enttäuschung machte sich in ihm breit. Sie waren doch so sicher gewesen – es sollte ein Triumph über das Böse werden und nun das! Alles war irgendwie falsch! Das Heulen der Sirenen schien von weit weg zu kommen – von irgendwo außerhalb des Universums. Falko war zu müde, um weiter darüber nachzudenken.

Vorsichtig hob Julius Altmann den Laptop auf und reichte ihn an den Kollegen von der Technik weiter. »Scheiße!«, murmelte er und schüttelte ratlos den Kopf. »Das glaub ich nicht!«

»Und nun?«, fragte er lauter nach hinten.

Peter Nachtigall starrte entsetzt und fassungslos in das Gesicht des Serientäters, der Cottbus so lange in Atem gehalten hatte. Dann machte er auf dem Absatz kehrt stürmte zu einem der Einsatzwagen und brauste mit Blaulicht und Martinshorn davon.

»Wir haben ihn!«, informierte Michael Wiener den Kollegen Skorubski, der nur allzu gerne im Büro zurückgeblieben war, um den Telefondienst zu übernehmen. SEK Einsätze waren nichts für ihn und seinen Magen.

»Günter Grabert schätze ich mal«, Albrecht Skorubski atmete tief durch. Mit dem Gedanken an einen weiblichen Serientäter hatte er sich nie anfreunden können. Gott sei Dank! Nun würde wieder Ruhe in die Stadt einziehen. »Wo ist Hauptkommissar Nachtigall?«

»Der Hauptkommissar ist mit einem der Wage losgerast. Und der Grabert isch es net. Es isch echt eine Frau! Ich habe sie aber nicht gesehen. Es ware plötzlich nur no Polizischte überall un wie ich wieder was g'sehe hab, da habe se se scho im Wagen g'hät.« Er räusperte sich und als er weiter sprach, war aller Dialekt verschwunden. «Der Einsatzleiter meint, wir werden sicher ziemlich baff sein. Er bringt sie direkt ins Präsidium. Ich bin auch schon auf dem Weg. Es hat einen schwer verletzten Polizisten gegeben. Er ist schon in der Notaufnahme des Carl -Thiem – Klinikums. Der Täter hatte versucht einen der Beamten als Geisel zu nehmen und ihn mit einem Messer am Hals übel verletzt. Er hat wohl ziemlich viel Blut verloren. Aber er kommt durch, meint der Arzt. Der Laptop, mit dem er sich ins WLAN gehackt hat, wurde bei der Verhaftung zwar beschädigt, aber die Technik hält den Schaden für nicht so dramatisch. Sie werden alle Dateien rekonstruieren können«, fasste Michael Wiener alle Informationen zusammen, die er gerade vom Einsatzleiter bekommen hatte.

49

Das kleine Haus lag dunkel und einsam am Ende der Straße zum Reha – Zentrum in Burg. Es war etwas zurückgebaut und von der Straße aus kaum zu sehen.

Peter Nachtigall hatte Sirene und Blaulicht schon am Ortseingang ausgeschaltet. Jetzt hielt er mit quietschenden Reifen am Straßenrand und sprang aus dem Wagen. Das Gartentor war nicht abgeschlossen.

»Jule!«, rief er gedämpft. »Jule!«

An der Rückseite des Hauses fand er ein gekipptes Fenster, öffnete es und stieg ein.

Im Haus war es kalt.

»Jule! «, donnerte seine Stimme durch das leere Haus. »Jule!«

Sie musste hier sein. Er war ganz sicher!

»Jule!«

Im Flur führte eine Treppe ins Dachgeschoss und in den Keller. Geiseln wurden doch eher im Keller versteckt, entschied Nachtigall und rannte nach unten.

»Jule! Jule!«

Jede der vier Türen war aus Stahl. Brandschutzvorkehrungen?

Nachtigall rüttelte an der Klinke und die erste Türe links von ihm ließ sich öffnen.

Ein Heizungsraum.

»Jule!«

Grenzenlose Verzweiflung überflutete ihn. Sie hatte

Jule getötet, bevor sie losgefahren war, um sich wieder bei Büro & Style einzuloggen. Vielleicht hatte sie schon befürchtet, später dazu keine Chance mehr zu haben. Hinter einer dieser Türen würde er seine tote Tochter finden, verstümmelt, entstellt – weil er so schrecklich blind war!

Mit zitternden Fingern drückte er die nächste Klinke herunter.

»Jule!«

Er schaltete das Licht ein.

Hier hing Wäsche.

Er schluchzte und wischte sich die Tränen mit dem Ärmel aus dem Gesicht.

Noch eine weitere Tür.

Nachtigall schloss mit dem Leben ab. Wenn seine Jule nun ermordet worden war, würde er auch nicht mehr weiterleben. Für wen denn auch? Und vor allem, wie? Mit dieser Schuld!

Wieder schaltete er mit flatternden Fingern das Licht ein.

Dieser Raum war möbliert.

Ein Schreibtisch, ein Regal – und ein Matratzenlager!

»Jule!«

Er stürzte auf das Bett zu. Jule lag zusammengerollt unter der Bettdecke, in ihren Armen hielt sie einen träge ins Licht blinzelnden Kater.

»Jule!«, ächzte Nachtigall und berührte vorsichtig ihr Gesicht. Sie war warm, sie atmete – allerdings flach und unregelmäßig. Er entdeckte mehrere leere Tablettenpackungen und versuchte zu entziffern, was für ein Medikament sie ihr eingegeben hatte. Luminal, las er, Wirkstoff Phenobarbital.

Er bettete ihren Kopf auf seinen Schoss, lehnte sich schwer an die Wand und rief einen Rettungswagen.

Jule lebte! Noch!

50

»Du? Warum?« Peter Nachtigall starrte sein Gegenüber hasserfüllt an, als er eine Stunde später den Raum betrat, in dem Verhöre durchgeführt wurden.

Plötzlich kam ihm diese intime Anrede unpassend und falsch vor.

»Du hast all diese Mädchen ermordet, meine Tochter verschleppt und beinahe umgebracht!«

»Ja – und? Du hast sie doch noch rechtzeitig gefunden? Tja, da hat das Baby aber Glück gehabt, nicht? Papas verhätschelte Kleine wird den Kontakt mit der bösen Frau überleben! Nur weil du Vorurteile hast, ist dir nie der Gedanke gekommen, bei dem Täter könne es sich um eine Frau handeln! Frauen töten nicht auf solch bestialische Weise, sie sind schwächlich und können nicht hart genug zuschlagen! Ha! Und eine Leiche tragen können sie schon gar nicht! Ihr Machos!«

Wie hatte er sich nur so täuschen lassen können. Warum, zum Teufel, war ihm bei den gemeinsamen Abendessen nie etwas aufgefallen. Du bist der mieseste Menschenkenner, der mir je begegnet ist, Peter Nachtigall, dachte er.

Als sie plötzlich doch noch seine Frage beantwortete, zuckte er erschrocken zurück.

»Einer musste es doch tun.«

Nachtigall versuchte in ihren Augen so etwas wie ein irres Flackern zu entdecken – aber ihr Blick ruhte gleichgültig auf ihm und ihre Stimme wies deutlich eine Nachdrücklichkeit auf, die ihm zeigte, dass sie ihre Worte durchaus ernst meinte.

Er schaltete das Aufzeichnungsgerät ein.

»Das verstehe ich nicht.«

Sie seufzte.

»Das habe ich, ehrlich gesagt, auch nicht erwartet, Herr Hauptkommissar. Diese Gesellschaft befindet sich auf einem schrecklichen Irrweg. Meine Rolle ist die eines Aufklärers, ja, eines Erlösers. Es ist eine Mission! Ich habe die Aufgabe übernommen euch die Augen zu öffnen. Noch ist es nicht zu spät für eine Wende.«

Sie beugte sich weit über den Tisch und zwang Nachtigall ihr in die Augen zu sehen.

»Sehen wir uns doch mal diese dummen Menschen genauer an! Was tun sie nicht alles, um nicht zu altern oder dem anderen Geschlecht zu gefallen!? Die Frauen besonders! Sie lassen sich operieren, färben und in heiße Tücher wickeln. Sie rennen in Studios und rackern sich ab für einen flachen Bauch und einen knackigen Po. Und die, bei denen überhaupt nichts mehr hilft, die bleiben auf der Strecke! Ihr Männer glotzt doch nur wie gebannt auf die Oberweite – innere Schönheit zählt doch für euch nicht!«

Frau Dr. Jung hatte sich in Rage geredet – Speicheltröpfchen sprühten über den Tisch auf die Fotos von den Tatorten. Nachtigall wischte sie mit dem Ärmel weg.

»Sollte nicht einer von uns mit reingehen?«

»Nein. Er wird uns ein Zeichen geben, wenn er uns braucht. Er kommt schon klar«, entschied Albrecht Skorubski und warf Dr. März einen langen Blick zu. Der

Staatsanwalt zuckte mit den Schultern und sah wieder auf den Bildschirm.

»Wie geht es seiner Tochter?«, fragte er dann und Albrecht Skorubski hoffte, der Staatsanwalt möge sich ein wenig unwohl fühlen in seiner Haut. Hatte er nicht bis um Schluss versucht, die Suche nach einer Frau für Unsinn zu erklären?

»Sie mussten also sterben, weil sie so schön waren?«

»Schön!«, spuckte sie ihm ihre Verachtung ins Gesicht. »Was ist schon Schönheit? Eine Larve – sonst nichts! Wenn sie vergeht, bleibt die innere Schönheit zurück. Der innere Wert des Menschen ist das Einzige, das zählt – früher haben das die Menschen noch gewusst. Heute haben sie es vergessen! Als ich mit den Mädchen fertig war, war von ihrer äußeren Schönheit nichts mehr geblieben! Ich habe sie ›entlarvt‹!«

»Vielleicht hatten sie innere Schönheiten, von denen Sie nichts gewusst haben?«

»Nein! Ich habe sie sorgfältig ausgesucht, das sollte Ihnen eigentlich klar sein! Mir sind keine Fehler unterlaufen – dazu war mir meine Mission viel zu wichtig!«

»Aha?«

»Die Erste zum Beispiel. Ein wirklich schönes Kind. Sie hatte einen Freund, ich habe sie zusammen gesehen. Doch die große Liebe war es wohl nicht. Sie betrog ihn munter mit zwei anderen, die bestimmt auch nichts voneinander wussten! Um die kleine Hure war es nun wirklich nicht schade!«

Frau Dr. Jung schilderte emotionslos und in allen Details, wie sie Anna Magdalena Kranz gefolgt war. Über einige Wochen hatte sie das Mädchen beobachtet und sie schließlich getötet.

»Wo hot se bloß die abgeschnittene Zehe g'losse?«

»Der Erkennungsdienst hat drei Gläser mit Inhalt auf einem Regal in diesem Kellerraum gefunden. Sie gehen davon aus, dass sich darin die Zehen der Opfer befinden – eingelegt in einer leicht trüben Flüssigkeit.«

Michael Wiener schüttelte sich.

Skorubskis Telefon klingelte. Er lauschte und unerwartet zog sich ein breites Lächeln über sein Gesicht.

»Das werden wir ihn gleich wissen lassen. Er wird sicher sehr erleichtert sein. Die ganze Familie war in tiefer Sorge. Na, dann ist ja alles in Ordnung.«

Skorubski nahm einen Zettel und Michael Wiener sah ihm beim Schreiben über die Schulter.

»Jule ist stabil. Sie wird wohl erstmal ziemlich lange schlafen. Emile Couvier sitzt an ihrem Bett und wird sich melden, wenn sie aufwacht.«

Wiener seufzte erleichtert auf. »Da wird er aber froh sein. Er hot ja im Grund nur sich die Schuld gebe – un als er g'merkt hot wer der Täter war isch's no schlimmer wore, weil er mit dieser Frau esse war und nichts von ihrem finschtere Ich g'merkt hot.«

»Und das zweite Opfer?«

»Die hat den Männern gleich scharenweise den Kopf verdreht. Einige hätten sofort Frau und Kinder verlassen, hätte sie nur ein Wort zu ihnen gesagt. Sie wusste um ihre Macht und spielte sie gnadenlos aus. Keine Frau hatte gegen sie eine Chance. Jede andere wurde neben ihr zur grauen Maus erniedrigt. Sie hat sich jeden genommen, auf den sie Lust hatte, diese Eva, die Männer ins Verderben reißen wollte. Da hatte sie als Hostess ja jede Menge Auswahl. Genauso wie die andere. Die hat es auch mit diesen verblödeten Männern getrieben, die sich einsam fühlten, nur weil sie mal eine Nacht ohne Frau in einer fremden Stadt waren. Sie hat das schamlos ausgenutzt.«

»Sie haben die Mädchen getötet, weil sie, wie Eva, Männer verführen konnten.«

Ihre Fassade begann zu bröckeln. Sie wurde vulgär.

»Verführen! Manipulieren! Was will man denn von Typen erwarten, deren Hirn in die Eier rutscht, sobald sie eine schöne Frau sehen?«

»Hätten Sie nicht eher die Männer bestrafen müssen? Schließlich sind sie es, die schöne Frauen bewundern und mit ihnen schlafen wollen.«

»Da hätte ich nie hoffen können, dass jemand meine Mission versteht! Es ist seit vielen Jahrhunderten Brauch, den dummen Männern all ihre Sünden zu verzeihen! Ich denke da eher wie die Hexenjäger: Die Frauen verführen und die Männer sind zu schwach, weil die Gesellschaft bereit ist, ihre Schwäche zu tolerieren. Ein Mann der fremdgeht ist kein Problem, es wird ihm verziehen. Eine Frau, die sich Männer hält, ist eine Hure. Es gilt, den Menschen die Augen für die wahren Huren zu öffnen und ihr zerstörerisches Werk zu beenden. Was glauben Sie denn, da draußen laufen Millionen braver Frauen herum, die gerne für eine Familie sorgen würden, die gerne eine Job hätten, die gerne etwas leisten würden – sie alle gehen leer aus, weil die Gesellschaft nur noch auf die schöne Fratze glotzt und so nur noch diese »schönen« Frauen zum Zug kommen. Das muss sich ändern! Und die Frauen haben es in der Hand! Sie erziehen die Kinder! Sie müssen endlich die inneren

Werte wieder im Bewusstsein verankern! – Und wozu, glauben Sie, würden solch kleine Huren ihre Kinder anleiten? Sie würden die Spirale einfach weiterdrehen!«, geiferte sie und Nachtigall starrte sie an, unfähig etwas zu erwidern.

51

Drei weiße Umschläge lagen auf dem rohen Holztisch.

Das war alles, was sie den Lebenden hinterlassen hatte, um ihnen das Unfassbare zu erklären. Sie selbst würde dafür nicht weiter zur Verfügung stehen.

Nachtigall hatte das Gefühl in einem dicken, wattigen Nebel zu stecken. Wieso hatte er nur nie etwas bemerkt? Sie hatten zusammen gegessen, getrunken, geredet, gelacht – und er hatte nichts von ihrer finsteren Seite gespürt. Niemals war ihm der Gedanke gekommen, diese Frau könnte eine brutale Mörderin sein – schlimmer noch – irgendeine Frau könne solche Morde begehen. Dabei war ihm ihr athletischer Körperbau aufgefallen – nur sein Mangel an Fantasie hielt ihn davon ab das Unfassbare zu denken.

Mein Gott, es hatte nicht einmal eine persönliche Beziehung zwischen der Täterin und ihren Opfern gegeben. Sie hatte die jungen Frauen aus abstrakten Gründen getötet und verstümmelt. Nachtigall schüttelte den Kopf.

Der Erkennungsdienst durchstöberte ihr Haus in Burg bis in den letzten Winkel und förderte nicht nur die Zehen und die Äpfel zutage, sondern fand auch den Stein, an dem noch Blut und Haare des letzten Opfers klebten.

Das Schweizer Taschenmesser, mit dem sie den Polizisten verletzt hatte, entsprach – nach einem Vergleich der Zahnung – der Tatwaffe in allen drei Mordfällen. Er konnte sich den Tatsachen nicht länger verschließen: Frau Dr. Helge Jung hatte all diese schrecklichen Morde begangen!

Und Jule sollte auch sterben! Es war Teil des Spiels! Würde er gewinnen, fände er sie noch lebend, käme sie davon, musste Jule sterben.

Gott sei Dank habe ich gewonnen, dachte Nachtigall, nur gut. Jule sollte bald entlassen werden, und hatte darauf bestanden den Kater bei sich aufzunehmen. Er war ihr immerhin ein Trost gewesen in der Einsamkeit dieses schrecklichen Kellers. Seine Einwände ließ sie nicht gelten. Der Kater konnte schließlich nichts dafür, dass seine ehemalige Besitzerin eine Mörderin war.

Dennoch war Peter Nachtigall deprimiert.

Vielleicht noch der Schock, es würde sich wieder geben. Oder lag es daran, dass er seine Grenzen erfahren hatte? Ihm waren vermeidbare Fehler unterlaufen, die seine Tochter beinahe das Leben gekostet hatten. Und er hatte sich in eine kaltblütige Mörderin verliebt! Konnte er sich auf seinen kriminalistischen Spürsinn überhaupt noch verlassen?

Das Telefon auf seinem Schreibtisch klingelte. Dumpf nahm er es wahr, zu träge sich zu melden. Auch die Stimme Albrecht Skorubskis schien von weit herzukommen – er verstand nicht, was er sagte.

Hände legten sich auf seine Schultern und schüttelten seinen Körper – er hatte keine Ahnung, wem sie gehörten.

Augen fingen seine ein, hielten sie fest und er hörte deutlich den Satz:

»Frau Dr. Jung hat sich umgebracht! Wir müssen rüberfahren!«

Langsam tröpfelte die Bedeutung dieser Worte in sein Denken.

Er stand wie betäubt auf.

»Wie war das nur möglich? Wurde ihr nicht alles Gefährliche abgenommen? Sie war doch unter Beobachtung gestellt«, hörte er sich wenig später auf dem kahlen Gang poltern.

Sie lag auf dem Rücken auf der Matratze. Blut hatte eine große Lache auf dem Zellenboden gebildet. Es spiegelte kein Leben mehr, war schon geronnen und eingetrocknet.

»Sie muss die schmale Klinge neben dem Bügel in ihrem BH versteckt gehabt haben. Heute Nacht hat sie die dann wohl rausgezogen und dann – tja – oder so ähnlich«, den Mann traf keine Schuld. Keiner hatte ahnen können, dass sie so gut vorbereitet war.

»Dr. Pankratz?«

»Kommt morgen. Da liegen drei Briefe.«

»Ja, ich seh's.«

»Einer ist für Sie, Herr Nachtigall.«

Das war nun schon mehr als fünf Stunden her und zwei der Briefe lagen ausgebreitet auf seinem Schreibtisch. Eine einfache, kurze Entschuldigung an Günter Grabert. Sie schrieb, sie hoffe, er könne an seinen Lebensfaden dort wieder anknoten, wo sie ihn durch ihr Handeln abgeschnitten hatte.

Ein ruhiges und unemotionales Mordgeständnis an

ihn selbst. Mit genauen Angaben zu den Orten des Zusammentreffens mit dem jeweiligen Opfer und ihre Vorgehensweise. Sie beschrieb genau, wie sie die Schnitte gesetzt hatte, in welcher Reihenfolge sie vorgegangen war. Sie wollte auch den geringsten Zweifel daran ausräumen, dass sie diese Morde begangen hatte. Schritt für Schritt, Schnitt für Schnitt. Unfassbar. Schrecklich.

Den Brief an Prof. Marburg stellte er persönlich zu.

»Tja – tragisch. Aber irgendwie kommt mir das Wort nicht gewaltig genug vor, für diese unglaubliche Angelegenheit!«

Sie saßen im Wintergarten der geräumigen Villa und Peter Nachtigall hatte das Gefühl in eine andere Zeit katapultiert worden zu sein. Alles, aber auch wirklich alles machte den Eindruck antik und antiquarisch zu sein. Keine moderne Kunst, kein Fernseher, keine Stereoanlage – dafür warmes Licht hinter Tiffanyschirmen, Rattanmöbel, alte, ledergebundene Bücher, schwere Vorhänge, tiefe Teppiche und schnurrende Katzen.

Sollte es irgendwo in diesem Haus moderne Kommunikationsmedien geben, so war das jedenfalls nicht hier.

Prof. Marburg schenkte kräftigen Schwarztee ein und reichte dem späten Gast eine Tasse.

»Ich denke die ganze Zeit, dass ich doch etwas hätte bemerken müssen! Wir waren gemeinsam essen, wir haben uns angeregt unterhalten – und auffällig war nur ihre faszinierende Art.«

»Ja, aber das geht uns doch mit den meisten Menschen so! Wir lassen uns von ihren Worten und ihrem Habitus blenden – dass sie finstere Gedanken haben, kommt uns gar nicht in den Sinn! Und wenn es so wäre, wie würde denn dann unser Miteinander aussehen? Misstrauen und Unsicherheit würde unser Leben bestimmen. Das wollen wir doch auch nicht. Besonders schlimm wird es natürlich, wenn wir unser Gegenüber schätzen. Dann »überhören« wir einfach alles, was nicht in unser Bild passt.«

»Sie meinen, wir nehmen uns dann selbst die Chance eine unangenehme Facette am anderen zu entdecken?«

»Ja. Und Frau Dr. Jung war eine wirklich faszinierende Frau. Sie konnte intelligent argumentieren, war belesen und konnte, wenn sie wollte, auch charmant sein.«

»Aber dass mir so gar nichts aufgefallen ist ...«

»Kennen Sie das Buch ›American Psycho‹? Nein? Schade. Der Täter in diesem Buch berichtet sogar ganz öffentlich von seinen unfassbar grausamen Morden und seinen brutalen Fantasien – aber es hört ihm keiner zu, seine Freunde nehmen ihn nicht ernst, halten alles für bloßes Geschwätz. So bleibt er unüberführt. Hätten Sie es denn geglaubt, wenn Frau Dr. Jung Ihnen erzählt hätte, sie habe diese Morde begangen?«

Interessiert sah er den Ermittler an. Als Nachtigall langsam mit dem Kopf schüttelte, lächelte er nachsichtig.

»Sie hat es mir gesagt. Schon ganz zu Beginn der Ermittlung. Sie wies mich darauf hin, dass der Täter auch sehr gut eine Frau sein könnte. Aber uns schien das unwahrscheinlich.«

»Eben.«

»Ich würde wirklich gerne verstehen, was sie zu diesen Morden getrieben hat.«

Der Brief lag zusammengefaltet neben der Teekanne und Prof. Marburg reichte ihn an seinen Gesprächspartner weiter.

»Der Brief ist kurz – die Geschichte dahinter länger. Sie möchte, dass ich Ihnen gegenüber alles offen lege. Vor einigen Jahren kam sie als Patientin zu mir. Mir scheint, auch ich habe hier Fehler gemacht. Die Therapie scheint nicht den gewünschten Erfolg gehabt zu haben. Also gut. Wussten Sie von ihrer Krebserkrankung?«

»Nein.«

»Als junge Frau – mit zwanzig – wurde Frau Dr. Jung die linke Brust amputiert. Eine Aufbauplastik war nicht möglich, offensichtlich hat ihr Arzt den Knoten nicht gleich richtig beurteilt und zu lange gewartet. Eine – nach ihren eigenen Worten – schrecklich entstellende Narbe zog sich über ihren Brustkorb. Sie litt lange unter unerträglichen Schmerzen, zog sich von allen Menschen zurück. Irgendwann beschloss sie ihr Studium wieder aufzunehmen. Studierte Psychologie und Medizin, begann sich für Straftäter zu interessieren. Vor einigen Jahren wurde sie meine Patientin.«

»Sie haben eine Psychotherapie mit ihr gemacht?«

»Ja. Ihre Schwester wurde vom Stiefvater jahrelang missbraucht. Von ihr wollte er nichts wissen. Sie war zu groß, zu knochig, zu wenig anschmiegsam. Sie beneidete ihre Schwester um ihre Rolle – zumindest, als sie noch Kinder waren. Die Schwester war begehrt, wurde ihr vorgezogen – während man ihr nur den Sport als eigenen Bereich zuwies. Dort war sie auch überaus erfolgreich. Sie konnte sich emotional nie von diesem Gefühl der Minderwertigkeit befreien, fühlte sich anderen Frauen unterlegen. Sie brach den Kontakt zu ihrer Familie ab und widmete sich fortan dem eigenen Fortkommen. Eine längere Beziehung zu einem Mann hatte sie nie.«

»Die Männer hatten Angst vor ihr?«

»Ja – und es gab auch nicht so viele, die größer waren als sie. Und mit kleinen Männern hatte sie ein Problem.«

»Wie kam sie nur auf diese Idee, sie habe eine Mission?«

»Möchten Sie es selbst lesen? Hier in diesem Brief an mich steht es drin. Kurz, knapp und schnörkellos – wie es ihre Art war. Ich möchte sie nicht verunsichern – aber in vielen Fällen benutzt der Täter die Mission nur als nachträgliche Rechtfertigung für seine Gräueltaten. Er verbrämt ein sehr persönliches, niederes Motiv mit einer Art heiligem Auftrag. So ist es für manche Täter leichter zu ertragen. Sie müssen sich nicht eingestehen aus Rache getötet zu haben – sie taten es in göttlichem Auftrag. Ob das hier zutrifft oder nicht, wage ich nicht zu beurteilen.«

Nachtigall bemerkte, dass seine Finger zitterten, als er das Blatt Papier hochnahm.

Lieber Prof. Marburg,

Sie wissen ohnehin schon alle relevanten Dinge über mich. Bitte weihen Sie den Hauptkommissar in meine Geschichte ein. Ich wähle als Abschluss meiner Mission den Suizid, weil es mir einfach passend erscheint. Es ist meine freie Entscheidung und ich treffe sie in vollem Bewusstsein.

Vor ein paar Wochen folgten mir Schritte. An einer dunklen Ecke holten sie mich ein und der Mann zerrte mich in ein Gebüsch. Er muss sehr sportlich und relativ groß gewesen sein, denn ich konnte mich nicht gegen ihn wehren. Er keuchte und setzte sich auf meine Hüften, in der einen Hand hielt er ein Messer – ein Schweizer Taschenmesser – und bedrohte mich damit. Mit einem Schnitt hatte er den BH durchtrennt. Als er sah, was es da bei mir zu finden gibt, schrie er laut auf und stürzte davon. Wie erniedrigend selbst von einem miesen Vergewaltiger weggeworfen zu werden.

Von da an wusste ich, dass die Gesellschaft einen Fehler machte, in dem sie dem Aussehen zu viel Bedeutung beimaß, und ich beschloss den Menschen wieder die Augen für das zu öffnen, was tatsächlich zählt: innere Schönheit.

Ich bin sicher, Sie werden das verstehen.

Ihre Helge Jung

»Der Vergewaltiger ist vor ihr geflohen.«

»Ja. Das war wohl der Auslöser. Ob das so stimmt, kann ich natürlich nicht sagen – wir müssen uns in diesem Fall ganz auf ihre Aussage verlassen.«

»Ist das vorstellbar?«

»Durchaus. Die Reaktion des Vergewaltigers hat ja schließlich eine seit Jahrzehnten schwärende Wunde getroffen. Die psychischen Schmerzen könnten schon groß genug gewesen sein für eine solche Reaktion.«

»Sie hätte sich mir doch anvertrauen können! Sie hat doch gemerkt, dass sie mir etwas bedeutete!«

»Ich fürchte, da war es schlicht schon zu spät. Sie konnte nicht mehr umkehren. Falls es Sie tröstet: Ich habe sie in der Zeit dreimal bei unserem Prognosestammtisch in Burg getroffen. Ich fand ihre Haltung der Polizei gegenüber unvernünftig, aber das war auch schon alles! Mir ist keine Wesensänderung aufgefallen oder eine zunehmende Labilität! Sie war so, wie sonst auch. Anzeichen von Nervosität schob ich auf das öffentliche Interesse an ihrem Gutachten.«

»Ich habe noch nie so danebengetippt wie in diesem Fall. Wir haben viel zu spät daran gedacht, es könne sich um einen weiblichen Täter handeln.«

»Na, ja. Da würde ich jetzt an Ihrer Stelle nicht allzu viel daraus machen. Sehen Sie, Herr Nachtigall, bei Frauen erwarten wir nicht, dass sie ihre Opfer verstümmeln. Wir trauen ihnen so etwas nicht zu. Außerdem waren Sie ja nicht der Einzige, der auf einen männlichen Täter festgelegt war, oder? Hat auch nur einer Ihrer Kollegen widersprochen und eine Frau ins Spiel gebracht?«

Nachtigall schüttelte zögernd den Kopf.

»Wenn ich Sie richtig verstanden habe, hat doch auch Ihr ›Profiler‹ ziemlich daneben getippt, nicht?«

»Ja. Er dachte, wir suchen nach einem emotional flachen, eher dumpfen Menschen. Das war Frau Dr. Jung auf keinen Fall. Aber auch er ist natürlich von einem männlichen Täter ausgegangen.«

»Ich bin sicher, in Zukunft werden Sie nie mehr versäumen beide Geschlechter gleichberechtigt zu verdächtigen.«

Peter Nachtigall schob die eng beschriebenen Seiten in einen schmalen Hefter zurück. Dann schob er träge den Stuhl zurück und stemmte sich schwerfällig hoch.

Seine Augen brannten und hinter der Stirn spürte er ein hartnäckiges und schmerzhaftes Hämmern.

Mit schweren Schritten trottete er zur Tür, zog dabei

gleichgültig sein Jackett von der Stuhllehne und verabschiedete sich von Prof. Marburg.

Wohin sollte er jetzt gehen? Zu Jule? Ins Büro?

Jule war nicht allein. Emile Couvier war ständig bei ihr. Sie hatte tapfer alle Einzelheiten ihrer Entführung zu Protokoll gegeben und nun sollte sie ruhig an der Schulter ihres Freundes entspannen. Im Grunde war der junge Mann ja auch wirklich nett und ein Vater in dieser Situation wohl gänzlich überflüssig.

Also doch ins Büro?

Das Gesprächsprotokoll konnte er auch morgen früh tippen. Und irgendwie hatte er für heute genug psychologisches Wissen abbekommen. Das musste sich erstmal setzen, sonst stand am Ende lauter wirres Zeug in seinem Bericht.

Nach Hause?

Im günstigsten Fall erwartete ihn dort eine verfressene Katze, die seinen Lieblingssessel okkupierte und für seine Probleme sicher keinerlei Interesse aufbringen konnte – im schlimmsten Fall hatte der Kater es sich sogar in seinem Bett gemütlich gemacht und er würde dem fauchenden Tier ausweichen und auf dem Sofa schlafen müssen. Im allerschlimmsten Fall hatte sich Birgit in seinem Haus für die nächsten Tage eingerichtet und wartete auf eine Gelegenheit zur Abrechnung mit ihm. Das war mehr als er ertragen konnte, beschloss Nachtigall und schüttelte sich.

Zu Sabine?

So schwanger, wie die war, gab es für sie außerhalb ihres Körpers im Moment sicher keinen gesprächswürdigen Lebensbereich. Er war schon froh, dass er Jules Verschwinden vor ihr hatte geheim halten können. Da machte es wenig Sinn sie im Nachhinein damit zu belasten.

Missmutig schlüpfte er in die Ärmel der Jacke und kämpfte sie bis über die Schultern. Allein wollte er heute Abend auf keinen Fall sein – das wäre ungesund.

Er hielt sich für den einsamsten Menschen dieser Nacht. Doch dann fiel ihm doch noch jemand ein, der auch einen einsamen Job hatte.

Peter Nachtigall parkte ganz in der Nähe des großen Gebäudes, in dessen Fassade nur wenige Fenster erleuchtet waren. Als er ausstieg, spürte er sofort die eisige Kälte, die der wütende Wind durch seine Kleidung bis auf die Haut blies. Sterne waren nicht zu sehen. Wäre auch völlig unpassend heute Abend, überlegte Nachtigall, jeder Anflug von romantischer Stimmung wäre fehl am Platz!

»Morgen schneit's«, bruddelte er vor sich hin und nahm zwei Pizzapakete, eine Flasche Wein und alkoholfreies Bier aus dem Kofferraum. Mit raschen Schritten hielt er auf das Gebäude zu. Am Eingang musste er wenige Sekunden warten, bis er surrend erfasst wurde. Peter Nachtigall winkte dem schwarz- glänzenden Auge zu und Jan-Hendrik drückte den Summer.

ENDE

Anregungen zu Hintergründen und den Prognosestammtischgesprächen entnahm ich überwiegend folgender Literatur:

Maneros, Andreas: Sexualmörder, Edition das Narrenschiff im Psychiatrie – Verlag

Harbort, Stefan: Das mörderische Profil, Militzke – Verlag

Harbort. Stefan : Das Hannibal Syndrom, Militzke – Verlag

Murakami, Julia und Peter: Lexikon der Serienmörder, Ullstein

Girod, Hans: Der Kannibale, Verlag Das Neue Berlin

Douglas, John; Olshaker, Mark: Mörder aus Besessenheit u.a., Goldmann

Andere Anregungen entstammen der Tagespresse oder erschienen als aktuelle Meldungen im Internet.

Danksagung

Es ist nicht ganz einfach einen begeisterten Schreibtischtäter in der Familie oder dem Freundeskreis zu haben und so danke ich allen Betroffenen für ihr Verständnis und ihre Geduld. Ohne die unschätzbaren Hinweise und die Unterstützung meines Literaturagenten Klaus Middendorf hätte das Buch nicht in dieser Form realisiert werden können. Nicht zuletzt möchte ich mich bei der Reha-Vita für einen beheizten Umkleideraum unter dem Dach bedanken, wo es sich trefflich in aller Ruhe und Abgeschiedenheit morden lässt.

Weitere Krimis finden Sie auf den folgenden Seiten und im Internet: www.gmeiner-verlag.de

KRIMI IM GMEINER-VERLAG

Peter Wark
Epizentrum

277 Seiten, 11 x 18 cm, Paperback.
ISBN 3-89977-665-8. € 9,90.

Junge Geologen der Universität Tübingen machen im Hohenzollerngraben bei Albstadt einen grausigen Fund: Sie entdecken in einem Plastiksack Teile einer verwesten Leiche, die offenbar schon lange dort gelegen hat. Der einheimische Journalist Jörg Malthaner erfährt durch Zufall davon, doch auf seine Nachfragen zeigt sich die Polizei seltsam zugeknöpft. Malthaner beginnt auf eigene Faust zu recherchieren. Da ereignet sich ein weiterer Todesfall und plötzlich interessiert sich auch das Landeskriminalamt in Stuttgart für den Fall …

Manfred Bomm
Schusslinie

229 Seiten, 11 x 18 cm, Paperback.
ISBN 3-89977-664-X. € 9,90.

Deutschland muss 2006 im eigenen Land Fußballweltmeister werden! Dass man dies nicht dem Zufall überlassen darf, darüber sind sich einige Wirtschaftsbosse und Politiker in Berlin längst einig und im Hintergrund werden Fäden gesponnen, die bis in die schwäbische Provinz reichen. So findet sich auch Kriminalkommissar August Häberle bei seinen Ermittlungen um einen mysteriösen Mordfall in einem Geflecht aus Erpressung und Intrigen wieder ...

GMEINER-VERLAG
www.gmeiner-verlag.de

Leo Valdorf
Grossstadtsumpf

277 Seiten, 11 x 18 cm, Paperback.
ISBN 3-89977-676-3. € 9,90.

Vor den Toren Münchens wird eine weibliche Leiche gefunden. Der Fall scheint klar: Das Opfer wurde vergewaltigt und erdrosselt – ein klassischer Sexualmord. Doch warum wurde die Identität der jungen Frau sorgfältig verschleiert? Und warum wurde ihr die Zunge herausgeschnitten? Die Ermittlungen führen Hauptkommissar Bruno Brandi ins Münchner Rotlichtmilieu und was als Routinefall begann, wird zur größten Bewährungsprobe seines Lebens.

Uta-Maria Heim
Dreckskind

374 Seiten, 11 x 18 cm, Paperback.
ISBN 3-89977-661-5. € 9,90.

Ein wohlhabendes Dorf, das aus der Fugen gerät – eine im Mittelalter angelegte Idylle, in der ein siebenjähriges Mädchen brutal ermordet wurde und ein sechsjähriger Junge spurlos verschwindet. Und bei der Stuttgarter SOKO liegen die Nerven blank, denn seit einem halben Jahr treten die Ermittlungen auf der Stelle …

KRIMI IM GMEINER-VERLAG

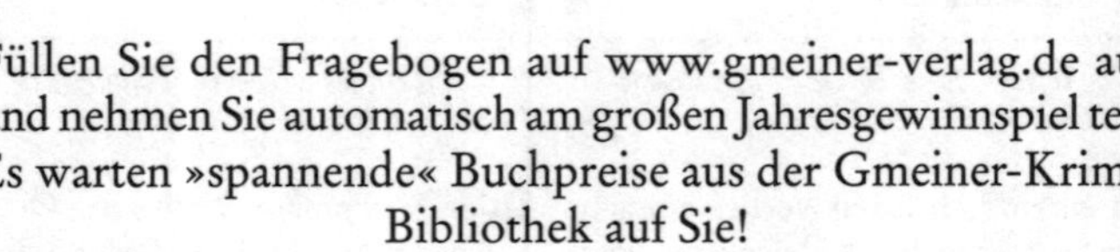

Alle Gmeiner-Autoren und ihre Krimis auf einen Blick

Anthologien: Grenzfälle (2005) • Spekulatius • Streifschüsse (2003)
Artmeier, H.: Katzenhöhle (2005) Schlangentanz • Drachenfrau (2004)
Baecker, H.-P.: Rachegelüste (2005)
Beck, S.: Einzelkämpfer (2005)
Bekker, A.: Münster-Wölfe (2005)
Bomm, M.: Schusslinie (2006) • Mordloch • Trugschluss (2005) • Irrflug • Himmelsfelsen (2004)
Bosch van den, J.: Wassertod • Wintertod (2005)
Buttler, M.: Abendfrieden (2005) • Herzraub (2004)
Danz, E.: Osterfeuer (2006)
Emme, P.: Heurigenpassion (2006) Schnitzelfarce • Pastetenlust (2005)
Erfmeyer, K.: Karrieresprung (2006)
Franzinger, B.: Wolfsfalle • Dinotod (2005) • Ohnmacht (2004) • Goldrausch (2004) • Pilzsaison (2003)
Gardener, E.: Lebenshunger (2005)
Gokeler, S.: Supergau (2003)
Graf, E.: Löwenriss • Nashornfieber (2005)
Haug, G.: Gössenjagd (2004) • Hüttenzauber (2003) • Finale (2002) • Tauberschwarz (2002) • Höllenfahrt (2001) • Todesstoß (2001) • Sturmwarnung (2000) Riffhaie (1999) • Tiefenrausch (1998)
Heim, Uta-Maria: Dreckskind (2006)
Heinzlmeier, A.: Bankrott (2006) • Todessturz (2005)
Karnani, F.: Takeover (2006)
Keiser G./Polilfa W.: Puppenjäger (2006)
Klewe, S.: Kinderspiel (2005) • Schattenriss (2004)
Klingler, E.: Königsdrama (2006)
Klugmann, N.: Schlüsselgewalt (2004) • Rebenblut (2003)
Kohl, E.: Zugzwang (2006)
Koppitz, R. C.: Machtrausch (2005)
Kramer, V.: Todesgeheimnis (2006) • Rachesommer (2005)
Kronenberg, S.: Flammenpferd • Pferdemörder (2005)
Lebek, H.: Karteileichen (2006) • Todesschläger (2005)
Leix, B.: Zuckerblut • Bucheckern (2005)
Mainka, M.: Satanszeichen (2005)
Matt, G. / Nimmerrichter, K.: Schmerzgrenze (2004) • Maiblut (2003)
Misko, M.: Winzertochter • Kindsblut (2005)
Nonnenmacher, H.: Scherlock (2003)
Puhlfürst, C.: Dunkelhaft (2006) • Eiseskälte • Leichenstarre (2005)
Schmöe, F.: Fratzenmond (2006) Kirchweihmord • Maskenspiel (2005)
Schröder, A.: Mordswut (2005) • Mordsliebe (2004)
Schwab, E.: Großeinsatz (2005)
Schwarz, M.: Maienfrost • Dämonenspiel (2005) • Grabeskälte (2004)
Stapf, C.: Wasserfälle (2002)
Steinhauer, F.: Racheakt (2006)
Thadewaldt A./Bauer C.: Kreuzkönig (2006)
Valdorf, L.: Großstadtsumpf (2006)
Wark, P.: Epizentrum (2006) • Ballonglühen (2003) • Absturz (2003) • Versandet (2002) • Machenschaften (2002) • Albtraum (2001)
Wilkenloh, W.: Hätschelkind (2005)